Son patron interdit

Pour un baiser de lui

Une si douce vengeance

JOANNE ROCK

Son patron interdit

Traduction française de
ROSA BACHIR

PASSIONS

HARLEQUIN

Collection : PASSIONS

Titre original :
A NINE-MONTH TEMPTATION

HARPERCOLLINS FRANCE
83-85, boulevard Vincent-Auriol, 75646 PARIS CEDEX 13
Service Lectrices — Tél. : 01 45 82 47 47 - www.harlequin.fr
ISBN 978-2-2804-6852-7 — ISSN 1950-2761

Composé et édité par HarperCollins France.
Imprimé en mai 2022 par CPI Black Print (Barcelone)
en utilisant 100% d'électricité renouvelable.
Dépôt légal : juin 2022.

FSC
www.fsc.org
MIXTE
Papier issu de sources responsables
FSC® C159065

Pour limiter l'empreinte environnementale de ses livres, HarperCollins France s'engage à n'utiliser que du papier fabriqué à partir de bois provenant de forêts gérées durablement et de manière responsable.

- 1 -

C'était le meilleur job de sa vie.

Sable Cordero sirota le champagne raffiné puis leva son verre devant le miroir en pied. Cela faisait trois mois qu'elle travaillait comme styliste stagiaire pour la maison de couture Zayn Designs, à Manhattan. Quel autre métier offrirait à une divorcée de Louisiane avec plus d'ambition que d'économies l'occasion de porter une tenue haute couture ? Qui plus est, un vêtement du jeune styliste le plus acclamé de l'année ? Bien entendu, la robe ne lui appartenait pas. Ce vêtement était bien au-dessus de ses moyens ! Mais ce soir, Sable pouvait porter cette œuvre d'art en soie, afin de tourner une vidéo. Le créateur, Marcel Zayn, l'avait totalement soutenue lorsqu'elle avait émis le souhait de développer du contenu pour les réseaux sociaux de la marque, ne cillant même pas à l'idée qu'elle reste dans l'atelier sans surveillance.

Elle appréciait la foi qu'il avait en elle. À vingt-neuf ans, Sable était plus âgée que tous les autres employés de la maison de couture, à l'exception de Marcel lui-même. Elle était très heureuse d'avoir la chance de poursuivre son rêve de devenir styliste, après un bref et malheureux mariage.

Elle s'était vu offrir une seconde chance. Une seconde chance qu'elle ne considérait pas comme acquise.

Quelques années plus tôt, elle avait décroché un diplôme en stylisme à l'université de Louisiane, mais elle avait été détournée de ses objectifs par un responsable politique enjôleur qui l'avait convaincue qu'elle souhaitait vivre son rêve à lui et non le sien. Rétrospectivement, elle pouvait difficilement être surprise que Jack ait tourné la page lorsqu'elle avait cessé de correspondre à ce qu'il attendait d'une épouse. Elle avait appris à ses dépens que certains hommes épousaient des femmes uniquement pour qu'elles leur renvoient l'image qu'ils souhaitaient voir.

Sable n'éprouvait presque plus d'amertume quand elle pensait à son ex. Toutefois, elle monta le volume de la chaîne hi-fi lorsque Beyoncé chanta : « *Boy, bye* ».

Sable ne pouvait pas être amère maintenant qu'elle avait décroché cet emploi de rêve. Elle vivrait peut-être modestement pendant un temps, dans une maison de Brooklyn qu'elle partageait avec deux colocataires, mais au moins, elle avait pour foyer un endroit formidable.

Elle dansa pieds nus sur le parquet de bois. Dans sa vidéo, elle ferait quelques plans sur la bouteille de champagne. La marque avait approché Zayn pour lui proposer un placement de produit – une façon économique d'accroître la visibilité de la jeune maison de couture. Peu importait que Sable ne ressemble pas à un mannequin puisqu'elle se filmerait de dos, afin de mettre en valeur les rubans qui descendaient de son cou dans son dos nu, jusqu'à la soie sensuelle qui enserrait ses hanches.

Prenant soin de ne pas répandre de champagne sur le sol, Sable déambula dans le loft de Tribeca, s'assurant que tout était en place. Elle avait sélectionné les objets et les meubles les plus intéressants, les plaçant au centre du vaste atelier. Elle avait aussi disposé quelques projecteurs et éclairé les zones sombres avec des lampes de sol. Ce n'était pas de la haute technologie, mais cela ferait l'affaire. Le concept de la vidéo était assez simple. Sable comptait filmer les mêmes mouvements de base deux fois – une vidéo le soir, avec la version noire de la robe, et une autre en journée, dans la version blanche du vêtement. Puis elle alternerait les segments au montage.

Elle était presque prête. Il lui fallait juste rassembler son courage avant de marcher dans l'atelier comme si elle défilait sur un podium.

— Santé ! s'exclama-t-elle.

Sable porta la flûte à ses lèvres, savourant le chatouillis des bulles avant de prendre une autre gorgée.

Elle voulait que la bouteille de champagne soit à moitié vide sur la vidéo, or elle ne pouvait tout de même pas renverser un vin si onéreux dans l'évier. Par conséquent, la seule action appropriée était de le boire elle-même. Et puis, elle avait besoin du supplément de confiance que ces bulles lui apporteraient puisque la robe la moulait comme une seconde peau, ne masquant aucun défaut, et qu'elle était sur le point de filmer son postérieur en haute définition. Le champagne et la musique de Beyoncé étaient donc nécessaires, étant donné que les vidéos de Zayn accumulaient plus de cent millions de vues.

Et, oui, peut-être avait-elle choisi de se mettre en avant ce soir pour narguer son ex-mari. Aujourd'hui, elle avait reçu un appel de sa mère, qui lui avait appris que Jack attendait un bébé avec sa nouvelle épouse. La femme qui avait pris la place de Sable avant même qu'elle comprenne qu'elle n'était plus désirée.

Sable n'en voulait plus à Jack d'avoir tourné la page, mais elle lui en voulait énormément de l'avoir quittée à cause de son incapacité à lui donner un enfant. Elle avait pourtant tout essayé. Oui, l'échec de son mariage l'avait peinée. Mais sa plus grande souffrance avait été sa fausse couche, qui l'avait plongée dans un profond chagrin. Voilà pourquoi elle trouvait si blessant que son ex-mari l'ait remplacée par une femme plus fertile.

Cela justifiait la musique de Beyoncé, l'attitude séductrice et la robe de femme fatale. Pour compléter la tenue, Sable enfila des escarpins vertigineux qui auraient fait des jambes de rêve à n'importe quelle femme. Elle ne s'était pas sentie aussi sexy depuis bien longtemps.

Soudain, une image de Roman Zayn surgit dans son esprit. Roman était le propriétaire de la maison de couture, et le frère aîné de Marcel. Il vivait à Los Angeles où il dirigeait Zayn Equity, une société d'investissement. Grand, brun et ténébreux, Roman lui avait fait oublier sa réserve professionnelle la seule fois où ils s'étaient parlé. Face à lui, elle s'était sentie fondre. Elle commençait alors sa première semaine de travail. Ils n'avaient échangé que quelques mots ce jour-là. Pourtant, son regard intense l'avait déshabillée, et l'imagination érotique de Sable s'était emballée.

C'était stupide, vraiment. Ce n'étaient que des pensées vagabondes, qui ne mèneraient jamais à rien puisque Roman ne venait que rarement à New York. Néanmoins, pendant ce moment seule avec lui, et bien qu'il l'ait simplement questionnée sur son expérience de la mode, elle s'était sentie sûre d'elle et séduisante. Cela ne lui était plus arrivé depuis.

Alors, elle laissa le souvenir l'envelopper. Le doigt au-dessus de la touche Enregistrer de son téléphone calé sur un trépied, elle prit une grande inspiration.

Oui, elle allait tourner la page. Et poursuivre son rêve.

Trois, deux, un…

Roman Zayn entendit la musique dès que sa Lincoln noire s'arrêta devant le bâtiment de Vestry Street. C'était ici que son frère travaillait. Étant donné que le loft abritant Zayn Designs se trouvait au septième étage, Roman trouvait le bruit… excessif. Mais cela ne l'étonnait guère de Marcel, considéré par tous comme le mouton noir de la famille, excepté par Roman. Marcel vivait selon ses propres règles, et Roman l'admirait énormément pour cela. Voilà pourquoi il avait accepté d'être son associé. Marcel n'était peut-être pas un gestionnaire comme lui, mais il savait créer des vêtements.

Et puis, il avait été présent pour Roman lors de l'année la plus sombre de sa vie. Il était le seul membre de la famille qui lui ait offert plus que des platitudes lorsque Roman avait traversé l'enfer, à la mort de sa femme. Roman lui en serait éternellement reconnaissant.

Toutefois, bien qu'il aime Marcel, il savait aussi que son frère avait tendance à trop dépenser pour apporter de l'art dans sa vie. Roman s'était engagé à venir à l'atelier aussi souvent que possible pour contrôler le budget, en attendant qu'ils trouvent un public qui pourrait financer le genre de dépenses que Marcel envisageait. Roman espérait que l'hymne pop qui s'échappait par la fenêtre du septième étage à 22 heures était le signe que son frère faisait des heures supplémentaires pour atteindre son objectif. Roman n'avait pas prévu de lui parler ce soir. Il avait cru pouvoir dormir dans la petite chambre attenante à l'atelier pour rattraper quelques heures de sommeil, et voir son frère le lendemain matin à la première heure. Et cela, dans le but de ne croiser aucun employé.

Pour être précis, il ne voulait pas voir la nouvelle styliste qu'il avait rencontrée lors de son précédent passage à New York. La sirène du Sud qui avait allumé un feu en lui, grâce à sa silhouette de rêve et à son accent traînant.

Pour éviter cette créature, il était resté loin de Zayn Designs plus longtemps qu'à l'accoutumée. Roman ne se refusait pas la compagnie des femmes depuis la mort de son épouse. Mais il préférait étancher cette soif avec des femmes qui ne le troublaient pas… autant. La délicieuse et voluptueuse Sable Cordero ne faisait pas partie de cette seconde catégorie.

Si Roman discutait avec Marcel ce soir, il pourrait aller à ses autres rendez-vous le lendemain matin. Il partirait avant que quiconque arrive à l'atelier.

— Bonne soirée, lança-t-il au chauffeur après être sorti du véhicule.

Passant sous le porche voûté de l'immeuble de brique, il utilisa sa clé magnétique pour ouvrir la porte en fer forgé. Tandis qu'il sortait une seconde clé pour l'ascenseur, il remarqua que le bruit de la musique était plus faible ici qu'à l'extérieur.

Une fois dans la cabine d'ascenseur de taille industrielle, Roman desserra sa cravate. Il l'avait gardée pour sa vidéoconférence durant le vol depuis Los Angeles, mais il voulait éviter que son frère lui reproche une fois de plus son style trop classique. Sans nul doute, le monde des sociétés d'investissement était très différent du monde de la haute couture. Sa chemise, au moins, avait été créée par son frère. Naturellement,

Marcel dessinait plus de vêtements féminins que de vêtements masculins, mais ses tenues pour hommes étaient fantastiques, depuis les boutons de nacre jusqu'aux coutures françaises en passant par les coupes sur mesure.

Roman rangea sa cravate dans son sac tandis que l'ascenseur s'ouvrait sur le loft. De la musique R & B faisait vibrer le sol, les cuivres et les percussions résonnant aussi fort que dans un dance-club. Le centre de l'atelier était très éclairé tandis que les contours de la pièce étaient plongés dans l'ombre.

Mais ce n'étaient pas la lumière ou la musique qui assaillirent ses sens.

Cet honneur revenait à la femme vêtue d'une robe de soie noire qui moulait ses formes comme si elle avait été cousue sur elle. Ses cheveux châtains soyeux étaient rassemblés de manière précaire sur sa tête. La robe dévoilait entièrement son dos, le tissu de soie ne couvrant que la douce courbe de son postérieur, juste sous les fossettes à la base de sa colonne vertébrale, comme pour souligner ce trait indéniablement sexy.

Deux épais rubans s'échappaient d'un nœud autour de son cou pour danser entre ses omoplates. Tandis qu'elle marchait, ses hanches ondulaient de manière si séductrice qu'il se surprit à la suivre, bien qu'il soit à trois mètres de distance. Tenant nonchalamment une flûte de champagne dans sa main, elle se mouvait entre des mannequins de couture stylisés et les bustes de compositeurs kitsch que Marcel collectionnait. Elle avançait entre eux comme s'il s'agissait d'amants énamourés, caressant une joue ici, donnant un coup de hanches à un mannequin là.

Elle était si sexy que Roman en avait le souffle coupé. Il sentit son pouls battre au rythme des pas de cette femme.

Tap. Tap. Tap.

Il rêvait de l'attraper. De plaquer ses hanches tentantes contre lui.

Elle s'arrêta et lança un regard par-dessus son épaule.

Dès qu'elle le vit, elle poussa un cri. Le verre de champagne se brisa sur le parquet.

Bon sang.

C'était *elle*. Reconnaissant la femme qu'il avait précisément voulu éviter, Roman recouvra aussitôt ses esprits.

— Ce n'est que moi, la rassura-t-il.

Il se dirigea vers la chaîne hi-fi, placée sur une étagère entre deux immenses fenêtres voûtées. Baissant le volume, il se tourna vers Sable Cordero, la femme qui peuplait ses fantasmes depuis sa seule et unique rencontre avec elle.

— Roman, lui rappela-t-il.

Il ne put s'empêcher d'être irrité qu'elle le dévisage comme si elle avait vu un fantôme. L'idée qu'elle l'ait oublié, alors qu'elle lui avait laissé une impression indélébile, ne flattait guère son ego.

— Bien sûr que je me souviens de vous, s'empressa-t-elle de répondre. Je suis désolée.

Elle avança vers lui d'un pas raide. Était-elle gênée ?

— Je pensais être seule, expliqua-t-elle, les joues empourprées.

Voyant qu'elle allait marcher sur les éclats de verre, il se précipita vers elle et la porta pour qu'elle évite le danger. Il se rendit compte de son erreur dès qu'il saisit sa taille presque nue. L'espace d'une seconde, il sentit ses seins contre son torse.

Il n'avait aucune envie de la lâcher. Ses tétons l'effleuraient. Sa respiration saccadée caressait son cou, et ses yeux noisette étaient teintés de désir. Non, décidément, il n'avait aucune envie de la lâcher.

Voilà pourquoi il se força à la reposer au sol. Pour libérer ses mains de la force magnétique que ce corps splendide exerçait sur lui.

Elle l'observa, l'air intrigué, comme si elle se demandait pourquoi il l'avait portée. Ou pourquoi il l'avait reposée.

Serrant les poings, il déclara brusquement :

— Il me faut un balai.

Et il se mit en quête dudit balai. Cela pouvait paraître impoli, mais il devait s'occuper les mains. Pour s'empêcher de la toucher.

— Je peux m'en charger, protesta-t-elle, le suivant dans

l'étroite cuisine du loft. C'est moi qui ai cassé le verre, alors c'est à moi de nettoyer.

À la légèreté de son pas, il devina qu'elle avait retiré ses chaussures. Bon sang, pourquoi ses sens étaient-ils si sensibles au moindre de ses gestes ?

Il ne put que retenir son souffle quand elle passa devant lui et se pencha pour prendre un balai et une pelle nichés entre deux placards. Le parfum de ses cheveux, à la fois doux et citronné, le titilla.

Quand elle se releva, sa hanche heurta celle de Roman et elle murmura :

— Excusez-moi.

Elle soutint son regard.

— Je suis mortifiée d'avoir hurlé comme une idiote. Je m'appelle Sable, au fait, au cas où vous auriez oublié. Marcel ne m'avait pas dit que vous arriviez ce soir. Je pensais être seule.

Roman sentit sa tempe pulser. La voir réveillait tous les fantasmes torrides qu'il nourrissait depuis leur rencontre, trois mois plus tôt. Elle était époustouflante, et les sentiments qu'elle lui inspirait réveillaient quelque chose de bien plus dangereux qu'un simple désir physique. Ceci dit… Et si assouvir ce désir ramenait les choses à un niveau acceptable ? Roman était si tendu qu'il avait bien envie d'essayer. Seulement, Sable travaillait pour Marcel.

Techniquement, elle travaillait pour *lui*. Par conséquent, coucher avec elle était hors de question. Il devait rompre le charme qu'elle lui avait jeté et reprendre le contrôle de la situation.

— Je me souviens de vous, dit-il.

Il lui prit le balai des mains et alla ramasser les morceaux de verre. Il aiderait Sable à tout nettoyer, ensuite il trouverait un hôtel.

— Et Marcel ne m'attendait pas, ajouta-t-il. C'est ma faute, je ne l'ai pas prévenu. À une heure aussi avancée, je n'aurais jamais pensé trouver quelqu'un d'autre que lui ici. Quand j'ai entendu la musique, j'ai supposé qu'il travaillait tard.

Il balaya énergiquement les débris. Après un instant, Sable le rejoignit, une serviette à la main.

— Vous vous souvenez de moi, répéta-t-elle d'une voix presque inaudible.

Son ton était si… mélancolique qu'il leva les yeux vers elle. Elle appuya une épaule contre une colonne, sa robe diablement sexy soulignant ses formes dignes d'une pin-up des années 1940.

Quelque chose lui noua le ventre.

Du désir charnel ? Non, c'était plus que cela.

— Absolument. Vous n'êtes pas exactement le genre de femme qu'un homme oublie, souligna-t-il, sa frustration perçant dans sa voix.

Elle se redressa, le menton levé. Elle semblait sur la défensive à présent.

— En fait, si, riposta-t-elle. Alors excusez-moi si j'ai trouvé momentanément flatteur que quelqu'un comme vous se souvienne de notre rencontre. Mais je vois que je perturbe votre soirée, monsieur Zayn. Je vais vous laisser tranquille.

Pivotant sur ses talons, elle lui offrit à nouveau une vue de son dos. La même vue qui l'avait subjugué dès qu'il était entré dans le loft. Sans se laisser le temps de réfléchir, il glissa un bras autour de sa taille.

Aussitôt, il prit conscience de son erreur. Il était en train de transgresser une limite. Il baissa la tête, reconnaissant sa défaite.

— Je suis désolé.

Au prix d'un effort, il la relâcha, en maudissant son impulsivité. Il n'aurait jamais dû se retrouver dans cette situation : être seul avec cette femme à qui il avait pensé trop souvent.

— Vous n'avez pas perturbé ma soirée. J'aurais dû téléphoner à Marcel au lieu de débarquer ici sans prévenir.

Il tenta de ne pas regarder les longs rubans qui descendaient le long de son dos. Mais même quand il ne les regardait pas, il s'imaginait les faire danser sur sa peau. Frissonnerait-elle ? Cette simple pensée fit réagir tout son corps.

— Vous êtes le propriétaire de cet atelier, monsieur Zayn.

Je suis sûre que vous n'avez pas besoin de téléphoner quand vous venez en visite dans votre propre société.

Elle prit un jean et un T-shirt sur le dossier d'une chaise.

— J'enlève cette robe et je m'en vais.

Roman ignorait ce qui le dérangeait le plus : être responsable de son départ, ou ne pas être celui qui dénouerait ces rubans ce soir.

Bon sang.

— Non. Ne partez pas, dit-il d'un ton qu'il voulut neutre. Je vous ai interrompue et, manifestement, vous aidez beaucoup Marcel si vous êtes ici à une heure aussi tardive. Si cela ne vous ennuie pas, je préférerais que vous restiez. Dites-moi sur quoi vous travailliez.

Lentement, elle se retourna pour lui faire face. La colère avait disparu de son expression, laissant place au scepticisme.

— Vous voulez vraiment le savoir ?

Elle n'imaginait pas à quel point.

Maintenant qu'il était ici, l'idée que Sable s'en aille était presque douloureuse. Il savait qu'elle était la styliste la plus talentueuse que Marcel ait embauchée, alors, il ne pouvait pas se permettre de l'effrayer. Mais il ne pouvait pas non plus ignorer le fait qu'avec elle, il se sentait vivant à nouveau, après des années en pilote automatique. Maintenant qu'il avait admis ce fait, peut-être trouverait-il un moyen de se rapprocher d'elle.

— Oui, vraiment. Et, s'il vous plaît, appelez-moi Roman.

- 2 -

Sable ne devrait pas laisser le propriétaire de Zayn Designs balayer le sol. Mais lorsqu'elle s'était approchée du verre brisé tout à l'heure, elle s'était retrouvée dans les bras de Roman, qui l'avait portée afin qu'elle ne se blesse pas.

Savoir qu'elle ne portait rien, absolument rien sous la robe de soie avait rendu ce contact plus intense. Elle se sentait encore grisée par cette brève étreinte.

Alors, elle s'obligea à attendre patiemment pendant que Roman vidait le contenu de la pelle dans la poubelle et rangeait le balai. Il se lava les mains dans l'évier de la cuisine, la suspension au-dessus du plan de travail éclairant ses pommettes hautes et sculptées ainsi que la barbe naissante qui ombrait sa mâchoire carrée. Avec ses yeux noirs et ses cheveux noirs, témoignage de ses origines libanaises, il ressemblait beaucoup à son frère. Pourtant, Marcel n'avait jamais éveillé de feu en elle. Non, cette explosion sensorielle se produisait uniquement quand elle était en présence de Roman.

Après s'être séché les mains, celui-ci défit ses boutons de manchettes et retroussa ses manches.

— Vous êtes bien silencieuse pour une femme qui allait me dire sur quoi elle travaille, fit-il remarquer.

Exact.

Inutile d'expliquer qu'elle avait été distraite par son sex-appeal brut. Elle s'était déjà suffisamment ridiculisée ce soir. Posant le jean et le T-shirt qu'elle s'était apprêtée à remettre, elle alla au centre de la pièce pour éteindre l'un des projecteurs.

— Je travaille sur du contenu vidéo pour les réseaux sociaux de Zayn Designs.

Elle se dirigea vers le trépied et récupéra son téléphone.

— Le dos de la robe est si incroyable que j'ai eu l'idée de le filmer en mouvement. Je pense que cela plaira aux spectateurs. La vidéo me suit simplement pendant que je m'éloigne de la caméra.

— Puis-je la voir ? demanda-t-il, effaçant la distance entre eux et tendant la main vers le téléphone.

Ses doigts effleurèrent les siens lorsqu'elle lui confia l'appareil.

— Gardez à l'esprit que la vidéo n'est pas encore montée, dit-elle.

— D'accord.

Le regard rivé à l'écran, il appuya sur la touche Lecture.

La musique de Beyoncé résonna dans le haut-parleur. Sable résista à l'envie de se mettre sur la pointe des pieds et de regarder la vidéo avec lui. Car, bien qu'elle soit curieuse de voir les images, s'aventurer aussi près de Roman semblait dangereux.

Pendant que l'attention de Roman était fixée sur la vidéo, elle en profita pour l'observer. Pour essayer de comprendre ce qui la charmait tant chez lui. Elle avait éprouvé de l'attirance pour lui dès leur première rencontre. Ce soir – après s'être remise de sa surprise –, elle avait été encore plus fascinée, envahie par un sentiment excitant qui ne disparaissait pas. Et c'était *avant* qu'il lui dise qu'on ne pouvait pas oublier une femme comme elle.

La remarque l'avait d'abord hérissée, car Sable avait douté de sa sincérité. Après tout, son ex-mari lui avait donné le sentiment d'être tout à fait oubliable. Remplaçable. Mais puisque Roman avait insisté pour qu'elle reste, elle ne pouvait plus considérer cette phrase comme anodine. S'il la trouvait si marquante, cela voulait-il dire qu'il avait éprouvé la même attirance lorsqu'ils avaient fait connaissance, trois mois plus tôt ?

Elle promena son regard sur lui, depuis ses cuisses musclées jusqu'à sa taille étroite et à ses épaules larges et puissantes.

Lorsqu'elle arriva à son visage, elle constata que Roman ne regardait plus son téléphone mais *elle*.

Il l'observait. Intensément. Et il semblait très conscient de l'attention qu'elle lui avait portée.

— Ce que vous voyez vous plaît ? demanda-t-il.

Sa voix rauque glissa sur la peau de Sable comme une caresse. Elle sentit une douce chaleur se propager en elle.

— La réponse à cette question importe peu, parvint-elle à répondre. Mon travail compte trop pour moi pour que je le mette en danger par des décisions malheureuses.

— Idem.

Il posa le téléphone sur un canapé.

— Pour moi aussi, le travail compte beaucoup. Voilà pourquoi j'ai attendu trois mois après notre première rencontre pour revenir à New York.

Elle sentit sa respiration se bloquer. S'était-elle approchée de lui sans s'en rendre compte ? Ils étaient si proches l'un de l'autre qu'ils auraient pu se toucher. Elle observa la texture de sa barbe. Laisserait-elle une marque s'il la frottait contre sa joue ?

Ou contre la peau sensible entre ses jambes ?

— Je ne comprends pas, dit-elle, ayant besoin d'explications. Vous avez évité l'atelier délibérément ?

— Oui, affirma-t-il.

Elle vit un muscle tressauter sur sa mâchoire.

— Je me suis dit que je devais respecter l'espace de travail de Marcel en restant loin de sa nouvelle styliste si tentante.

Une femme plus sûre d'elle prendrait-elle ce commentaire pour argent comptant ? Sable l'ignorait. Mais en ce qui la concernait, elle avait envie de regarder autour d'elle pour savoir s'il n'y avait pas une caméra cachée quelque part.

Ses pensées se lisaient sans doute sur son visage car il demanda :

— Vous ne me croyez pas ?

— Vous dirigez une société de plusieurs milliards de dollars, dans une ville pleine de gens séduisants. Je suis sûre qu'il y a des flopées de femmes « tentantes » qui se jettent à votre cou régulièrement.

— Ce qui est drôle avec l'attirance, c'est qu'elle doit être réciproque. Comme celle qu'il y a entre nous.

Il posa le regard sur sa bouche, et Sable dut fournir un effort surhumain pour ne pas passer la langue sur ses lèvres. Sa bouche était si sèche qu'elle n'arrivait pas à parler.

Un petit son lui échappa, cependant. Un gémissement de désir très parlant.

Roman plissa les yeux et émit un grondement. Il laissa planer sa bouche au-dessus de la sienne, à un souffle d'elle. Mais il ne l'embrassa pas. Ils restèrent ainsi, tout près l'un de l'autre, mais sans se toucher. Et Sable dut faire appel à toute sa volonté pour ne pas le saisir par le col et l'attirer à elle.

— C'est une mauvaise idée, avertit-elle.

Elle n'osait pas le regarder dans les yeux. Car elle avait le sentiment qu'elle pourrait se noyer dans les profondeurs de ses iris.

— Sans doute, concéda-t-il.

Il ne recula pas. Son souffle fit danser une mèche de cheveux collée à sa joue.

— C'est vrai, ajouta-t-il. À moins que…

Il s'interrompit.

— À moins que quoi ?

Elle savait bien qu'il ne fallait pas espérer dans le vide. Malgré tout, son corps avait très envie d'un scénario qui finirait par la bouche de Roman sur la sienne.

— À moins que je ne reparte demain, répondit-il enfin.

Il lui releva le menton pour étudier son visage et la forcer à rencontrer son regard.

— Je pourrais rester sur la côte ouest quelques semaines. Essayer à nouveau de laisser les choses se tasser.

— Vous repartiriez déjà ?

À cette perspective, elle se sentit désemparée. Rejetée, même.

Une plaie ancienne s'était rouverte en elle. Mais elle était certaine que les caresses de Roman Zayn pourraient la panser. À moins qu'il ne s'en aille à nouveau.

— Oui, demain, répéta-t-il. Ainsi, nous avons cette nuit. Une parenthèse dans laquelle nous n'avons pas à penser au travail, à Marcel ou aux conséquences.

Ce qu'il suggérait aurait dû l'intimider. Mais elle avait trop faim de ses caresses. Oui, elle souhaitait tout oublier le temps d'une nuit. Elle était tout à fait prête à donner une réponse qui lui permettrait d'obtenir ce qu'elle désirait.

— Nous serions sur une corde raide, ajouta-t-il.

Certes, céder à leur désir mutuel ne serait pas très éthique. Mais ils ne seraient pas les premiers à ignorer leur conscience professionnelle pour s'adonner à des ébats torrides.

Et elle savait, sans l'ombre d'un doute, que leurs ébats seraient torrides. Le simple contact de la main de Roman sur son menton provoquait déjà un déluge de sensations.

— Compliqué, mais pas impossible. C'est à vous de décider, Sable. Que voulez-vous faire ?

Elle savait bien qu'il aurait pu la convaincre par un baiser. Mais il n'avait pas profité de son avantage. Le fait qu'il la laisse décider, qu'il la laisse s'approprier la situation, la mettait en confiance.

— C'est peut-être une corde raide, mais j'ai un excellent sens de l'équilibre, répondit-elle.

Elle posa les mains sur ses pectoraux, froissant l'étoffe de sa chemise. Elle avait besoin de tout ce qu'il pourrait lui offrir ce soir.

— Et je pourrais mourir si vous ne m'embrassez pas bientôt, conclut-elle.

Roman pressa les lèvres sur les siennes. C'était un baiser ardent. Possessif. Le besoin de la goûter avait allumé un feu en lui dès l'instant où il était entré dans l'atelier. L'assentiment de Sable était un soulagement. Elle avait le goût des fraises et du champagne, et sa saveur était plus enivrante que le plus fort des alcools.

Il l'enlaça, ses mains touchant à nouveau son dos nu. Lorsqu'il sentit sa peau douce à travers les longues bandes de soie, il gronda de plaisir. Il avait très envie de dénouer les rubans et de faire tomber la fine robe au sol. Mais il ne voulait pas aller trop vite.

— Tu ne portes rien sous cette robe, dit-il contre sa bouche humide. N'est-ce pas ?

Elle inspira brusquement, puis elle plaqua les hanches contre lui. Ce qui annihila ses pensées et anéantit le peu de retenue qu'il lui restait encore.

— Il n'y avait de place pour rien d'autre que moi, répliqua-t-elle.

Elle sortit sa chemise de son pantalon afin de pouvoir glisser les mains dessous.

Il serra les dents lorsqu'elle griffa doucement ses abdominaux et caressa ses muscles, jusqu'à ce qu'il ait l'impression que tout son sang avait afflué dans son aine.

— Ne bouge pas, avertit-il, se détachant d'elle pour aller chercher un préservatif. Et ne t'imagine même pas retirer cette robe sans moi.

Il repéra son sac et y prit ce dont il avait besoin avant de retourner vers Sable. Elle était sacrément séduisante avec sa robe à présent froissée et sa chevelure brune prête à se libérer à tout moment.

La prenant par la main, il la conduisit vers la chambre. C'était un tout petit espace au fond de l'atelier, juste assez grand pour contenir un lit pour deux personnes et un chevet. Mais il n'avait pas besoin de beaucoup de place, étant donné qu'il voulait avoir Sable partout sur lui. Ou sous lui. Toute la nuit.

Elle s'apprêta à fermer la porte.

— Laisse ouvert, dit-il. Je veux te voir.

La lumière provenant de l'atelier éclairait suffisamment la pièce.

Plongeant la main dans ses cheveux, il retira la pince qui retenait la masse soyeuse et regarda ses boucles tomber en cascade sur ses épaules.

— Bonne idée, approuva-t-elle. J'ai envie de te voir, moi aussi.

Elle était déjà à l'œuvre, défaisant un à un les boutons de sa chemise. Ses yeux noisette suivaient sa progression, captivés par ce qu'ils découvraient. C'était presque comme si elle le trouvait aussi fascinant qu'il la trouvait fascinante.

Ce qui était impossible. Néanmoins, c'était un sentiment délicieux.

Il attendit qu'elle termine sa tâche puis acheva d'ôter sa chemise. Les seuls sons qui brisaient le silence étaient ceux de leur respiration et des vêtements qui tombaient au sol. Des bruits qui ne faisaient qu'attiser son désir, alors qu'il souhaitait prendre son temps. Savourer ces instants. Surtout s'ils ne devaient partager qu'une seule nuit.

Lorsqu'elle posa le regard sur son pantalon, il sentit le désir pulser en lui à un rythme rapide, en réaction au désir croissant dans les jolis yeux de Sable. Mais il ne se laisserait pas distraire. D'abord, il allait lui ôter cette robe.

— Tourne-toi, ordonna-t-il.

Posant les mains sur ses hanches rondes, il la fit pivoter afin qu'elle lui tourne le dos. À présent, ses cheveux se mêlaient aux longs rubans qui pendaient de son cou. Avec douceur, il écarta la masse brillante sur un côté et la fit glisser vers l'avant de son épaule.

Du bout de l'index, il effleura une bande de soie noire, lui arrachant un frisson. Elle était très réactive, songea-t-il, satisfait. Il lui tardait de découvrir toutes les choses qu'elle aimait. Tous les gestes qui la feraient panteler et trembler. Puisqu'il n'aurait qu'une nuit, il devait faire en sorte que Sable ne l'oublie jamais.

À présent, il était si excité qu'il devait fournir un effort monumental pour se contrôler et faire passer Sable avant tout.

Il posa la main sur son ventre et l'attira contre lui. La douce courbe de son fessier fut pressée contre son érection, le mettant au supplice. D'autant plus qu'elle gémit et qu'elle effectua un mouvement des hanches qui lui fit serrer les dents tant les sensations étaient fortes.

Sans savoir comment, il rassembla assez de sang-froid pour se concentrer sur elle. Il défit le nœud de son col, et l'avant de la robe pendit de manière précaire sur la courbe de ses seins, juste avant de tomber sur sa taille.

Avec sa langue, il traça un chemin sur son cou tout en massant ses seins doux, passant les pouces sur les pointes sensibles jusqu'à ce qu'elle se colle à lui et qu'ils gémissent tous deux de plaisir.

— J'ai besoin de t'embrasser, dit-il.

Elle se retourna entre ses bras, la robe tombant au sol. À présent, elle était entièrement nue.

Alors, il la fit s'étendre sur le lit, ses cheveux s'étalant tout autour d'elle sur l'oreiller. Elle haleta lorsqu'il déboucla sa ceinture, les yeux rivés aux siens. Avec des mains impatientes, il termina de se déshabiller avant de s'allonger sur elle, s'appuyant sur un bras pour éviter de faire peser tout son poids sur elle. Il contempla ses seins parfaits aux mamelons sombres. Puis il les embrassa, l'un après l'autre, taquinant et suçotant les tétons durcis.

Elle posa la main sur son sexe, l'explorant du bout des doigts d'une manière qui le ferait assurément exploser de plaisir s'il ne l'interrompait pas. Mais l'hésitation dans ses caresses délicieuses le poussa à endurer ce supplice sensuel un peu plus longtemps. Il repensa à la façon dont elle s'était braquée lorsqu'il avait dit ne pas pouvoir l'oublier – comme si quelqu'un lui avait donné le sentiment qu'elle était oubliable. Indésirable.

Il était hors de question qu'elle quitte son lit sans se sentir totalement appréciée.

Il déposa une pluie de baisers sur elle, descendant jusqu'à sa hanche avant de retourner vers son nombril. Elle s'agita sous lui, comme pour lui en demander plus. Il effleura sa jambe, puis l'intérieur de sa cuisse. Lorsqu'elle émit un doux son de désir, il lui releva la jambe pour l'appuyer sur son épaule et goûta ses replis intimes.

Elle se cambra pour s'offrir à lui. Il se perdit en elle, impatient de la sentir jouir contre ses lèvres pour la première fois. Il n'eut pas à attendre longtemps avant qu'elle soit secouée de tremblements. Il la tint fermement, continuant à attiser son plaisir jusqu'à ce qu'elle retombe sur le lit.

Lorsqu'il s'étendit à côté d'elle, il songeait déjà aux multiples façons de l'amener sur les cimes du plaisir avant le lever du soleil. Mais d'abord, il avait besoin d'être en elle.

Elle avait dû penser la même chose car elle avait déjà pris le préservatif. Avec des doigts tremblants, elle tenta d'ouvrir l'emballage. Malgré le faible éclairage, il vit la rougeur sur ses joues. Une rougeur qu'il avait provoquée.

Un sentiment possessif le tenailla, un sentiment qu'il n'avait pas éprouvé depuis… *Bon sang.* Il chassa cette pensée aussi vite qu'il le put, puis il lui prit le préservatif des mains. L'accès de colère contre lui-même rendit son besoin de s'enfouir en elle encore plus impérieux.

— Roman ?

Son prénom, prononcé par elle, apaisa les reproches dans sa tête. Il prit un instant pour dérouler la protection sur lui.

— Je suis là, avec toi, assura-t-il en caressant sa joue. Et j'ai très envie de toi.

— Je peux être sur toi ?

Elle semblait essoufflée. Excitée. Et un peu nerveuse ?

Il fit taire l'orage dans son esprit pour se concentrer sur elle.

— Tu peux faire tout ce que tu veux, ma belle.

Pour le prouver, il roula sur le dos et la fit grimper sur lui ; elle ressemblait à une déesse chevauchant sa monture.

— Je voulais te voir sous chaque angle, de toute manière, dit-il.

Ses lèvres pulpeuses affichèrent un sourire satisfait. Il sonda son regard, s'assurant qu'elle était totalement d'accord pour aller plus loin. Mais son attention était déjà sur lui. Ses yeux brillaient de désir quand elle aligna ses hanches avec les siennes puis positionna son sexe sur le sien.

Une onde brûlante le traversa. Il lui serra la taille pour l'immobiliser et s'enfonça profondément en elle. Il n'aurait pas pu retenir le mouvement de ses reins même s'il l'avait voulu.

La sensation était incroyable. Bien plus incroyable que les étreintes insignifiantes qu'il s'était accordées de temps à autre ces cinq dernières années.

Il laissa la sensation s'intensifier jusqu'à ce qu'il ne puisse plus rester immobile.

— Sable…

Il resserra son étreinte, ses doigts s'enfonçant dans sa peau douce.

— J'ai besoin…

— Moi aussi, susurra-t-elle.

Et elle se mit à onduler sur lui.

Grondant à la fois de plaisir et de douleur, il alla et vint en elle, leurs rythmes se synchronisant et chassant toute pensée de son esprit jusqu'à ce qu'il ne reste plus que son désir brûlant.

Ils ondulèrent à l'unisson, découvrant ce que l'autre appréciait. Et Roman aimait tout ce qu'elle lui faisait. Tout était fantastique. Lorsqu'il arriva au bout de sa résistance, il glissa la main entre eux et la caressa pour l'amener vers le précipice. Il sentit le moment où elle fut au bord, quand ses jambes se mirent à trembler de chaque côté de lui. Ce ne fut que lorsqu'il fut sûr qu'elle avait atteint l'extase qu'il se laissa basculer à son tour.

L'orgasme le secoua encore et encore, lui arrachant un cri qui provenait du fond de son être.

Lorsque les spasmes de plaisir cessèrent, il allongea Sable à côté de lui. Il avait besoin qu'elle soit près de lui pendant qu'il revenait sur terre.

Une fois que sa respiration fut à nouveau normale, il ouvrit les yeux, juste à temps pour voir Sable embrasser ses pectoraux. Le sentiment possessif qui l'avait assailli tout à l'heure revint de plus belle.

Elle le regarda à travers ses longs cils.

— Ne t'endors pas tout de suite, Roman.

Il n'avait aucune intention de dormir tant qu'elle était dans son lit, mais il se garda de le lui dire.

Il enroula une mèche de cheveux autour de son doigt et fut surpris de sentir l'excitation monter en lui à nouveau.

— Pourquoi ? Qu'est-ce que tu avais en tête ?

— Si je n'ai qu'une nuit avec toi, il y a d'autres… *choses*… que je veux essayer, confia-t-elle d'une voix à la fois audacieuse et timide qui lui fit l'effet d'un uppercut.

Et qui renforça son excitation.

— Tout ce que tu voudras, ma belle.

Il l'attira vers lui et déposa un baiser au creux de son cou, savourant la sensation de ses seins contre son torse.

— Mais il va falloir que tu sois plus précise.

Il était impatient de savoir ce qu'elle voulait. Et de lui faire plaisir. Mais il regrettait sérieusement d'avoir promis qu'il n'y aurait qu'une nuit entre eux. Déjà, il réfléchissait à une solution pour contourner ce pacte sans compliquer la situation.

Car il honorerait sa promesse de quitter la ville le lendemain matin. Et il laisserait un peu de temps à Sable pour se languir de lui, pendant qu'il chercherait un moyen de la revoir sans compromettre son emploi chez Zayn Designs. Mais, dans deux mois, il avait bien l'intention de revenir.

Et de prolonger leur aventure d'un soir.

- 3 -

Durant les huit semaines qui avaient suivi sa nuit inoubliable, fabuleuse et époustouflante avec Roman Zayn, Sable avait parfois pensé qu'elle avait peut-être rêvé ces ébats exceptionnels avec l'homme qui possédait la société pour laquelle elle travaillait.

Assise dans la salle de bains du troisième étage, dans sa maison de Brooklyn, elle était en train de regarder une seconde ligne rose apparaître sur son test de grossesse. Elle avait maintenant la certitude qu'elle n'avait pas rêvé.

Ce n'est pas possible.

Selon ce test, le troisième en une semaine, c'était tout à fait possible, qu'elle le veuille ou non. C'était incompréhensible… Ils avaient utilisé des préservatifs. Sauf une fois, juste avant l'aube, alors qu'ils étaient à moitié endormis et qu'elle l'avait chevauché avant de se rendre compte de son oubli. Une erreur vite réparée. Après cela, Sable n'y avait plus repensé, car durant son mariage, elle avait eu toutes les peines du monde à tomber enceinte.

Elle appuya la tête contre le lavabo blanc, se demandant comment et quand elle allait annoncer la nouvelle à Roman. Il avait suivi leur marché à la lettre : deux mois plus tôt, il était sorti de sa vie et depuis, il n'avait donné aucune nouvelle. Bien qu'elle soit heureuse qu'il respecte les limites qu'elle avait fixées, une petite part d'elle ne pouvait s'empêcher de se demander s'il avait pensé à elle. Ou si, parfois, il rêvait d'une autre nuit avec elle.

Quelqu'un frappa à la porte.

— Sable ?

C'était Tana Blackstone, l'aspirante actrice qui s'était installée dans la maison un mois avant elle. Elle faisait les cent pas dans le couloir, le volume de la musique rock émise par son téléphone montant et descendant en fonction de sa proximité avec la porte.

— Je n'aurai jamais ce rôle si je vais à mon audition avec des cheveux sales !

— J'ai presque fini, marmonna Sable.

Puisqu'elle n'était pas encore prête à révéler sa grossesse, elle jeta le test dans la poubelle, le recouvrit avec un mouchoir puis sortit.

Tana entra aussitôt dans la pièce, un solo de guitare s'échappant de son téléphone.

— La propriétaire t'attend en bas, je crois, dit-elle avant de s'enfermer dans la salle de bains.

— Cybil Deschamps est ici ? Dans la maison ?

Sable gagna lentement sa chambre. Que pouvait bien lui vouloir l'héritière philanthrope à la tête d'une société de cosmétiques ?

Cybil possédait non seulement la magnifique maison de brique que Sable considérait maintenant comme son chez-elle, mais elle avait aussi sélectionné ses locataires dans le cadre d'une expérience sociale très médiatisée. La septuagénaire avait longtemps vécu dans le légendaire hôtel Barbizon, un lieu de résidence pour femmes qui, selon elle, l'avait aidée à trouver ses marques à New York pendant qu'elle lançait sa carrière de mannequin. L'année précédente, Cybil avait décidé que l'onéreuse Grosse Pomme ne permettait pas aux femmes aux revenus modestes de poursuivre leurs rêves, et elle avait fondé sa propre résidence pour femmes. Étant à la tête de l'une des plus grandes fortunes de la ville et ayant une maison disponible à Brooklyn, Cybil avait proposé des chambres abordables à des personnes qu'elle jugeait dignes de valeur – après un processus de sélection long et rigoureux, bien entendu. Sable lui était reconnaissante de son initiative. Sans ce logement, elle n'aurait jamais pu effectuer son stage chez Zayn Designs.

— Je crois, répondit Tana à travers la porte. Mais je ne suis pas descendue pour vérifier.

Sable prit son sac sur le lit et descendit les trois étages pour gagner le rez-de-chaussée. Elle savait que Cybil n'était pas venue pour la chasser de l'appartement, même si elle avait le sentiment qu'avoir un bébé dans cette résidence serait mal vu. Une grossesse était-elle un motif d'expulsion ? Sable l'ignorait, mais ce ne serait guère surprenant. Ce magnifique bâtiment avec vue sur le parc de Fort Greene accueillait des célibataires qui souhaitaient progresser dans leur carrière artistique, et des jeunes mamans qui devaient abandonner leurs ambitions professionnelles afin d'élever leur enfant.

Elle eut le ventre noué à l'idée de renoncer à son métier. Mais elle voulait un enfant. Elle avait eu beaucoup de mal à tomber enceinte lorsqu'elle était mariée, puis elle avait fait une fausse couche qui l'avait dévastée. Bien que les circonstances ne soient pas idéales pour elle, elle ne mettrait jamais en péril cette chance de devenir mère, qui pourrait bien être la seule et unique. Mais elle n'avait pas vraiment pensé aux répercussions que sa grossesse aurait sur son travail. Elle avait toujours rêvé d'habiller les célébrités. Depuis des mois, elle effectuait des heures supplémentaires pour développer les réseaux sociaux de Zayn Designs ainsi que les siens, afin d'avoir des abonnés et quelques contacts à la fin de son stage.

Maintenant qu'elle était enceinte, il lui fallait tout repenser.

Que dirait Roman lorsqu'il saurait pour le bébé ? Devait-elle lui téléphoner ? Ou attendre qu'il revienne à New York ? Elle avait été rejetée par son ex-mari pour ne pas avoir été capable de lui donner un enfant. Alors, elle ne savait que penser du rôle d'un petit ami en matière de parentalité. Mais Roman n'était pas son petit ami, loin de là.

Et Marcel ? Comment réagirait-il lorsqu'il apprendrait qu'elle était enceinte de son frère ? Accepterait-il qu'elle termine son stage ?

Elle avait presque atteint le rez-de-chaussée – où se trouvait le boudoir, comme Cybil Deschamps le surnommait – quand elle entendit des voix provenant du grand salon.

— La voilà, résonna la voix autoritaire de Cybil sous le haut plafond.

Grande, blonde, le teint parfait, Cybil portait un tailleur Chanel rose et blanc ainsi que des ballerines couleur chair et un T-shirt d'une récente vente aux enchères au profit de la lutte contre le cancer du sein. Elle assistait à de nombreux galas de charité, ne manquant jamais une occasion de développer son réseau. À côté de Cybil se tenait un homme qu'elle reconnut comme son fils, Lucas, et une jeune femme que Sable n'avait jamais vue, aussi grande et blonde que Cybil.

Lucas et la nouvelle arrivée semblaient éviter de se regarder, tout en s'observant à la dérobée. Comme s'ils voulaient voir l'autre mais sans être pris en flagrant délit.

— Bonjour, Cybil, dit Sable, s'efforçant de paraître joyeuse.

Mais son sourire était sans doute timide, car son esprit était encore obnubilé par la nouvelle de sa grossesse.

— J'allais partir travailler. Vous aviez besoin de moi ?

— Je voulais vous présenter votre nouvelle colocataire.

Cybil posa un bras sur les épaules de la jeune femme.

— Voici Blair Westcott. C'est une maquilleuse très talentueuse, et elle va travailler pour notre entreprise.

Sable crut voir Lucas Deschamps se raidir. Elle se focalisa sur la nouvelle venue et lui tendit la main.

— Sable Cordero, troisième étage. Bienvenue.

— Enchantée, murmura Blair en serrant sa main, un épais bracelet d'argent glissant sur son fin poignet.

Cybil expliqua que Sable et Blair pourraient s'aider l'une l'autre avec leurs « talents complémentaires ».

— Absolument, approuva Sable.

Elle éprouva une pointe de culpabilité. Car bientôt, elle n'utiliserait plus ses talents. Cybil trouverait une nouvelle locataire pour la remplacer en un rien de temps, et Sable ne serait plus là pour aider Blair de quelque manière que ce soit.

— Nous pourrons discuter davantage quand je rentrerai du travail, dit-elle à la jeune femme, mais pour l'instant, je dois partir. Je suis déjà en retard.

Elle disait vrai. Elle avait perdu une demi-heure dans la salle de bains après le choc du test de grossesse. Néanmoins, elle ressentait encore un petit pincement au cœur à l'idée de laisser Blair seule avec Cybil, qui passerait sans doute le reste de sa matinée à citer les personnes célèbres de son réseau et à tracer l'avenir de la jeune femme.

Sable ouvrit la porte d'entrée, songeant que son propre avenir déviait fortement de la direction qu'elle avait imaginée.

— Bonjour, Sable.

C'était la voix sexy qu'elle entendait dans ses rêves.

Roman Zayn était au pied du perron, habillé d'un pantalon anthracite et d'une chemise blanche taillée sur mesure, une des créations de Marcel. Il retira ses lunettes aviateur.

Il était… beau à se damner, avec son allure de mannequin et tous ces muscles déliés sous ses vêtements.

— Hum, fit-il.

Ce ne fut qu'à cet instant qu'elle se rendit compte qu'elle le dévorait des yeux.

Autour d'eux, la rue était calme, toutefois le parc de Fort Greene face à eux était déjà plein de coureurs, de cyclistes et de femmes avec des bébés dans leurs poussettes.

Des bébés.

Cette pensée la figea net.

— J'ai pris des cafés en chemin, dit-il.

Il montra le SUV noir aux vitres teintées garé derrière lui. Un chauffeur était au volant.

— Si tu montais pour en boire un avec moi pendant que je te dépose au bureau ?

Décontenancée, elle hocha la tête en guise de réponse et s'intima de se reprendre.

Pourquoi fallait-il que Roman soit venu aujourd'hui, précisément ? Elle aurait préféré avoir quelques jours pour accepter les changements dans sa vie avant qu'il bouleverse son monde une fois de plus.

Manifestement, elle n'aurait pas ce luxe.

— D'accord, dit-elle. Merci.

Elle devait trouver un moyen d'expliquer à son patron qu'elle portait son enfant depuis leur nuit sans lendemain.

Elle doutait qu'il y ait assez de café dans la ville pour l'aider à faire cette confession.

En matière d'accueil, Roman s'était attendu à mieux.

La femme assise à côté de lui avait empli ses pensées chaque jour et peuplé ses rêves chaque nuit depuis son dernier séjour à New York. Il avait royalement agacé son frère en restant loin de la maison de couture aussi longtemps. Marcel avait été encore plus furieux quand il avait appris que Roman était venu à Manhattan deux mois plus tôt sans même passer le voir.

Roman regrettait cette situation. Mais il avait pris au sérieux la promesse qu'il avait faite à Sable. Il refusait de la mettre dans une situation professionnelle compromettante, et il tenait à lui faire comprendre que s'ils avaient une liaison, ce ne serait en aucun cas une menace pour son emploi. Car il voulait d'autres nuits avec elle.

Aucune femme ne l'avait troublé comme Sable depuis la mort de son épouse. Il ne se remarierait jamais et ne remplacerait pas la seule femme qui avait conquis son cœur, mais il pouvait au moins prendre du plaisir avec une femme qui le fascinait. Et qui semblait le désirer autant qu'il la désirait.

Du moins, c'était ce qu'il avait cru.

Mais la réaction de Sable le faisait douter. Certes, il y avait eu un éclair de désir dans ses yeux quand elle avait croisé son regard tout à l'heure. Il ne doutait pas qu'elle soit encore fortement attirée par lui. Il avait senti sa tension lorsqu'ils s'étaient retrouvés face à face.

Après cela, c'était comme si elle lui avait filé entre les doigts. Ses pensées l'avaient emportée ailleurs, et il ignorait comment la faire revenir.

Il la regarda siroter l'un des cafés qu'il avait achetés, les yeux fixés sur le fleuve Hudson tandis qu'ils franchissaient le pont de Brooklyn. Vêtue d'un corsaire en jean et d'un pull rose qui dévoilait une épaule et la bretelle d'un débardeur en dentelle, elle était tout à fait alléchante.

Il rêvait de la goûter encore, et cela depuis des semaines.

— Tu semblais surprise de me voir, finit-il par lancer. Tu pensais que je ne reviendrais pas ?

Elle posa son café fumant dans un porte-gobelet puis plongea le regard dans le sien. Le soleil matinal faisait ressortir les points vert et or de ses yeux, des subtilités qu'il n'avait pas eu le loisir d'apprécier pendant leur nuit de passion.

— Je savais que tu reviendrais chez Zayn Designs, mais je ne m'attendais pas à te trouver devant ma porte.

Elle fit tourner son bracelet autour de son poignet. Pourquoi était-elle si nerveuse ?

— J'imagine que, en tant qu'employeur, il est normal que tu saches où je vis, ajouta-t-elle.

— Je n'ai pas consulté ton dossier. Tu es facile à trouver sur Internet puisque tu vis dans l'un des célèbres appartements de Cybil Deschamps.

Lors de leur dernière rencontre, il ignorait que Sable avait retenu l'attention de l'héritière excentrique, qui accordait des logements à bas loyer à des candidates méritantes.

— Je n'aurais pas pu accepter le stage sans cela.

L'épaule de Sable effleura la sienne quand le véhicule tourna à l'angle d'une rue. Elle se redressa prestement.

— Mais ça, tu le sais sans doute aussi, avança-t-elle. Le journal de ma ville en a beaucoup parlé.

Ce même journal avait aussi évoqué son mariage raté avec un futur politicien. La voir avec un autre homme sur une ancienne photo avait été… désagréable, c'était le moins qu'on puisse dire. Roman n'aurait pas dû éprouver de jalousie, pourtant le sentiment avait été vif. Et évident.

Son téléphone vibra sur le siège, mais il l'ignora, désireux de savourer ces instants avec Sable.

— Les journalistes auraient dû se concentrer davantage sur tes réussites et moins sur ta vie personnelle, commenta-t-il.

Il se réjouissait que la circulation soit dense, car cela lui permettait de prolonger ce tête-à-tête. Il avait besoin de temps pour lui parler. Pour la convaincre de reprendre leur liaison.

— Ton parcours professionnel est impressionnant. Je comprends pourquoi Marcel t'a engagée.

— Merci. J'ai toujours voulu être styliste pour célébrités, et Marcel m'a donné de multiples occasions de nouer des contacts pour réaliser mon rêve. Je n'en suis encore qu'à la moitié de mon stage, et j'ai déjà attiré l'attention de…

Elle s'interrompit soudain et se détourna pour qu'il ne voie pas son expression.

Quelque chose la perturbait ?

— C'est une bonne chose, non ? demanda-t-il.

Il n'en savait pas assez sur le monde de la mode pour avoir la réponse. La seule raison pour laquelle il était le directeur de Zayn Designs, c'était parce qu'il s'y connaissait en affaires et qu'il disposait d'un capital personnel.

Il posa la main sur son épaule. Quand elle se retourna vers lui, il ne parvint pas à déchiffrer les émotions dans ses yeux. Mais elles étaient multiples.

Et intenses.

— Ce *serait* une bonne chose, reprit-elle d'une petite voix. Si je pouvais profiter de ces occasions.

Elle prit une autre gorgée de café pendant qu'il s'efforçait de trouver du sens à ses paroles.

— Pourquoi ne le pourrais-tu pas ? Tu as peur que ces possibilités aient disparu quand tu auras fini ton année avec Marcel ?

Il avait envie de l'aider. De lui faciliter les choses afin qu'elle puisse exprimer son talent. Mais il ne voulait pas non plus s'imposer.

Il devait gérer leur relation avec prudence, mais respecter Sable en tant qu'employée n'excluait pas qu'il la remercie pour ses contributions. Et si elle avait des problèmes liés à Zayn Designs, il voulait les connaître.

Il vit un muscle tressauter sous son œil droit. À nouveau, il se demanda si elle était nerveuse. Et il lui vint à l'esprit que cette conversation serait plus facile si elle était sur ses genoux. Dans ses bras. Ou allongée sous lui.

Bon sang. Il s'agita, mal à l'aise. Il commençait à penser qu'il avait sous-estimé l'effet qu'elle avait sur lui. Comment pourrait-il se concentrer sur ce qu'elle disait alors qu'il la désirait si fort ?

— Je ne peux pas profiter de ces occasions, Roman.

Elle prit une grande inspiration et le regarda dans les yeux.

— Parce que je viens de découvrir que je suis enceinte.

Les mots qu'il n'aurait jamais cru entendre laissèrent un écho fantôme dans le silence.

Ils tournèrent en boucle dans sa tête. Et chassèrent toute autre pensée de son esprit. Roman avait des questions, mais il n'était pas sûr de pouvoir les poser d'une manière appropriée pour l'instant. Il n'avait même pas assez de neurones connectés pour déterminer ce qui était approprié. Alors, il attendit et observa Sable. En espérant que si elle parlait de nouveau, il pourrait trouver un sens à ses mots.

— Je viens d'en avoir la certitude, alors j'essaie encore de me faire à cette idée. Mais tu es le seul homme avec qui j'aie couché cette année, alors, même si nous avons pris nos précautions… enfin, la plupart du temps…

Elle n'avait pas besoin de finir sa phrase. Il savait qu'ils n'avaient pas été assez prudents.

— Je m'en souviens, dit-il. Il ne m'est jamais venu à l'idée de te questionner là-dessus…

Elle posa la main sur son bras. C'était le premier contact dont elle était l'initiatrice.

— Ce n'était pas ta faute, dit-elle.

Elle retira sa main et prit son café.

Après un instant, elle reprit d'une voix plus calme :

— Je n'ai pas réfléchi sur le moment, parce que j'avais du mal à tomber enceinte quand j'essayais d'avoir un enfant.

Cet aveu inattendu – et la souffrance qu'il révélait – était particulièrement intime. Étrangement, cet aperçu de sa vulnérabilité remit son esprit en marche.

Plus tard, il songerait aux répercussions de cette situation. Il essaierait de comprendre ce que cela signifiait pour lui, et pour son avenir. Pour l'heure, il était impératif qu'il renforce la confiance que Sable avait en lui. Il ferait en sorte qu'elle ne coupe pas les ponts avec lui ou avec Zayn Designs. Il voulait éviter qu'elle retourne auprès de sa famille, en Louisiane. Si elle portait son enfant, il fallait qu'elle reste ici, à New York.

— Je suis navré que le moment ne soit pas idéal pour toi, Sable.

Il se tourna pour lui faire face. Puis, pour donner du poids à ce qu'il s'apprêtait à dire, il prit ses mains entre les siennes.

— Mais je suis là maintenant, et je peux t'aider. Je te soutiendrai pour la suite, quelle qu'elle soit.

Il était sincère. Mais il savait aussi que derrière cette offre de soutien se cachait une douleur vive, celle d'avoir manqué l'aventure de la parentalité avec son épouse.

Annette aurait tant voulu être mère… Et bien que Roman compte respecter son vœu de l'aimer pour toujours, il eut le cœur serré en pensant qu'il aurait un bébé avec une autre femme. Il avait l'impression de trahir Annette.

— Je vais garder ce bébé, déclara Sable avec fermeté tandis que le véhicule s'arrêtait devant l'immeuble de Zayn Designs.

Elle semblait sur la défensive.

— Je vais prendre rendez-vous avec mon médecin et faire tout ce qui est en mon pouvoir pour mener cette grossesse à terme, Roman. Je ne te demanderai pas de faire partie de la vie du bébé si tu ne le souhaites pas, mais j'irai jusqu'au bout.

— Bien.

Soulagé, il sentit un nœud se défaire dans sa poitrine. Il ne pouvait pas se permettre que Sable interprète mal la tension qui émanait de lui. Il serra ses mains à nouveau pour lui faire comprendre qu'ils étaient sur la même longueur d'onde.

— Je m'en réjouis. Et, sois-en sûre, moi aussi, j'irai jusqu'au bout. Jamais je n'abandonnerai mon enfant. J'espère que tu me permettras de t'accompagner à ton premier rendez-vous médical.

Elle resta bouchée bée ; manifestement, elle ne s'était pas attendue à une telle réponse. Mais quelque chose s'adoucit dans son expression, et la méfiance disparut de son regard noisette, lui donnant l'espoir que sa déclaration n'était pas malvenue.

— D'accord, dit-elle.

Elle libéra ses mains pour prendre son sac sur la banquette.

— Je t'enverrai un message lorsque j'aurai la date du rendez-vous.

Elle s'apprêta à sortir de la voiture, puis se retourna vers lui.

— Tu ne viens pas ?

— Pas tout de suite.

Notamment parce que la nouvelle de cette grossesse l'avait déstabilisé. Il n'était pas prêt à parler affaires avec son frère comme il le faisait d'habitude. Qui plus est, il devait s'organiser : il commencerait par trouver un pied-à-terre à New York, car dorénavant, il passerait plus de temps dans cette ville.

— J'ai quelques rendez-vous ce matin, mais je verrai Marcel plus tard dans la journée, dit-il.

Lorsqu'elle fut hors de la voiture, il lui tendit son café.

— Oh ! Merci. Et merci de m'avoir déposée.

Elle se mordilla la lèvre un instant, attirant son attention sur sa délicieuse bouche.

— Peut-on garder la nouvelle pour nous encore quelque temps ? demanda-t-elle. Jusqu'à ce que nous soyons plus à l'aise avec cette idée ?

Elle serra les bras autour d'elle, ce qui souligna sa taille fine ainsi que la courbe de ses hanches.

Bon sang, il aimerait tant avoir le droit de la toucher à nouveau… Mais il ne pouvait pas prendre le risque de la presser. Ce n'était pas le moment.

— Ça me va, approuva-t-il. Nous en reparlerons bientôt, et n'oublie pas de m'envoyer la date de ton rendez-vous.

Elle hocha la tête puis se dirigea vers l'immeuble. Roman la regarda partir, puis il communiqua au chauffeur sa destination suivante. Il avait beaucoup de choses à accomplir aujourd'hui. Mais la nouvelle de cette grossesse lui facilitait la tâche sur un point : il n'aurait pas à convaincre Sable de passer plus de temps avec lui. Puisqu'elle aurait un rendez-vous médical bientôt, il n'en aurait pas besoin.

D'une manière ou d'une autre, il la reverrait. Il espérait seulement que lorsqu'ils seraient réunis, elle serait ouverte à sa proposition. Puisqu'elle était déjà enceinte, il n'y avait aucune raison pour qu'ils ne s'accordent pas de nombreuses autres nuits de plaisir.

- 4 -

La semaine suivante, Sable surmonta sa peur des cabinets médicaux et arriva chez son obstétricienne en avance. Elle avait envoyé à Roman toutes les informations concernant ce rendez-vous, et il lui avait répondu qu'il serait présent. En dehors de cet échange, elle ne l'avait revu brièvement qu'une fois chez Zayn Designs, et ils ne s'étaient pas parlé. Il lui avait envoyé quelques messages, cependant, pour prendre de ses nouvelles. Et lui demander si elle avait besoin de quelque chose.

C'était… gentil de sa part. Elle appréciait le fait qu'il la laisse respirer tout en lui rappelant qu'il serait présent dans sa vie. Du moins, dans la vie de leur bébé. Elle ne se faisait pas d'illusions : Roman et elle se connaissaient à peine. C'était donc pour leur enfant qu'il s'impliquait.

— Sable Cordero ?

Une infirmière en blouse rose tenant un porte-bloc lui fit signe d'entrer dans la salle d'examen.

Toujours aucun signe de Roman.

Sable cligna des yeux pour chasser sa tristesse. Avait-il menti en prétendant vouloir s'impliquer dans cette grossesse ? Eh bien, elle comptait aller de l'avant, avec ou sans lui. Par conséquent, l'absence de Roman à ses côtés aujourd'hui ne devait pas la bouleverser à ce point.

Simplement, elle avait espéré qu'il lui ferait oublier sa nervosité. Elle ne pouvait s'empêcher de songer à toutes ces fois où elle s'était retrouvée dans le cabinet de son médecin à Bâton-Rouge. Et à ses rendez-vous à la clinique de fertilité. Ces souvenirs lui laissaient un sentiment d'échec et de honte. Un sentiment dont elle n'avait jamais parlé à personne. Ces émotions étaient trop personnelles, trop négatives. Pire, elle ne se sentait même pas en droit de les ressentir, après avoir rencontré des femmes qui avaient lutté contre l'infertilité bien plus longtemps qu'elle.

Quand l'infirmière repartit, Sable fouilla dans son sac et prit son téléphone afin de se changer les idées. Elle trouverait une page pleine de chiots. Ou de chats en costume. Ce genre de vidéos la feraient sûrement sourire. Elle venait de déverrouiller l'écran et de constater qu'elle avait deux messages manqués quand elle entendit du bruit dans le couloir.

Était-ce la voix de Roman ?

On frappa à la porte, et l'infirmière passa la tête dans l'embrasure.

— Mademoiselle Cordero ? Il y a un monsieur pour vous…

Avant même qu'elle finisse sa phrase, Roman apparut derrière elle.

Sable ressentit une bouffée d'excitation. Il avait les cheveux en bataille, les joues rouges, et il semblait agité.

— Il peut entrer, dit-elle.

Tenant toujours son téléphone, elle s'enlaça la taille, se sentant soudain gênée.

— Désolé pour mon retard.

Il approcha tandis que l'infirmière repartait et refermait la porte derrière elle. La présence de Roman semblait emplir la pièce, qui paraissait maintenant plus petite.

— Il y a eu un accident sur l'autoroute. J'ai essayé de te téléphoner.

— J'avais éteint mon téléphone, expliqua-t-elle.

S'avisant qu'elle avait toujours le smartphone en main, elle le rangea dans son sac.

— Je suis une de ces personnes trop obéissantes qui éteignent vraiment leur téléphone quand elles sont chez le médecin.

Elle aurait dû vérifier ses messages plutôt que de présumer le pire. À sa décharge, elle s'était habituée à se rendre seule à ses rendez-vous médicaux. Voilà pourquoi elle avait pensé que Roman lui avait fait faux bond.

Semblant se détendre un peu, Roman esquissa un sourire.

— Alors comme ça, la tentatrice de mes fantasmes est du genre à suivre les règles ?

— Si tu parles de moi, eh bien… oui. Un peu trop, avoua-t-elle.

Elle avait tant réfléchi aux décisions responsables qu'elle devrait prendre pour l'avenir de leur enfant qu'elle n'avait guère repensé à sa nuit avec Roman. Encore moins à l'éventualité qu'il veuille répéter l'expérience.

— La radiologue devrait bientôt arriver pour écouter le rythme cardiaque du bébé, dit-elle. Tu as juste manqué la paperasse et la prise de sang.

Il glissa les mains dans les poches de son pantalon noir.

— J'aurais dû être à tes côtés. Mon but était de te soutenir à chaque étape, pas d'arriver comme une fleur pour la partie plaisante.

Sable n'eut pas le temps de savourer pleinement ces paroles car on frappa à nouveau à la porte. La radiologue entra, suivie de l'infirmière en blouse rose. Cette dernière aida Sable à s'installer confortablement sur la table d'examen avant de repartir.

Les mouvements autour d'elle rendaient la situation plus réelle. Plus excitante et plus effrayante à la fois. Sable inspira profondément et espéra que tout irait bien. La prise de sang avait confirmé sa grossesse et, puisqu'elle était à dix semaines, ils devraient entendre des battements de cœur. Elle avait confié ses inquiétudes liées à sa fausse couche, ce qui avait poussé le médecin à réclamer une échographie alors que d'habitude, l'examen était réalisé après la onzième semaine.

Une simple précaution, avait assuré le médecin, ajoutant que cela permettrait à Sable d'être tranquillisée. L'obstétricienne ne lui avait pas recommandé de limiter ses activités. Elle avait procédé à un examen approfondi et avait conclu que la précédente fausse couche n'était pas un motif d'inquiétude.

Malgré tout, son angoisse était sans doute visible car Roman posa une main sur son épaule.

— Tu es prête ? demanda-t-il pendant que la radiologue préparait la sonde.

Sans pouvoir s'en empêcher, Sable lui serra le poignet. Elle était heureuse qu'il soit là. Et qu'il se soucie d'elle. Clignant des yeux pour contenir ses émotions, elle hocha la tête.

— Prête.

Deux choses marquèrent Roman tandis que la radiologue passait la sonde sur le ventre plat de Sable.

D'abord, la splendide jeune femme sur la table d'examen portait son enfant, et le début de cette grossesse était parfait en tout point. Il l'entendit lui-même dans les battements de cœur sonores. Et il le comprit à la façon rassurante dont la radiologue énonça tous les signes normaux d'une grossesse de dix semaines.

C'était une expérience tout à fait impressionnante.

Mais la seconde chose que Roman remarqua pendant l'échographie, c'était que Sable avait peur.

Premier indice : elle avait serré sa main très fort, et il s'en était voulu davantage de ne pas avoir été présent à l'heure. Pourquoi était-elle si inquiète ? Certes, elle n'avait pas prévu de tomber enceinte alors qu'elle essayait de se faire une place dans un milieu très concurrentiel. Et les changements à venir étaient sans nul doute perturbants. Mais puisque, en dehors de la conception, l'unique rôle de Roman dans cette grossesse consistait à faire en sorte que Sable soit détendue et heureuse, il ne pouvait s'empêcher de penser qu'il avait échoué dans sa mission.

Ce qui était tout bonnement inacceptable.

Dix minutes plus tard, Sable avait enfilé un trench à l'imprimé léopard par-dessus une robe-chemise blanche et des bottines. Roman et elle prirent l'ascenseur et descendirent en silence pendant qu'il essayait de décider quelle serait la meilleure approche. Il fallait qu'il passe plus de temps avec Sable, qu'il comprenne ce qui la perturbait, et qu'il remédie au problème. Plus vite elle commencerait à lui faire confiance, mieux ce serait pour leur futur enfant. Et s'ils finissaient par céder à cette attraction qui faisait toujours rage entre eux, ce serait un bonus appréciable.

Mais il fallait commencer par le commencement. Roman avait déjà envoyé un message à son chauffeur pour lui demander de les attendre devant l'immeuble.

Sable et lui étaient si proches l'un de l'autre que leurs épaules se touchaient.

— Tu es superbe, dit-il.

Après les compliments, il passerait à des sujets plus sensibles.

Il passa la main sur sa manche et la sentit frissonner à travers l'étoffe.

— Est-ce que c'est une création de Marcel ? demanda-t-il.

Elle afficha un grand sourire. C'était la première fois qu'il la voyait sourire depuis qu'il était revenu à New York.

— Je n'ai pas les moyens de m'offrir les vêtements de ton frère. Mais merci du compliment. J'aime composer des tenues. J'ai déniché ce manteau dans une friperie.

L'ascenseur s'arrêta au rez-de-chaussée, les secouant un peu. Roman passa aussitôt le bras autour des épaules de Sable. Le sentiment possessif qu'elle lui inspirait s'était intensifié depuis l'annonce de sa grossesse.

— Il n'y a pas que les vêtements, souligna-t-il.

Il la relâcha tandis qu'ils sortaient de la cabine.

— Tu as cet air radieux qu'ont les femmes enceintes. Tu te sens bien ?

Cela l'ennuyait d'avoir manqué la première moitié de la visite, car il avait perdu l'occasion de l'entendre parler de sa santé. Il voulait savoir si elle dormait bien et si elle mangeait suffisamment.

— Un peu plus fatiguée que d'habitude, mais il paraît que c'est normal.

— Tu ne devrais pas demander à Marcel de modifier ton emploi du temps ?

Il avait accepté de garder le secret sur sa grossesse pour l'instant, mais il fallait que son frère sache que Sable ne pouvait plus enchaîner les heures supplémentaires.

— Pas encore.

Quand Roman lui ouvrit sa portière, elle resta immobile devant le véhicule, l'air méfiant.

— J'ai travaillé très dur pour décrocher cet emploi, Roman. Tant que le médecin me dit que je peux continuer à travailler, je travaillerai. Et je ne vais pas monter avec toi car je compte faire un saut dans les dépôts-ventes du quartier.

— Il faut que tu déjeunes, déclara-t-il, songeant à sa santé. Je m'étais dit que nous pourrions manger quelque part et discuter de la suite.

— J'ai tout un tas de pièces à trouver pour une séance photo.

Elle sortit une liste de sa poche, refusant toujours d'entrer dans le véhicule.

— L'un des magasins est juste à deux pas.

— Si on dînait ensemble, alors ? suggéra-t-il.

Il ne voulait pas se montrer trop insistant. Il ne tenait pas à être un problème de plus pour elle, mais quand il songeait qu'il ne la verrait pas avant la semaine suivante, il avait l'impression qu'un étau lui comprimait la poitrine.

— Nous méritons de fêter cela, Sable. Entendre ces battements de cœur, c'était assez stupéfiant.

— Oui, c'est vrai, dit-elle d'un air grave.

Il n'en revenait toujours pas de vivre une aventure aussi importante avec elle alors qu'ils avaient passé si peu de temps ensemble. Il ne pouvait pas se permettre de tout gâcher.

— Ce n'est pas comme si je pouvais fêter ça avec quelqu'un d'autre, lui rappela-t-il, puisque nous gardons le secret pour l'instant.

Enfin, elle hocha la tête et rangea la liste dans sa poche.

— Je devrais avoir fini la séance photo vers 19 heures, dit-elle.

L'étau autour de sa poitrine se desserra.

— Je passe te prendre à l'atelier ?

— Ce serait parfait, répondit-elle.

Elle esquissa un sourire. Ce n'était pas un vrai sourire comme tout à l'heure, mais au moins, Roman se réjouissait de pouvoir passer plus de temps avec elle le soir.

Ils pourraient se mettre d'accord sur l'avenir, et discuter de ce que ce bébé représentait pour eux. Tant que Roman pourrait séparer ses sentiments sur cette grossesse de l'attirance brûlante qu'il ressentait pour Sable, tout irait bien. Il pourrait céder à son désir pour elle sans trahir la promesse faite à sa défunte épouse de l'aimer pour toujours.

Un jour à la fois. C'était la seule manière pour lui d'avancer, depuis que la vie lui avait volé tout ce qui lui était précieux.

— Très beau travail, Sable.

Devant le miroir près de l'ascenseur, Marcel Zayn enfilait une veste de soirée.

— J'espère que vous avez pris des clichés pour votre book, ajouta-t-il. J'ai déjà posté quelques photos prises sur le vif sur notre page Instagram. Les vêtements et le concept s'accordent à merveille.

Sable savoura les compliments tandis qu'elle replaçait les derniers vêtements sur le portant. Un nouveau magazine numérique avait consacré un article à Zayn Designs, et Marcel avait accepté d'organiser une séance photo pendant que le journaliste était présent à l'atelier. Cela lui avait permis de garder un certain contrôle sur les images qui accompagneraient le texte. Marcel et son équipe s'efforçaient d'exploiter au maximum les occasions comme celle-ci afin de gagner en visibilité. Et Sable trouvait très généreux que le couturier cite son nom lorsqu'elle participait à la création de contenus visuels.

— Merci, Marcel. Nous avons eu de la chance avec les mannequins. Ils ont vraiment joué le jeu.

Sable avait suggéré quelques poses, et les modèles avaient été très à l'aise avec ses demandes. Leur alchimie avait donné lieu à un cliché fabuleux, sur lequel l'homme dénouait les rubans au dos de la robe de la femme.

Où Sable avait-elle eu l'idée de cette séquence sexy ? Ce n'était pas un mystère. Elle devrait sans doute citer Roman dans la liste des auteurs, songea-t-elle en souriant.

Marcel rit.

— Vous croyez ? railla-t-il. Il y avait des étincelles partout dans le loft ! C'était si torride que j'ai fini par téléphoner à Parker pour lui proposer un second rendez-vous.

Le téléphone de Marcel sonna au moment où il attachait une manchette française.

— C'est sûrement lui qui m'appelle, dit-il en entrant dans la cabine d'ascenseur.

Sable l'observa, notant la ressemblance entre le styliste et Roman. Tous deux avaient un corps d'athlète et beaucoup de grâce.

— Bonsoir, Marcel.

Les portes se refermèrent sur lui.

Sable était soulagée que Roman n'ait pas croisé son frère. Il était presque 19 heures à présent, et Roman ne tarderait plus. Elle lui avait demandé de garder le secret sur sa grossesse. Mais pouvaient-ils faire savoir aux gens qu'ils... se fréquentaient ?

Qu'ils couchaient ensemble ?

Eh bien, elle-même ne savait pas où ils en étaient, alors il n'était guère étonnant qu'elle ignore comment décrire leur relation. Qui plus est, une histoire entre une stagiaire et un P-DG serait plutôt mal vue.

C'était l'une des nombreuses raisons pour lesquelles elle hésitait à passer plus de temps avec lui. Leur attraction n'avait pas faibli depuis leur aventure d'un soir. Même pendant son rendez-vous chez le médecin le matin, alors qu'elle était nerveuse et angoissée, elle avait ressenti cette attirance. Comment serait-ce quand ils seraient seuls autour d'un dîner ?

Pour ne rien arranger, la séance de photos sexy avait ravivé tous ses souvenirs de sa soirée avec Roman, qui remontait à dix semaines. Une soirée qu'elle avait quasiment immortalisée, puisqu'elle avait fait rejouer la scène aux mannequins. Uniquement la partie habillée, bien sûr. Elle laissa sa main passer d'un cintre à l'autre sur le portant, s'arrêtant sur la robe qu'elle avait portée ce soir-là.

Comment pourrait-elle s'ôter ces pensées de l'esprit quand Roman serait là ? Il fallait qu'elle se concentre sur leurs devoirs parentaux, et sur la garde de leur enfant. Elle ne pouvait se permettre de se laisser distraire par son désir.

Pas alors qu'il y avait un bébé en jeu.

Elle alla chercher son sac et prit la photo de l'échographie. Étudiant le profil de son bébé, elle redressa les épaules. Elle était prête à porter le poids du monde pour son enfant.

Entendre son rythme cardiaque, si puissant et si énergique, avait été un moment inoubliable. Et l'homme à ses côtés avait semblé tout aussi époustouflé qu'elle. Roman avait serré sa main quand le bruit des battements de cœur avait résonné dans la salle d'examen. Elle avait risqué un regard vers lui et avait vu les émotions brutes sur son visage. Des émotions profondes. Complexes. L'espoir, l'émerveillement. Peut-être aussi une pointe de regret ?

Sable avait rapidement détourné les yeux, ayant l'impression d'avoir vu quelque chose de particulièrement intime. Quelque chose de personnel.

Quoi que Roman ressente à propos de cette grossesse, au moins, il avait été présent à ses côtés. Elle ne pouvait pas en dire autant de son ex-mari, dont le travail était toujours passé avant les rendez-vous médicaux qu'il considérait comme la responsabilité de Sable. Elle respectait le désir de Roman d'être présent. Elle l'admirait, même. Et, oui, elle avait été heureuse de partager cette expérience si importante avec la seule autre personne qui était aussi liée qu'elle à ce petit être.

Un instant plus tard, les portes de l'ascenseur se rouvrirent. Sable remit prestement l'image de l'échographie dans son sac.

Avant même de voir Roman, elle sentit son regard sur elle, et tout son corps se mit à vibrer.

— Sable.

Sa voix était comme une caresse. Sable frissonna. Comme elle l'avait fait deux mois plus tôt, ici même, dans ce loft.

Les souvenirs de leur nuit l'envahirent tandis que Roman avançait vers elle.

Il s'était changé et ses cheveux étaient encore humides autour du col de sa chemise noire. Avec son pantalon gris anthracite et ses chaussures décontractées, il était très séduisant.

Elle avait très envie d'approcher pour respirer son parfum. Mais elle avait ses priorités bien en tête, et elle n'allait pas flancher.

— Bonsoir, dit-elle.

Elle saisit son manteau accroché sur l'un des portants.

— Tu n'avais pas besoin de monter, j'aurais pu te retrouver en bas.

Roman s'empressa de la rejoindre pour l'aider à enfiler le vêtement. Il dégagea ses cheveux de sous son col et les laissa retomber dans son dos.

Ce geste à la fois intime et tendre affola son pouls. Et, comme elle le soupçonnait, le parfum exquis de Roman – mélange de bois fumé et de pin – lui donna envie de se presser contre lui.

— Où allons-nous ? demanda-t-elle, prenant son sac et reculant un peu pour se ressaisir.

— C'est une surprise.

Il retourna vers l'ascenseur et appuya sur le bouton d'appel. En attendant l'arrivée de la cabine, il approcha du portant sur lequel les vêtements de la séance photo étaient suspendus.

Le regard aiguisé, il repéra aussitôt la robe qu'elle avait portée lors de leur première nuit. Pendant qu'elle coupait les lumières, il passa le pouce sur un long ruban noir. Le cintre vacilla légèrement.

Sable était sûre d'avoir vacillé aussi.

Les portes de l'ascenseur s'ouvrirent.

— Prête ? demanda-t-il.

Était-elle prête pour une autre soirée avec cet homme si charismatique et si séduisant ? Elle aurait dû refuser de le suivre. Mais il lui fallait élaborer un plan avec lui, afin qu'ils puissent élever leur enfant ensemble. Elle pourrait ignorer ses hormones le temps d'un repas qui s'apparenterait à un dîner d'affaires, non ?

Ce ne serait pas facile. Mais elle réussirait à être la mère que ce bébé méritait.

— Je suis prête.

Elle rejoignit Roman et entra dans l'ascenseur.

— Allons-y, dit-elle.

- 5 -

— Comment te sens-tu ? demanda Roman à Sable tandis qu'ils se dirigeaient vers leur destination.

C'était aussi bien qu'elle ait décliné son invitation à déjeuner, puisque cela lui avait laissé plus de temps pour élaborer sa stratégie. Après l'échographie, il avait été à la fois ravi et effrayé par la réalité de sa paternité. Et il avait craint que Sable ne soit désarçonnée par ces sentiments contradictoires. Il ne voulait pas lui donner l'impression qu'il n'était pas totalement d'accord pour élever leur enfant.

À présent qu'il avait pu démêler le nœud de ses émotions, il pouvait se consacrer entièrement à elle.

— Je ne suis pas aussi fatiguée aujourd'hui que pendant ces dernières semaines, ce qui est déjà une bonne chose.

Elle lui fit un petit sourire et pencha la tête, ses cheveux châtains glissant sur son épaule. Elle les avait noués avec un carré de velours rouge dont les extrémités étaient effilochées.

— Pas de nausées matinales ?

Il s'en voulait encore de ne pas avoir été présent à temps pour entendre son échange avec l'obstétricienne.

— Pour l'instant, non, heureusement.

Le véhicule s'arrêta devant la Madison Square Park Tower. Elle observa la haute tour de verre.

— C'est ici que nous dînons ?

— J'ai fait livrer un repas à mon appartement, au cas où tu voudrais te détendre. Je sais que tu as eu une journée chargée avec la séance photo. Mais nous pouvons manger dehors, si tu préfères.

— Non, c'est parfait.

Elle prit son sac pendant qu'il sortait du véhicule.

Après l'avoir aidée à descendre, il relâcha sa main, pensant qu'elle serait plus à l'aise s'il limitait leurs contacts physiques. En ce qui le concernait, il rêvait de la toucher depuis qu'il l'avait retrouvée dans l'atelier, mais il tenait à ce qu'elle se sente en confiance avec lui.

— Tu as trouvé tout ce qu'il te fallait pour la séance photo ? demanda-t-il tandis qu'ils passaient devant le portier et entraient dans l'ascenseur qui les emmènerait au quinzième étage.

— J'ai trouvé tout ce que je voulais, et plus encore, dit-elle en souriant. Marcel était très content du résultat, et nous avons beaucoup de belles images.

— Elles sont déjà sur nos comptes de réseaux sociaux ? demanda-t-il, sortant son téléphone de sa poche. J'ai vérifié il y a une heure, mais je n'ai rien vu.

— Ah ? Je ne savais pas que tu suivais les comptes de près. Bien sûr, il est normal que tu les consultes. Simplement, je ne savais pas quelle proportion de ton temps était consacrée à Zayn Designs puisque tu n'es venu à l'atelier qu'à de rares occasions.

— C'était par respect pour toi, Sable. J'essayais de ne pas t'embarrasser avec le désir que j'avais – que j'ai toujours – pour toi.

L'air troublé, elle croisa les chevilles, un geste qui fit monter un grondement en lui. Il parvint à le contenir. Car ce soir, il ne s'agissait pas d'assouvir un désir charnel.

Et pourtant, la grossesse rendait Sable encore plus irrésistible. Elle avait les joues plus colorées et sa poitrine était un peu plus ronde. Il avait noté ces transformations ce matin dans le cabinet médical. Quels autres changements subtils remarquerait-il sur son corps s'il avait la chance de pouvoir l'explorer de plus près ?

L'ascenseur s'ouvrit sur son étage. Roman ouvrit la porte de l'appartement puis s'effaça pour laisser entrer Sable.

— Pour répondre à ta question, dit-il, je consacre environ un quart de mon temps à Zayn Designs. Je m'occupe de la gestion pour que Marcel puisse se concentrer sur ce qu'il fait de mieux.

Il l'aida à retirer son manteau, prenant soin de ne pas s'attarder sur le corps qu'il avait tant envie de toucher. Sable semblait être sur la même longueur d'onde car elle alla admirer la vue par les hautes fenêtres du salon. Roman en profita pour inspecter les plats qui lui avaient été livrés.

— Ton appartement est splendide, observa-t-elle. Tu viens d'emménager ? Je me souviens que tu avais dormi dans la chambre au fond de l'atelier la dernière fois que tu étais en ville.

En effet. C'était l'unique fois où Sable et lui avaient partagé un lit.

— Cet appartement est à mon père. Il y a deux mois, il était à Manhattan en même temps que moi, alors j'ai préféré dormir à l'atelier. Mais il n'est pas là souvent. Ma mère et lui séjournent à Londres pendant six semaines, alors, il n'y a aucun risque pour que nous tombions sur eux.

Il retira un plat du tiroir chauffant sous le four et le posa sur la table qui séparait la cuisine du salon. Sable le rejoignit.

— Mais j'ai déjà visité quelques autres appartements en ville, puisque j'aurai besoin d'un lieu bien à moi.

— Tu t'installes à New York ? s'exclama-t-elle.

Était-ce son imagination ou avait-il entendu de la peur dans sa voix ?

— Pas à plein temps, répondit-il d'un ton neutre.

Il retourna dans la cuisine pour prendre des assiettes et des couverts.

— Zayn Equity est basée sur la côte ouest, donc je passerai une partie de mon temps à Los Angeles. Mais tu vis à New York, et mon premier enfant y vivra aussi, alors, il est logique que j'aie un appartement ici.

Elle prit les deux verres qu'il avait laissés sur le bar. Quand elle revint vers la table, elle évita son regard.

— J'espère que ce n'est pas un problème, dit-il en lui prenant les verres des mains pour les poser sur la table.

C'était un supplice de ne pas pouvoir la prendre dans ses bras.

Il lui recula sa chaise.

— Non. Bien sûr que non, dit-elle en s'asseyant. Simplement, je ne suis pas sûre de pouvoir me permettre de rester à New York une fois que le bébé sera là. Même si je peux trouver du travail ici, il faudra que je quitte mon appartement actuel. La résidence est destinée à des femmes qui lancent leur carrière dans des domaines créatifs, pas à des jeunes mères qui renoncent à leur carrière.

Manifestement, cette situation était source de tension pour elle. Il pourrait tout à fait résoudre les problèmes qu'elle rencontrait, si elle le laissait faire. Mais pour l'heure, il comptait lui offrir un bon dîner.

Il sortit le contenu des sacs et versa de l'eau fraîche dans les verres.

— Sers-toi, dit-il en prenant place face à elle. Je ne savais pas ce que tu avais envie de manger, alors j'ai commandé un peu de tout.

Elle souleva un couvercle argenté et découvrit un assortiment de pâtes.

— Oh ! fit-elle. Ça a l'air délicieux.

— Et nous avons aussi du poulet, annonça-t-il en soulevant un autre couvercle. Ainsi que des petits pains.

Il retira la serviette qui recouvrait le panier à pain et se servit.

— Dis-moi, qu'avais-tu l'intention de faire après ton stage si tu n'étais pas tombée enceinte ?

— Je comptais sur les contacts de Marcel pour continuer à travailler comme styliste à New York pendant un an ou deux, afin de construire mon réseau et ma réputation.

Elle versa des fettucine, du poulet et des tranches de tomates sur son assiette tout en parlant, et Roman prit un grand plaisir à la voir manger. Il se réjouissait de nourrir la femme qui portait son enfant. Et il comptait faire bien plus pour elle.

— Après cela, j'aurais essayé de travailler à Hollywood, pour habiller des célébrités.

— Ne quitte pas New York si tu veux reprendre ta carrière après la naissance du bébé. Prends une année sabbatique.

Ainsi, tu pourras revenir quand tu seras prête, et reprendre là où tu en seras restée.

Elle rit.

— Tu parles vraiment comme un homme. Un homme riche, qui plus est.

— Ah, bon ?

Il n'était pas habitué à ce que ses arguments soient rejetés.

Sa frustration avait peut-être percé dans sa voix car Sable se redressa sur sa chaise et soutint son regard.

— Oui. Parce que je ne te demande pas de résoudre mes problèmes à ma place. Et même si j'avais sollicité tes conseils, il y a des subtilités que tu ne prends pas en compte.

— Dans ce cas, explique-moi lesquelles.

Comment faire pour la convaincre d'accepter son aide ?

— D'accord. Tout d'abord, ce serait assez difficile de financer une année de congé, même si je retournais à Bâton-Rouge. Mais je ne pourrai jamais me le permettre à New York.

Elle s'interrompit pour prendre une gorgée d'eau.

— Et puis, ma vie va changer radicalement quand le bébé sera là. Je ne suis même pas sûre de pouvoir poursuivre mon rêve professionnel une fois que mes priorités auront changé.

Ses mots réveillèrent le souvenir d'une conversation avec Annette. Elle avait toujours rêvé de fonder une famille et d'être mère au foyer. Elle lui avait expliqué qu'elle voulait faire de la peinture aux doigts avec leurs enfants, et les regarder jouer sous l'arrosage automatique du jardin les jours de grande chaleur. Elle avait su quel genre de mère elle voulait être, et elle avait réussi à lui faire partager sa vision des choses.

Le sentiment de trahir sa mémoire le saisit à nouveau, mais il l'ignora pour se concentrer sur Sable.

— Tu as raison, dit-il.

Sa mâchoire était raide, et il se rendit compte qu'il avait serré les dents pendant qu'il ressassait le passé.

— Tu as besoin de plus de temps pour déterminer ce qui est le mieux pour toi, déclara-t-il. Si je cherchais un appartement plus grand, pour que tu puisses cohabiter avec moi pendant un an ?

Tout allait trop vite.

L'offre était très généreuse, et Sable ne voulait pas paraître ingrate. Mais elle ne pouvait pas laisser Roman endosser un rôle qui pourrait la rendre dépendante de lui. Jack avait été son mari, et elle n'avait pas pu compter sur lui. Elle ne pouvait certainement pas croire que Roman Zayn, son patron bien trop sexy, qui n'avait aucun lien légal avec elle, serait présent pour elle.

Mieux valait rester indépendante.

— Je ne peux pas faire ça.

Elle fit tourner sa fourchette dans ses fettucine.

— Et j'ai besoin de plus de temps avant de prendre des décisions importantes.

— Mais tu n'auras pas envie d'être en plein déménagement quand tu seras enceinte de huit mois. Ce ne serait pas mieux de changer de logement bientôt, pour avoir le temps de t'installer sans t'épuiser ?

Il marquait un point. Cependant…

— Pourrait-on en reparler dans quelques semaines ? esquiva-t-elle. Lorsque j'aurai dépassé le premier trimestre ?

Il fronça les sourcils.

— Tu as une raison de… d'être inquiète ?

Elle soupira, consciente qu'il méritait de connaître la vérité, et réticente à aborder un sujet aussi douloureux.

— Je t'ai dit que j'avais eu des difficultés pour tomber enceinte, dit-elle doucement, prenant un petit pain dans le panier. Mais ce que je ne t'ai pas dit, c'est que j'ai fait une fausse couche.

La fourchette de Roman cliqueta contre son assiette. L'instant suivant, il rapprocha sa chaise et glissa un bras autour d'elle pour la réconforter.

— Je suis désolé, Sable, murmura-t-il contre sa tempe.

Touchée par sa gentillesse et par sa compassion, elle blottit le visage au creux de son cou pour puiser en lui un peu de force.

Jack ne l'avait jamais tenue ainsi quand elle avait désespérément eu besoin d'être consolée. Elle sentit des larmes lui piquer les yeux lorsqu'elle songea que Roman lui offrait sans réserve le réconfort dont elle avait eu tant besoin.

— Merci, Roman.

Au prix d'un effort, elle releva la tête et tenta de reprendre leur conversation.

Ils n'étaient plus qu'à un souffle l'un de l'autre, et le bras de Roman était toujours sur ses épaules. Sa mâchoire était assez proche pour qu'elle l'embrasse. Qu'elle la goûte. Qu'elle la mordille.

Elle ferma les yeux pour échapper à la tentation.

— À combien de semaines étais-tu ? demanda-t-il.

Comme elle ne répondait pas, il lui releva le menton.

Elle rouvrit les yeux et rencontra son regard sombre et acéré. Et, à cet instant, elle fut heureuse de ressentir une attirance physique pour Roman. Ce désir brut l'empêchait d'être noyée sous les souvenirs malheureux.

— Douze semaines.

Depuis combien de temps n'avait-elle pas parlé de cela ?

— J'ai commencé à perdre du sang la veille de mon rendez-vous pour ma première échographie. J'étais soulagée d'avoir atteint le stade des trois mois. Mais ensuite…

Elle posa la main sur son ventre, comme si elle pouvait chasser la douleur ancienne et protéger la vie qui y grandissait.

— Je ne peux imaginer à quel point cela a dû être difficile pour toi, Sable.

Il plongea une main dans ses cheveux et posa l'autre sur la sienne.

La tendresse de ce contact lui coupa le souffle.

— Après cela, j'ai sombré, avoua-t-elle.

Incapable de surmonter sa tristesse, elle avait consulté une psychothérapeute.

— Mon mari m'a fait parvenir une demande de divorce deux semaines plus tard.

— L'ordure !

— Cela le résume assez bien, approuva-t-elle. Au bout du compte, la fausse couche m'a fait plus de mal que la dissolution de mon mariage. Il s'est passé du temps avant que je puisse me concentrer à nouveau sur moi-même. Obtenir ce stage auprès de Marcel était la meilleure preuve que j'avais bien fait de poursuivre mon rêve.

— Raison de plus pour ne pas renoncer à ce rêve maintenant.

Il rapprocha son assiette pour qu'ils puissent finir leur repas côte à côte.

Elle regrettait que Roman ait rompu leur contact physique, mais elle comprenait qu'il veuille rétablir des limites. Ou du moins, elle supposait que c'était ce qu'il faisait. Apparemment, il était plus discipliné qu'elle, puisqu'il était capable de rester loin d'elle pendant deux mois.

À cet instant, bien qu'elle soit enceinte et qu'elle souhaite faire les bons choix pour son bébé, elle avait très envie que Roman l'embrasse. Qu'il pose les mains sur elle.

Elle chassa ces pensées pour réfléchir à ses paroles.

— Tu as raison, Roman. Mais j'ai l'impression que je ne pourrai prendre aucune décision qui m'engage à long terme tant que je n'aurai pas passé le stade des douze semaines.

Elle croisa les jambes sous la table, effleurant la cuisse de Roman de manière involontaire.

Mais lorsqu'elle le sentit se raidir, elle ne put s'empêcher d'éprouver une pointe de satisfaction.

— Qu'a dit l'obstétricienne concernant la fausse couche ? demanda-t-il après un instant. Pense-t-elle qu'il y a un risque pour ta grossesse ?

— Non. Elle a passé en revue mon dossier médical et m'a assuré que tout allait bien. Elle m'a dit que je pouvais avoir… une activité normale.

Elle sentit une onde de chaleur lui monter aux joues tandis qu'elle se souvenait de sa conversation avec le médecin.

N'ayant plus faim, elle repoussa son assiette et but un peu d'eau fraîche pour tenter de noyer le feu qui brûlait soudain en elle.

— Tu lui as demandé si tu pouvais avoir une activité sexuelle, précisément ? demanda-t-il d'une voix rauque.

— Oui, avoua-t-elle.

Elle réprima un frisson puis se força à soutenir son regard. La lueur brûlante qu'elle vit dans ses yeux affola son pouls.

— Bien, dit-il, hochant la tête. C'est… une très bonne chose.

L'espace d'un instant, elle se remémora l'effet qu'un simple baiser de Roman pouvait avoir sur elle. Mais ensuite, il se leva pour débarrasser les assiettes.

Ils étaient ici pour discuter de la logistique concernant leur enfant, s'avisa-t-elle. Ou au moins pour évoquer les prochaines semaines. Elle le savait bien. Et pourtant, elle s'imaginait dans ses bras à nouveau.

Elle se leva et aida Roman à tout rapporter dans la cuisine ultramoderne. Il fallait qu'elle s'occupe les mains, sinon elle pourrait les promener partout sur le corps de Roman.

— Je m'en charge, Sable, dit-il, lui prenant le plat qu'elle portait tandis qu'elle contournait le plan de travail de granit gris et blanc. Une activité normale, ça n'inclut pas que tu fasses la vaisselle quand je suis là.

Elle ne protesta pas. Roman était d'une telle gentillesse… Elle prit place sur un tabouret de bar en cuir blanc. D'ici, elle pourrait le regarder s'affairer. Il emballa les restes des plats et les rangea dans le réfrigérateur, puis sortit une bouteille d'eau pétillante et une barquette de framboises. Après avoir pris deux flûtes à champagne, il rinça quelques framboises qu'il plaça au fond de chaque verre avant de verser de l'eau pétillante par-dessus.

— Ce soir, nous fêtons une bonne nouvelle, dit-il en posant un verre devant elle. Quand j'ai entendu ces battements de cœur aujourd'hui, j'ai été soufflé. Alors, je propose que nous portions un toast à notre bébé en pleine santé.

Il resta debout à côté d'elle, le bras sur le dossier du tabouret de cuir.

— Oui, à notre bébé.

Elle leva son verre, émue.

— Santé ! s'exclama-t-il, faisant tinter sa flûte contre la sienne.

Quand Roman but une gorgée, elle regarda sa pomme d'Adam bouger.

Il avait sans doute senti qu'elle l'observait car il posa son verre et soutint son regard.

Puis il lui prit la main.

— Maintenant que je sais pourquoi tu souhaites attendre avant de faire des projets, je vais tâcher de ne pas insister pour que tu t'installes avec moi, au moins pendant les deux prochaines semaines. Néanmoins, je vais continuer à chercher un appartement à New York, afin qu'il soit prêt en cas de besoin. À tout le moins, je veux être présent pour tes autres rendez-vous médicaux, et t'assister pendant toute ta grossesse.

Elle voulut protester, affirmer que ce n'était pas nécessaire. Qu'elle ne pouvait tout simplement pas emménager avec lui puisqu'elle ne s'autoriserait pas à se reposer sur lui. Il fallait qu'elle garde le contrôle sur sa vie et son avenir, même si cela voulait dire qu'elle devait retourner à Bâton-Rouge pour élever son enfant.

Malgré tout, elle était touchée par le soutien de Roman. Et elle n'oublierait jamais la manière dont il l'avait réconfortée lorsqu'elle lui avait révélé sa fausse couche.

— Merci, parvint-elle enfin à dire.

Elle dut détourner le regard pour cacher son émotion.

Roman prit son téléphone sur le plan de travail.

— Je n'ai pas encore eu l'occasion de voir les photos d'aujourd'hui, dit-il.

Avait-il délibérément changé de sujet par empathie ?

Il pianota sur l'écran et fit défiler les images.

Tout à coup, elle se rappela la séance photo. En particulier les vignettes sexy qu'elle avait créées en s'inspirant de sa nuit avec Roman.

— Oh ! fit-elle. Hum. J'avais oublié ces photos.

Elle ne savait pas précisément ce qui avait été posté en ligne, alors peut-être les images ne permettraient-elles pas à Roman de faire le lien avec leur nuit de passion.

Elle saisit la bouteille d'eau pétillante pour remplir à nouveau leurs verres. Elle finissait de remplir la seconde flûte quand Roman émit un son étranglé. Sursautant de surprise, elle renversa un peu d'eau sur le bar. Elle posa la bouteille et jeta un coup d'œil sur le téléphone.

Là, sur l'écran, une jeune femme brune regardait par-dessus son épaule un homme torse nu que l'on ne voyait que de dos. L'homme était en train de dénouer l'un des rubans de la robe dos nu qui encadraient sa colonne vertébrale.

Le cliché était torride, mais il était loin de capturer toute la sensualité des instants qu'elle avait vécus avec Roman, deux mois plus tôt. Distraitement, elle reprit sa flûte à champagne et but une gorgée d'eau pétillante. Ce qu'il lui aurait fallu, c'était une bonne douche froide.

— Bonté divine, gronda Roman en serrant la mâchoire.

Elle vit ses épaules se tendre. La chaleur qui émanait de son corps se transforma en fournaise.

— Je sais, dit-elle.

Elle fit glisser la flûte de Roman vers lui puis vida la sienne.

— Pour ma défense, ton frère m'avait demandé de faire des photos plus sexy, cette fois. Alors, malgré moi, c'est ce qui m'est venu à l'esprit.

Appuyé contre le bar, Roman se redressa lentement. Saisissant le dossier du tabouret sur lequel elle était assise, il le fit pivoter afin qu'elle se retrouve face à lui. Puis il se pencha sur elle.

— J'ai fait de mon mieux pour te laisser respirer, dit-il d'une voix rocailleuse.

— Merci. Je suis consciente de tes efforts.

Elle sentit son cœur battre à coups redoublés.

Le cuir du siège grinça sous les mains de Roman. Il se cala entre ses genoux, faisant remonter sa robe sur ses cuisses. Son regard sembla la transpercer.

— Ce n'est pas facile de résister maintenant que je sais que tu penses à cette nuit autant que moi, lui chuchota-t-il à l'oreille, son souffle faisant danser ses cheveux.

— Je veux bien te croire.

Comment nier alors qu'il en avait la preuve, là, sur ces photos ?

Elle s'agita sur son siège, son genou effleurant la jambe de Roman et provoquant un éclair de désir en elle. Un gémissement lui échappa.

Roman marmonna un juron.

Puis, sans crier gare, il prit possession de ses lèvres.

- 6 -

Toute la soirée, Roman avait fait de son mieux pour contenir son désir. Il avait établi une stratégie pour mettre Sable à l'aise, et lui faire comprendre qu'il voulait davantage qu'une liaison charnelle. Il tenait à faire partie de la vie de leur enfant.

Et pourtant, dès qu'il avait vu cette photo inspirée de leur nuit de plaisir, une décharge de désir l'avait traversé. Pour sa part, il ne voyait pas pourquoi ils ne pourraient pas s'offrir des moments de plaisir qui les rendraient heureux tous les deux. Mais il devinait que Sable n'était pas parvenue à la même conclusion, à en juger par la prudence dont elle faisait preuve depuis qu'il était revenu à New York.

Du moins, jusqu'à maintenant.

Car il n'était pas le seul à apprécier ce baiser.

Il taquina ses lèvres pour la pousser à les entrouvrir. Non seulement elle céda, mais elle lui rendit son baiser, joignant les mains autour de son cou pour l'attirer tout contre elle.

Bien qu'il ait très envie de poursuivre cette étreinte, il craignait que Sable ait des regrets ensuite, et qu'elle s'éloigne davantage de lui ensuite.

Détachant ses lèvres au prix d'un effort qui lui parut surhumain, il appuya le front contre le sien tandis qu'ils reprenaient tous les deux leur souffle.

— Sable.

Il posa le regard sur ses lèvres pleines, encore humides, et il dut fermer les yeux pour s'empêcher de goûter sa bouche délicieuse à nouveau.

— Mm ? fit-elle.

Un son sensuel qui ne fit que le tenter davantage.

Quand il rouvrit les yeux, il remarqua ses seins pressés contre lui. Les boutons de sa robe-chemise semblaient le supplier de les défaire. Il mourait d'envie de libérer son corps et d'honorer ses courbes comme il se devait.

Mais il tint bon.

— Il y a deux mois, après notre nuit de passion, je t'ai promis de rester à distance afin que la pression retombe.

Combien de fois avait-il regretté cette promesse ?

— Je m'en souviens, dit-elle dans un souffle, resserrant les jambes autour de lui. Tu as tenu parole.

Était-elle heureuse ou déçue qu'il ait respecté son serment ? Le ton neutre de sa voix ne lui donnait aucune indication. Or, il devait s'assurer qu'ils étaient sur la même longueur d'onde.

— Allons poursuivre cette conversation dans le salon, suggéra-t-il.

Il glissa un bras sous ses genoux et l'autre sous ses bras. Puis il la souleva pour l'emmener dans la vaste pièce de vie.

— Oh ! fit-elle, surprise.

Elle appuya une main sur son épaule pour garder l'équilibre.

— Roman, je peux marcher ! Je suis enceinte, pas malade au point de ne pas pouvoir quitter mon lit.

— Il vaudrait mieux ne pas parler de lit pour l'instant. Pas alors que je rêve de t'avoir dans le mien.

En combien de temps pourrait-il la déshabiller pour pouvoir caresser sa peau nue ?

C'était si bon de l'avoir dans ses bras… C'était comme si elle y était à sa place.

Il chassa prestement cette pensée. C'était une chose de vouloir que Sable rejoigne son lit, et une autre d'envisager une relation sérieuse. Car il ne trahirait pas la promesse qu'il avait faite à son épouse.

C'était peut-être à cause de cette promesse qu'il posa Sable dans le coin du canapé et qu'il s'assit à côté d'elle plutôt que de la garder contre lui. Toutefois, il maintint un contact physique en posant la main sur son genou.

— Bien, commença-t-il. À l'évidence, nous devons revoir le

marché que nous avons conclu. Notre attirance n'a pas diminué après ces deux mois. En fait, je te désire plus que jamais.

— C'est la même chose pour moi, murmura-t-elle.

Elle plongea son regard noisette dans le sien, comme pour sonder sa réaction.

— Je veux dire, reprit-elle, je suis d'accord sur l'intensité de notre attirance. Elle est toujours… très forte.

Elle enroula une mèche de cheveux autour de son index. Avec une autre femme, Roman aurait pris cela pour une tentative de séduction. Mais Sable avait les yeux baissés et elle se mordillait la lèvre comme si elle était nerveuse. Embarrassée.

Cela, il ne pouvait le supporter.

— Hé, fit-il en posant la main sur sa joue pour tourner son visage vers lui. Nous ne sommes pas obligés de céder à cette attraction simplement parce qu'elle existe. Je serai à tes côtés tout au long de ta grossesse, que tu veuilles partager mon lit ou non. Tu le sais, dis-moi ?

— Oui, je le sais.

Elle hocha la tête. La tension dans ses épaules sembla s'atténuer.

— Mais, Roman, l'alchimie est si forte que je n'arrive presque plus à réfléchir quand tu es près de moi. Si nous poursuivons notre liaison, il nous sera peut-être encore plus difficile d'être objectifs sur la suite des événements. Les enjeux sont très importants, alors je ne veux pas faire le mauvais choix.

— Je suis assez mature pour admettre que bien que je n'apprécie pas cette réponse, je te respecte infiniment pour me l'avoir donnée.

Il appréciait aussi son honnêteté. Oui, l'attirance qui faisait rage entre eux était assez puissante pour les vaincre tous les deux. Il suffirait d'un seul baiser pour le prouver.

— C'est vrai ? demanda-t-elle.

— Bien sûr. Tu protèges notre future relation de parents. Je veux que tu fasses confiance à ton instinct.

Et cela, même si son corps le menaçait déjà d'une rébellion à la perspective de ne pas s'unir à elle ce soir.

— La seule solution, c'est que nous attendions, conclut-il.

Bon sang, même prononcer ces mots à voix haute était douloureux !

— Nous attendrons, répéta-t-elle dans un soupir.

Elle semblait aussi peu enthousiaste que lui à cette perspective, songea-t-il en souriant.

Soudain, il eut une idée. Il n'avait pas envie que Sable soit insatisfaite. Pas alors qu'elle avait besoin de quelque chose qu'il pouvait lui procurer.

— Ce n'est pas parce que nous nous abstenons que je dois te laisser dans la frustration.

Il traça un cercle sur le côté de son genou.

Elle inspira brusquement.

— Que… qu'est-ce que tu veux dire ?

Elle inclina légèrement la tête en arrière, sa chevelure glissant contre le dossier du canapé. Le doux bruissement de ses boucles soyeuses contre le cuir donna à Roman l'envie de les enrouler autour de sa main. De tirer dessus pour amener son visage vers le sien et l'embrasser à nouveau.

— Je crois que tu le sais, Sable.

Il remonta la main sous sa robe.

— Mais je serai ravi d'être plus explicite. Surtout si le fait d'entendre ce que je veux te faire augmente ton plaisir.

Passant le pouce sur l'intérieur de sa cuisse, il sentit son pouls battre plus fort.

— Ce genre de caresses entre aussi dans le cadre d'une liaison, fit-elle valoir prudemment, alors que ses pupilles se dilataient.

— C'est un compromis, rétorqua-t-il en immobilisant sa main jusqu'à ce qu'il soit certain qu'elle voulait aller plus loin. Je peux assouvir ton envie, sans même que nous enlevions nos vêtements.

Il devina que l'idée lui plaisait à la façon dont elle regarda sa bouche, à sa respiration plus rapide.

— Et toi ? demanda-t-elle.

Elle tendit le bras vers lui et effleura les boutons de sa chemise. Aussitôt, il imagina sa main sur d'autres parties de lui.

— Il ne s'agit pas de moi.

Sur ce point, sa résolution était sans faille, et il retarderait volontiers sa satisfaction pour se concentrer sur celle de Sable.

— Ce n'est pas moi qui porte notre enfant. Il est normal que je fasse quelque chose pour toi pendant que tu supportes l'essentiel du fardeau physique.

Un sourire se dessina sur ses lèvres pulpeuses.

— Tu sais te montrer convaincant.

Il serra doucement sa cuisse. Autour d'eux, le silence n'était interrompu que par le tic-tac d'une horloge sur le manteau de la cheminée.

— Et je n'ai même pas eu recours à mes meilleurs arguments.

Elle serra les genoux, piégeant sa main entre ses jambes. Sa robe blanche reflétait la teinte bleutée des lumières de la ville qui filtraient à travers les fenêtres.

Elle arqua le dos pour se rapprocher de lui.

— Alors, je t'en prie, continue, murmura-t-elle contre sa bouche. Essaie de me convaincre.

Fantastique.

Le feu vert de Sable provoqua une nouvelle vague de désir en lui. Il fallait qu'il voie ses yeux briller de passion, qu'il l'entende crier son prénom. Elle l'empêcherait peut-être de la satisfaire par d'autres moyens, mais avec celui-ci, il ne la décevrait pas.

Le regard de Roman la fit frissonner.

C'était un regard acéré, viril. C'était le regard d'un guerrier chevronné, qui examinait le château qu'il était sur le point d'assiéger. Était-ce mal de vouloir être l'objet de son désir, l'espace de quelques instants volés ?

Après tout, elle garderait ses vêtements. Elle maintiendrait des limites. Il n'y aurait pas d'ébats plus poussés ce soir. Roman l'amènerait à des niveaux de plaisir qu'elle n'avait connus qu'avec lui, mais ils n'iraient pas plus loin.

C'était déjà délicieux d'avoir sa main sur sa cuisse, de la sentir approcher de l'endroit où elle avait désespérément besoin qu'il la touche.

Elle fixa ses larges épaules quand il se pencha pour l'embrasser.

— Je ne sais même pas où te toucher en premier, avoua-t-il contre ses lèvres. Ici…

Il aspira sa lèvre inférieure dans sa bouche avant de la libérer.

— Ou là.

Il passa la langue sur la courbe de son cou, lui arrachant un gémissement.

— Je sais seulement quc tout chez toi est délicieux, conclut-il.

Sous sa robe, il effleura le bord de son slip, caressant avec son index le cœur de son intimité à travers la barrière de soie.

— Roman…

Elle trembla, son désir se muant une douleur aiguë.

— S'il te plaît, Roman…

— D'abord, il faut que tu sois plus près de moi.

Il la prit sur ses genoux, lui écartant les jambes tandis qu'elle appuyait la tête contre son épaule.

— Je veux te sentir trembler contre moi quand tu trouveras ton plaisir.

Elle n'allait pas protester. C'était fabuleux d'être entourée d'une telle force et d'une telle virilité. Mais l'envie d'être nue pour qu'il puisse la caresser était de plus en plus forte. Et si elle-même se sentait entravée par ses vêtements, elle ne pouvait qu'imaginer quel tourment ce devait être pour lui. La preuve de son désir pour elle était pressée contre sa hanche. Il aurait été si facile de se retourner entre ses bras, et de le chevaucher afin de leur donner à tous les deux ce qu'ils désiraient tant.

— C'est mieux ? demanda-t-elle.

Elle releva la tête pour l'embrasser sur la joue. Puis elle lécha le point sensible juste sous son oreille.

— Beaucoup mieux, approuva-t-il. Maintenant, je suis aux premières loges pour te voir jouir.

Il prit son sexe en coupe, la caressant du talon de la main.

— Il s'est passé trop de temps depuis la dernière fois. J'ai eu deux mois pour penser à toutes les manières dont je voudrais te toucher si jamais j'en avais à nouveau l'occasion.

Elle ne parvint pas à se concentrer sur ses paroles, trop distraite par la frénésie de sensations qu'il faisait naître en elle, alternant entre caresses, pincements et massages de son bouton de chair sensible. Bientôt, elle agrippa ses épaules, à bout de souffle.

— Tu m'as manqué aussi, confia-t-elle, ses défenses s'affaiblissant à mesure que son excitation se renforçait. Ça, ça m'a manqué.

— Je vais te montrer comment je peux prendre soin de toi, Sable, murmura-t-il contre son oreille avant de lui mordiller le lobe. Je saurai te satisfaire.

Il ralentit le rythme de ses caresses et repoussa son slip de soie sur le côté, glissant deux doigts entre ses replis secrets. Elle se figea pendant un instant qui sembla s'étirer. Puis une déferlante s'abattit sur elle. Ses muscles internes tremblèrent sous la force de son orgasme.

Peut-être avait-elle poussé un cri. En tout cas, elle avait crié son prénom. Plus d'une fois. Les spasmes de plaisir se succédèrent, jusqu'à ce qu'elle soit épuisée et qu'elle laisse retomber la tête sur son épaule.

Tandis qu'elle s'efforçait de recouvrer ses esprits, elle fut vaguement consciente que Roman déposait un baiser sur ses cheveux et remettait son sous-vêtement en place.

Lui était encore dur comme la pierre.

— Ça semble injuste…, commença-t-elle, mais il l'embrassa avant qu'elle puisse finir sa phrase.

— S'il te plaît, Sable… laisse-moi te serrer dans mes bras encore un peu.

Sa voix était étrange, mais elle supposait que c'était parce qu'il combattait encore son propre désir. Comme il ne la regardait pas dans les yeux, il était difficile de savoir ce qu'il ressentait.

Ce genre de moments ne pourrait que la pousser à avoir plus de sentiments pour le père de son enfant. Or elle n'était pas prête pour cela.

Bien que Roman ait affirmé qu'il voulait être présent pendant toute la grossesse, elle soupçonnait que les événements de la soirée – de la journée entière – l'avaient secoué, lui aussi.

— Je devrais m'en aller, dit-elle.

Il ne la retint pas quand elle glissa de son giron et se leva.

Lorsqu'elle lui lança un regard, il avait un air fermé. À quoi pouvait-il bien penser ?

Il avait des secrets, se dit-elle. Ou, à tout le moins, quelque chose qu'il ne lui disait pas.

— Quand te reverrai-je ? demanda-t-il en se levant.

Cette fois, il ne la toucha pas. Et le radar émotionnel de Sable se mit en alerte.

Elle chercha une réponse à sa question. Elle savait qu'il lui faudrait trouver un moyen de contrebalancer ses sentiments pour Roman par des préoccupations pragmatiques ; plus vite elle trouverait un moyen d'y parvenir, mieux cela vaudrait.

— Normalement, il n'y a que deux échographies par grossesse, mais mon obstétricienne a accepté d'en faire une autre dans deux semaines.

Elle empoigna son sac et accrocha la bandoulière à son épaule.

— Je ne peux pas rester deux semaines sans te voir, objecta-t-il, fronçant les sourcils.

Était-il inquiet ? Ou décontenancé ?

— Je vais te reconduire chez toi, Sable.

— Ce n'est pas nécessaire.

Il valait mieux qu'elle rétablisse rapidement des limites.

— J'insiste.

Il prit son téléphone, tapa un message puis remit l'appareil dans sa poche.

— Un chauffeur nous attendra en bas.

— D'accord. Je n'ai plus qu'à prendre mon manteau.

Elle se dirigea vers l'entrée. Elle avait soudain l'impression d'être à la dérive. C'était comme si elle n'était pas à sa place dans son monde luxueux.

Pas seulement parce qu'elle était son employée et qu'elle portait maintenant son enfant. Mais aussi parce qu'elle devrait peut-être quitter New York dans quelques mois, alors que Roman envisageait d'acheter un appartement ici. Pourtant, il jouissait déjà de ce logement spacieux à la vue imprenable. Comment allait-elle faire pour élever un enfant avec quelqu'un comme Roman, qui pouvait s'offrir tout ce qu'il voulait ?

— Sable.

Il mit un bras autour de sa taille.

— Ne me rejette pas, dit-il. Nous trouverons un plan pour l'avenir, mais il faut que nous l'élaborions ensemble. D'accord ?

Sentir Roman contre elle la rassura un peu. Ce qui n'avait pas de sens, puisque c'était leur intimité physique qui expliquait en partie le malaise qui s'était instauré entre eux. Non ?

— Quand j'aurai passé l'étape des douze semaines, je serai plus en mesure de me focaliser sur l'avenir, dit-elle.

Elle était déjà attachée à ce bébé. Faire des projets avec Roman si tôt ne pourrait qu'aggraver sa peine si jamais sa grossesse ne se déroulait pas au mieux. Son cœur commençait à peine à cicatriser. Elle avait donc besoin de plus de temps.

— Je comprends, répondit-il.

Il serra doucement ses épaules puis laissa retomber ses mains.

— Alors, mettons à profit les deux prochaines semaines pour apprendre à nous connaître mieux, suggéra-t-il. Si nous sommes plus à l'aise l'un avec l'autre, cela ne pourra que nous aider à établir une bonne relation de parents par la suite.

Elle avait très envie de lui demander pourquoi il s'était refermé sur lui-même un peu plus tôt. Où ses pensées l'avaient-elles emporté lorsqu'il avait fui son regard ? Mais elle n'était pas prête à révéler que ce moment d'inattention l'avait ébranlée. Car cela la rendrait encore plus vulnérable.

Qui plus est, Roman s'était montré prévenant et généreux sur bien des plans ce soir. Elle n'allait pas minimiser ces efforts. Elle devait simplement refréner fermement ses sentiments, pour ne pas finir par croire que leur relation était plus sérieuse qu'en réalité.

— D'accord. Deux semaines pour trouver nos marques, approuva-t-elle.

Elle croisa les bras pour mettre un peu de distance entre eux, et tenter de retrouver son objectivité.

— Comment mettre ton plan en action ? Tu as des suggestions ? questionna-t-elle.

Il prit son trench sur le portemanteau puis le posa sur ses épaules, la touchant à peine. Avait-il perçu les signaux qu'elle émettait ? Ou envoyait-il ses propres signaux maintenant qu'ils étaient arrivés à la phase des négociations ?

La fatigue de cette longue et difficile journée s'abattit sur elle d'un coup, s'ajoutant à la fatigue mentale liée à ses efforts pour essayer de comprendre Roman.

— Tu n'as pas eu beaucoup de temps pour visiter New York depuis ton arrivée, je suppose ? avança-t-il. Nous pourrions jouer les touristes pendant une journée.

Il l'accompagna jusqu'à la porte.

Soudain, il retourna prestement vers la cuisine.

— J'ai failli oublier le gâteau, expliqua-t-il en récupérant un petit sac de papier sur le plan de travail. Qu'on ne dise pas que je t'ai renvoyée chez toi sans dessert.

— En effet, je ne pourrai pas le dire.

Ses joues s'empourprèrent lorsqu'elle songea à ce qu'ils avaient fait après le dîner. Lorsqu'il revint vers elle, le sac à la main, elle chassa cette pensée pour se concentrer sur sa proposition.

— Et j'adorerais visiter la ville. J'étais trop occupée par mon travail pour le faire.

S'ils se voyaient à l'extérieur, ils ne pourraient pas être distraits par l'alchimie qui couvait toujours entre eux, prête à s'enflammer à la moindre provocation.

— Dans ce cas, tu es libre samedi ? demanda-t-il en ouvrant la porte d'entrée.

— Oui.

Cela lui laissait trois jours pour se préparer avant de le revoir. Trois jours pour se convaincre que leur relation devait devenir plus amicale. Moins passionnée.

— Parfait. Je passe te prendre à midi.

Il posa la main au creux de son dos quand ils entrèrent dans la cabine d'ascenseur. Ce simple contact la fit frissonner.

Mais qui pensait-elle duper ?

Trois jours, ce serait loin d'être suffisant.

- 7 -

Vendredi soir, veille de son rendez-vous avec Roman, Sable cherchait déjà des excuses pour tout annuler. Tenaillée par la nervosité, elle retira ses écouteurs tandis qu'elle sortait de la station de métro Fulton Street et se dirigeait vers le parc de Fort Greene. Elle essayait de trouver un prétexte auquel Roman pourrait croire.

À la vérité, elle n'était pas sûre de pouvoir résister à la sensualité puissante de Roman, encore moins quand celle-ci était couplée à tant de prévenance pour elle. Du moins, pour leur *bébé*. C'étaient peut-être toutes ces hormones de grossesse qui la rendaient si sensible à sa sollicitude. Mais les faits étaient là : Roman souhaitait assister aux rendez-vous médicaux, il s'assurait qu'elle mangeait bien et dormait bien, et il avait tenu à fêter la première échographie. Sans parler de ses caresses qui pouvaient projeter son corps dans la stratosphère… Cet homme était sa kryptonite.

Tout cela mettait à mal les défenses qu'elle avait érigées.

La maison de brique apparut tandis que les lumières de la ville commençaient à éclairer la rue sombre. Sable sentit sa nervosité monter d'un cran à l'idée de laisser Roman se rapprocher d'elle. Sur le plan physique, bien sûr, mais aussi sur le plan émotionnel. Elle avait eu beaucoup de mal à se reconstruire après le cauchemar de sa fausse couche et de son divorce. Elle n'avait aucune envie de souffrir à nouveau.

Elle était presque arrivée devant son perron quand une musique rock à plein volume parvint à ses oreilles. Un solo de guitare s'échappait par une fenêtre ouverte au rez-de-jardin. Une nouvelle locataire avait-elle emménagé ? Ce n'était pas

Blair Wescott puisque celle-ci avait choisi la grande chambre du deuxième étage, juste en dessous de celle de Sable.

Sable monta rapidement les marches et entra dans la maison, espérant que ses colocataires lui changeraient les idées. Trop de questions tournaient dans sa tête. Comment bâtir un avenir sûr pour son enfant et concilier ses rêves professionnels avec sa nouvelle situation ? Quel était le meilleur moment pour annoncer sa grossesse à Marcel ? Et quel genre de relation devait-elle construire avec Roman ? Pas de doute, elle avait bien besoin d'une discussion entre filles. Maintenant.

— Il y a quelqu'un ? cria-t-elle lorsqu'elle fut dans le vestibule.

Elle jeta un coup d'œil dans le salon. Cybil avait laissé quelques meubles essentiels dans cette pièce haute de plafond. Des canapés et des chaises anciennes occupaient l'espace, mais il n'y avait pas beaucoup de tapis, de tableaux ou d'objets de décoration. Le parquet d'origine brillait sous la lumière provenant de la rue.

Entre deux chansons rock, Sable entendit des rires résonner dans l'escalier.

— Hé oh ! lança-t-elle.

Elle se dirigea vers la cuisine, attirée par une odeur de pop corn.

Tana Blackstone l'accueillit au bas de l'escalier.

— Ah, voilà ma colocataire du troisième ! s'exclama Tana. Cela faisait longtemps.

Petite et menue, Tana ressemblait à un lutin avec ses cheveux châtains brillants et son visage en forme de cœur. À moins qu'elle n'auditionne pour un rôle, elle prenait au sérieux son apparence. Quand elle n'arborait pas un style rock, tout en cuir et en clous, elle portait de larges chemises de flanelle, des pièces dénichées dans les surplus militaires et des rangers. Ses concessions à la féminité consistaient à teindre les pointes de ses cheveux dans un arc-en-ciel de couleurs en perpétuel changement, et à maquiller ses yeux avec des fards pailletés.

Sable admirait son engagement esthétique. Aujourd'hui, Tana portait un T-shirt à l'effigie d'un superhéros, des bracelets de cuir cloutés, et un jean troué sous lequel elle avait enfilé un collant à motif toile d'araignée. Les pointes de ses cheveux étaient vertes, assorties à son ombre à paupières.

Leur nouvelle colocataire les rejoignit.

— Nous étions en train de prendre un apéritif. C'est vendredi, expliqua Blair en levant sa coupe qui contenait une boisson jaune pâle sur un fond rouge. Ça te dit, un cocktail citron-framboise ?

Tana entraîna Sable vers la cuisine entièrement blanche.

— Il faut que tu y goûtes, déclara-t-elle. En matière de cocktails, Blair est une magicienne. Ses boissons ressemblent à des œuvres d'art, et elles sont encore meilleures qu'elles n'en ont l'air.

— Oh… Eh bien…

Deux mois plus tôt, Sable aurait été ravie de goûter à l'un de ces magnifiques cocktails. Elle chercha une excuse plausible.

— Je ne peux pas. Je fais une cure détox très stricte.

— Un vendredi ? s'étonna Blair.

La jolie blonde s'appuya sur le bar de marbre. Près du blender, quelques bouteilles d'alcool trônaient ainsi que des framboises et des citrons frais.

Dans son legging mauve et son T-shirt de yoga rose, Blair Westcott semblait bien plus détendue aujourd'hui. Elle avait coiffé ses cheveux blond platine en une longue tresse. Avec ses baskets montantes et son visage dépourvu de maquillage, elle ressemblait davantage à une étudiante qu'à la maquilleuse très demandée que Cybil Deschamps avait personnellement choisie et recrutée.

Repérant le pop corn sur le plan de travail, Sable en prit une poignée.

Depuis son téléphone, Tana baissa le volume de la musique diffusée par une enceinte posée sur la machine à café.

— Nous fêtons ma seconde audition pour un rôle dans un feuilleton, annonça-t-elle. Ce qui pourrait faire la différence entre pouvoir me payer un mois de loyer supplémentaire à New York et… ne pas pouvoir.

Sable compatissait, bien plus que Tana ne l'imaginait. Ses jours dans cette ville très chère étaient comptés maintenant qu'elle attendait un bébé. À moins qu'elle accepte la proposition de Roman.

Ce qui était inenvisageable.

— Tu vas décrocher ce rôle, affirma Blair.

S'adressant à Sable, elle expliqua :

— Je lui ai fait répéter son texte tout à l'heure, et elle est géniale.

Tana émit un petit rire, mais son expression prouvait qu'elle était touchée par le compliment.

Sable se sentait coupable d'avoir passé si peu de temps avec ses colocataires ces dernières semaines. Blair ne vivait ici que depuis quelques jours et elle avait déjà proposé son aide à Tana, alors que Sable savait à peine comment l'actrice passait ses journées. Ou peut-être n'était-ce pas tant de la culpabilité que des regrets : elle n'avait pas pris le temps d'apprécier les choses agréables, comme les apéritifs du vendredi avec ces jeunes femmes qui pourraient devenir de bonnes amies. Elle avait été si investie dans son travail qu'elle avait ignoré sa vie personnelle, à un moment où elle aurait eu bien besoin de soutien.

Surtout maintenant, alors que tout changeait bien trop vite à son goût.

— Je peux au moins boire un verre sans alcool avec vous, dit-elle.

Elle posa son sac sous le bar qui séparait la cuisine de la salle à manger.

— Les secondes auditions, ça se fête, ajouta-t-elle.

— J'ai préparé de la citronnade fraîche, déclara Blair. Elle est dans le réfrigérateur.

— Tu ne vas pas en croire tes yeux, intervint Tana en passant devant Sable pour ouvrir la porte du réfrigérateur. Regarde !

L'appareil haut de gamme avait été nettoyé et rangé ; l'intérieur blanc était impeccable, et le maigre contenu était maintenant plus facile à voir. Au milieu de l'étagère la plus haute était posé un pichet peint à la main rempli de glaçons et de tranches de citron.

— Tu veux dire que c'est toi qui as fait la citronnade ? En partant de zéro ? s'étonna Sable.

Elle saisit le pichet, échangeant des regards avec Tana, qui semblait tout aussi impressionnée qu'elle.

— Vous savez qu'il n'y a que trois ingrédients, n'est-ce pas ? répliqua Blair.

Elle ouvrit un placard et prit un verre assorti au pichet.

— J'ai pris plaisir à explorer la cuisine. Cybil a tout ce qu'il faut ici, commenta-t-elle.

Sable avait soudain faim, et elle regrettait d'avoir fourni l'excuse d'une cure détox pour expliquer son abstinence. Réprimant un soupir, elle se servit de la citronnade, reposa le pichet sur l'étagère et ferma la porte du réfrigérateur.

Levant son verre, elle se tourna vers Blair et Tana.

— Aux secondes auditions !

— À la chance de rester à New York ! ajouta Tana en levant le sien.

— Et aux nouvelles amies ! enchérit Blair, qui fit tinter son verre contre les leurs. Je ne sais pas pour vous, mais en ce qui me concerne, je suis loin de chez moi et cela me fait du bien de passer du temps avec vous, les filles. Santé, *chicas*.

— Santé !

Sable eut la gorge nouée. Elle aussi appréciait ces moments de convivialité. Malheureusement, elle ne pourrait pas en connaître beaucoup d'autres.

Ne devrait-elle pas, pour elle-même et pour son enfant, cultiver son réseau d'amies ? Car elle élèverait son enfant seule. Certes, Roman voulait assumer sa part, mais cela signifiait qu'elle lui confierait le bébé afin qu'il puisse jouer son rôle de parent – seul. Et quand elle récupérerait l'enfant, elle devrait assumer les décisions et les responsabilités seule, elle aussi.

Tandis que cette réalité prenait forme dans son esprit et que sa faim lui réclamait autre chose que du pop corn, Sable décida qu'elle ne voulait pas cacher sa grossesse plus longtemps. Était-ce injuste, puisqu'elle avait demandé à Roman de garder le secret jusqu'à l'échographie de la douzième semaine ?

Oui. Mais ce n'était pas Roman qui portait leur bébé. Il n'avait pas les mêmes fardeaux qu'elle, ni les mêmes angoisses. Il partageait peut-être certaines de ses craintes sur une possible fausse couche, mais il ne savait pas à quel point elle avait été bouleversée lorsqu'elle avait perdu le bébé qu'elle avait attendu si longtemps.

Elle était sur le point de confesser la vérité quand on sonna à la porte.

— Vous avez commandé une pizza ? demanda-t-elle.

C'était la seule hypothèse qui lui était venue à l'esprit.

Tana descendait déjà les marches pour aller ouvrir. Blair secoua la tête quand des voix leur parvinrent – celles de Tana et d'un homme. Ce n'était pas Roman ; Sable aurait reconnu son timbre particulier n'importe où. Mais à en juger par l'expression de Blair, celle-ci savait de qui il s'agissait. Elle avait les joues rouges, et le reste de son visage avait pâli.

Étrange…

— Blair ? lança Tana depuis le vestibule. Lucas Deschamps est là !

Sable réprima un sourire quand Blair marmonna un juron et se mit à arpenter la cuisine. Finalement, elle se décida à descendre.

Apparemment, l'apéritif du vendredi était terminé. Et c'était peut-être une bonne chose, puisque Sable pouvait enfin se préparer à dîner. Bientôt, elle annoncerait à ses nouvelles amies qu'elle attendait un bébé.

Mais avant cela, elle devrait passer toute une journée avec Roman, et éviter que leur attraction s'embrase. Ce serait peut-être plus facile maintenant qu'elle savait que Roman avait des secrets, lui aussi. Plus d'une fois, elle avait repensé à cet instant, quand il s'était refermé sur lui-même après leur moment intime et sensuel. Elle avait eu le sentiment qu'il lui cachait quelque chose. Depuis, elle ne cessait de s'interroger, ce qui accroissait son angoisse.

Une angoisse qui l'aiderait peut-être à résister à Roman.

Et puis, ils visiteraient la ville. Tant qu'ils étaient en public, il n'y aurait aucun risque qu'ils retirent leurs vêtements et qu'ils dépassent les limites qu'elle s'était fixées.

— Je rêverais de prendre en photo les créations de ton frère avec ce décor en arrière-plan, commenta Sable tandis qu'ils déambulaient dans le musée des Cloîtres, s'arrêtant brièvement pour admirer la vue sur l'Hudson. Tout paraîtrait plus élégant dans un tel cadre.

Elle balaya d'un grand geste l'arcade en L qui entourait des jardins regorgeant de centaines de plantes utilisées pour la cuisine, la médecine, ou – selon la littérature – pour la magie durant le Moyen Âge.

Roman la suivit, plus intéressé par elle que par l'art, l'architecture ou les fleurs aux couleurs vives. La silhouette plantureuse de Sable, dans sa longue jupe jaune pâle et son T-shirt blanc ajusté, captait toute son attention. La journée avait été agréable et amusante. Sable appréciait autant les éléments architecturaux provenant d'abbayes et d'églises médiévales européennes que la série de tapisseries intitulée *La Chasse à la licorne*. Sur les immenses toiles, ils s'étaient amusés à repérer les chats, les grenouilles, les initiales cachées et les libellules. Sable lui avait confié qu'elle adorait l'art, une passion que son ex-mari, apparemment, n'avait pas partagée. Roman se félicitait d'autant plus de l'avoir amenée ici pour cette journée touristique.

Une journée pour apprendre à la connaître mieux et – il l'espérait – pour commencer à planifier l'éducation conjointe de leur futur enfant. Jusqu'ici, Roman avait réussi à contenir son attirance pour mettre Sable à l'aise, et il lui était très reconnaissant de ne pas avoir reparlé des moments sensuels qui avaient suivi leur dîner, l'autre jour. Bien que ce soit lui qui ait insisté pour lui donner ce genre de plaisir, il n'avait pas prévu les sentiments qui l'avaient envahi ensuite. Le besoin de la serrer dans ses bras. De la réconforter.

De poser la main sur son ventre, là où leur enfant grandissait.

Ces envies l'avaient ébranlé, lui rappelant qu'il y avait un risque chaque fois qu'il succombait à son attraction pour Sable.

Lorsqu'elle lui lança un regard par-dessus son épaule, il se rendit compte qu'il était perdu dans ses pensées.

— Je suis content que cet endroit te plaise, dit-il en posant machinalement la main au creux de son dos tandis qu'ils continuaient leur visite. Le parc aussi est splendide. Je me suis dit que nous pourrions nous y promener tout à l'heure.

Il avait prévu un pique-nique pour le déjeuner. Il récupérerait le panier dans la voiture lorsqu'ils auraient fini leur visite du musée.

— Volontiers, approuva-t-elle.

Elle s'arrêta en haut d'un escalier menant à une salle qu'ils n'avaient pas encore visitée.

— Ce doit être la chapelle gothique, observa-t-elle. Les couleurs des vitraux sont magnifiques.

Roman la suivit, le regard happé par les sarcophages et les gisants disposés dans la chapelle, tandis que Sable consultait sur son téléphone le guide qu'elle avait téléchargé avant la visite. Roman ne se rendit compte qu'il s'était arrêté sur les marches que lorsqu'elle se retourna vers lui.

— Tu viens ? demanda-t-elle.

Elle l'observa, la tête inclinée sur le côté, ses cheveux glissant sur son épaule.

Il avait sans doute une expression étrange. L'ambiance lugubre de la chapelle le troublait, des souvenirs d'une autre chapelle s'abattant sur lui telle une chape de plomb. Il se tenait à côté d'une tombe surmontée de la sculpture d'une femme reposant en silence, les mains jointes juste au-dessus de sa taille, la tête appuyée pour toujours sur un oreiller en pierre. Soudain, il fut catapulté dans le passé et se retrouva à côté d'un autre cercueil. Un cercueil qu'il aurait voulu ne jamais voir.

Était-ce l'atmosphère créée par les vitraux, les statues des saints qui lui rappelaient de manière aussi forte le jour où il avait dit adieu à son épouse ? Ou était-ce la statue de cette femme noble, dans sa robe et ses bijoux, qui lui rappelait que la famille d'Annette s'était querellée sur le choix de la tenue pour la maison funéraire ? Ils s'étaient disputés au sujet d'une robe comme si cela avait de l'importance, comme si cela faisait la moindre différence pour la femme qu'il avait aimée, et qui était partie pour toujours.

Une perle de sueur froide roula sur sa tempe.

— Roman ?

La voix de Sable lui sembla très lointaine, comme déformée.

Il prit une grande inspiration avant de répondre, mais le sentiment d'oppression s'accrut. Il avait l'impression que les murs se rapprochaient et que l'air manquait. Il porta la main à son cou, voulant desserrer son col ou sa cravate. Mais rien n'entravait ses voies aériennes.

Il ne portait pas de cravate, et le col de sa chemise était ouvert.

— Excuse-moi, dit-il.

Il avait cru avoir prononcé les mots à voix haute, mais il n'en était pas certain. Tout ce qu'il savait, c'était qu'il devait sortir d'ici.

S'éloigner des tombes, de l'obscurité, de la chapelle silencieuse.

Maintenant.

Descendant les marches à la hâte, il passa sous une arcade, traversa la salle des tapisseries et suivit les panneaux indiquant la sortie pour gagner l'aile ouest du bâtiment. Après avoir suivi une longue rampe, il poussa la porte de sortie d'un geste brusque, ayant désespérément besoin de lumière et de respirer un air frais. Un air qui n'était pas hanté par le passé.

Une fois dehors, il inspira à pleins poumons, en attendant que ses idées s'éclaircissent. Que la moiteur froide sur sa peau disparaisse. Glissant la main dans ses cheveux, il se massa le crâne afin de faire revenir un peu de chaleur dans son corps.

Un instant plus tard, il entendit des pas légers derrière lui. Étrangement, alors qu'il y avait une centaine d'autres personnes autour de lui qui entraient et sortaient du musée, il devina que c'était Sable. Sans avoir à se retourner, il sut que c'était elle qui approchait.

Un frisson le parcourut. Plus que jamais, ses réactions en présence de Sable lui paraissaient être un acte de déloyauté envers sa défunte épouse. Il ferma les yeux un instant, afin de reprendre ses esprits, puis se retourna vers Sable.

La tendresse et l'inquiétude dans son regard noisette annihilèrent ses défenses, et lui rappelèrent qu'elle n'était en rien responsable de ce qui lui arrivait.

— Veux-tu que nous partions ? demanda-t-elle.

La lumière du soleil se reflétait sur ses cheveux, rehaussant ses boucles brillantes de subtils reflets caramel.

— Je peux conduire, si tu te sens mal, offrit-elle.

— Je vais mieux, assura-t-il en prenant sa main. Tu es toujours d'accord pour une promenade dans le parc ?

Il espérait que cela l'aiderait à se ressaisir. À retrouver un rythme cardiaque normal. Et puis, il voulait vraiment chasser les ombres dans le regard de Sable. Des ombres dont il était la cause, alors qu'il avait fourni tant d'efforts pour lui faire passer une bonne journée. Il lui devait une explication, et il ne pouvait guère la lui donner ici, alors qu'ils étaient entourés de visiteurs.

— Tu en es sûr ? Ça ne m'ennuie pas de rentrer plus tôt.

— Non, ça va.

Il serra doucement sa main, la porta à ses lèvres et l'embrassa, tout en tâchant de reprendre le contrôle sur ses pensées.

— Allons trouver un endroit avec une belle vue sur l'Hudson.

Après une seconde, elle acquiesça d'un signe de tête, et ils parcoururent les chemins sinueux du parc de Fort Tryon, le point le plus haut de Manhattan. Ils gardèrent le silence tandis qu'ils passaient entre les lits de fleurs et traversaient une voie d'accès. Enfin, ils atteignirent un muret de pierre.

La voiture de Roman était garée non loin, mais il n'était pas encore prêt à déjeuner. Il fallait d'abord qu'il parle à Sable. Cherchant un coin tranquille, il suivit le long muret jusqu'à ce qu'il repère un rocher plat de l'autre côté. Un promontoire qui offrait une vue splendide sur le fleuve.

— Ici, dit-il en montrant le rocher. Ça t'ennuie si nous nous asseyons quelques minutes ?

— Non, bien sûr. Mais j'aurai peut-être besoin d'aide pour enjamber le muret.

Elle risqua un regard prudent vers lui, comme si elle s'attendait à ce qu'il fuie à nouveau.

Roman grimpa par-dessus le mur de pierre en premier puis aida Sable à l'escalader. Elle sauta sur le sol puis s'assit à côté de lui sur le rocher lisse. Ramenant sa jupe autour d'elle, elle releva légèrement les genoux. Puis elle fixa son regard sur l'Hudson, où une péniche naviguait en direction du nord. Roman s'assit à côté d'elle, mais sans la toucher.

— C'est magnifique, commenta-t-elle. On pourrait presque oublier qu'on est en ville, ici.

Elle saisit son téléphone et prit quelques photos du fleuve et du pont George Washington.

Roman lui était reconnaissant de ne pas le questionner sur ce qui lui était arrivé dans la chapelle. Elle savait sans doute que quelque chose n'allait pas, mais elle lui laissait du temps. Toutefois, elle méritait de connaître la vérité.

— Tu te demandes sans doute ce qui m'a pris dans la chapelle.

Sa mâchoire était raide. C'était comme si son corps refusait qu'il raconte son histoire.

— Oui. Mais si tu préfères ne pas en parler…

— Il faut que j'en parle. Tu as le droit de savoir.

Il l'entendit poser son téléphone. Puis il sentit qu'elle se penchait vers lui, prête à l'écouter.

— Les tombeaux dans la chapelle m'ont rappelé quelqu'un que j'ai perdu. Cela remonte à cinq ans, alors je ne m'attendais pas à avoir une réaction aussi vive.

Par certains côtés, la mort d'Annette lui semblait très récente. Pourtant, il vivait sans elle depuis cinq ans et trois mois.

Il avait vu un thérapeute spécialisé dans le deuil. Il avait cru avoir trouvé la paix. Mais la nouvelle de sa future paternité avait tout bouleversé.

— Je suis désolée, murmura Sable en posant la main sur la sienne.

— Merci. J'y ai repensé plus souvent récemment, à cause de la grossesse. Je pense que c'est pour cette raison que les souvenirs sont revenus avec une telle force aujourd'hui.

Même dans les pires moments, il n'avait jamais connu ce sentiment d'étouffer, de ne plus pouvoir respirer.

Il sentit Sable se figer à côté de lui.

— Qui as-tu perdu ?

Il ignorait ce qu'elle pensait, mais quelque chose dans sa voix le poussa à la regarder. Elle était pâle. Inquiète.

Devinait-elle ce qu'il était sur le point de révéler ? Même si elle se doutait qu'il avait été marié, il ignorait pourquoi cela la dérangerait. Après tout, ils apprenaient tout juste à se connaître, et elle ne souhaitait pas s'engager dans une relation sérieuse avec lui.

Conscient qu'il ne pouvait plus temporiser, il avoua ce qu'il n'avait jamais avoué à aucune femme depuis la mort d'Annette.

— Mon épouse.

Il soutint le regard de Sable et ajouta :

— Nous avons été mariés quinze mois, puis elle est décédée à la suite d'une transplantation cardiaque.

- 8 -

Roman était veuf.

Sable laissa cette révélation s'enregistrer dans son esprit tandis que le soleil printanier réchauffait ses jambes. Les oiseaux gazouillaient dans les arbres. Les rayons du soleil faisaient scintiller le fleuve Hudson. Mais la joie de la nature indifférente ne donnait plus à la journée la même saveur que tout à l'heure. À présent, Sable comprenait pourquoi la main de Roman était si froide quand ils étaient entrés dans la chapelle sombre.

Il pleurait une femme qu'il avait aimée. Une femme qu'il aimait encore, manifestement.

— Je suis…

Stupéfiée que tu ne m'aies jamais dit que tu avais été marié.

Mais il ne s'agissait pas d'elle. Elle pouvait constater par elle-même à quel point Roman souffrait encore d'avoir perdu son épouse.

— Je suis vraiment désolée, Roman.

Elle laissa sa main sur la sienne, bien qu'elle trouve ce contact gênant à présent. Elle avait l'impression d'être une intruse dans son chagrin, puisqu'elle n'était pas la femme qui détenait son cœur.

Au bout du compte, elle le lâcha et glissa les mains sous ses genoux.

— J'aurais dû te parler d'Annette plus tôt. J'ai failli le faire quand nous avons discuté de ton ex-mari. Mais nous avons fini par parler de ta fausse couche, alors mes pensées se sont reportées sur le bébé. Et sur mon inquiétude pour toi.

La franchise brute de ses paroles l'émut.

— Parle-moi d'elle.

Elle avait besoin d'en savoir davantage. Après leur dernier dîner, elle avait senti qu'il lui cachait quelque chose – un secret. À présent, elle savait qu'elle avait vu juste.

Si Roman avait évité d'évoquer son mariage, il devait y avoir une bonne raison. Ce n'était pas seulement parce qu'il n'avait pas trouvé le moyen d'aborder le sujet.

Roman posa les poignets sur ses genoux.

— Nous nous sommes rencontrés quand elle était encore étudiante. J'avais déjà eu mon diplôme, mais j'étais retourné au campus pour y faire un discours, sur l'invitation d'un de mes professeurs en finance. Annette était l'une de ses meilleures élèves, et elle était promise à une grande carrière. Comme elle avait été stagiaire dans une grande société d'investissement, elle m'a demandé si nous pouvions discuter de mon métier et nous…

Il s'interrompit et secoua la tête, comme s'il ne voulait pas révéler des détails intimes.

Sable sentit sa gorge la brûler. Elle ne se permettrait pas d'éprouver de la jalousie envers une femme décédée. Mais voir l'amour manifeste de Roman pour son épouse lui faisait bien plus mal qu'elle ne l'aurait cru. Quelle place restait-il dans le cœur de Roman pour une autre femme ?

— Tu disais qu'elle avait besoin d'une greffe de cœur ?

Il prit une longue inspiration.

— Oui. Elle est née avec une malformation cardiaque, et elle a eu sa première greffe à l'âge de deux ans. Les organes greffés ont une durée de vie limitée et, bien qu'Annette n'ait pas eu de problèmes avec le sien, elle savait que le jour viendrait où il lui en faudrait un autre.

Il baissa la tête, des rides se creusant sur son front tandis qu'il semblait rassembler ses pensées.

— Elle a pris des médicaments antirejet toute son existence. Elle faisait attention à sa santé, et elle avait une belle philosophie de vie.

Elle se réprimanda pour la bouffée de jalousie qu'elle avait éprouvée plus tôt. Elle appuya la tête contre l'épaule de Roman, pour lui apporter un peu de réconfort.

— Après le mariage, elle a eu des problèmes presque aussitôt. Mais je voyageais beaucoup pendant les premiers mois, et Annette avait commencé un nouveau travail, alors je n'ai pas vu les signes.

Il semblait presque en colère. Se reprochait-il les problèmes de santé de sa femme ?

— Quand j'ai su, j'ai insisté pour qu'elle voie son médecin, et nous avons écourté notre lune de miel aux Seychelles, que nous avions reportée de six mois après notre mariage. Dès notre retour, le cardiologue l'a placée sur liste d'attente pour une greffe.

Sable glissa le bras sous le sien et suivit du regard un hors-bord qui fendait les eaux du fleuve. Elle respira le parfum de Roman, mélange de bois fumé et de pin.

— Il a fallu tout ce temps pour obtenir un cœur ?

Elle ne savait rien des greffes d'organes, mais si Roman et sa femme avaient été mariés quinze mois, cela voulait dire qu'il avait fallu neuf mois pour trouver un donneur.

— Non. Une opération a été programmée six mois plus tard, mais il y avait un problème avec le greffon, et le médecin n'a pas pu l'utiliser. Alors, Annette s'est retrouvée à nouveau sur liste d'attente.

Il marqua un temps puis reprit d'une voix plus basse :

— Quand le nouveau cœur est arrivé trois mois plus tard, tout semblait aller bien. Mais… son corps l'a rejeté.

— Comme c'est affreux pour elle. Pour toi. Pour sa famille. Quelle terrible façon de perdre un être aimé…

— Il n'y a pas de bonne façon.

Elle releva la tête et fut ébranlée par la douleur qui assombrissait son regard. Elle pressa la main sur son avant-bras, regrettant de ne pas pouvoir alléger sa peine.

— Tout de même, tu avais toutes les raisons de penser que tu la ramènerais chez vous après l'opération. Elle était jeune et pleine de vie. Si elle a gardé le premier cœur pendant vingt ans, tu pensais sûrement que tu aurais plus de temps avec elle une fois qu'elle aurait le second.

Il secoua lentement la tête.

— Les risques sont élevés à chaque opération. Nous le savions tous les deux. Mais j'aurais donné n'importe quoi pour avoir ne serait-ce qu'un an de plus. Un mois de plus.

L'amertume dans sa voix et l'amour pour sa femme étaient manifestes.

Soudain, Sable comprit mieux quelle place elle tenait dans la vie de Roman. Elle était peut-être la mère de son enfant, mais il était évident qu'une autre femme possédait son cœur. À cette pensée, elle sentit son ventre se nouer.

Pourtant, cela n'aurait pas dû compter, puisqu'elle avait décidé de tenir Roman à distance afin de se protéger. Elle n'aurait pas dû s'inquiéter, puisque Roman n'avait aucune intention d'avoir une relation sérieuse avec elle. Il serait le père de son enfant, rien de plus.

— Tu penses que la nouvelle de ma grossesse a fait remonter ton chagrin à la surface ?

Elle se rendit compte qu'il était stupide de poser cette question alors qu'elle était déjà assaillie par des émotions instables.

Cela lui faisait mal de savoir que l'amour de Roman pour sa défunte femme et sa loyauté envers elle étaient si profonds. Elle-même avait été très loin de connaître un tel amour. Elle n'avait certainement pas été aussi aimée par Jack. Et elle n'aurait jamais la chance d'être aimée par Roman.

— Annette voulait des enfants, dit-il simplement.

Elle devinait qu'il aurait remué ciel et terre pour réaliser ses souhaits.

— Nous avions décidé que nous ferions appel à une agence d'adoption pour notre premier anniversaire de mariage. Mais nous avons reporté, en pensant que nous aurions du temps après l'opération.

Sable retira son bras. Comment pourrait-elle lui apporter du réconfort alors qu'elle avait l'impression qu'un trou béant s'ouvrait en elle ?

— Je comprends mieux pourquoi cette grossesse provoque des sentiments ambivalents chez toi.

— Ce n'est pas le cas, protesta-t-il avec force.

Il se tourna vers elle pour la regarder dans les yeux.

— Je n'ai pas de sentiments ambivalents en ce qui concerne ce bébé, affirma-t-il. J'aimerai cet enfant, tout comme toi.

Il attendit un instant, comme pour la laisser mesurer le poids de ces paroles. Puis, avec douceur, il replaça une mèche de cheveux derrière son oreille.

— Je l'aime déjà, ajouta-t-il.

Des larmes piquantes lui montèrent aux yeux. Le silence s'étira entre eux, jusqu'à ce qu'elle ne puisse plus parler tant les émotions se bousculaient en elle.

— D'accord, parvint-elle à murmurer d'une voix rauque.

Roman l'observa intensément. Que pouvait-il déceler dans son expression ? Elle espérait qu'il voyait seulement son amour pour leur enfant, et non l'envie d'être aimée de lui. Car elle ne pourrait pas avoir son amour.

— Les hormones, dit-elle tandis que des larmes coulaient malgré elle. Ce doit être les hormones de grossesse.

Il acquiesça d'un signe de tête, l'air pensif.

— Viens, dit-il après un instant.

Il se leva, saisit ses mains et l'aida à se relever.

— J'ai entendu dire qu'il y avait un remède infaillible pour ça, ajouta-t-il. Mais d'abord, il faut que je sache. Quel est ton parfum de glace préféré ?

Durant la semaine qui avait suivi la visite au musée des Cloîtres, l'humeur de Roman s'était dégradée de jour en jour.

Chaque heure frustrante de ces journées était un poids sur ses épaules. Un poids qu'il traînait avec lui quand il visitait des appartements avec son agent immobilier, qu'il organisait des réunions en visio-conférence avec son bureau de Los Angeles, ou qu'il révisait les livres de comptes de Zayn Designs dans le bureau surchargé de Marcel.

Comme maintenant.

Installé devant son ordinateur, il passait en revue les dépenses professionnelles de son frère. La porte étant ouverte, il pouvait entendre les conversations détendues entre le styliste et ses assistantes – Sable en faisait partie. Contre toute logique, Roman éprouvait une bouffée de jalousie chaque fois que Marcel réussissait à la faire rire. Certes, Roman se réjouissait qu'elle soit heureuse, mais il éprouvait aussi un sentiment de possessivité. C'était totalement nouveau pour lui. Peut-être était-ce parce qu'elle portait son enfant ?

Il ne pouvait pas y avoir d'autre raison pour expliquer ces réactions ambivalentes, qu'il n'avait même pas connues avec Annette, une femme qu'il aimait pourtant plus que tout.

Fronçant les sourcils, il ignora la dernière vague de rires qui se mêlait aux notes d'une chanson de Duke Ellington. Le thème créatif du jour semblait tourner autour du jazz et des grands orchestres. Roman ignorait sur quoi ils travaillaient précisément, mais cela semblait bien plus amusant que de vérifier d'interminables colonnes de chiffres, dont une grande partie correspondait à des dépenses inutiles.

— Enchères Sotheby's ? lança Roman, qui avait besoin d'une explication concernant un achat particulièrement coûteux.

— Œuvre d'art pour la future boutique ! répliqua Marcel.

Roman baissa la tête. Marcel n'avait pas encore acheté de fonds de commerce, et encore moins finalisé son plan de développement. Roman voulait que Zayn Designs devienne un succès, notamment parce qu'il avait investi une grande part de ses économies personnelles pour financer l'entreprise. Mais son frère refusait la moitié de ses conseils. Parfois, Roman se demandait pourquoi il prenait la peine de venir à New York, puisque Marcel ignorait ses recommandations et que Sable trouvait des excuses pour l'éviter et ce, depuis qu'il lui avait parlé d'Annette.

Le fait qu'il ait été marié l'avait-il effrayée ? Si oui, il ne voyait pas pourquoi. Sable aussi avait été mariée, alors, à tout le moins, cela les mettait à égalité. Mais quelle autre raison pourrait expliquer son silence radio toute la semaine ? Après leur visite du musée, il avait eu bien du mal à la laisser sur le seuil de sa maison sans même un baiser, mais il avait tenu bon. Il avait espéré qu'en respectant les limites de Sable, en mettant de côté leur attraction toujours présente, il la pousserait à lui faire davantage confiance.

Résultat : il se sentait encore plus loin d'elle que jamais.

Fermant l'ordinateur portable avec un juron, il jeta aux orties la technique « je garde mes distances » et marcha d'un pas décidé vers l'atelier. Il fallait qu'il voie Sable.

Maintenant. Ce soir.

Mais lorsqu'il arriva dans l'espace de création, la scène qu'il découvrit le figea net.

Un mannequin élancé se tenait sur une estrade face aux hautes fenêtres. La jeune fille portait une robe rouge sang à la coupe structurée et asymétrique. Une épaule était nue tandis que l'autre était ornée par un volant qui montait jusqu'à son oreille. Assis sur l'estrade et penchés l'un vers l'autre, Marcel et Sable étaient en train d'examiner l'ourlet de la robe et de le comparer à des échantillons de tissu que Sable tenait dans ses mains.

À côté de son frère, grand et bien bâti, Sable paraissait encore plus féminine avec ses courbes voluptueuses moulées dans une robe de coton rose. Ses cheveux ondulés effleurèrent presque l'épaule de Marcel quand elle inclina la tête pour observer un échantillon sous un autre angle. La voir si proche de son frère laissa Roman bouche bée.

Peu importait que son frère soit gay. Roman savait seulement qu'il voulait que Sable soit à côté de lui, et non de Marcel.

— Sable ! appela-t-il d'une voix ferme.

Marcel et elle se retournèrent. Roman sentit que son frère l'observait avec acuité. Mais Roman ne voyait que la femme à côté de lui. Elle rougit légèrement et son sourire s'évanouit. Une émotion passa dans ses jolis yeux. De la contrariété ? Du désir ?

Un peu tard, il se souvint que Marcel n'était pas au courant de sa relation avec Sable. Mais il ne pouvait pas revenir en arrière.

Il prit son téléphone et envoya un message pour faire venir une voiture avec chauffeur.

— Je peux finir sans vous, dit Marcel à Sable, en ramassant sa tablette électronique sur le sol. Vous avez travaillé tard tous les jours, cette semaine. Nous pourrons reparler des accessoires lundi.

Elle fronça les sourcils, son regard passant de Marcel à Roman.

— Vous en êtes sûr ? demanda-t-elle au styliste. Et l'essayage ?

— J'ai presque fini. Cara peut m'aider pour la dernière robe.

Marcel fit un signe à une assistante occupée à étudier des croquis sur la table à dessin.

La jeune femme au teint ébène et aux longues tresses se précipita vers Marcel.

Sable confia à sa collègue les bouts de tissu puis s'avança vers Roman, sa robe rose bruissant tandis qu'elle ondulait subtilement des hanches. À présent, il voyait la contrariété sur son visage. Une émotion contenue qui confinait à la colère.

— Oui ? fit-elle entre ses dents.

Elle se pencha pour prendre son sac posé sur un canapé.

Voir ses formes étirer le tissu de sa tenue ne fit rien pour apaiser son trouble. Il brûlait de la toucher, de caresser ses jambes, d'explorer la douceur cachée sous sa robe.

— J'aimerais te parler. En privé, précisa-t-il d'une voix rendue rauque par le désir qu'il avait réprimé toute la semaine.

En fait, cela remontait à plus longtemps. Il ne l'avait plus touchée depuis leur dîner ensemble. Sa fascination pour elle ne faisait que grandir au fil des jours, bien qu'il fasse tout pour l'ignorer.

Sable serra les lèvres. Manifestement, elle lui en voulait de l'avoir interrompue dans son travail. Néanmoins, elle répondit par un bref hochement de tête. Il supposait qu'elle n'aurait pas envie de discuter tant qu'ils étaient en public. Pourvu qu'elle ne s'enfuie pas lorsqu'ils seraient dehors…

— Bon week-end, vous deux, lança Marcel d'un ton désinvolte.

Mais Roman décela dans sa voix une nuance qui indiquait que son frère se doutait de quelque chose.

Mince.

Leur relation intime n'étant plus un secret à présent, Roman ne put résister à l'envie de poser la main sur le dos de Sable lorsqu'ils gagnèrent l'ascenseur. Il la sentit se raidir et faillit retirer sa main.

Mais il la laissa là, ce qui lui permit de sentir le frisson qui la traversait. Une ondulation rapide qui lui prouva qu'il n'était pas le seul à éprouver du désir.

Loin de là.

Quand ils entrèrent dans la cabine, une vieille dame était déjà à l'intérieur, et Roman décida de garder le silence pour l'instant. Cela lui laissa le temps de penser à ce qu'il allait faire. Il n'avait pas prévu de plan, ce qui ne lui ressemblait pas. Mais il savait maintenant une chose : Sable l'évitait peut-être, mais cela ne signifiait pas qu'elle n'était pas consumée par le même désir que lui. Tout à coup, il regretta de l'avoir laissée seule toute la semaine. Ils auraient pu assouvir ce désir réciproque.

D'une manière ou d'une autre, ils devaient construire une relation, et l'alchimie entre eux n'allait pas disparaître comme par enchantement.

Lorsqu'ils atteignirent le rez-de-chaussée, il escorta Sable jusqu'à la Cadillac Escalade noire qu'il avait réservée pour le mois. Elle s'arrêta devant le véhicule.

— Je croyais que tu voulais discuter, s'étonna-t-elle.

Elle fit la moue, rendant ses lèvres pleines encore plus irrésistibles.

— Nous pouvons discuter dans la voiture, repartit-il.

Il ouvrit la portière et lui fit signe de monter.

Sable ne bougea pas.

— J'allais rentrer chez moi, dit-elle d'un ton las.

— Tu ne crois pas que tu m'as évité assez longtemps ?

Il était prêt à débattre, pour avoir la chance de passer du temps avec elle.

— L'horloge tourne, Sable. Ces neuf mois vont passer vite. Nous avons beaucoup de sujets à aborder, et nous devons déterminer comment nous allons partager la garde de notre bébé. Or tu évites mes SMS et tu ne réponds pas à mes appels.

— Tu ne m'as téléphoné qu'une fois, rétorqua-t-elle.

Toutefois, elle sembla baisser la garde puisqu'elle grimpa dans l'habitacle et se glissa sur la banquette arrière.

— Et je savais que je te verrais au travail, alors je n'avais pas besoin de te téléphoner, argua-t-elle.

Il s'installa à côté d'elle et referma la portière. Le chauffeur, impassible derrière la vitre de séparation, se mit en route presque aussitôt. Roman lui avait déjà communiqué leur destination par message.

— C'est vrai. Tu es très bavarde quand je te vois à l'atelier, ironisa-t-il. Tu voulais que notre relation reste secrète, et j'ai essayé de respecter ton souhait…

— Jusqu'à aujourd'hui.

Elle croisa les bras et lui décocha un regard noir.

— Jusqu'à aujourd'hui, concéda-t-il aisément. Parce que tu ne m'as guère laissé le choix.

Pendant un instant, elle ne répondit pas. Elle regarda par la vitre tandis qu'ils se dirigeaient vers le nord de la ville. Ce n'était pas la route pour Brooklyn.

— Où est-ce que nous allons ? questionna-t-elle.

Elle se retourna vers lui, les yeux écarquillés, et il vit son pouls battre rapidement à la base de son cou.

Il eut envie de caresser ce point de pulsation. De le lécher. De le goûter.

Mais seulement si ces battements de cœur rapides étaient un signe d'excitation. Il espérait vraiment que ce soit le cas.

— Je veux que nous dînions ensemble, dit-il, saisissant sa main et la portant à ses lèvres.

Elle l'observa avec attention, ses lèvres s'entrouvrant légèrement quand il déposa un baiser sur l'intérieur de son poignet.

— Je sais que tu as manqué le déjeuner aujourd'hui, alors il faut que tu manges, dit-il. J'aimerais cuisiner moi-même, mais si tu préfères, nous pouvons aller au restaurant.

La voiture s'arrêta à un feu rouge, provoquant une légère secousse. Cela lui donna une excuse pour poser le bras autour d'elle et l'attirer contre lui.

Elle poussa un long soupir et hocha la tête.

— D'accord. Je veux bien aller chez toi, Roman. Mais juste pour dîner.

À ces mots, il sentit la tension en lui baisser d'un cran. Il avait très envie qu'elle reste bien après le dîner, mais pour l'instant, sa présence lui suffisait.

Il fallait se réjouir des petites victoires. Et tant pis si, ce soir encore, ils n'échangeaient même pas un baiser.

- 9 -

— Où as-tu appris à cuisiner comme ça ? demanda Sable une heure plus tard.

Confortablement installée sur le canapé, elle était en train de boire une tisane au gingembre.

Roman et elle avaient terminé leur frittata, qu'il avait préparée en un rien de temps. Son efficacité en cuisine l'avait beaucoup impressionnée. Elle avait proposé son aide – avant et après le repas – mais il avait refusé, affirmant qu'il souhaitait qu'elle se détende. Il finissait maintenant de charger le lave-vaisselle.

Elle le suivit du regard tandis qu'il allait et venait dans la cuisine, la serviette rouge suspendue sur son épaule contrastant avec sa chemise blanche. Son regard se posa sur sa mâchoire carrée, puis sur son cou dévoilé par son col ouvert. Elle avait très envie de le caresser à cet endroit précis.

— Marcel et moi passions beaucoup de temps chez nos grands-parents quand nous étions plus jeunes. Mon grand-père a bâti sa fortune en partant de rien, et sa société d'investissement, que je dirige aujourd'hui, est le travail de toute une vie.

Il mit le lave-vaisselle en marche puis éteignit la cuisine, ne laissant fonctionner que les suspensions au-dessus du bar.

— Ma grand-mère n'a jamais perdu son goût pour les choses simples, et elle tenait à ce que Marcel et moi apprenions à préparer tous ses plats préférés. C'étaient surtout des plats traditionnels de la cuisine libanaise, mais elle aimait nous faire des frittatas au petit déjeuner.

Il la rejoignit dans le salon, prenant place sur le canapé à côté d'elle. Le voir si près d'elle lui rappela ce qui s'était passé entre eux, la dernière fois qu'ils s'étaient assis ici. Se sentant rougir, elle baissa la tête pour masquer sa réaction. Il valait mieux qu'elle s'en aille dès qu'elle aurait fini sa tisane.

Mais cela faisait si longtemps qu'ils ne s'étaient pas touchés… et encore plus longtemps qu'ils n'avaient pas assouvi leur désir de manière plus complète. Elle comptait les jours et les nuits sans lui.

Chassant ses pensées vagabondes, elle se concentra sur les paroles de Roman. Elle savait que ses parents étaient des universitaires reconnus qui voyageaient beaucoup, mais elle ne s'était pas doutée que Roman et Marcel avaient été confiés à leurs grands-parents durant ces voyages.

— Je ne crois pas que ton frère ait beaucoup de souvenirs positifs de tes grands-parents, avança-t-elle prudemment.

Elle avait en mémoire un commentaire acerbe que Marcel avait fait sur son grand-père, un homme qu'il trouvait trop austère.

— Il a de bonnes raisons pour cela, répondit Roman. Nos parents ont soutenu Marcel quand il a avoué son homosexualité à l'âge de seize ans, mais nos grands-parents paternels… ont été moins tolérants. Leur comportement a creusé un fossé dans la famille qui ne s'est jamais comblé.

C'était ce que Sable avait cru comprendre. Mais il lui semblait que la situation était bien pire que Roman ne le laissait entendre. Ce n'étaient pas ses affaires, elle le savait. Pourtant, elle éprouvait de la compassion envers Marcel. Elle respectait son talent, et elle admirait le fait qu'il vienne en aide aux personnes marginalisées. Comment sa famille avait-elle pu lui refuser amour et soutien à une période de sa vie où il était si vulnérable ?

— Et tu es resté proche d'eux malgré cela ? demanda-t-elle en posant sa tasse sur la table basse. Tu es devenu le protégé de ton grand-père ?

— Je ne dirais pas que nous sommes proches, mais je ne les ai pas rayés de ma vie non plus. Ils n'apprendront jamais la tolérance, encore moins l'acceptation, s'ils sont entourés uniquement de gens qui pensent comme eux.

Certes, il marquait un point. Toutefois, cela ne lui plaisait pas que Roman tire avantage de la famille qui avait rejeté Marcel.

— Et puis, continua-t-il, même si c'était tentant de couper tout lien avec les personnes qui ont fait du mal à mon frère, cela aurait eu pour résultat de voir notre patrimoine vendu à des étrangers. Ce n'est pas seulement mon héritage, c'est aussi celui de Marcel. Pour ma part, ça ne m'aurait pas dérangé, mais je refuse que lui, après avoir été rejeté, soit aussi spolié.

Il laissa échapper un soupir.

— Il méritait mieux. La stabilité de la société d'investissement nous a permis d'avoir le capital dont nous avions besoin pour fonder Zayn Designs. Tu connais le talent de Marcel. Il mérite toute l'aide que je peux lui apporter.

La fierté dans sa voix apaisa un peu l'indignation de Sable.

— Il est brillant, approuva-t-elle. Parfois, je dois me pincer pour croire que j'ai la chance de travailler avec un créateur qui va devenir un géant de la mode.

— Oui, c'est une future star. Mais Marcel est avant tout mon frère, et je dois le mettre au courant pour le bébé. Surtout après la façon dont nous sommes partis tout à l'heure.

Roman tendit un bras sur le dossier du canapé et effleura la pointe de ses cheveux. Un petit geste, mais à l'effet puissant.

— Je ne vais pas le nier, j'aime l'idée que les gens sachent que tu portes mon enfant.

Elle soutint son regard, désarçonnée par la pointe de possessivité dans sa voix. Cela n'aurait pas dû affoler ses sens, puisque Roman et elle n'auraient pas de relation autre qu'une relation parentale. Elle le savait bien. Malgré tout, une onde d'excitation naquit dans son ventre et des picotements la parcoururent lorsqu'il saisit une mèche de cheveux entre ses doigts.

— Je suis consciente que nous atteignons un stade où je devrais commencer à faire des projets.

Elle avait parlé d'une voix essoufflée et incertaine, mais c'était uniquement parce que le contact physique avec Roman lui donnait envie d'une chose qu'elle ne devait pas désirer.

S'obligeant à prendre une profonde inspiration pour essayer de se détendre, elle reprit d'une voix plus calme :

— Plus je lis des choses sur les fausses couches à douze semaines, plus je suis rassurée. Nous avons déjà entendu les battements de cœur du bébé. C'est bon signe, et je n'avais pas eu cette chance la première fois que je suis tombée enceinte. Devrait-on annoncer la nouvelle à ton frère ensemble ?

— À mon avis, sa première réaction, ce sera la colère. Contre moi. Il vaut mieux que je lui parle seul d'abord.

Il sonda son expression, comme pour s'assurer qu'elle était d'accord avec sa suggestion.

— Je te laisserai le soin de t'organiser un emploi du temps moins exigeant, ajouta-t-il.

Elle voulut protester, affirmer qu'elle pouvait maintenir son rythme de travail soutenu, afin de profiter au maximum de ces semaines qui seraient sans doute les dernières dans un domaine qu'elle adorait. Mais elle savait que Roman voulait simplement agir au mieux pour le bébé, et c'était ce qu'elle souhaitait aussi. Par conséquent, elle devait préserver son énergie et sa santé. C'était indéniable, elle enchaînait les heures depuis des mois, et il lui fallait respecter davantage les limites de son corps.

— D'accord. Cela me paraît sensé, approuva-t-elle après un instant.

Elle s'avança pour reprendre sa tasse, et sa mèche de cheveux glissa entre les doigts de Roman, rompant le contact.

— Merci, dit-il. C'est une belle avancée.

Il réfléchit un instant, serrant et desserrant la mâchoire. Puis il finit par demander :

— Est-ce que tu as réfléchi à ma proposition de cohabitation ?

Elle déglutit, en proie à l'indécision.

— Roman…

— J'ai déjà visité quelques logements avec quatre chambres et, selon moi, certains pourraient nous convenir. Il y en a un de disponible dans cet immeuble, mais je ne savais pas si tu serais d'accord pour vivre si près de mes parents.

— Quatre chambres ?

Elle ne pouvait imaginer le coût d'un tel appartement à Manhattan. L'immeuble dans lequel ils se trouvaient était l'un des plus chers de la ville.

— Il nous faut une troisième chambre pour le bébé, et j'ai pensé qu'une quatrième serait une bonne idée. Comme ça, nous pourrons avoir une nounou à demeure si nous le souhaitons.

À l'idée de vivre si près de Roman, elle secoua la tête. Le seul fait de le voir ce soir la mettait dans un état de grande tension, car elle devait résister à son désir pour lui. Elle n'osait imaginer ce que ce serait de le voir au quotidien, dans un décor privé, intime, où il pourrait se promener torse nu…

Roman passa la main sur son bras.

— Ne rejette pas cette idée tant que nous ne savons pas ce que c'est d'avoir un nouveau-né. Tu seras peut-être contente d'avoir une nounou à temps partiel…

— Non, déclara-t-elle, secouant la tête avec plus de force.

Elle se leva, car elle avait soudain besoin d'évacuer l'énergie nerveuse qui vibrait en elle.

— Je ne dis pas non à l'idée d'avoir une nourrice à demeure. Je dis non à ta proposition de cohabitation. Ça ne marchera pas, Roman.

Elle se mit à arpenter la vaste pièce, près des hautes fenêtres. Elle pouvait ainsi contempler la vue sur la ville plutôt que l'homme fascinant assis sur le canapé.

Elle sentit le regard de Roman sur elle.

— Être dans le même espace que notre enfant, pour qu'il y ait deux personnes, voire trois, pour répondre à ses besoins, ça ne marchera pas ? La première année est épuisante, Sable. Si nous vivons ensemble, nous n'aurons pas à traverser la ville avec le bébé. Ce sera plus sûr et plus sain pour lui de vivre dans un seul endroit.

— À t'entendre, ça paraît si raisonnable… Si facile…

Elle cessa de marcher et le regarda dans les yeux.

— Mais puisque je ne pourrais jamais m'offrir un tel train de vie sans toi, je ne me sentirais pas chez moi…

— Tu vas mettre un enfant au monde. Je crois que cela compense largement ce que je t'offre.

La sincérité profonde de sa voix exerça une attraction magnétique sur elle. Elle se rapprocha inexorablement de lui.

— Un enfant que tu n'attendais pas, lui rappela-t-elle, croisant les bras pour essayer de se protéger de cette attraction.

— Toi non plus. Mais nous allons devenir parents, et nous voulons tous les deux la même chose. Faire partie de la vie de ce bébé. Connaître les joies de la parentalité.

Il se leva et se dirigea vers elle. Sable sentit son cœur battre plus fort à chaque pas qu'il faisait. Il s'arrêta à quelques centimètres à peine et effleura sa joue.

— Je t'ai raconté comment j'ai perdu ma femme. Je croyais que ma chance de devenir père était morte avec elle, puisque je ne me remarierai jamais.

Sable en eut le souffle coupé. Roman venait d'avouer brutalement son amour pour une autre femme.

Elle réprima un soupir et se mordilla la lèvre pendant qu'il lui effleurait le menton du pouce.

— Tu me donnes quelque chose de bien plus précieux que n'importe quel appartement.

En dépit de tous ses efforts, Sable sentit sa résolution fondre comme neige au soleil. Ou peut-être était-ce elle qui était en train de fondre. Tout son corps se réchauffait sous l'effet combiné des paroles de Roman et de sa douce caresse.

— Je n'avais jamais vu les choses sous cet angle, avoua-t-elle. Puis-je te donner ma réponse après la deuxième échographie ? Quand je ne serai pas si…

Elle prendrait sa décision quand elle aurait les idées claires. Quand elle n'attendrait pas de sentir la bouche de Roman sur la sienne. Le rendez-vous médical avait lieu trois jours plus tard. Cela lui laisserait assez de temps pour réfléchir.

Il lui releva le menton.

— Quand tu ne seras plus si… quoi ?

Ils étaient si près l'un de l'autre que chaque fois qu'elle inspirait, ses seins effleuraient son torse.

— Quand je ne serai plus sous l'influence de tes caresses ? Ou de tes mains que je veux partout sur moi ? lâcha-t-elle sans détour.

Elle crut qu'il allait l'embrasser et ainsi mettre fin à cette conversation qui avait bouleversé ses hormones et ses émotions. Mais il se contenta de coller son front au sien et de poser la main sur sa nuque.

Son regard était si sombre qu'elle distinguait à peine ses iris de ses pupilles.

— D'accord. Mais garde à l'esprit que nous avons déjà essayé de tenir nos distances. Et pour quel résultat ? Nous sommes tout près l'un de l'autre et nous mourons d'envie de nous arracher nos vêtements pour que je puisse être en toi.

Roman observa Sable, s'attendant à moitié à ce qu'elle le contredise.

Il avait exprimé ce qu'il voulait, après avoir reconnu chez elle tous les signes indiquant qu'elle éprouvait le même désir avide.

Mais c'était à double tranchant. Pour des raisons qu'il ne comprenait pas totalement, Sable occultait leur attirance physique. Elle avait les joues rouges d'excitation, son pouls battait à coups redoublés à la base de son cou, ses hanches ondulaient contre lui et pourtant, elle hésitait encore.

Alors, il resta immobile et regarda ses yeux noisette se teinter de désir. Elle les promena sur lui, comme si elle l'imaginait déjà sans ses vêtements. Une douce onde de chaleur monta en lui.

— La dernière fois que nous étions ici, lui rappela-t-il, tu te demandais si une intimité sexuelle nous empêcherait d'être objectifs sur ce qui arrivera ensuite. Tu t'en souviens ?

— Oui. Je n'ai toujours pas de réponse à cette interrogation.

Sa voix un peu rauque émut Roman.

Mais il craignait que Sable ne se referme à nouveau.

— Pour cette raison, entre autres, j'ai besoin de savoir ce que tu veux ce soir, Sable.

Il était déjà raide de désir, et cette conversation ne faisait qu'empirer la situation.

— Veux-tu que je te caresse, afin que nous nous sentions mieux tous les deux ? Ou que je te reconduise chez toi dans l'espoir que nous retrouvions… notre objectivité ?

Elle baissa les yeux, semblant réfléchir à ses paroles. Il se prépara à entendre une réponse qui ne lui plairait pas. Et à passer une autre nuit sans elle.

Elle releva les yeux vers lui, l'air déterminé. Elle avait pris une décision, manifestement.

— Je veux rester.

Elle passa la langue sur ses lèvres, puis prit une grande inspiration.

— J'ai très envie de toi, ajouta-t-elle d'une petite voix.

Ces mots l'ébranlèrent.

Non, *elle* l'ébranla.

Et il se fit le serment de faire tout ce qui était en son pouvoir pour qu'elle ne regrette pas son aveu.

Il enserra sa taille et l'attira à lui afin que ses douces courbes épousent son corps. Son parfum aux notes sucrées et citronnées taquina ses sens.

— J'ai très envie de toi, moi aussi, assura-t-il.

Il fit dériver sa main sur son dos et trouva la fermeture à glissière de sa robe de crêpe rose.

— Je rêve de te faire l'amour toutes les nuits depuis cette première fois, confia-t-il.

Baissant la fermeture, il écarta lentement les pans de tissu tout en sondant son regard.

— Toutes. Les. Nuits, articula-t-il.

Elle fut secouée par un frisson quand le vêtement descendit sur ses épaules.

— Ma peau est très sensible depuis que je suis enceinte. Le simple fait de sentir ma robe l'effleurer m'excite.

La tête rejetée en arrière, les lèvres entrouvertes, elle ressemblait à un fantasme avec ses épaules nues et ses cheveux brillants tombant en cascade dans son dos.

— Je vais m'occuper de ça, promit-il. Viens avec moi.

Sans lui laisser le temps de répondre, il la porta dans ses bras. Il l'embrassa tout en se dirigeant vers la chambre d'amis qu'il occupait. Les stores étaient déjà baissés et le seul éclairage provenait d'un lustre à intensité variable réglé au minimum. Roman la reposa sur le sol sans jamais interrompre leur baiser.

Elle défit les boutons de sa chemise tandis qu'il la faisait reculer jusqu'au vaste lit. Il acheva de lui retirer sa robe qu'il posa sur une chaise de cuir avant d'ôter sa chemise. Malgré la faible lumière, il voyait le regard avide de Sable suivre le moindre de ses mouvements.

Il avait l'impression que cela faisait une éternité qu'il ne l'avait pas touchée, et il ne pouvait pas attendre une seconde de plus. Dégrafant son soutien-gorge de satin rose, il prit ses doux seins dans ses mains, les embrassant tour à tour, les léchant et les suçotant. Elle arqua le dos, plongeant les mains dans ses cheveux, pressant son visage là où elle en avait besoin. Ses gémissements d'excitation attisaient le feu qui le consumait déjà.

— Encore, encore, encore, scanda-t-elle en plaquant les hanches tout contre les siennes.

Et le désir faillit l'aveugler.

Il passa le doigt sous son slip de satin rose et le fit glisser le long de ses jambes.

À présent, elle était entièrement nue. Cette image sensuelle, il savait déjà qu'il la rejouerait souvent dans son esprit. Mais pour l'heure, il devait aider Sable à apaiser ce désir qui s'était accru au fil des dernières semaines.

S'asseyant au bord du lit, il la fit venir à califourchon sur lui. Haletante, elle ondula contre lui tandis qu'il sortait son portefeuille de son pantalon pour y prendre un préservatif. Alors qu'il allait ouvrir la protection, elle l'interrompit en posant la main sur la sienne.

— Je suis saine, murmura-t-elle contre son oreille. Et déjà enceinte.

L'idée d'être intime avec elle de cette façon, sans aucune barrière entre eux, fit rapidement son effet.

— Je suis sain, moi aussi. Tu es la seule femme avec laquelle j'aie couché depuis mon dernier test.

Et, bien sûr, ils avaient utilisé un préservatif. Toutefois, cela n'avait pas empêché Sable de tomber enceinte.

— C'est à toi de choisir, dit-elle, lâchant sa main.

Laissant tomber le préservatif sur le lit, il ouvrit la fermeture de son pantalon. Elle l'aida et, un instant plus tard, elle referma la main sur son sexe dressé et se mit à le caresser.

Cela suffit à provoquer un feu d'artifice en lui. Ou peut-être était-ce le fait de savoir qu'il allait être en elle, sans rien pour atténuer les sensations que sa chaleur féminine ferait naître.

Agrippant ses cuisses, il la souleva et la plaça au-dessus de son sexe. Puis il l'amena doucement sur lui, se glissant en elle et leur arrachant des gémissements à tous les deux.

Elle serra les jambes autour de sa taille tout en se pressant tout contre lui. Il traça avec ses lèvres un chemin le long de son cou, le parfum citronné de sa peau s'intensifiant sous la chaleur de son baiser. Elle frissonna, le roulement de ses hanches lui rappelant qu'elle avait maintenant une sensibilité exacerbée par les hormones. Et pour tester cette sensibilité, il massa l'un de ses seins, passant son pouce d'avant en arrière sur la pointe dressée du mamelon. Quand elle haleta, il posa les lèvres sur son téton et l'attira dans sa bouche tandis qu'avec le pouce il explorait ses replis féminins et taquinait son bouton de chair turgescent.

Elle arqua le dos si fort qu'il faillit s'arrêter, mais bien vite, des spasmes la secouèrent, son sexe pulsant autour de lui en contractions vibrantes. Il aurait été très facile de laisser son orgasme provoquer le sien. Mais il attendit encore, afin qu'elle savoure pleinement les sensations. Après cela, il lui laissa un instant pour se reprendre. Enfin, il l'allongea sur le lit et se plaça au-dessus d'elle.

Elle le regarda avec des yeux embrumés et pleins de passion. Ses lèvres pulpeuses étaient plus pleines que jamais.

Une nouvelle décharge de désir le frappa, et le besoin de la posséder se mua en une obligation impérieuse.

Serrant ses hanches, il s'enfouit en elle jusqu'à la garde. Encore et encore. Il vit ses joues s'empourprer et ses lèvres bouger sans bruit. Puis elle se mordilla la lèvre inférieure, et il ne put résister à l'envie de l'embrasser.

Elle enfonça légèrement les ongles dans ses épaules. Un geste possessif qui le fit basculer. La force de son orgasme le balaya, et il l'étreignit de plus belle. En guise de réaction, elle serra son cou et pressa les seins contre lui.

Leurs cris se mêlèrent, tout comme leurs souffles saccadés et synchronisés.

Il parvint peu à peu à reprendre ses esprits, bien que son cœur batte encore à se rompre. Fermant les yeux, il roula sur le côté, entraînant Sable avec lui. Puis il remonta la couette sur eux. Tandis qu'ils reprenaient leur respiration, il écarta les cheveux qui barraient son visage et plongea la main dans leur masse soyeuse.

Elle émit un soupir de satisfaction et se blottit contre lui. Quelque chose dans ce doux son de contentement s'infiltra dans la conscience de Roman, lui rappelant tout ce qu'il ne pourrait jamais lui donner.

Cela comptait-il qu'il veuille offrir un foyer à Sable et subvenir aux besoins de leur enfant ? Alors qu'il ne pouvait pas lui offrir son amour et son dévouement ?

Et s'il ne pouvait pas lui donner cela, était-ce honorable de lui proposer de cohabiter avec lui ?

Non. Il faisait preuve d'égoïsme en essayant de la convaincre de rester à New York pour sa convenance personnelle. Pour qu'il puisse connaître son enfant et participer à son éducation.

Il devait bien l'admettre, la situation ne serait pas équitable. D'autant plus que Sable n'avait pas eu autant de chance que lui pendant son mariage. Elle n'avait pas connu le genre d'amour profond et durable qu'il avait vécu avec Annette. Par conséquent, il était d'autant plus cruel de lui demander de vivre avec lui.

La respiration de Sable ralentit, passant à la cadence du sommeil. Roman se réjouit qu'elle ne soit pas éveillée. Au moins, elle ne verrait pas la foule d'émotions auxquelles il était en proie.

Que ce soit égoïste ou non, il lui demanderait de vivre avec lui, décida-t-il. Car il avait besoin que son enfant et héritier soit près de lui.

Son seul espoir était que Sable apprécie son indépendance. Peut-être alors pourraient-ils vivre ensemble et élever leur enfant sans que personne en pâtisse.

Toute autre option était inacceptable. Roman avait déjà trop souffert pour mettre à nouveau son cœur en danger.

- 10 -

Deux jours plus tard, debout devant le placard de sa chambre, Sable ne savait toujours pas si elle devait emménager avec Roman ou non. Elle observait le calendrier de son téléphone, dans lequel un rappel de sa deuxième échographie venait d'apparaître. Le rendez-vous aurait lieu le lendemain. Elle avait promis à Roman qu'elle aurait une réponse d'ici là. Or elle était toujours aussi perdue.

Peut-être même plus, après la nuit inoubliable qu'elle avait passée dans son lit.

En soupirant, elle rangea son téléphone dans sa poche et sortit du placard quelques vêtements qu'elle posa sur le lit afin de retirer leurs housses de protection. Aujourd'hui, elle avait décidé d'organiser une séance photo impromptue avec ses colocataires. Blair et Tana avaient accepté de jouer les mannequins d'un jour, et Sable comptait profiter de cette occasion pour leur annoncer qu'elle devrait bientôt quitter la maison.

Renonçait-elle trop vite à son rêve de devenir styliste pour célébrités ? Si elle choisissait de retourner à Bâton-Rouge pour y élever son bébé, elle pourrait dire adieu à sa carrière. Mais n'était-ce pas plus sage de s'installer là où elle pourrait avoir un train de vie plus abordable, ainsi que l'amour et le soutien de sa famille pendant une période de changements majeurs ? Elle aurait sans doute eu moins de mal à se décider si ses sentiments pour Roman n'avaient pas été si complexes. Mais plus elle passait du temps avec lui, plus elle lui trouvait des qualités.

Le fait qu'il se préoccupe de leur bébé était bien sûr extrêmement appréciable. Mais il y avait aussi d'autres choses qui lui plaisaient. Par exemple, il l'avait laissée décider si elle voulait ou non reprendre leur liaison, sans jamais tirer avantage de son attirance manifeste pour lui. Elle aimait le fait qu'il soutienne ses aspirations professionnelles, et qu'il la pousse à ne pas perdre de vue ses objectifs. Certes, elle était très heureuse de devenir mère, mais elle savait que ce désir de maternité était enchevêtré avec son passé. Il lui était très difficile de ne pas craindre une fausse couche à chaque moment de la journée. Elle était reconnaissante à Roman de la pousser à voir au-delà de sa grossesse, et à valoriser son travail.

Les notes d'un solo de violon électrique se firent plus sonores derrière la porte de sa chambre, signe que Tana approchait.

— Tu es la prochaine à passer au maquillage ! prévint sa colocataire depuis le couloir.

Un instant plus tard, la jeune actrice entra dans la chambre, habillée d'un short noir et d'un T-shirt orné d'un arc-en-ciel rehaussé de strass. Aujourd'hui, elle arborait des tresses rouges clipsées dans ses cheveux, et son maquillage discret mettait en valeur sa peau parfaite.

— Blair m'a déjà maquillée mais je ne l'ai pas laissée toucher à ma coiffure. Ça t'ennuie si je garde mes tresses pour les photos ?

— Non, bien sûr.

Sable lui passa les tenues créées par Marcel et prit une paire de sandales argentées.

— J'aime l'idée de faire une photo de nous trois ensemble. Chacune aura un look différent, et c'est ce que je recherche.

Tana sortit de la pièce et se dirigea vers l'escalier.

— Donc, ce n'est pas un problème si Blair ressemble à une couverture de *Vogue* et que moi, je ressemble à une fée Clochette sous acide ?

Sable rit, contente de pouvoir se changer les idées.

— C'est justement ça qui est beau lorsqu'on fait appel à de vraies personnes pour créer du contenu visuel. Quel que soit leur style, les abonnés pourront mieux imaginer ce que les vêtements peuvent donner sur eux.

Elles entrèrent dans le boudoir où Blair était en train de tester différentes teintes de rouge à lèvres sur le revers de sa main. Elle avait posé deux boîtes de rangement sur une console placée entre deux fenêtres, devant laquelle elle avait installé une chaise.

— Super, commenta Tana. Toutefois, on peut aller plus loin. Il faut plus de diversité sur le flux de Zayn Designs. Tu as déjà fait du bon travail en ce qui concerne les couleurs de peau, mais quid des différentes morphologies ? Des personnes avec un handicap ?

— Tu as raison, approuva Sable.

Sable appréciait ce retour. Elle tapa des notes sur son téléphone tout en s'asseyant sur la chaise.

— C'est important pour Marcel. Je lui rappellerai que nous devons créer plus de pièces de différentes tailles. Et merci à vous deux pour votre aide aujourd'hui.

— Tu plaisantes ? rétorqua Blair en prenant un fard à joues dans l'une des boîtes de rangement. C'est une vraie récréation pour moi.

— Même si tu maquilles des gens chaque jour pour gagner ta vie ? s'étonna Sable.

Elle avait envie d'en savoir plus sur ses amies avant que la vie les sépare.

Blair passa un pinceau dans la poudre teintée puis elle tapota la joue de Sable.

— J'ai toujours aimé maquiller mes amies, pour qu'elles se sentent jolies. Mais maintenant que c'est devenu mon métier, je n'ai pas souvent l'occasion de maquiller des gens juste pour le plaisir. C'est agréable de ne pas avoir un client exigeant sur le dos qui me demande d'effacer les taches de rousseur ou de masquer les cicatrices d'un mannequin.

Tana ôta son T-shirt et passa une robe nuisette Zayn Designs. Puis elle s'avança vers Blair.

— Est-ce que Lucas Deschamps est l'un de ces patrons exigeants ?

Blair fit la moue.

— Lucas et moi n'avons pas la même vision des choses. Il pense que le maquillage devrait être comme la mode et que l'on devrait présenter une nouvelle collection à chaque saison. Pour ma part, j'aime que les visages racontent une histoire, et je pense que, parfois, le maquillage devrait passer au second plan.

Sable et Tana échangèrent un regard, surprises par le ton sévère de leur amie.

— Il y a peut-être un juste milieu, avança Tana prudemment.

Puis elle virevolta dans sa robe couleur crème.

— Et ceci est la plus belle tenue que j'aie jamais portée, s'extasia-t-elle. Sable, tu dois très bien t'entendre avec ton patron pour qu'il te confie tous ces magnifiques vêtements.

Blair ouvrit une palette de fards à paupières.

— Est-ce que c'est ton patron qui est passé te chercher ici il y a deux semaines ? Je t'ai vue monter dans une voiture avec un homme très séduisant, le jour où j'ai visité la maison avec Cybil.

— Un homme très séduisant ? intervint Tana, appuyant la hanche contre la console. Raconte !

Et voilà. Le moment était venu de leur parler de Roman et du bébé. Malgré la nervosité qui la tenaillait, Sable se lança.

— Ce n'était pas le styliste. C'était Roman Zayn, le frère de Marcel.

Elle sentit ses joues s'empourprer. Ce qui était étrange puisqu'elle n'avait pas honte de sa relation avec Roman.

— Il s'occupe de la partie financière de la maison de couture, précisa-t-elle.

— Mais est-ce qu'il s'est occupé de *toi* ? demanda Tana, et Blair poussa un petit cri de joie.

Sable chercha un moyen d'avouer sa liaison avec Roman sans qu'elle paraisse totalement inconvenante.

— Tout ce qui a pu se passer entre nous était mutuellement consenti.

Blair interrompit sa tâche et la dévisagea, bouche bée.

— Je savais qu'il y avait des étincelles entre vous quand je vous ai vus ensemble. Je le savais !

— Ça explique les vitamines prénatales que tu as laissées dans le placard de la cuisine ? demanda Tana.

— Oh ! non…, fit Sable en se prenant la tête entre les mains. J'ai vraiment fait ça ?

Elle qui avait voulu trouver une manière judicieuse de révéler sa grossesse, elle en était pour ses frais. À l'évidence, son cerveau de femme enceinte avait transmis l'information sans qu'elle en ait conscience.

— Sérieusement ? s'exclama Blair.

Elle s'agenouilla devant Sable et posa une main sur son genou, l'air préoccupé.

— Tu es vraiment… enceinte ?

Sable prit une grande inspiration. Sa vie allait changer pour toujours après cette annonce.

— Oui. Je suis à douze semaines. Je suis très heureuse de cette grossesse. Mais elle était totalement inattendue, et je dois prendre beaucoup de décisions pour la suite.

Elle avait effectué des recherches en ligne pour trouver un appartement à Bâton-Rouge, sans conviction. Car elle ne se voyait pas vivre là-bas et élever son enfant seule alors que son ex-mari vivrait dans la même ville avec sa nouvelle famille.

— Quel genre de décisions ? demanda Blair. Est-ce qu'on peut t'aider ?

Brièvement, Sable expliqua qu'elle hésitait entre emménager avec Roman, comme il le lui avait proposé, et retourner en Louisiane. Elle exposa les pour et les contre de chaque hypothèse. Si elle retournait à Bâton-Rouge, l'inconvénient majeur serait de voir ses rêves professionnels partir en fumée.

Tana enroula une de ses tresses rouges autour de son index.

— Pourquoi tu ne resterais pas ici ? J'adore les bébés. Et il est probable que Blair aime les bébés aussi, avança-t-elle en lançant un regard vers la jeune femme.

Blair hocha vigoureusement la tête.

— Nous t'aiderons, dit-elle. Comme ça, tu pourras finir ton stage, et retourner travailler quand tu seras prête.

Extrêmement touchée par leur gentillesse, Sable réprima une montée de larmes.

— Ce serait formidable, mais je suis sûre que Cybil voudra que je quitte mon logement si je n'essaie pas activement de faire carrière dans un domaine artistique…

— Mais c'est ce que tu fais, argua Tana. Le but de cette maison est de soutenir les femmes célibataires qui essaient d'avancer dans leur carrière. Eh bien, devine quoi ? La grossesse fait partie de la vie d'une femme, et nous serons là pour te soutenir, jusqu'à ce que tu puisses reprendre le travail. Si Cybil n'est pas contente, elle n'aura qu'à nous mettre dehors toutes les trois.

Le discours passionné de Tana était si stupéfiant qu'un silence s'ensuivit. Blair fut la première à se remettre. Elle commença par des applaudissements puis enchaîna sur des acclamations et des sifflements. Tana leva les yeux au ciel.

Quant à Sable, elle était si bouleversée par la générosité de ses nouvelles amies qu'elle ne savait que dire.

— Merci, finit-elle par répondre malgré la boule d'émotion qui lui bloquait la gorge. Sans nul doute, c'est la proposition la plus géniale et la plus adorable qu'on m'ait jamais faite.

Elle se leva et prit Tana dans ses bras. Blair se joignit à elles pour une accolade de groupe.

Le soutien de ses amies était un beau cadeau et lui redonnait confiance en l'avenir.

Après l'accolade, Blair déclara :

— Cybil n'aura pas d'objection. Elle se servira peut-être de ta situation pour promouvoir son projet quand elle cherchera de nouvelles locataires après notre départ – une manière de mettre en avant le *girl power* en action –, mais elle ne te jettera pas dehors juste parce que tu es enceinte.

— Tu en es certaine ?

Sable n'avait pas relu toutes les clauses du contrat qu'elle avait signé avant son installation. Elle avait supposé qu'un bébé serait une charge trop lourde pour qu'elle l'impose à ses colocataires.

Mais Tana et Blair semblaient déterminées. Et même enthousiastes.

— Aucun risque, assura Blair.

Elle montra la chaise, invitant Sable à se rasseoir.

— Nous avons longuement discuté le jour où elle m'a fait visiter la maison, continua la maquilleuse, et elle m'a parlé de la période où elle vivait à l'hôtel Barbizon. C'est là-bas qu'elle a noué de vraies amitiés, et c'était ce qu'elle espérait favoriser ici. Elle verra la situation d'un très bon œil.

— Et que va en penser Lucas ? intervint Tana malicieusement.

Blair mordit aussitôt à l'hameçon.

— Comme pour tout dans la vie, il pensera sans doute qu'il pourrait faire mieux, plus vite et plus efficacement, lâcha-t-elle. Mais tout le monde se fiche de ce qu'il pense, évidemment.

— Évidemment, répéta Tana.

Elle fit un clin d'œil complice à Sable, puis reprit son sérieux et poursuivit :

— Reste la question principale. Que va dire Roman quand il saura qu'il a perdu son moyen de pression pour te convaincre de vivre avec lui ?

Son moyen de pression ?

Sable était troublée par la vision cynique de son amie. En ce qui la concernait, elle avait trouvé l'offre de Roman généreuse. Mais lui-même lui avait rappelé qu'en portant son enfant, elle lui apportait plus qu'il ne lui offrait. Était-il possible qu'il essaie d'utiliser sa richesse et son influence pour la pousser à faire ce qui était le plus pratique pour lui ?

Certainement. Mais elle ne pouvait guère lui en vouloir, car il n'était pas obligé de lui proposer quoi que ce soit. Il aurait pu se contenter de lui payer une pension alimentaire et de s'en aller. Elle était convaincue qu'il souhaitait faire partie de la vie de leur bébé.

Une petite part d'elle se sentait même coupable qu'il ne puisse pas passer autant de temps avec le bébé qu'elle, si elle acceptait de rester à Brooklyn. Néanmoins, elle ne devait pas penser uniquement à ce qui était le mieux pour leur enfant. Il fallait aussi qu'elle agisse en fonction de ce qui était le mieux pour elle.

— J'ignore ce que Roman va dire, finit-elle par répondre.

En train d'appliquer du mascara sur les cils de Sable, Blair s'interrompit et la regarda dans les yeux.

— Si c'est un type bien, il fera passer le bien-être de la mère de son enfant en premier, plaida-t-elle. Il comprendra que tu dois vivre là où tu seras à l'aise. C'est-à-dire ici.

Sable était d'accord, en théorie. Mais elle avait tout de même le ventre noué à l'idée d'annoncer à Roman qu'elle resterait ici. Elle savait qu'il serait peiné.

Elle mentirait si elle disait qu'elle ne serait pas affectée, elle aussi. Mais c'était ce qui arrivait quand on développait des sentiments pour quelqu'un : sa souffrance devenait la vôtre.

Ce fut à cet instant qu'elle eut une révélation. En dépit de ses meilleures intentions, elle était en train de tomber amoureuse de Roman. Très amoureuse. Quel triste moment pour prendre conscience qu'elle était à deux doigts d'aimer un homme qui ne pourrait jamais l'aimer en retour…

Assis dans l'arrière-cour d'un fonds de commerce à vendre sur Broome Street, Roman consulta sa montre pour s'assurer qu'il aurait assez de temps pour se rendre au rendez-vous médical de Sable, au nord de la ville. Son frère et l'agent immobilier étaient encore à l'intérieur pour explorer les espaces et prendre des notes, afin de savoir si ce lieu pourrait devenir le premier magasin de Zayn Designs.

C'était Roman qui avait déniché cet endroit. Cela faisait deux semaines qu'il étudiait le marché immobilier de Manhattan pour trouver un appartement, et ce bien situé à SoHo était arrivé sur le marché la veille au soir. Certes, Roman tenait à trouver un lieu bien placé pour Zayn Designs, mais il souhaitait aussi revenir dans les bonnes grâces de son frère, après lui avoir annoncé que Sable attendait un bébé de lui.

Tout en parcourant le contenu de son téléphone, Roman rejoua les paroles de Marcel dans sa tête.

De toutes les femmes de cette ville, il a fallu que tu choisisses ma meilleure styliste ? Une femme qui a fait tripler le nombre de nos abonnés sur les réseaux sociaux toute seule, alors que ça ne faisait même pas partie de ses missions ?

Roman ignorait que Sable avait eu un tel impact sur la marque. Et même s'il l'avait su, cela n'aurait rien changé, puisque son attirance pour Sable était trop puissante pour être étouffée. En tout cas, Marcel avait pris sa relation avec leur employée comme un affront personnel. Pire, il avait anticipé ce que l'arrivée d'un bébé signifierait pour la disponibilité de sa styliste. Il avait averti Roman que Sable devrait assurer ses obligations professionnelles.

À partir de là, la discussion s'était envenimée. Heureusement, Sable travaillait en extérieur durant deux jours. Elle était chargée d'une séance photo pour un magazine italien qui mettait en avant les nouveaux créateurs américains. Par conséquent, elle n'était pas exposée à la tension qui régnait dans l'atelier.

— Roman.

Son frère venait d'arriver dans l'arrière-cour. Glissant les mains dans les poches de son jean noir, il s'appuya contre le cadre de la porte de service et croisa les chevilles.

— L'agent immobilier nous demande de fermer à clé après notre départ. Il avait un autre rendez-vous. Je sais que tu en as un aussi, dit Marcel, une pointe d'amertume dans la voix.

Roman l'avait prévenu qu'il assisterait à une échographie aujourd'hui.

S'adossant à sa chaise, Roman observa son frère avec méfiance. Il n'avait aucune envie de revivre leur dispute de la veille.

— Qu'est-ce que tu penses de ce local ? demanda-t-il.

— Il est idéal. Je suis sûr qu'il trouvera preneur en un claquement de doigts, et sans doute sans négociation.

Marcel parcourut du regard l'arrière-cour entourée de murets de brique. Les bâtiments qui l'entouraient étaient plus hauts mais n'obstruaient pas la vue sur le ciel.

— Nous pouvons au moins faire une offre inférieure. Je vais envoyer un message à l'agent immobilier, dit Roman, ce qu'il fit aussitôt.

Marcel hocha la tête. Mais son ton était toujours austère quand il reprit la parole.

— Je tenais à te prévenir que je vais proposer à Sable d'habiter dans la suite de l'atelier.

— Quoi ? s'exclama Roman.

Il avait sans doute mal entendu. Ou mal compris. Marcel n'allait tout de même pas saper ses efforts, non ? Roman essayait de construire une relation avec son enfant en offrant à Sable de vivre avec lui.

— Je ne me sers pas de la suite très souvent, de toute façon, poursuivit son frère. Et je ne peux pas accepter l'idée qu'elle quitte New York avant la fin de son stage juste parce qu'elle n'a pas les moyens de payer un loyer dans cette ville. Elle est trop précieuse, pour moi et pour la marque.

Roman sentit la colère se propager en lui tel un feu de forêt.

— Au diable la marque, Marcel ! Tu ne crois pas qu'elle est bien plus précieuse pour moi, en tant que mère de mon enfant ?

Son frère arqua un sourcil.

— Si tel est le cas, tu devrais être content qu'elle puisse rester en ville et qu'elle n'aille pas vivre à deux mille kilomètres pour élever ton bébé sans toi.

Cette simple idée le rendait malade. Envisagerait-elle une solution aussi radicale uniquement pour éviter de vivre avec lui ? Il songea aux moments sensuels qu'ils avaient partagés, trois jours plus tôt. Elle lui avait fait confiance pour lui donner du plaisir. Il n'était sans doute pas le seul à penser qu'ils s'accordaient parfaitement, non ? Ils n'avaient pas besoin d'y mêler leurs émotions alors qu'ils avaient un plan raisonnable, qui serait profitable à leur avenir.

— Sable ne va pas quitter New York, affirma-t-il.

Il avait bon espoir qu'elle choisisse la sagesse et s'installe avec lui. Elle était censée lui donner une réponse dans l'après-midi.

— Elle va cohabiter avec moi, parce qu'elle veut ce qu'il y a de mieux pour notre enfant.

— Et quid de ce qu'il y a de mieux pour elle ? répliqua Marcel, les yeux plissés. Elle a déjà été mariée à un vaurien égoïste qui n'a pas su faire son bonheur. Elle n'a pas besoin d'un autre homme de ce genre dans sa vie.

Roman refréna sa colère tant bien que mal, car il n'avait pas envie de se quereller à nouveau avec son frère.

— En quoi est-ce égoïste de lui offrir un vrai foyer ici, avec de l'espace pour elle et pour son enfant, et un homme à ses côtés qui sera aussi investi qu'elle dans l'éducation du bébé ?

— L'argent ne résout pas tous les problèmes, Roman. Crois-moi, c'est loin de suffire pour compenser un manque d'amour.

Les mots flottèrent dans l'air, si pleins de vieilles blessures que Roman sut que Marcel ne parlait pas seulement de Sable.

Son frère essayait-il de lui dire qu'il lui en voulait de continuer à travailler avec leur grand-père ? Cette pensée l'ébranla. Et l'obligea à remettre en question la dernière décennie.

— Tu sous-entends que j'aurais dû quitter Zayn Equity ? demanda-t-il. Alors que mes revenus ont financé entièrement ta maison de couture ?

Un hélicoptère survola le bâtiment, projetant une ombre sur eux.

Marcel poussa un long soupir.

— Oublie ça.

— Sûrement pas, rétorqua Roman en se levant d'un bond. Ne serait-ce qu'une seconde, que tu considérais mon travail de P-DG comme une preuve de déloyauté envers toi, si j'avais su, je n'aurais jamais accepté ce poste. Et si tu vois toujours les choses ainsi, je donnerai ma démission dès aujourd'hui.

Marcel l'étudia un instant. Puis, peut-être parce qu'il comprit que Roman pensait chaque mot, il secoua la tête.

— Non. J'ai peut-être vu les choses ainsi quelquefois au

fil des ans, les jours où grand-père était particulièrement méprisant avec moi. Mais je comprends tes motivations, et je suis heureux que ton travail nous ait permis d'avoir le capital nécessaire pour fonder Zayn Designs.

— Pourtant, tu crois que je ne pense pas aux intérêts de Sable.

Roman sut, sans même avoir à consulter sa montre, qu'il devait partir maintenant s'il ne voulait pas être en retard pour l'échographie.

Il ouvrit la porte de service et retourna dans la boutique vide.

Marcel lui emboîta le pas.

— Je pense que tu as trop peur d'avoir le cœur brisé à nouveau pour reconnaître que tu vas perdre une femme incroyable si tu ne te reprends pas en main.

Marcel se trompait. Ce n'était pas parce que Roman avait peur qu'il maintenait Sable à distance. C'était parce qu'il avait fait une promesse à Annette. Mais au fond, peu importait la raison puisque le résultat était le même. Roman refusait de s'engager émotionnellement avec Sable.

Ils pourraient s'embrasser, se caresser, partager des nuits de passion. Ils pourraient même élever un enfant ensemble. Mais rien de tout cela ne changerait le fait qu'il avait promis son cœur à une autre femme.

Il espérait seulement que cela ne ferait pas fuir Sable pour de bon.

- 11 -

Allongée sur une table d'examen dans la salle d'imagerie médicale, Sable avait les yeux rivés sur l'écran qui affichait une image en noir et blanc de son bébé. Une radiologue en blouse mauve lui passait le transducteur sur le ventre, augmentant parfois la pression pour agrandir l'image ou prendre une mesure. L'examen avait commencé depuis dix minutes et, jusqu'ici, tout était normal.

Sable se détendit suffisamment pour regarder Roman, debout de l'autre côté de la table d'examen. Lui aussi était fasciné par ce qu'il voyait sur le moniteur. Elle avait senti une certaine tension en lui lorsqu'ils s'étaient retrouvés dans le cabinet, mais il avait esquivé ses questions et déclaré qu'ils pourraient discuter plus tard.

Ce qui n'avait fait qu'accroître sa nervosité. Car elle redoutait de lui annoncer qu'elle envisageait de rester vivre à Brooklyn avec ses amies. Il comprendrait, certainement. Mais elle savait qu'il serait déçu, car il voulait ce bébé autant qu'elle, apparemment. Parce que Roman voyait cette grossesse comme sa seule chance d'être parent, il était probable qu'il ait une bonne relation avec leur enfant. Mais Sable avait du mal à faire la distinction entre son inquiétude pour son héritier et ses sentiments pour elle.

Pour l'instant, elle supposait qu'elle serait uniquement la mère de son enfant. Plus vite Roman et elle l'auraient accepté, plus il serait aisé de forger une nouvelle relation fondée sur des devoirs parentaux partagés, au lieu d'une passion partagée.

Pour atteindre cet objectif, il fallait absolument qu'elle mette un terme à leur relation physique.

— Comment te sens-tu ? demanda Roman.

Cette simple question fit palpiter son cœur. D'autant qu'elle était accompagnée par une douce caresse sur son front.

Et, en une seconde, sa résolution vacilla. Ne serait-il pas plus facile de laisser simplement Roman prendre en charge la logistique ? De s'appuyer sur lui pour préparer l'arrivée du bébé, de partager les tâches ? Non. Car elle savait où ce genre de relation mènerait : à ce sentiment d'échec qu'elle avait combattu lorsque Jack l'avait quittée.

C'était une chose de se reposer sur un homme censé vous aimer. Mais Roman avait été très clair, il ne serait pas cet homme-là.

— Ça va, assura-t-elle, même si c'était loin d'être le cas.

Elle mesurait déjà à quel point ses caresses lui manqueraient. Leur relation avait commencé par une nuit intense et torride, et la grossesse n'avait fait que renforcer leur lien. L'idée de perdre ce lien était douloureuse, mais plus Sable tarderait à le rompre, plus ses sentiments se développeraient.

— Je n'en reviens pas que le bébé bouge autant ! s'exclama-t-elle.

Il observa brièvement l'écran avant de reporter son attention sur elle, l'air émerveillé.

— Tu ne le sens pas ? demanda-t-il.

Elle répondit par un signe de tête négatif et sourit en voyant la petite silhouette agitée sur l'écran.

— Non, pas du tout. J'ai lu que pour un premier enfant, les mères ne sentent pas bouger le bébé avant la seizième semaine ou au-delà.

— Ce sera un formidable moment pour toi quand cela se produira.

Il déposa un baiser sur sa tempe et lui chuchota à l'oreille :

— J'espère que je serai en train de te caresser quand cela arrivera.

Un frisson de plaisir dansa sur sa peau, mais il fut suivi d'un sentiment de tristesse quand elle songea à la conversation qu'ils devraient avoir peu près. À cause de cette pensée, elle eut du mal à se concentrer sur le reste de l'échographie, mais elle y parvint suffisamment pour se réjouir que le bébé grandisse normalement, une bénédiction à laquelle elle avait encore du mal à croire.

Vingt minutes plus tard, après avoir remis la jupe crayon à l'imprimé floral et le chemisier rouge à manches bouffantes qu'elle ne pourrait certainement bientôt plus porter, Sable accepta le bras que Roman lui tendait et le laissa l'escorter jusqu'à la sortie.

— Notre bébé est en parfaite santé. Comment allons-nous fêter cette grande étape des douze semaines ? demanda-t-il tandis qu'ils sortaient de l'immeuble en cette fin d'après-midi ensoleillée. Un dîner ? L'achat d'un berceau ? Il n'est pas trop tôt pour penser à meubler la future chambre d'enfant.

L'enthousiasme de Roman lui serra le cœur. Pendant un instant, elle s'autorisa à rêver, à se dire qu'elle pourrait vivre ces étapes avec lui à ses côtés. Comme cette journée serait différente si elle pouvait simplement dire oui ! Elle imaginait sans mal Roman en train de comparer les sièges auto pour enfants avec elle la journée, et lui offrir des orgasmes inoubliables la nuit. Mais son engagement envers leur enfant ne signifiait pas qu'il serait capable de l'aimer, *elle*.

Et plus vite son corps traître saisirait le message, mieux cela vaudrait.

— Nous sommes près du parc, dit-elle. Ça ne t'ennuie pas si nous marchons un peu ? J'ai été enfermée entre quatre murs toute la journée.

— Pas de problème.

Mais l'éclair de méfiance dans son regard ne lui échappa pas.

Ils traversèrent la Cinquième Avenue pour entrer dans Central Park.

Ils parlèrent de tout et de rien pendant quelques minutes et évoquèrent les parties du parc qu'ils connaissaient déjà. Puisque Sable était à New York depuis peu et que Roman passait l'essentiel de son temps sur la côte ouest, ils avaient encore beaucoup de choses à voir.

La fontaine de Cherry Hill était en vue quand Sable le questionna sur sa maison de Los Angeles. Bien qu'elle doive mettre un terme à leur relation romantique, elle voulait tout de même en savoir plus sur la famille de Roman et sur sa maison californienne. Leur enfant y passerait du temps, sans nul doute. Sans elle.

Son cœur se serra à cette pensée.

— En ce moment, dit-il, je vis à Malibu, pour être près de la plage.

Il la prit par la taille tandis qu'ils passaient devant un groupe d'écoliers en visite dans le parc.

— Mes grands-parents habitaient à Anaheim quand Marcel et moi étions enfants. Nos parents avaient un petit appartement à Westwood, près de l'université, mais nous n'y étions pas souvent puisqu'ils voyageaient beaucoup.

— Malibu ?

Elle ne connaissait pas très bien la géographie de la côte ouest, mais elle visualisait sans mal de belles vagues et de magnifiques couchers de soleil. Serait-elle la bienvenue là-bas une fois qu'elle aurait annoncé à Roman qu'elle ne voulait pas vivre avec lui ? Cesserait-il d'être aux petits soins pour elle ?

— C'est loin de la ville – en matière de distance et d'état d'esprit. J'ai un appartement au centre au cas où je dois être au bureau plusieurs jours de suite, mais pour l'essentiel je travaille chez moi.

Il la conduisit vers un banc libre près de la fontaine.

Un groupe de coureurs et un cycliste contournèrent le bassin circulaire. Des couples et des familles se promenaient sur la colline, qui surplombait le Bow Bridge et le Ramble. La vue était si jolie et champêtre que Sable oublia presque qu'ils étaient au nord de Manhattan.

Mais elle ne pouvait se permettre d'oublier la raison de leur présence dans ce parc. Elle avait choisi exprès un endroit public pour expliquer à Roman pourquoi ils ne pouvaient pas poursuivre leur relation sentimentale. Au moins, ici, elle ne serait pas tentée de l'embrasser et de le toucher.

— Ce doit être agréable de vivre au bord de l'océan, commenta-t-elle en s'asseyant sur le banc de fer forgé.

Elle songea à la vie de Roman, à l'autre bout du pays. Une existence dont elle ne ferait jamais partie, contrairement à leur enfant.

— J'espère que tu pourras profiter de la maison quand tu seras prête à reprendre le travail.

Il s'assit à côté d'elle, étalant le bras sur le dossier du banc et posant la main sur son épaule.

— Ce serait idéal pour ta carrière de styliste pour célébrités, puisque tu pourrais travailler sur la côte ouest comme sur la côte est.

Le fait qu'il se soucie de son avenir professionnel l'émut tant qu'elle eut du mal à respirer.

Elle devait lui parler de ses projets. Temporiser ne ferait que compliquer la situation.

— C'est gentil à toi de le suggérer, commença-t-elle prudemment.

Elle ferma les yeux un instant et prit une inspiration pour se calmer. Puis elle se força à le regarder dans les yeux.

— Mais j'ai beaucoup réfléchi, et je pense qu'il vaut mieux que nous vivions séparément.

Dans le sillage de sa déclaration, les cris d'enfants jouant au frisbee et le bruit des foulées des coureurs parurent désynchronisés. Déphasés.

Roman la dévisagea, l'air décontenancé. Elle sentit sa main se raidir sur son épaule.

— Ça veut dire que tu ne veux pas emménager dans un nouvel appartement avec moi, ou que tu envisages de retourner en Louisiane ?

Sa voix était teintée d'inquiétude. De tension. Il valait mieux qu'elle arrache le pansement d'un coup.

— Mes colocataires m'ont proposé de m'aider à m'occuper du bébé. Elles affirment que je peux continuer à vivre dans la maison jusqu'à la fin de mon stage.

Elle était fière que ses amies lui aient fait cette proposition. Elle n'était plus seule, à présent. Il fallait qu'elle garde cela en tête.

— Tu préfères que ce soient tes amies qui prennent soin de notre enfant quand tu n'es pas là plutôt que moi ? Alors que je suis le père ?

Elle remarqua que Roman s'était figé et vit un éclair de douleur passer dans son regard.

— Nous partagerons quand même la garde, bien sûr, et…

— Ça va de soi.

Ses paroles brusques lui rappelèrent à quel point il voulait cet enfant.

Elle se tourna vers lui, choisissant une autre approche.

— J'ai besoin de gens autour de moi pour *me* soutenir, Roman.

— Et tu penses que je ne te soutiendrais pas ? s'exclama-t-il.

— Je suis sûre que tu essaierais, mais j'ai besoin de davantage, tu comprends ?

Elle savait qu'il ne lui donnerait pas ce dont elle avait le plus besoin, et elle était tout aussi sûre qu'il le savait, lui aussi.

— Si je n'ai pas l'amour de ma famille pour m'aider en tant que mère célibataire, j'aurai au moins l'amour de mes amies.

— L'amour.

Il soupira, ses épaules s'affaissant comme si elles portaient un immense fardeau.

Cela prouvait bien qu'attendre de la part de Roman de l'amour, ce bien si précieux, était sans espoir.

Elle eut l'impression que sa poitrine était prise dans un étau. Des larmes lui montèrent aux yeux. Et son cœur se brisa.

— Cela a failli m'achever de me dire que j'avais épousé un homme qui m'avait choisie uniquement parce que je cochais les bonnes cases. Et quand j'ai cessé de cocher une case importante – la case « enfants » –, il s'est débarrassé de moi comme d'une vieille chaussette.

Elle s'était battue pour remonter la pente, et elle avait reconstruit sa vie.

Une vie qu'elle ne sacrifierait pas maintenant. Elle tiendrait bon, pour elle-même. Et pour être un exemple de force pour son enfant.

— Sable, je t'en prie, ne me compare pas à un homme qui était incapable de t'apprécier à ta juste valeur.

L'angoisse dans sa voix et dans son regard était bien réelle.

— Je t'ai conseillé de ne pas renoncer à tes rêves, plaida-t-il. Je viens de te dire que tu pourrais venir à Malibu quand tu serais prête…

— Et je t'en suis très reconnaissante. C'est toi qui m'as fait comprendre que je ne pouvais pas retourner à Bâton-Rouge juste parce que j'avais besoin de l'amour de ma famille pendant une période difficile. Je ne pourrais jamais assez te remercier de m'avoir fait prendre conscience de cela.

Elle était une femme plus forte grâce à lui.

Il serra et desserra les poings.

— Mais ça ne veut pas dire que tu souhaites vivre avec moi, lâcha-t-il d'une voix blanche. Si nous vivons séparément, chacun de nous verra moins notre enfant.

À cette perspective, elle eut le cœur lourd. Ils ne pourraient jamais former la famille qu'elle avait rêvé d'avoir. Mais elle faisait du mieux qu'elle pouvait.

Sans se laisser le temps de se raviser, elle exprima un dernier et futile espoir à voix haute.

— Si je pensais qu'il y avait la moindre chance pour que l'amour puisse un jour naître entre nous…

Lorsqu'elle vit son regard assombri, ses mots moururent sur ses lèvres. Ainsi que son espoir.

— Mon frère avait raison, dit-il en passant la main sur son visage. Marcel m'a dit que l'argent ne compensait pas le manque d'amour. Apparemment, un portefeuille d'actions, c'est tout ce que j'ai à offrir à quiconque.

Les instants qui suivirent parurent flous à la jeune femme. Au bout du compte, Roman fit venir son chauffeur devant le parc et la raccompagna chez elle. Pendant le trajet, il évoqua un contrat qui officialiserait le partage de la garde de leur enfant.

Quand elle descendit du véhicule, elle observa le bâtiment qui avait autrefois représenté tous ses espoirs et ses rêves d'une nouvelle vie. À présent, il serait le havre de paix où elle reviendrait chaque jour. Et quand elle rentrerait de l'hôpital avec son bébé, c'est ici qu'elle vivrait. Sans Roman, songea-t-elle, des larmes menaçant de couler sur ses joues.

Elle ne se retourna pas quand elle fut au sommet du perron. Pas après la façon dont Roman s'était refermé comme une huître à la mention d'un possible amour entre eux. Sa réaction lui avait indiqué, plus clairement que n'importe quelle déclaration, qu'elle avait bien fait de rompre avant d'être irrémédiablement amoureuse de lui. Hélas, à la douleur qui lui tenaillait le ventre, Sable sut qu'elle avait trop tardé.

Elle aimait déjà Roman.

Et il venait d'admettre qu'il n'y avait aucune chance pour qu'il l'aime en retour un jour.

Épuisé, Roman retourna dans l'appartement new-yorkais de ses parents une dernière fois afin de rassembler ses affaires. Il savait maintenant qu'il ne pouvait pas rester à Manhattan puisque Sable ne voulait pas de lui dans sa vie.

Il appela son agent immobilier pour lui demander de mettre en suspens sa recherche d'appartement. Il n'y avait plus d'urgence à louer un logement, à présent. Bien entendu, il comptait tout de même trouver un pied-à-terre pour faciliter sa relation avec son enfant. De ce point de vue, vivre dans la même ville que Sable était logique. Toute sa maudite fortune lui permettait d'avoir des options, après tout. Mais il ne serait pas pour elle une ombre indésirable durant les vingt-huit prochaines semaines.

Pourtant, Sable lui manquait déjà.

Et pas seulement dans son lit.

Cela lui manquait de lui tenir la main. De l'entendre lui raconter sa journée. Et il allait manquer l'occasion de sentir son enfant bouger dans son ventre, ainsi que toute une série de moments importants.

La dernière fois qu'il s'était senti aussi vide et seul remontait à cinq ans et trois mois. Une pensée qui le poussa à allumer son ordinateur portable posé sur le bar de la cuisine, afin d'ouvrir un dossier caché qu'il s'autorisait rarement à explorer.

À l'intérieur de ce dossier se trouvaient de vieilles photos. Des images de sa vie avec Annette, quand il était un autre homme. Un homme meilleur, qui avait plus à offrir qu'un compte en banque bien garni.

Il avait oublié à quel point les yeux d'Annette étaient bleus. Peut-être parce que ceux de Sable étaient noisette, et que c'était eux qu'il voyait dans ses rêves à présent. Était-ce si mal ? Si déloyal ?

Son serment d'aimer Annette pour toujours n'avait pas seulement été l'acte romantique d'un jeune homme éploré. C'était aussi une supplique, pour convaincre Annette de tenir bon pendant la transplantation cardiaque. Roman avait cru pouvoir, par sa seule volonté, insuffler de la force dans son corps épuisé.

Faisant défiler d'autres clichés, il s'arrêta sur une photo prise lors de leur lune de miel aux Seychelles. Il reconnut la plage qu'ils avaient visitée sur la côte nord de l'île de Praslin – une longue étendue de sable blond et d'eaux bleu cristal. Annette était seule sur la photo et souriait, un bras autour d'un palmier. Quand il agrandit l'image, le T-shirt qu'elle portait attira son attention. C'était un simple T-shirt blanc, sur lequel était inscrite une citation en lettres capitales noires de la poétesse Emily Dickinson.

Qu'elle ne revienne jamais est ce qui rend la vie si douce.

Les mots le frappèrent en plein cœur. Parce qu'ils étaient portés par la femme qu'il aimait et qui mourrait neuf mois après cette photo.

Marmonnant un juron, il repoussa l'ordinateur, incapable de regarder le cliché plus longtemps. Mais les souvenirs l'envahirent malgré tout. Des souvenirs de moments auxquels il n'avait pas pensé depuis des années.

Il se rappelait le jour où elle avait acheté ce T-shirt. Il se rappelait même lui avoir demandé pourquoi elle appréciait cette citation puisque, à l'époque, une nouvelle greffe de cœur n'était même pas à l'ordre du jour. Annette était alors en grande forme. C'était la femme la plus vive et énergique qu'il ait jamais connue.

Pourtant, elle pensait souvent à cette citation, lui avait-elle révélé. C'était pourquoi elle vivait chaque jour avec tant d'amour et de joie. Elle savait que la vie pouvait lui être arrachée à tout moment, et elle refusait de gâcher la moindre seconde de son temps.

Des larmes chaudes lui brûlèrent les yeux et la gorge. Il se força à rouvrir l'ordinateur et à examiner la photo. Pour regarder Annette, pour la voir vraiment. Pas seulement la femme qu'il avait aimée, mais aussi une femme dont il devait s'inspirer. Une femme qui avait une vision de la vie profonde et réfléchie, une vision qu'il n'avait pas pu apprécier pleinement parce qu'il avait simplement espéré que l'amour et la joie durent pour toujours entre eux.

Un sentiment de honte s'abattit sur lui comme une déferlante. La honte de ne pas avoir *écouté* Annette. De ne pas avoir honoré les cadeaux qu'elle avait essayé de lui faire.

Tout son univers vacilla. Ou peut-être était-ce juste sa vision de la vie qui était en train de changer. Quoi qu'il en soit, il sut, avec une clarté surprenante, comment agir. Il avait beaucoup à faire, et la vie était trop précieuse pour qu'il perde une seconde de plus dans la terre désolée de son chagrin.

Pour commencer, il écrirait une lettre à son grand-père pour lui annoncer qu'il quittait son poste de P-DG de Zayn Equity. Il avait lu entre les lignes lors de sa discussion avec Marcel et, en dépit de ce que ce dernier avait affirmé, Roman comprenait désormais que maintenir un lien avec la société de leur grand-père faisait du mal à son frère. S'ils étaient déshérités, Roman trouverait un moyen de financer Zayn Designs malgré tout, jusqu'à ce que la maison de couture soit rentable.

Il se leva et prit son téléphone. Se dirigeant vers le salon, il envoya un message à son agent immobilier pour lui demander de faire une offre à la hausse pour le magasin de SoHo. D'une manière ou d'une autre, Marcel aurait sa boutique phare dans cette ville.

Avec un espoir et une détermination renouvelés, Roman chercha un moyen de montrer à Sable qu'il pouvait lui offrir plus que ce qu'il avait cru. Il n'y avait pas que l'argent dans la vie.

Et c'était tant mieux, puisqu'il en aurait moins à sa disposition quand il aurait coupé tout lien avec la société d'investissement fondée par son grand-père.

Il resta assis longtemps, à réfléchir et à élaborer un plan. L'aube approchait quand il reçut un message d'un numéro inconnu.

C'est Blair, la colocataire de Sable. Je la conduis à l'hôpital. Elle a perdu du sang…

Les mots se brouillèrent devant ses yeux jusqu'à ce qu'il n'arrive plus à les voir. Son cerveau se mit à pulser. Il s'inquiétait non seulement pour son enfant, mais aussi pour Sable. Puis, une pensée prit le pas sur toutes les autres.

Il fallait qu'il soit à son chevet, quoi qu'il advienne.

- 12 -

Sable avait l'impression que le froid s'était infiltré dans tout son corps.

Frissonnant sous la couverture qu'une infirmière lui avait apportée, elle écouta Blair expliquer ses symptômes pour la seconde fois depuis leur arrivée. Après avoir parlé à l'infirmière des urgences, sa colocataire s'entretenait maintenant avec un médecin. Ce dernier les informa qu'une obstétricienne n'allait pas tarder à venir voir Sable. Elle avait été placée dans une chambre peu après son arrivée, ce qui prouvait que l'équipe médicale prenait son état au sérieux.

Comment pouvait-elle perdre son bébé alors qu'elle l'avait vu bouger pendant l'échographie, douze heures plus tôt ? La veille au soir, encore secouée par sa rupture avec Roman, elle avait beaucoup pleuré puis avait fini par s'endormir. Malheureusement, à 3 heures du matin, elle avait été réveillée par des crampes et des saignements. Lorsqu'elle avait pris conscience de la situation, elle avait failli s'évanouir. Bouleversée, les jambes chancelantes, elle s'était effondrée contre l'évier et avait appelé ses amies à l'aide.

Tana avait commandé un Uber, affirmant que ce serait plus rapide qu'une ambulance. Une fois en route, elle avait indiqué au chauffeur l'entrée des urgences pendant que Blair tenait la main de Sable et lui assurait que tout irait bien.

Mais rien n'allait bien.

Le médecin quitta la chambre. Après quelques instants, Sable entendit de l'agitation derrière la porte. Elle espérait que c'était l'obstétricienne. Tandis qu'elle se redressait sur le lit, la porte s'ouvrit et Sable vit…

Roman.

Une vague de soulagement la submergea. Personne d'autre ne savait à quel point elle était inquiète. Elle n'avait pas parlé à Blair et Tana de son autre fausse couche. Bien que Roman lui ait brisé le cœur, Sable savait, sans l'ombre d'un doute, qu'il la comprendrait. Qu'il compatirait.

— Je suis venu aussi vite que j'ai pu.

Il s'avança vers elle, contournant une table à roulettes et passant devant Tana qui le toisait d'un œil noir.

— Comment as-tu su que j'étais ici ? demanda Sable.

— Ta colocataire m'a envoyé un message.

Il lança un regard à Blair, qui se tenait à côté du lit.

— Merci, lui dit-il.

Puis il s'assit de l'autre côté du lit et prit Sable dans ses bras, lui offrant un réconfort dont elle avait désespérément besoin.

Incapable de refuser cette consolation, elle appuya la tête contre son corps ferme. Elle savait que Roman éprouvait le même sentiment déchirant de désolation qui l'avait dévastée dès l'instant où elle avait vu qu'elle saignait.

Au pied du lit, Tana les observait, prête à intervenir si nécessaire. Blair lui chuchota quelques mots et l'entraîna hors de la chambre.

— On sera à la cafétéria, lança Tana par-dessus son épaule, l'air toujours méfiant. Je peux revenir en deux minutes si tu as besoin de quoi que ce soit.

Sable hocha la tête, puis elle ferma les yeux et se blottit contre Roman. Tandis qu'il lui caressait le dos, elle se laissa envelopper par sa douce chaleur.

Après une minute, il demanda :

— Est-ce que tu as mal ?

Son cœur était si douloureux qu'il lui fallut un instant pour savoir si elle avait mal à un autre endroit de son corps.

— Non. J'ai été réveillée par des crampes, mais c'est… La douleur a disparu à présent.

— Qu'a dit le médecin ? s'enquit-il, lui relevant le menton.

Il semblait angoissé. Tourmenté. Mais la tendresse et la compassion dans son regard lui rappelèrent qu'il ne s'inquiétait pas tant pour elle que pour leur bébé.

— Il a appelé une obstétricienne. Elle ne devrait plus tarder.

Elle s'essuya les yeux du revers de la main et tâcha de se redresser quand elle vit la tache humide sur la chemise bleu pâle de Roman.

— Désolée d'avoir pleuré sur toi.

Passant le pouce sur son visage, il sécha le reste de ses larmes.

— C'est moi qui suis désolé. Je suis vraiment navré que tu doives subir ça, Sable. Je n'ose imaginer ce que tu as ressenti quand la douleur t'a réveillée. Tu devais te sentir si seule. Si effrayée.

Elle sonda son regard pour tenter d'y lire ses pensées.

— Je sais que tu aimais ce bébé autant que moi…, commença-t-elle.

Mais elle ne put finir sa phrase.

— C'est toujours le cas, assura-t-il.

Il la serra dans ses bras. La chaleur de son corps et son parfum lui rappelèrent leurs moments intimes. Ces moments durant lesquels elle était tombée amoureuse de lui.

Il déposa un baiser sur ses cheveux.

— Mais il n'y a aucune raison de penser que tu as déjà fait une fausse couche, non ? Il est possible que le médecin t'annonce que le bébé se porte bien.

Envahie par une nouvelle vague de tristesse, elle s'écarta de Roman.

— Tu ne devrais pas avoir trop d'espoir…

— Il ne s'agit pas de mon espoir, Sable, affirma-t-il, serrant ses épaules. Je veux juste que tu ailles bien. Je sais à quel point ta dernière fausse couche t'a dévastée, et je ferai tout ce que je peux pour éviter que tu revives un pareil traumatisme.

Le sentiment qui lui inspirait ses paroles se reflétait dans ses yeux. Ou était-elle en train de s'imaginer des choses parce qu'elle avait besoin d'être aimée de lui ?

Tandis qu'elle s'interrogeait, un message fut émis par un haut-parleur dans le couloir, suivi par les pas précipités de soignants.

Après quelques secondes, Sable repensa aux paroles de Roman. Peut-être tenait-il plus à elle qu'elle ne l'avait cru. Néanmoins, il avait été clair : il ne l'aimerait jamais.

— Mais tu voulais vraiment ce bébé, lui rappela-t-elle. Je sais que tu avais beaucoup d'espoir, toi aussi. Je l'ai vu dans tes yeux lors des deux échographies.

— Être père est un cadeau que je pensais ne jamais recevoir.

Il ajusta les oreillers derrière elle. Puis il caressa ses cheveux, son regard sombre scrutant ses traits.

— Tu as réveillé l'espoir en moi, Sable. Pas seulement parce que tu es enceinte. Tu as réveillé mes sentiments profonds. Ces moments avec toi m'ont donné envie de retrouver un bonheur auquel j'avais cru avoir tourné le dos pour toujours.

Sable sentit son cœur tressauter.

— Pourtant, hier, au parc, quand nous avons parlé de l'avenir…

— J'ai vraiment honte de moi. J'aurais dû admettre plus tôt que je t'aime, Sable. Mais je…

— Quoi ? fit-elle.

Il prit ses mains entre les siennes.

Et il répéta les mots qu'elle craignait d'avoir rêvés.

— Je t'aime, Sable. Je ne me suis pas autorisé à le reconnaître parce que je pensais être mort à l'intérieur après le décès d'Annette.

Le morne chagrin qu'il avait éprouvé au musée des Cloîtres assombrissait encore son regard, mais il était tempéré par des regrets.

— Je m'en veux d'avoir refusé de voir ce qui était juste sous mes yeux tout ce temps. Mais après être rentré chez moi hier soir…

La porte de la salle d'examen s'ouvrit à la volée. Une grande femme en blouse blanche apparut et se dirigea droit vers le lit.

— Mademoiselle Cordero, je suis le Dr Incarnacion.

Une infirmière entra à son tour avec une petite machine posée sur un chariot.

— J'ai lu le rapport du médecin sur votre échographie d'hier, dit l'obstétricienne. D'après l'activité de votre bébé pendant l'examen, je pense que vous avez simplement subi des saignements du col de l'utérus. Nous avons apporté le doppler fœtal afin d'écouter le rythme cardiaque du bébé.

Le calme du médecin la rassura un peu. Vaguement, elle entendit Roman se présenter pendant que l'obstétricienne prenait un tabouret et s'asseyait pour réaliser l'examen.

Les pensées de Sable étaient en partie concentrées sur ce que Roman venait de lui avouer. Il l'aimait. Bien qu'elle ne comprenne pas vraiment son revirement, la certitude qu'elle avait entendue dans sa voix vibrait encore en elle. Et cet écho lui donna du courage pour affronter ce qui adviendrait.

Savoir que Roman l'aimait pansait une blessure en elle. Et cela l'aidait à lâcher prise sur le passé, qui pesait sur ses épaules depuis trop longtemps.

Elle prit la main de Roman pendant qu'ils attendaient le pronostic du médecin.

— Ça va, Sable ? demanda-t-il.

L'espace d'un instant, elle se dit que, peut-être, elle surmonterait cette épreuve. Même si elle ne pouvait pas porter ce minuscule petit être jusqu'à terme, elle ne serait pas seule. Roman ne la quitterait pas s'il n'y avait plus de bébé.

Parce que l'amour qu'il lui portait était profond et vrai. Et parce que Roman ne s'engageait pas à la légère.

Avant qu'elle puisse lui répondre, le doppler diffusa le son d'un rythme cardiaque fort et rapide. Le volume étant élevé, les battements réguliers et insistants résonnèrent dans toute la pièce.

Et ils emplirent dans le cœur de Sable les espaces qui n'étaient pas déjà occupés par Roman.

Roman était soulagé.

Pas seulement parce qu'il aimait déjà l'enfant que Sable portait. Mais parce qu'il avait eu terriblement peur de l'effet qu'une seconde fausse couche aurait eu sur la femme qui comptait plus que tout pour lui.

La joie qui brillait dans ses yeux noisette était la chose la plus belle qu'il avait jamais vue. Et il était encore plus déterminé à remuer ciel et terre pour que cette joie soit présente aussi souvent que possible dans son regard. Loin de se sentir déloyal envers sa défunte épouse, il avait la certitude qu'il avait enfin fait son deuil. Annette aurait voulu qu'il soit heureux et qu'il vive pleinement. Il l'avait toujours su, sur le plan rationnel. C'était son besoin de prouver sa dévotion envers son épouse qui l'avait empêché d'admettre ses sentiments pour Sable.

L'amour qu'il éprouvait pour la mère de son bébé était tout aussi profond et intense. En acceptant ces sentiments, il rendait enfin hommage à Annette et à sa soif de vivre, bien mieux qu'il ne l'avait fait durant ces cinq dernières années de chagrin.

Tenant toujours les mains de Sable, il les porta l'une après l'autre à ses lèvres et les embrassa. Le médecin leur assura que le bébé allait bien et expliqua que les saignements étaient sans doute dus à l'examen réalisé la veille. Néanmoins, Roman questionna l'obstétricienne sur les signes à guetter dans les jours à venir. Il lui demanda même s'il devait acheter un moniteur fœtal pour tranquilliser Sable.

— Il est très rare que je recommande ces appareils pour une utilisation à domicile, expliqua la spécialiste tout en se lavant les mains dans le lavabo situé dans un coin de la pièce. Le risque d'effets indésirables est minime quand ils sont manipulés par un professionnel, mais je ne recommande pas à mes patientes de les employer. Cependant, vous pouvez toujours poser la question à son médecin.

Roman se promit de le faire. Il comptait aussi se documenter afin de savoir comment veiller au mieux sur Sable.

Pour l'instant, il espérait seulement qu'il aurait la chance de lui montrer à quel point il l'aimait.

— Puis-je la ramener chez nous ? demanda-t-il pendant que Sable envoyait des SMS à ses colocataires.

Des amies qu'il comptait remercier chaleureusement d'avoir réagi rapidement et d'avoir pris Sable en charge.

— Oui, répondit le médecin. Il faut simplement qu'elle se repose.

L'obstétricienne tapa des notes sur un ordinateur que l'infirmière venait de lui apporter.

— Je lui conseille de faire le point avec son médecin, à qui j'adresserai le compte rendu de cette visite. Mais cela m'étonnerait qu'elle ait un autre rendez-vous avant ceux qui sont déjà prévus. Votre bébé semble en très bonne santé.

Sur quoi, le médecin et l'infirmière quittèrent la pièce. Sable se rhabillait déjà.

Et tout à coup, Roman s'interrogea.

Devait-il la laisser avec ses amies et passer la voir quand elle serait reposée ? S'il avait la certitude que cela ne la perturberait pas, il lui demanderait de venir chez lui dès maintenant, afin de s'occuper d'elle personnellement.

Bon sang. Il regrettait qu'ils n'aient pas pu finir leur conversation, tout à l'heure. Sable lui ferait-elle confiance à présent ? Croirait-elle qu'il l'aimait pour elle-même, et pas seulement en tant que mère de son enfant ? Tous les mots qu'il n'avait pas dits le tourmentaient. Pourquoi avait-il mis tant de temps à comprendre qu'il serait dévasté s'il perdait cette femme merveilleuse ?

— Sable, dit-il d'une voix aussi brute que ses émotions.

Occupée à rassembler ses affaires, elle leva les yeux vers lui. Elle sembla surprise par son expression, qui reflétait sans doute sa peur de la perdre.

À cet instant, les amies de Sable entrèrent dans la chambre. Elles se précipitèrent vers elle et l'étreignirent avec tant d'amour qu'il s'en voulut à nouveau d'avoir tardé à déclarer sa flamme.

Envahi par les regrets, il recula d'un pas.

— Je peux passer te voir demain ? demanda-t-il. Quand tu seras reposée ?

— Bien sûr, dit-elle.

Elle lui sourit, toutefois elle parut légèrement décontenancée par son retrait.

Ou était-ce le fruit de son imagination ?

— Dans ce cas, je te dis à demain, conclut-il.

Il s'adressa aux amies de Sable.

— Mesdemoiselles, je vous remercie infiniment d'avoir pris soin d'elle. Pourrez-vous la reconduire chez vous ? Je peux vous déposer…

— Ça ira, assura la jeune femme aux cheveux colorés en lui décochant un regard froid. Elle est entre les meilleures mains qui soient.

Autrement dit, Sable était mieux avec elles qu'avec lui.

Roman ne protesta pas. L'important était que Sable se repose, comme l'avait recommandé le médecin.

Néanmoins, il fut surpris quand la jeune femme aux cheveux arc-en-ciel le suivit hors de la chambre pendant que son autre amie aidait Sable à finir de s'habiller.

— Si vous ne sortez pas le grand jeu pour conquérir Sable demain, ne prenez pas la peine de venir, l'avertit-elle à voix basse.

Le respect qu'il avait pour elle monta d'un cran.

— Je viendrai, assura-t-il. Et je lui offrirai le monde.

Elle l'observa longuement, l'air implacable. Puis elle afficha un sourire qui transforma tout son visage.

— Bonne chance, alors, futur papa. Vous avez du pain sur la planche.

- 13 -

Dans le patio de la maison, les pieds posés sur des oreillers, Sable se reposait sur une chaise longue quand elle entendit une voix masculine.

Roman ?

Ses espoirs avaient grimpé en flèche après qu'il lui avait déclaré son amour à l'hôpital. Et même si elle ne s'expliquait pas pourquoi il l'avait confiée à ses amies juste après lui avoir avoué qu'il l'aimait, elle avait confiance. Elle le connaissait suffisamment bien pour savoir qu'il n'avait pas dit ces mots à la légère.

Depuis son réveil aux alentours de midi, elle n'avait pas cessé de penser à Roman. Elle était maintenant bien reposée et les saignements avaient cessé. Elle avait téléphoné à sa gynécologue, mais celle-ci n'avait pas jugé nécessaire de la recevoir en consultation et lui avait assuré qu'elle pouvait continuer ses activités habituelles.

Après s'être douchée et avoir envoyé un message à sa mère, Sable était descendue dans la cuisine, accueillie par une pluie de réprimandes de la part de Blair et de Tana. Elles avaient tenu à lui servir un petit déjeuner tardif dans le patio et lui avaient apporté des couvertures et des oreillers afin qu'elle soit confortablement installée.

Elle avait été particulièrement gâtée. Il ne lui avait manqué qu'une chose : la présence de Roman.

Mais il était ici, à présent.

Habillé d'un pantalon noir et d'un T-shirt à manches longues gris clair dont il avait relevé les manches, il s'avança dans le patio. Elle l'avait rarement vu en tenue décontractée, et elle le trouvait… alléchant. Il était rasé de frais, constata-t-elle. Elle avait très envie de poser les lèvres sur sa joue pour goûter à la douceur de sa peau.

— Tu es très belle, dit-il en guise de salutation.

Apparemment, il l'avait observée aussi intensément qu'elle l'avait observé.

Cette pensée renforça ses espoirs.

Elle remarqua des ombres qui bougeaient derrière les fenêtres de la salle à manger. Ses amies gardaient un œil sur elle, songea-t-elle en souriant. Elles étaient sans doute un peu protectrices après l'avoir vue pleurer toutes les larmes de son corps la veille au soir, lorsqu'elle était rentrée de sa promenade à Central Park.

Mais entre Roman et elle, tout avait radicalement changé à l'hôpital. Pendant le petit déjeuner, elle avait révélé à ses amies que Roman lui avait déclaré sa flamme. Blair avait poussé un cri d'approbation. Tana avait objecté que n'importe qui pouvait dire « je t'aime », mais que seules les personnes de valeur donnaient des preuves de leur amour.

Pour Sable, les mots « je t'aime » ne faisaient que souligner tous les actes d'amour de Roman : son désir de prendre soin d'elle, de subvenir à ses besoins, mais aussi le fait qu'il l'encourage à penser à son avenir professionnel et qu'il songe à son bonheur.

— Merci, dit-elle. Je me sens beaucoup mieux.

Roman avança une chaise longue et s'assit au bord pour être face à elle. Maintenant qu'il était plus près, elle remarqua les ombres sous ses yeux.

— Tu as l'air fatigué. Tu as eu du mal à te rendormir ?

Les oiseaux piaillaient dans les arbres ornementaux du jardin, les bâtiments alentour étouffant les bruits de la circulation.

— Je vais bien. Je vais mieux maintenant que je peux constater par moi-même que tu as bien meilleure mine que tout à l'heure à l'hôpital.

Il marqua un temps, l'air troublé, puis reprit :

— Toute la matinée, j'ai essayé de trouver un moyen de te convaincre…

Il s'interrompit, secouant la tête.

— Me convaincre de quoi ? questionna-t-elle en se redressant pour lui prendre la main.

— Je m'y prends très mal, avoua-t-il.

Il fixa leurs mains jointes et passa le pouce sur le sien.

— Je suis venu en voiture. Le chauffeur attend devant la maison. Je pensais te faire visiter les plus beaux appartements que j'ai trouvés.

Il poussa un long soupir.

— Vraiment ? demanda-t-elle.

Elle aimait l'idée qu'il ait son propre appartement à New York, avec de la place pour leur enfant.

Et un jour, peut-être, de la place pour elle aussi. C'était une réelle possibilité, maintenant que Roman avait des sentiments pour elle.

— Oui. Et nous pouvons toujours faire ces visites. Mais maintenant que je te vois, tout ce à quoi je pense, c'est au moyen de te convaincre que je t'aime, Sable. Même si le pire était arrivé cette nuit, je serais tout de même ici aujourd'hui, pour te demander de m'accorder une seconde chance de te prouver à quel point tu comptes pour moi. Une seconde chance de te rendre heureuse.

Elle sentit son cœur enfler de joie. Posant la main sur sa joue, elle savoura la douceur de sa mâchoire sous ses doigts.

— Tu me rends heureuse par ta seule présence, et par ta sollicitude.

Son mariage ne lui avait jamais donné un sentiment de sécurité aussi fort que celui qu'elle éprouvait à cet instant grâce à cette déclaration d'amour.

— Roman, comment pourrais-je douter de tes sentiments alors que tu m'as affirmé que tu m'aimais ? Je te connais trop bien pour savoir que tu n'aurais jamais prononcé ces mots si tu ne les pensais pas. Il suffit de voir comment tu as su aimer ton épouse.

Il se détendit un peu, l'inquiétude se dissipant dans son regard. Saisissant sa main, il y déposa un baiser.

Un frisson d'excitation et de joie mêlées la parcourut.

— J'ignorais si tu me croirais, puisque j'avais juré que je n'aimerais qu'elle, avoua-t-il d'une voix rauque. Mais elle n'aurait pas voulu que je sois triste. Elle me l'a même dit avant sa dernière opération. Elle voulait que je lui promette de trouver le bonheur, quoi qu'il arrive. Mais je ne l'ai pas écoutée, parce que j'étais certain qu'elle s'en sortirait.

Pour le réconforter, Sable quitta sa chaise longue pour s'asseoir sur ses genoux.

— Ça a dû être terrible pour toi.

Il l'étreignit entre ses bras puissants.

— Je croyais qu'occulter ses paroles était une preuve de ma force. Il s'avère que c'était elle qui était forte. Je n'étais simplement pas prêt à entendre ses mots, jusqu'à hier. Après notre discussion au parc, les souvenirs m'ont assailli. J'ai su alors à quel point j'avais mal agi avec toi. J'avais l'impression qu'Annette était là, devant moi, et qu'elle m'ordonnait de cesser d'être un idiot. D'aller vous chercher, notre enfant et toi, afin de vivre nos rêves.

Sable l'embrassa sur la joue. Sur les lèvres. Elle versa quelques larmes entre deux baisers, incroyablement heureuse que le cœur loyal et passionné de Roman soit à elle à présent.

— Je suis à toi, Roman, assura-t-elle, interrompant sa série de baisers pour le regarder dans les yeux. Tu possèdes mon corps, mon cœur, et tout mon amour. Ils sont à toi depuis ce premier soir dans l'atelier, même si j'essayais de me convaincre que notre relation était purement charnelle.

Elle sourit.

— Mon cœur savait, tout ce temps, ajouta-t-elle.

— Après avoir été si têtu et si aveugle, je ne suis pas sûr de te mériter.

Il suivit le tracé de sa lèvre inférieure avec son pouce.

— J'ai quitté mon poste de dirigeant de la société d'investissement. Alors, en plus d'être têtu et aveugle, je suis très probablement déshérité. Mais je voulais montrer mon affection et mon soutien à Marcel sans équivoque possible. Tu avais raison sur ce point.

— Tu as bien fait. Ça veut dire que tu comptes t'installer à New York à plein temps ?

Ce ne fut qu'à cet instant qu'elle songea que Roman fournissait beaucoup d'efforts pour aider les autres. Il s'occupait de la partie financière de l'entreprise de Marcel, il avait repris les rênes de la société de son grand-père, et il avait pris soin de sa femme quand elle était tombée malade. Mais qui réconfortait Roman et lui facilitait la vie ?

Elle pouvait remplir ce rôle. Elle saisirait volontiers cette chance de le soutenir comme lui la soutenait.

— Je garde un pied-à-terre à Los Angeles, pour le jour où tu seras prête à transférer tes activités de styliste pour célébrités sur la côte ouest.

S'allongeant sur la chaise longue, il l'entraîna avec elle, de sorte qu'elle se retrouva étendue sur lui. Une position excitante.

— Et puis, certains de mes clients seront d'accord pour me suivre si je décide de lancer ma propre société d'investissement. Cette année, cependant, je vais me concentrer entièrement au lancement de la première boutique de Marcel. J'ai déniché un lieu à SoHo, et j'ai appris ce matin que notre offre d'achat avait été acceptée.

— Fantastique !

Elle se redressa, appuyant un coude sur son large torse.

— Peut-on le visiter ?

— J'ai une voiture qui nous attend pour la recherche de ton futur logement, lui rappela-t-il. Une maison près de Prospect Park vient d'arriver sur le marché, si tu as envie de rester à Brooklyn.

L'idée d'être près de ses amies la tentait. Mais pour l'instant, c'était le corps chaud et ferme de Roman qui retenait son attention.

— Combien de temps ton chauffeur va-t-il patienter ? demanda-t-elle.

Elle promena les doigts le long de sa clavicule, sous le col ouvert de son T-shirt.

Le regard brûlant de désir, il resserra son étreinte.

— Assez longtemps pour que tu puisses me faire visiter ta chambre.

— Tu lis dans mes pensées. Je rêvais de t'offrir du bon temps.

Elle lui donna un long et profond baiser, mêlant sa langue à la sienne jusqu'à ce qu'ils soient tous deux à bout de souffle. Lorsqu'elle voulut se lever, il la porta dans ses bras et traversa le patio pour rejoindre la porte de service.

— Nous allons prendre du bon temps *tous les deux*, rectifia-t-elle quand elle recouvra la parole.

— Et ensuite, nous allons nous rendre mutuellement heureux pendant très longtemps.

Il l'observa, les yeux pleins de promesses. Sable se sentit grisée, et ravie.

Nouant les bras autour de son cou, elle se perdit dans leur baiser, et dans la certitude qu'ils allaient réaliser tous leurs rêves.

Épilogue

Dix mois plus tard

Calant sa fille de quatre mois au creux de son bras, Roman passa les portes de la boutique Zayn Designs, impatient de confier le bébé à sa maman.

Non pas que cela l'ennuie de calmer Leyla quand elle était agitée. C'était une preuve de ses compétences parentales : il pouvait apaiser son bébé encore mieux que la nourrice, qui arriverait au magasin bientôt afin d'emmener Leyla à la maison.

— Tu es là !

La voix joyeuse de Sable lui parvint avant même qu'il la repère dans la petite foule de gens que Marcel avait invités pour l'inauguration de la boutique.

Vêtue d'une robe en soie qui mettait en valeur ses courbes plus voluptueuses, Sable fit signe à Roman de la rejoindre près du bar, où elle se trouvait avec Marcel et Cybil.

Après huit mois de travaux, la première boutique Zayn Designs avait ouvert. Bien que Sable ait fini depuis longtemps son stage au sein de l'entreprise, Marcel l'avait récemment convaincue de revenir travailler à temps partiel en tant qu'assistante du directeur artistique. Une aubaine arrivée juste avant la semaine de la mode de New York, en février, lorsque Leyla avait deux mois.

À présent, leur bébé était habitué à l'emploi du temps de Sable, et Roman ne voyait pas d'inconvénient à amener sa fille à sa maman lorsqu'elle avait besoin d'être allaitée. Ces moments passés avec les deux personnes qu'il aimait le plus au monde étaient les meilleurs de sa journée.

— Bonsoir, ma beauté, dit-il.

Il embrassa Sable puis salua Marcel et Cybil.

— Tout se passe bien ? demanda-t-il.

Cybil posa un bras sur l'épaule de son ancienne locataire.

— Sable fait le buzz avec ses photos de l'inauguration. Des célébrités ont déjà aimé et republié ses clichés.

Tandis que Sable prenait Leyla dans ses bras, la petite fille se rappela sans doute qu'elle avait faim et se mit à pleurer. Murmurant des excuses, Sable alla dans l'arrière-boutique. Roman s'apprêtait à la suivre quand son frère le rejoignit.

— C'est pratique, tu peux faire pleurer ta fille sur commande pour avoir ta femme pour toi seul, railla Marcel.

Il entraîna Roman à l'écart. Dans le vaste espace, les serveurs distribuaient des coupes de champagne aux invités triés sur le volet.

— Nous avons eu des appels du monde entier aujourd'hui, annonça Marcel. Des commandes de Londres, Paris et Milan. Quelques-unes de Singapour et Dubai. L'une des clientes de Dubai m'a demandé si elle pouvait investir dans un magasin là-bas, pour faciliter notre entrée sur le marché.

L'excitation de Marcel était palpable tandis qu'il contemplait les résultats de son travail acharné. L'éclairage mettait en valeur les vêtements comme si c'étaient des œuvres d'art. D'ailleurs, il y avait aussi des œuvres d'art aux murs, choisies par Marcel lui même. Tout dans l'élégance discrète de ce lieu reflétait le bon goût et l'œil aiguisé de son frère. Et Roman était fier que ses efforts soient reconnus et récompensés.

— C'est formidable, répondit Roman en lui donnant une tape sur l'épaule. Félicitations, Marcel. Tu mérites toutes ces récompenses, et plus encore. Tu as fait un travail fantastique.

— Moi ? fit Marcel avant de secouer la tête. Non, *nous* avons fait un travail fantastique. Les frères Zayn. Avec l'aide d'une nouvelle venue dans la famille, une personne très douée.

Roman sourit. Oui, Sable faisait partie de leur famille. Roman l'avait convaincue de l'épouser à l'automne, avant la naissance de Leyla, lors d'une petite cérémonie à l'hôtel de ville. Et ils comptaient échanger à nouveau leurs vœux sur la plage de Malibu pendant l'été, entourés de leur famille et de leurs amis. Sable l'avait déjà accompagné deux fois en Californie. Elle était tombée amoureuse de la vue sur l'océan et elle était impatiente de passer davantage de temps dans leur maison.

— Je ne sais pas pour Dubai, dit-il, mais je vais étudier la question. Prochaine étape, Los Angeles. Ensuite Miami.

Il avait établi un solide plan de développement. Toutefois, si les ventes étaient aussi bonnes que Marcel le laissait entendre, ils avanceraient peut-être le calendrier afin de profiter de cette dynamique positive.

Roman n'était pas retourné chez Zayn Equity, même quand son grand-père avait proposé une réunion de famille pour mettre les choses à plat. Roman s'était rendu compte qu'il aimait bien mieux travailler avec son frère, et il se réjouissait d'avoir plus de temps pour sa femme et sa fille.

Depuis qu'il avait déclaré son amour à Sable, il s'était donné pour mission de profiter de l'existence. Et la vie était belle, très belle.

— Entendu, acquiesça Marcel.

Son cadet lui laissait volontiers le champ libre pour développer les affaires, tout comme Roman lui laissait le contrôle du domaine créatif.

— J'espère que tu le sais : Sable peut quitter la fête quand elle le souhaite, dit Marcel. Je suis content que vous soyez venus tous les deux pour célébrer notre succès.

— La nounou arrivera bientôt pour emmener Leyla à la maison, assura Roman. Sable et moi voulions rester un peu pour fêter la première d'une longue série d'étapes.

— Tant mieux.

Marcel leva sa flûte de champagne.

— Viens me voir avant ton départ, Roman, pour que nous puissions trinquer ensemble.

Après avoir promis de le faire, Roman se rendit dans la petite salle de pause à l'arrière de la boutique. Sable n'y était pas mais il l'entendit l'appeler depuis le couloir.

— Roman ? Je suis là !

Guidé par le son de sa voix, il atteignit la réserve, où Marcel avait stocké un canapé qui ne s'accordait pas avec la décoration de la boutique. Entourée de portants de vêtements, Sable était calée dans un coin du canapé de cuir blanc, une couverture pour bébé recouvrant la moitié de sa robe. Elle avait baissé une de ses bretelles pour nourrir sa fille, blottie dans ses bras.

— Je suis très heureuse que tu me l'aies amenée, dit-elle en souriant, son contentement maternel éclairant son joli visage. Mes seins étaient sur le point d'exploser.

Il s'assit à côté d'elle et mit un bras autour de ses épaules.

— Tu es plus belle chaque jour, observa-t-il.

— Mm, fit-elle en appuyant la tête contre son épaule. Toi aussi, tu es très beau. Te voir porter mon bébé est la chose la plus sexy qui soit.

— L'une des nombreuses raisons pour lesquelles j'aime être un papa.

Il déposa un baiser sur ses cheveux.

— J'adore voir cette lueur avide dans tes yeux chaque fois que je montre mes prouesses parentales, taquina-t-il.

Leur petite fille fermait déjà les yeux, ses lèvres en bouton de rose se détachant du mamelon de sa mère.

— Cette journée a été parfaite, murmura Sable en passant le doigt sur la joue de Leyla. La boutique est un succès. Notre bébé est heureux et en bonne santé. Je suis follement amoureuse. Et dès que nous serons chez nous, je pourrai te montrer à quel point.

Roman plongea le regard dans le sien. Elle était sa tentatrice. Son amante. Son épouse. Jamais il n'aurait imaginé que sa vie pourrait être aussi pleine, et son cœur aussi comblé.

— Si tu m'aimes moitié moins que je t'aime, alors je suis l'homme le plus heureux de la terre.

JOANNE ROCK

Pour un baiser de lui

Traduction française de
ROSA BACHIR

PASSIONS

HARLEQUIN

Titre original :
WAYS TO TEMPT THE BOSS

- 1 -

Si elle était une espionne industrielle, Blair Westcott n'en avait certainement pas l'allure.

Lucas Deschamps observait la toute nouvelle recrue de Deschamps Cosmetics. Près d'un décor installé dans West Village pour une séance photo, Blair maniait d'une main assurée un eye-liner afin de créer un œil de chat sur le modèle, une athlète olympique brésilienne qui avait accepté de représenter la marque Deschamps. Quand Blair se pencha pour finir de maquiller la jeune sportive, ses longs cheveux blonds attachés en queue-de-cheval glissèrent sur son épaule.

Ce n'était pas la volleyeuse internationale qui capturait l'attention de Lucas. C'était Blair, dont le tablier noir soulignait la taille fine et épousait les hanches rondes. Elle riait et discutait tout en travaillant, son attitude chaleureuse mettant la médaillée olympique à l'aise, comme c'était le cas avec tous ceux qu'elle rencontrait.

Sauf, bien sûr, avec Lucas. Il n'était jamais détendu face à la talentueuse maquilleuse que sa mère avait engagée sans le consulter. Non pas que Cybil Deschamps ait besoin de son approbation puisque c'était elle, la fondatrice et propriétaire de Deschamps Cosmetics. Mais puisque le père de Lucas essayait d'acquérir la petite société afin de nuire à son ex-femme, Lucas aurait aimé que sa mère fasse appel à lui plus tôt pour l'aider à stabiliser l'entreprise. Si elle l'avait fait, il aurait recommandé un gel des embauches, au cas où son père machiavélique tenterait de placer une taupe chez eux pour récolter des informations. Lucas l'en pensait tout à fait capable.

Blair pouvait-elle être cette taupe ? Avant d'être engagée chez Deschamps Cosmetics, elle avait travaillé pour une entreprise de cosmétiques de Long Island, possédée par le conglomérat de luxe dirigé par le père de Lucas. Un fait qui avait éveillé ses soupçons. Ravalant sa frustration, il s'écarta lorsqu'une assistante du photographe vint pousser une lampe sur le sol afin de faire de la place à un ventilateur. Une autre assistante apporta à Lucas une tasse de café qu'il n'avait pas demandée. Il accepta malgré tout la boisson, passant mentalement en revue ce qu'il savait de Blair, occupée à examiner plusieurs palettes de fard à paupières.

Pour commencer, Blair Westcott semblait bien trop gentille, trop douce et trop chaleureuse pour être vraie. Elle préparait des petits gâteaux pour les employés de Deschamps Cosmetics, rien que cela. Au moins une fois par semaine depuis son embauche, qui remontait à six semaines, elle apportait au bureau des boîtes hermétiques pleines de biscuits ou de cupcakes faits maison. Quel genre de personne faisait cela ? Il tenta de l'imaginer en train de porter ces boîtes dans le métro pendant les heures de pointe. Et il n'y arriva pas. Cela dit, Blair était aussi le genre de femmes que les gens aidaient volontiers. Si elle avait été une princesse de dessin animé, qu'aurait été celle que tous les animaux de la forêt suivaient partout tout en chantant des chansons et en nettoyant sa maison.

Qu'y avait-il derrière cette façade si joyeuse ? Cela faisait presque six semaines que Lucas soupçonnait la présence d'une taupe dans l'entreprise – à peu près depuis l'embauche de Blair. Voilà pourquoi il surveillait la nouvelle recrue de près. Selon son expérience, personne n'était aussi attentionné ni aussi gentil sans que cela cache quelque chose.

Hélas, malgré ses soupçons, Lucas éprouvait aussi pour Blair une attirance torride et implacable. Ce désir malvenu l'irritait et le rendait constamment revêche avec elle, ce qui ne l'aidait guère à mieux la comprendre.

— Aimeriez-vous jeter un coup d'œil, Lucas ?

La douce voix de Blair l'arracha à ses sombres pensées. Il croisa le regard bleu-vert de celle qui le tourmentait nuit et jour. Elle désigna l'athlète qu'elle était en train de maquiller et s'écarta pour le laisser observer son travail. Hélas, Lucas n'arrivait pas à détacher son regard de Blair. Ses lèvres étaient si pleines qu'elles semblaient faire une moue perpétuelle. Ses fossettes, qui apparaissaient quand elle souriait, étaient irrésistibles. Mais c'était sa silhouette plantureuse qui nourrissait ses fantasmes masculins. Une silhouette que Blair n'hésitait pas à mettre en valeur par des tenues très féminines. La jupe rose et le chemisier blanc sage qu'elle portait aujourd'hui étaient typiques de sa garde-robe et n'auraient pas dû être si fichtrement séduisants.

Elle l'interrogea du regard, lui faisant prendre conscience qu'il la dévisageait.

Il fronça les sourcils malgré lui.

Elle sourit de plus belle et continua :

— Vous aviez l'air si renfrogné… J'ai pensé qu'il valait mieux vous demander votre avis. Est-ce que j'utilise les bonnes teintes pour la peau d'Antonia ?

Sous ses airs charmants, il décela une pointe de défiance. Il doutait qu'elle montre cette attitude à quiconque hormis à lui, et ce n'était pas la première fois qu'il remarquait cette arrogance qui apparaissait et disparaissait en une seconde. Tous les autres ne voyaient que le côté tendre de la jeune femme.

— Le maquillage est parfait, assura Lucas à la jeune athlète olympique. Nous sommes très heureux que vous collaboriez avec nous pour cette campagne.

Il leva sa tasse de café pour porter un toast, content d'oublier un instant la tension qui régnait entre Blair et lui.

— Tout le plaisir est pour moi, répondit Antonia.

Elle se pencha pour se regarder de plus près dans le miroir éclairé.

— Je suis reconnaissante à Blair d'avoir fait ressortir la vraie moi, et de ne pas avoir caché mes taches de rousseur sous des couches de fond de teint comme le font certains maquilleurs.

— Les taches de rousseur sont magnifiques, assura Blair. Ce serait un crime de les couvrir, roucoula-t-elle presque.

Peut-être jubilait-elle parce que Lucas avait suggéré, lors d'une réunion la semaine précédente, de cacher les taches de rousseur afin de mieux mettre en valeur le mascara sur les gros plans. Le directeur artistique et Blair avaient tous deux défendu un point de vue opposé.

Et Blair appréciait cette petite victoire, manifestement.

— Nous sommes presque prêts ? demanda-t-il un peu trop vivement.

Il avala trop vite son café noir et se brûla la gorge.

— Nous ne voudrions pas mettre Antonia en retard, ajouta-t-il d'une voix rendue rauque par la chaleur du café.

Les fossettes de Blair apparurent alors qu'elle se mordillait la lèvre inférieure. Il était prêt à parier qu'elle réprimait un rire.

— Bien sûr, Lucas, dit-elle en retirant la cape de protection des épaules d'Antonia. Je vais demander à Jermaine de retoucher sa coiffure, dit-elle.

Hochant la tête, Lucas retourna vers le poste de travail du photographe, afin de voir les résultats de la journée sur un ordinateur portable. Il valait mieux qu'il se concentre sur les photos plutôt que sur Blair. Tant qu'il ne saurait pas ce qu'elle cherchait, il ne pourrait pas se permettre de lui faire confiance. Et il ne pourrait absolument pas céder à l'attirance qui grandissait en lui chaque jour un peu plus.

Néanmoins, il était très curieux de savoir si Blair éprouvait la même attirance pour lui.

Il n'avait plus qu'un mois pour aider sa mère à redresser les comptes de Deschamps Cosmetics, afin de s'assurer le soutien des membres du conseil et d'éviter une OPA lancée par le conglomérat de son père. Plus vite il pourrait résoudre le problème, mieux cela vaudrait. Lucas avait sa propre affaire à diriger, une start-up qui mettait en relation des professionnels hautement qualifiés avec des compagnies ayant besoin de sous-traiter certaines activités. Il avait mis sa propre vie professionnelle en suspens, afin de faire une dernière faveur à sa mère. Il espérait ainsi racheter le fait d'avoir tu les infidélités de son père trop longtemps.

Sans le silence de Lucas lorsqu'il était adolescent, Cybil aurait fondé sa compagnie de cosmétiques après son divorce, sous son nom de jeune fille, et elle ne serait pas en train d'affronter des attaques de grands groupes comme celle qu'elle subissait en ce moment.

Encore un mois et il serait libéré de sa dette envers elle. Il espérait que, d'ici là, il serait aussi libéré de l'emprise que Blair avait sur lui.

Pour œuvrer dans ce sens, il prit son téléphone et envoya un message privé à Blair. Étant donné la façon dont elle l'avait défié devant Antonia aujourd'hui, le moment était venu de prendre à bras-le-corps son attirance pour elle.

Et s'il pouvait faire avouer à Blair ses liens possibles avec une société concurrente, ce serait encore mieux.

Venez me voir dans mon bureau à 17 heures.

Blair Westcott lut et relut l'objet du mail menaçant qui la toisait au sommet de sa boîte de réception. Il n'y avait aucun texte dans le corps du message. Pas même une signature automatique.

Non pas que Blair ait besoin d'une signature pour savoir qui souhaitait la voir dans son bureau à la fin de sa journée de travail. Lucas Deschamps, futur héritier de la société de cosmétiques de sa mère, avait une aversion personnelle envers elle, et cela depuis leur première rencontre.

Bon sang.

Elle ne pouvait pas penser à Lucas et à ses yeux fauves suspicieux maintenant. Après avoir fermé son ordinateur, elle se rendit dans l'espace détente, situé au centre de l'étage réservé aux employés juniors. Elle prit l'un des plaids disposés dans un panier d'osier. Dans cet open space, la température était perpétuellement basse et tout était fait pour favoriser la créativité des équipes. Par conséquent, même pendant les heures de travail, Blair pouvait s'envelopper dans un plaid et s'étendre sur l'une des chaises longues placées face à la baie vitrée qui donnait sur l'Hudson. Depuis ce quarante-deuxième étage, elle pouvait regarder les bateaux et les péniches passer devant la statue de la Liberté pendant que des collègues cherchaient des noms de rouge à lèvres ou jouaient au ping-pong.

Juste au moment où elle s'installait confortablement sur une chaise longue, son téléphone vibra, annonçant un SMS.

Tu viens ce week-end ?

Le message de sa mère lui donna mauvaise conscience. Amber Westcott était seule dans le petit chalet que Blair avait loué pour elle à une heure au nord de New York, afin qu'elle soit près d'un bon centre de cancérologie. Quand Blair avait appris que sa mère avait un cancer ovarien, elle avait arrêté ses études et vendu la maison familiale de Long Island pour financer l'opération et les traitements nécessaires à sa guérison. Le centre où Amber était maintenant soignée était réputé, et avait l'avantage d'être situé dans une région où le coût de la vie était moindre. Les week-ends, Blair prenait un train qui longeait l'Hudson, puis un taxi, pour atteindre le chalet pittoresque niché dans les contreforts des montagnes Catskill.

Mais le coût du transport et de la location du chalet n'était rien comparé au prix de la chimiothérapie.

Absolument !

Blair ajouta une série d'émoticônes à sa réponse pour paraître joyeuse.

Tu me manques, maman ! Comment te sens-tu ?

Fatiguée, en fait. Tu devrais rester chez toi ce week-end, trésor. Je vais sûrement dormir, de toute façon.

L'angoisse lui vrilla le ventre.

Raison de plus pour que je vienne m'occuper de toi.

Ses doigts avaient tremblé légèrement quand elle avait tapé sa réponse. Blair aurait aimé être avec sa mère vingt-quatre heures sur vingt-quatre, sept jours sur sept, afin de veiller sur elle. Son père s'était remarié aussitôt après son divorce, dix ans plus tôt, et ne faisait donc plus partie de leur vie. Et Blair était fille unique, ce qui signifiait que sa mère avait vraiment besoin d'elle maintenant. Certes, l'une de ses amies vivait non loin du chalet et l'emmenait à ses rendez-vous de chimiothérapie. Mais ce n'était pas la même chose que d'avoir de la famille près de soi.

Je te préparerai cette soupe de poulet que tu aimes tant.

Blair serra le téléphone comme si cela pouvait faire arriver la réponse plus vite.

Envoie-moi un message vendredi, et je te dirai comment je me sens. Je vais faire une sieste maintenant.

Blair envoya quelques émoticônes baisers.

Resserrant le plaid autour d'elle, elle ferma les yeux pour tenter de contenir sa peine et son inquiétude. Elle était venue contempler la vue sur l'Hudson pour oublier son patron énigmatique et taciturne. Pourtant, penser à Lucas serait plus facile que de songer à la maladie de sa mère et aux factures médicales. Blair ignorait comment elle allait pouvoir payer les soins nécessaires à la survie d'Amber.

En tout cas, elle ne pouvait accepter l'offre d'emploi inhabituelle reçue trois jours plus tôt de son précédent employeur. Un travail qui consistait à rassembler des informations stratégiques sur Deschamps Cosmetics. Une mission totalement contraire à la déontologie, mais pas illégale. Blair n'aurait même pas écouté la proposition jusqu'au bout si elle avait eu l'argent nécessaire pour payer les factures médicales. L'ancienne collègue qui l'avait contactée lui avait d'abord donné de l'espoir, en lui affirmant que cette mission complémentaire serait la réponse financière à ses prières. Mais quand Blair avait compris en quoi consistait ce travail, elle avait su qu'elle ne pourrait pas devenir espionne industrielle. Il lui faudrait trouver une autre façon de régler les frais médicaux de sa mère.

De plus, elle n'avait pu accepter son emploi chez Deschamps que grâce à une solution de logement abordable que lui avait proposée Cybil Deschamps.

En plus d'être la fondatrice de Deschamps Cosmetics, Cybil était aussi une philanthrope et une femme mondaine qui avait transformé l'une de ses propriétés à Brooklyn en une résidence pour femmes, sur le modèle du légendaire hôtel Barbizon. Par conséquent, elle était la dernière personne que Blair voudrait espionner, quel que soit le montant du chèque.

L'ex-collègue avait insisté pour que Blair réfléchisse quelques jours. Résultat : elle se sentait coupable alors qu'elle n'avait même pas accepté l'offre. La conversation avait été encore plus étrange lorsque la jeune femme avait rappelé que leur communication était privée et couverte par l'accord de non-divulgation que Blair avait signé chez son ancien employeur. Cela paraissait peu plausible puisque Blair ne travaillait plus pour About Face, mais elle n'avait pas discuté de ce point car elle ne comptait pas accepter la mission, de toute façon.

— Hé, Blair ! lança l'un de ses collègues, accoudé à une table haute. Demain, c'est mercredi. C'est le jour des cookies, non ?

Quittant sa chaise longue, Blair vit plusieurs autres collègues la regarder avec espoir. Elle sourit pour cacher son tourment intérieur. Pâtisser était son exutoire. Elle aimait apporter un peu de joie sur son lieu de travail chaque semaine. C'était bien plus facile de le faire ici que dans le chalet isolé de sa mère.

— Cookies ou cupcakes, dit-elle. Au choix.

Elle observa les gens rassemblés autour de la table et les joueurs de ping-pong. Tous semblaient très intéressés par la discussion. Il était près de 17 heures et la journée de travail touchait à sa fin.

— Des demandes spéciales ? questionna-t-elle.

Les réponses fusèrent, et Blair fut bombardée par un mélange hétéroclite de noms de cookies et de parfums de cupcakes.

En riant, elle retira le plaid dans lequel elle s'était emmitouflée et le replia soigneusement, même s'il allait finir dans la machine à laver.

— Et si je choisissais ? suggéra-t-elle.

Elle savait que ses colocataires seraient heureuses de manger ses créations, elles aussi.

Tana et Sable avaient des emplois très prenants, et les repas étaient l'occasion de se retrouver toutes les trois. Blair avait besoin de leur compagnie pour préserver sa santé mentale.

— J'apporterai les deux, trancha-t-elle. Des cupcakes et des cookies.

Des acclamations et quelques sifflements accueillirent la nouvelle. Blair aurait pu finir la journée sur cette note heureuse si elle n'avait pas eu rendez-vous avec Lucas.

Mince.

Récupérant son sac à main sous son bureau, elle résista à l'envie de passer une brosse dans ses cheveux. Cependant, elle prit une pastille à la menthe, s'avisant qu'elle en aurait fait autant si son patron était une femme. L'haleine fraîche était importante en toutes circonstances, et pas uniquement pour les rendez-vous en tête à tête avec un patron très séduisant.

Elle décida de prendre l'escalier puisqu'elle n'avait qu'un étage à monter pour atteindre les bureaux de la direction. La lourde porte de métal de la cage d'escalier se referma derrière elle en émettant un écho. Tandis que Blair grimpait les marches, elle tenta de se préparer mentalement à son entrevue. Lucas faisait partie du conseil d'administration de Deschamps Cosmetics, et Cybil avait mentionné plus d'une fois qu'il la remplacerait bientôt au poste de P-DG. Mais Lucas n'avait rejoint l'entreprise que récemment. Il avait sa propre société, sans aucun lien avec l'industrie de la beauté. Blair se demandait s'il reprendrait vraiment Deschamps un jour ou si c'était juste un vœu pieux de Cybil.

Quoi qu'il en soit, Blair se méfiait beaucoup du magnat des affaires aux cheveux noirs et au regard fauve qui semblait lire en elle comme dans un livre ouvert. Il ne la mettait pas mal à l'aise, pas précisément. Il la… troublait. Loin de lui déplaire, ses airs renfrognés lui donnaient au contraire envie de se rapprocher de lui. Pour lui arracher un rire.

Ou un baiser.

Venait-elle vraiment d'avoir cette pensée ? Elle la relégua dans un coin de son cerveau et l'enferma à double tour afin qu'elle ne puisse plus jamais ressortir. Blair ne devait pas penser à son séduisant patron de cette façon. Malgré tout, alors qu'elle arrivait à l'étage de la direction, elle ne put ignorer l'onde de chaleur qui l'envahit à l'idée d'être seule avec Lucas.

Par chance, elle avait appris à ignorer ses pulsions féminines quand elle le côtoyait. Ils avaient pris l'habitude de s'envoyer des piques plutôt que d'affronter la tension sensuelle qui saturait l'air dès qu'ils étaient à moins de dix mètres l'un de l'autre.

Ses talons aiguilles s'enfoncèrent dans un tapis épais lorsqu'elle traversa l'espace d'accueil devant le bureau de Lucas. Elle prit une deuxième pastille à la menthe. Pour combattre sa nervosité, cette fois.

Il était capital qu'elle garde son travail. Elle ne pouvait se permettre de perdre son salaire tant qu'elle n'aurait pas trouvé une autre source de revenus.

Poussant un soupir, elle s'apprêtait à frapper à la porte quand celle-ci s'ouvrit, si brusquement qu'elle fit vibrer les murs de verre du bureau.

— Entrez, pour l'amour du ciel ! tonna Lucas.

Il se tenait dans l'embrasure de la porte et la toisait avec sa chaleur habituelle.

Elle sentit un sourire se peindre sur ses lèvres et se rendit compte qu'elle avait réellement envie de sourire. Ce n'était pas le sourire poli qu'elle offrait à ses collègues. Ni le sourire joyeux qu'elle montrait devant sa mère et devant le personnel médical, pour remonter le moral de tout le monde. Le comportement peu orthodoxe de Lucas lui permettait d'être naturelle. Et elle s'en réjouissait.

— Merci, Lucas. Je comptais entrer, rassurez-vous.

Elle l'appelait par son prénom parce qu'il le lui avait demandé lors de leur première rencontre.

Elle maintint sa jupe rose sur ses cuisses afin qu'elle n'effleure pas Lucas sur son passage. Puis elle entra dans le bureau.

— Vous étiez en train de rôder dans le couloir, dit-il après un silence.

Il la suivit dans la pièce, désignant les deux chaises rembourrées face à son bureau.

— Je n'arrêtais pas de voir passer une ombre rose derrière la vitre.

— J'essaierai de moins rôder à l'avenir.

Elle s'installa sur une chaise et fut surprise quand Lucas s'assit à côté d'elle plutôt que derrière son bureau.

— Alors, pour quelle raison souhaitiez-vous me voir ? demanda-t-elle.

Son pouls s'emballa tant Lucas était proche. Il portait une chemise noire bien coupée, sans cravate. La gabardine grise de son pantalon était striée de fils bleu marine, un détail qu'elle n'aurait jamais remarqué si son genou n'était pas à quelques centimètres d'elle. Même son après-rasage évoquait le luxe – la fragrance était agréable et attirante, et pourtant si subtile que Blair devait se pencher pour en distinguer vraiment les notes.

S'était-elle déjà trouvée aussi près de lui ? Elle avait la bouche un peu sèche, et elle aurait aimé prendre une autre pastille de menthe. Au lieu de cela, elle déglutit tout en promenant le regard sur son large torse et ses épaules carrées. Sa mâchoire ciselée lui donnait un air déterminé, et ses pommettes hautes étaient héritées de sa mère, ancien mannequin à la beauté éclatante. Ses lèvres étaient pleines et sensuelles.

Elle déglutit à nouveau.

— J'ai un problème et j'espère que vous pourrez m'aider à le résoudre, dit Lucas en la fixant de son regard ambré.

Avait-il remarqué qu'elle le reluquait ? Elle espérait bien que non.

— Je ferai ce que je peux, dit-elle.

Joignant les mains sur son giron, elle arbora un air neutre. Professionnel.

Il serra la mâchoire avant de poursuivre :

— Bien. Parce que j'ai besoin de votre aide pour débusquer une taupe au sein de l'entreprise.

Son ventre se noua. Son rythme cardiaque s'accéléra. Elle cligna des yeux malgré elle.

— Une… taupe ? répéta-t-elle.

Lucas savait-il qu'elle avait été approchée par une entreprise concurrente ?

Elle avait reçu l'offre par téléphone, mais peut-être que quelqu'un avait surpris sa conversation. Elle n'avait pas de raison de se sentir coupable. Pas de raison de parler de l'offre qu'elle avait refusée, puisqu'elle n'était certainement pas la taupe. Son ancienne collègue lui avait affirmé que leur conservation était protégée par un accord de confidentialité. Blair n'avait pas étudié de près son contrat avec son ancien employeur et ne savait donc pas quelle partie de la discussion elle pouvait dévoiler.

Le regard de Lucas semblait déterminé. Intense, même. Il paraissait sonder chaque cellule de son être.

Elle sentit sa nuque se réchauffer. Elle ne pouvait pas se permettre de perdre son emploi. Ni d'être soupçonnée d'espionnage.

— Oui. Je pense qu'il y a un espion chez Deschamps Cosmetics, Blair.

Il arqua un sourcil, l'air songeur. Puis il demanda :

— Acceptez-vous de m'aider à trouver le coupable ?

- 2 -

Lucas ne voulait manquer aucune nuance de la réaction de Blair.

Pourtant, bien qu'il ait eu l'intention d'étudier son visage pour y déceler d'éventuels signes de culpabilité, il fut quelque peu déconcentré. Du bout de son ongle, elle suivait distraitement l'ourlet festonné de sa jupe rose, attirant son attention sur ses jambes splendides.

Ses pensées empruntèrent un chemin érotique. Jusqu'à ce qu'elle prenne la parole.

— Je ne suis pas sûre de comprendre comment je pourrais vous aider dans une telle tâche.

Le ton froid était totalement en contraste avec les images torrides qui assaillaient son esprit.

— C'est moi qui suis la dernière arrivée dans l'entreprise, rappela-t-elle.

Quand il reporta son attention sur son visage, elle avait repris un air neutre. Tout espoir de surprendre une expression qui la trahirait s'était évanoui à cause de son désir pour elle. Soit, il avait manqué une occasion, mais il était bien décidé à poursuivre son plan. Pour commencer, il devait suivre les activités de Blair. Et ensuite ? Il fallait qu'elle sache qu'il l'observait. De près.

Si Blair se révélait être la taupe, il lui faudrait être plus prudente.

— C'est précisément pourquoi vous êtes une bonne recrue pour cette mission.

Lucas se força à reculer dans son fauteuil, mettant plus d'espace entre eux afin de contrôler ses désirs rebelles.

— Vous n'aurez pas d'idées préconçues sur vos collègues, plaida-t-il.

Elle fit la moue, attirant son regard sur ses jolies lèvres en bouton de rose.

— Vous non plus, vous n'en avez pas, non ? répliqua-t-elle. D'après les potins, vous n'avez rejoint l'entreprise que pour aider votre mère à consolider ses comptes.

— Les potins sont exacts.

Il détacha le regard de ses lèvres et observa le bureau à la décoration spartiate qu'il occuperait encore plusieurs semaines. Il était ici temporairement, pour aider l'entreprise en difficulté de sa mère, mais si Deschamps Cosmetics finissait par être rachetée par le conglomérat de son père à la fin du mois, Lucas ne passerait pas un jour de plus dans cette pièce.

— Je fais partie du conseil d'administration de Deschamps Cosmetics, mais je ne travaille pas vraiment ici. Toutefois, quand ma mère m'a demandé de l'aide, je pouvais difficilement refuser.

— Donc vous n'avez pas plus de notions préconçues que moi sur les gens qui travaillent ici, souligna-t-elle en croisant les bras sur son chemisier de soie. Pourquoi ne pas espionner vous-même les employés ?

Si seulement c'était si simple…

— Parce que je suis le fils de la fondatrice. Les conversations intéressantes cessent dès que j'entre dans une pièce. Tandis que vous, vous pourrez écouter des discussions plus détendues et plus franches.

Une ombre passa dans son regard vert pâle, et elle baissa rapidement les yeux.

Lucas remarqua que l'immeuble était devenu silencieux, la journée de travail étant terminée. Une onde de chaleur le parcourut à la pensée qu'ils étaient seuls à cet étage. Il n'y avait que lui, et cette femme qui le fascinait comme aucune autre.

— J'aimerais réfléchir avant de vous donner ma réponse, finit-elle par dire d'une voix radoucie. Puis-je revenir vers vous à la fin de la semaine ?

— Certainement.

Cette entrevue s'était mieux déroulée qu'il ne l'avait espéré. Il était seul avec elle depuis cinq minutes, et il n'avait pas laissé son désir transformer leur conversation en joute verbale. Son sentiment de satisfaction le poussa à forcer sa chance.

— Vous avez jusqu'à samedi, puisque j'aimerais que vous travailliez sur la séance photo qui aura lieu dans la maison de ma mère à Brooklyn.

Elle cligna des yeux.

— Vous voulez dire, *chez moi* ? Dans la maison que je partage avec mes colocataires ?

— Oui. Le magazine *Banner* consacre un article à ma mère, pour son numéro sur les femmes remarquables de l'année, dit-il, certain que sa mère avait déjà parlé de ce projet à Blair et à ses autres locataires. Ils veulent des photos du bâtiment de Brooklyn dont elle a fait don pour aider des femmes créatives à s'établir à New York.

Blair se redressa sur sa chaise et releva le menton, sa longue queue-de-cheval glissant sur son épaule.

— Nous payons un loyer, vous savez. Nous ne demandons pas la charité.

— Cela va de soi, admit-il en hochant la tête.

Il n'avait pas voulu la blesser.

— Je voulais simplement dire qu'elle ne tire pas profit de cette maison. Quoi qu'il en soit, ma mère mentionnera Deschamps Cosmetics dans l'interview, et elle a insisté pour utiliser son propre maquillage et avoir sa propre maquilleuse. À savoir, vous.

Blair eut un mouvement de surprise.

— Je doute qu'elle veuille que la dernière recrue la maquille pour un tel projet. Elle pourrait faire venir n'importe quel grand maquilleur. Je suis sûre qu'elle a ses préférences.

Était-ce le cas ? Lucas se rendit compte qu'il ne connaissait pas la réponse. Peut-être que, en s'éloignant de son père au fil des ans, il avait aussi mis de la distance entre sa mère et lui, sans le vouloir. Il lui faudrait remédier à cela.

— Ma mère n'engage que des gens en qui elle croit. Non seulement elle vous a offert un logement dans sa maison, mais elle vous a aussi embauchée. Cela en dit long sur votre talent.

Bien sûr, la trahison serait double si la taupe chez Deschamps Cosmetics se révélait être Blair. Car, si tel était le cas, non seulement elle dupait son employeur, mais elle se moquait aussi du programme de logement de sa mère. Les résidentes potentielles devaient déposer un CV et une lettre dans laquelle elles expliquaient ce qu'elles espéraient accomplir en vivant à New York. Chaque candidature était étudiée par un petit comité constitué d'amis de sa mère, mais le choix final était effectué par Cybil elle-même.

Ce serait un coup de massue pour elle si elle découvrait que l'une de ses locataires vendait des secrets industriels. Lucas espérait vraiment se tromper à propos de Blair.

Elle soupira et hocha la tête.

— D'accord. Je m'occuperai du maquillage de Cybil, à supposer qu'elle le souhaite. Je suis flattée par cette demande.

Elle s'agita sur son siège, ce qui rapprocha son genou du sien. Les talons aiguilles de ses escarpins roses s'enfoncèrent dans l'épais tapis persan. Lucas promena lentement son regard sur ses jambes. Il avait très envie d'emprunter le même chemin avec ses mains.

Il croisa son regard. Le soutint.

Son pouls s'accéléra.

Il vit les pupilles de Blair se dilater, entendit sa respiration se raccourcir. De minuscules souffles s'échappaient par ses lèvres entrouvertes.

— Est-ce tout ? demanda-t-elle.

Elle se leva d'un bond, reculant d'un pas pour mettre plus d'espace entre eux.

Était-elle pressée de s'en aller parce qu'elle éprouvait la même attirance que lui ? Ou parce qu'elle n'avait pas la conscience tranquille ? S'il passait plus de temps avec elle, il pourrait découvrir la vérité.

— Oui. C'est tout.

Il se leva lentement tandis qu'elle se dirigeait vers la porte.

— Il me tarde d'avoir votre réponse quand je vous verrai samedi, dit-il.

Le pas de Blair devint incertain. Puis elle s'arrêta, sa jupe fluide ondulant autour de ses jambes.

— Vous serez présent pour la séance photo ? s'exclama-t-elle.

— C'est une belle occasion de promouvoir la marque. *Banner* s'adresse à un public différent de celui que nous avons ciblé dans le passé.

— Bien. C'est… très bien.

Elle se précipita vers la porte.

— À samedi, alors, conclut-elle.

Et elle se hâta de sortir de son bureau. Il huma un soupçon de vanille dans son sillage. L'odeur des pâtisseries qu'elle confectionnait semblait être imprégnée sur elle en permanence.

Il résista à l'envie de la regarder s'éloigner, mais il ne put s'empêcher de prendre une profonde inspiration pour respirer cette fragrance légère à nouveau. Pour des raisons qu'il ne pouvait pleinement identifier, il désirait Blair comme il n'avait pas désiré une femme depuis bien longtemps.

Mais il ne tenterait certainement pas de la conquérir tant qu'il n'aurait pas la certitude qu'elle n'était pas celle qui vendait les secrets de Deschamps Cosmetics.

— Mais qu'est-ce qui t'arrive ?

Blair jeta un regard à Tana Blackstone, l'une de ses deux colocataires, puis reprit sa tâche. Elle était en train de verser une sauce chaude sur ses baklavas au chocolat. Tana, jeune actrice, avait sans doute une audition aujourd'hui, car les cheveux qu'elle teignait dans les couleurs de l'arc-en-ciel avaient leur nuance châtain naturelle. Même sa tenue était discrète : une robe noire moulante, une veste en jean et une paire de créoles dorées. En temps normal, Tana privilégiait les tenues en cuir, les clous et les paillettes. Ses vêtements du jour étaient donc très différents de ceux qu'elle portait d'habitude.

Néanmoins, elle avait associé ses bottes militaires fétiches à sa robe. Du haut de son mètre soixante, Tana avait une beauté délicate qu'elle mettait rarement en avant, préférant la cacher derrière l'armure que constituaient ses tenues.

Croisant les bras, elle approcha, l'air intrigué.

— Pourquoi ce marathon pâtisserie ? questionna-t-elle.

Elle prit une casserole vide et racla ce qu'elle pouvait sur les parois à l'aide d'une cuillère.

— Ça fait trois jours d'affilée, on dirait que tu es possédée, ajouta-t-elle. Je n'ai jamais vu autant de gâteaux, à part dans une pâtisserie.

Cela faisait justement trois jours que Blair avait eu rendez-vous dans le bureau de Lucas. Le rendez-vous durant lequel il lui avait annoncé qu'il y avait un espion dans l'entreprise.

Voilà pourquoi elle faisait tant de gâteaux.

Elle mit de côté le plateau de baklavas puis alla remuer la pâte des sablés au sucre.

— Est-ce un reproche, Tana ? Je croyais que tu aimais mes gâteaux.

— Mais je les aime, répondit Tana en se perchant sur le plan de travail. Seulement, pas besoin d'être un génie en psychologie pour comprendre que tu as un trouble obsessionnel compulsif. Ou que tu te sers de la pâtisserie comme d'un exutoire à ton anxiété. Ou encore que tu fuis ta vie en passant tout ton temps libre dans la cuisine.

— Ça fait beaucoup de possibilités, observa Blair d'un ton placide. Peut-être qu'il faut être un génie en psychologie, finalement.

Elle mélangea le sucre et le beurre à l'aide d'une cuillère en bois. Elle appréciait les ustensiles dernier cri, mais certains des outils avec lesquels elle avait grandi lui manquaient. Ceux que sa mère utilisait quand elle lui avait appris à pâtisser. Une pointe d'angoisse la saisit, comme chaque fois qu'elle pensait à sa mère.

— Tu gagneras du temps en me disant les choses, rétorqua

Tana. Ça te coûtera moins cher, aussi. Je suis plutôt douée pour jouer les psychothérapeutes.

Blair réfléchit à ce qu'elle pourrait lui confier. Elle avait besoin d'une amie. Mais elle n'avait pas envie de parler de Lucas. Ceci dit, étant donné que son inquiétude pour sa mère menaçait de la submerger comme un puissant contre-courant, Blair se demanda s'il ne serait pas plus sage de parler de ses soucis avec Lucas. Ses colocataires savaient déjà qu'elle passait l'essentiel de ses week-ends dans les Catskills avec sa mère, mais elles ignoraient pourquoi.

Jusqu'ici, elle avait trouvé plus facile de ne pas dévoiler la vérité.

Mais maintenant… L'angoisse lui vrillait le ventre, et elle avait très envie d'évoquer ses craintes avec quelqu'un.

— Oh ! mon Dieu, fit Tana. Qu'y a-t-il ?

L'actrice descendit du plan de travail, laissant la casserole et la cuillère tomber dans l'évier avec fracas. Elle posa doucement la main sur le bras de Blair.

— J'ai dit quelque chose de blessant ? Tu sais que je ne faisais que plaisanter, hein ? Je ne connais rien aux psychothérapies. Rien de rien. Tu peux tout à fait pâtisser si ça te rend heureuse.

L'inquiétude sincère de son amie l'apaisa un peu. C'était agréable que quelqu'un se soucie assez d'elle pour lui demander ce qui n'allait pas.

— Tu ne m'as pas vexée, assura Blair, appuyant un instant le front contre celui de Tana. Tu es géniale.

Tana recula un peu, l'air décontenancé.

— Eh bien. J'essaie en effet d'être géniale, dit-elle en haussant une épaule. Mais est-ce que tu esquives la question ? Car si quelque chose ne va pas, tu peux tout me dire, j'espère que tu le sais.

Blair se demanda, et ce n'était pas la première fois, quelles circonstances avaient forgé la personnalité de Tana. Son amie avait beau afficher un air blasé, Blair savait que cela cachait une profonde empathie. À plusieurs reprises, elle avait vu

Tana manier un vieux caméscope, filmant des instants de leur vie – Blair en train de nettoyer ses pinceaux dans l'évier, Sable occupée à coudre un ourlet sur une robe. Des moments personnels. Intimes, même.

Elle était sur le point de se confier quand elle entendit la porte d'entrée s'ouvrir à l'étage supérieur.

— S'il vous plaît, dites-moi que c'est l'heure de l'apéritif du vendredi ! lança une voix familière.

Puis des pas résonnèrent dans l'escalier.

— Je sais que je ne peux pas boire, mais j'ai une forte envie de popcorn…

Sable Cordero, styliste de mode, s'arrêta devant la cuisine. Sa tunique, son châle et son pantalon blanc offraient un contraste saisissant avec son abondante chevelure brune, plus longue et plus épaisse depuis ces derniers mois. Les hormones de grossesse la rendaient radieuse. Elle passait de nombreuses nuits avec son patron et amant depuis sa grossesse surprise.

— J'ai interrompu quelque chose, remarqua Sable, en rejoignant Blair et Tana. Qu'est-ce que j'ai manqué ?

Tana glissa le bras autour de celui de Blair.

— Cette jeune femme allait me révéler pourquoi elle n'arrête pas de faire des gâteaux. Asseyez-vous, toutes les deux, pendant que je mets le pop corn en route. Sable, occupe-toi de faire parler Blair avant qu'elle change d'avis.

— Entendu. Passons-la sur le gril.

Sable lui recula une chaise en twill gris.

Blair s'assit, cédant à la pression de ses deux amies.

— Je serais ravie de préparer le pop corn, protesta-t-elle. Vous savez que j'aime m'occuper des snacks qui accompagnent nos apéritifs.

Toutefois, elle avait oublié leur tradition ce soir, trop perturbée par les événements de ces derniers jours.

— Et nous aimons te rendre la pareille, répliqua Sable.

Elle recula une chaise puis une seconde qu'elle plaça face à la première. Après avoir retiré ses baskets de toile, elle s'assit et posa les jambes sur le second siège.

— Tu m'as beaucoup aidée quand j'avais des problèmes avec Roman, rappela-t-elle. Alors, si tu as des ennuis, j'aimerais que tu me laisses t'aider à mon tour.

Émue, Blair sourit à son amie pendant que les grains de pop corn commençaient à sauter dans le four.

Tana s'appuya sur le bar qui séparait la cuisine de l'espace dînatoire.

— Dis-nous ce qui se passe, Blair. Est-ce que ça concerne Lucas Deschamps ?

Blair ne fut pas surprise par cette supposition. Lucas était déjà venu dans cette maison. Ses colocataires s'interrogeaient sûrement sur leur animosité manifeste.

— En toute franchise, je préférerais parler de Lucas une autre fois.

Demain, par exemple. Quand elle devrait décider si, oui ou non, elle allait l'aider à débusquer l'espion infiltré chez Deschamps Cosmetics. Et *après* avoir trouvé un moyen d'expliquer à ses amies qu'on lui avait proposé d'être espionne. Mais ce soir, les pensées de Blair étaient dans les montagnes Catskill, avec sa mère.

Elle prit une grande inspiration.

— Je m'inquiète davantage pour ma mère en ce moment. Vous savez que je prends le train presque tous les week-ends pour aller la voir, n'est-ce pas ?

Tana ouvrit la porte du four à micro-ondes. L'odeur du pop corn se mêla à celle du beurre en train de fondre dans une casserole.

— Elle est malade ? demanda Sable, se penchant en avant.

— Elle a un cancer de l'ovaire.

Blair avait fait de son mieux pour dire les mots d'une voix normale, sans murmurer le mot « cancer » qu'elle redoutait tant.

— Stade 2. Elle a vraiment eu de la chance de découvrir sa maladie à temps.

Pendant un instant, Tana et Sable la regardèrent sans un mot. Stupéfiées par cette nouvelle inattendue.

Blair était bien placée pour savoir à quel point ce genre d'informations pouvait être terrifiant. Un instant plus tard, Sable se leva et posa un bras autour de ses épaules en lui murmurant des paroles réconfortantes.

— Ses médecins sont confiants, dit Blair. Elle a subi une opération pour retirer… eh bien, tout ce qui est lié à ses ovaires.

Sable s'assit face à elle.

Oubliant le pop corn, Tana les rejoignit à table. Blair était maintenant entourée de ses deux amies, qui l'observaient d'un air préoccupé.

— Alors, elle est en convalescence, maintenant ? demanda Tana.

— Elle suit une chimiothérapie. Il y a un bon centre de cancérologie là-bas, et je lui ai loué un chalet dans les bois, près de chez l'une de ses amies qui peut l'emmener à ses rendez-vous. Maman disait qu'elle voulait être plus près des montagnes. C'était l'une des choses qu'elle souhaitait faire quand elle…

Elle s'interrompit, émue. Puis elle poursuivit :

— Elle a dressé une liste des choses qu'elle voulait faire avant de mourir. Et vivre près des montagnes en faisait partie.

— Oh ! trésor ! s'exclama Sable, la prenant à nouveau dans ses bras. Je suis navrée qu'elle doive subir une telle épreuve. Ce doit être difficile pour toi de ne pas être avec elle.

— Que pouvons-nous faire pour t'aider ? demanda Tana. Tu veux un peu de compagnie la prochaine fois que tu iras la voir ? Ou peut-on faire quelque chose pour toi ici, pour te permettre de passer plus de temps avec elle ?

Blair sentit des larmes lui monter aux yeux. La compassion de Sable et le pragmatisme de Tana lui étaient d'un grand soutien. Elle mesurait maintenant à quel point elle s'était sentie seule. Autrefois, elle se tournait vers sa mère pour trouver du réconfort.

— Je n'ai pas besoin d'aide. J'ai juste besoin de m'épancher.

Elle faisait déjà tout ce qu'elle pouvait pour joindre les deux bouts. Tout ce qui était légal, en tout cas.

— Je crois que j'avais juste besoin de ça. De l'affection de mes amies. Et de leur écoute.

— C'est à ça que servent les amis, dit Sable. Tu peux nous parler chaque fois que des choses t'inquiètent. C'est comme porter un fardeau. Tu dois laisser les autres t'aider pour qu'il soit moins lourd.

Blair évoqua quelques détails sur la maladie de sa mère et sur ses traitements, puis Sable alla chercher le pop corn et les boissons.

Blair choisit sur son téléphone un morceau de pop latine qu'elle envoya vers l'enceinte Bluetooth. Et tandis que la musique joyeuse résonnait autour d'elles, Blair comprit que Sable avait raison. Elle se sentait un peu mieux maintenant qu'elle avait partagé la charge de son fardeau. Du moins pour l'instant.

Tana se pencha vers elle et chuchota :

— Tu sais que Sable et moi serons là demain, si tu as besoin que nous fassions le tampon entre Lucas et toi pendant la séance photo.

Aussitôt, la réalité lui revint en pleine figure.

Le lendemain, Blair devait donner à Lucas une réponse à sa demande. Mais devait-elle confesser qu'on lui avait proposé d'espionner Deschamps et qu'elle avait refusé ?

Et s'il ne la croyait pas ? Elle ne pouvait pas se permettre de perdre sa place dans cette maison.

— Vous serez présentes ? demanda Blair, ses pensées l'aspirant dans un tourbillon de doutes.

— Bien sûr. Le magazine *Banner* se focalisera sur Cybil et sur sa résidence pour femmes inspirée de la célèbre résidence Barbizon, dit Tana avec un clin d'œil. Nous sommes les heureuses élues, alors, ils nous veulent toutes les trois sur la photo. Peut-être même que nous serons interviewées ! Tu n'as pas reçu le mail du journaliste ?

— J'ai dû le manquer, murmura Blair.

Sable apporta sur un plateau d'argent deux margaritas et un verre d'eau. Elle le posa sur la table avec un geste théâtral.

— Eh bien, sache que nous veillerons sur toi quand Lucas sera là, reprit Tana en prenant une margarita.

Blair prit l'autre verre, heureuse d'adoucir sa journée avec un peu de tequila. Ce soir, elle était bien décidée à profiter de ces moments avec ses amies.

Elle aurait tout le temps de s'inquiéter demain.

Et quand Lucas exigerait une réponse, elle ignorait comment elle pourrait refuser sa requête.

- 3 -

— Blair est en train de devenir un atout formidable pour Deschamps Cosmetics, tu ne trouves pas ? lança la mère de Lucas tandis qu'elle le rejoignait dans le jardin de la maison de Brooklyn, lieu de la séance photo pour le magazine *Banner*.

Lucas observait le photographe, en train de placer Blair et ses amies dans le salon de jardin du patio. Ils avaient gardé les prises de vue en extérieur pour la fin, afin de profiter de la lumière dorée précédant le coucher de soleil. Lucas se tenait en retrait du décor pendant qu'une styliste, un maquilleur, une coiffeuse et deux assistants s'affairaient autour des locataires actuelles de la maison. Les trois jeunes femmes portaient des robes de soie ajustées créées par Zayn Designs, la maison de couture pour laquelle travaillait Sable Cordero, l'une des locataires.

Blair, en particulier, était magnifique dans une robe asymétrique bleu givré qui flattait ses courbes. Lucas eut du mal à détacher son regard d'elle, mais il y parvint pour observer sa mère. Elle souriait, manifestement fière de ces jeunes femmes. Que pouvait-il lui révéler à propos de Blair ? Cybil Deschamps était peut-être une femme puissante dans le monde des affaires et dans la haute société new-yorkaise, mais Lucas connaissait une facette plus douce d'elle. Elle serait sûrement anéantie si elle apprenait qu'une de ses protégées, qui plus est une employée, était peut-être une espionne industrielle. Mieux valait garder ses doutes pour lui pour l'instant.

— Blair a beaucoup de talent, répondit Lucas avec honnêteté. Et elle a fait un travail formidable sur ton visage, maman. Tu es très belle.

À bientôt soixante-dix ans, sa mère avait toujours paru plus jeune que son âge. Depuis une décennie, elle avait recours à la médecine esthétique et aux traitements non invasifs, mais elle n'en avait pas besoin. Ses cheveux, coupés à hauteur d'épaule, étaient un élégant mélange de blond cendré et de blanc. Et ses yeux bleus étaient toujours aussi vifs.

— En effet, dit-elle. Je dois l'avouer, j'ai demandé à Roger de vérifier son maquillage.

Elle désigna le maquilleur en chef, qui discutait avec la coiffeuse près du patio.

— Juste pour m'assurer que le maquillage était correctement dosé pour l'éclairage, précisa-t-elle. J'ai entendu dire que Blair consacrait une bonne partie de son temps libre à maquiller des patients cancéreux dans un centre de cancérologie des Catskills. Elle est vraiment adorable.

— Ah ? s'étonna Lucas.

Cette image ne collait pas avec celle d'une espionne potentielle. Mais cela collait avec son idée : l'image que Blair projetait était trop belle pour être vraie.

— Où as-tu entendu ça ?

— Je ne me souviens pas, trésor. Une des stagiaires, peut-être ? Elles adorent les gâteaux faits maison que Blair apporte au bureau, dit-elle en souriant. Tu as goûté à ses baklavas au chocolat ? Ils sont divins.

Pas étonnant que sa mère soit une inconditionnelle de Blair. Cybil avait eu un coup de cœur pour elle dès qu'elle avait lu son CV.

Lucas pouvait admettre que Blair était talentueuse, en revanche, il ne lui faisait toujours pas confiance. Cette histoire de maquillage gratuit pour malades du cancer était peut-être un moyen de détourner l'attention de ses vrais objectifs. Le fait qu'elle effectue ce travail prétendument gratuit loin de New York le faisait douter encore plus.

— Veux-tu que nous dînions ensemble après la séance photo ? suggéra Cybil. Nous pourrions discuter de notre stratégie pour obtenir le soutien du conseil d'administration.

L'invitation le fit sourire. Même lorsqu'il était enfant, sa mère avait toujours trouvé du temps pour lui, quelle que soit sa charge de travail.

— Nous connaissons tous les deux la stratégie par cœur, maman.

Ils en discutaient depuis des semaines, affinant leur plan presque chaque jour pour être sûrs de pouvoir montrer des preuves tangibles que Deschamps augmenterait considérablement ses profits d'ici l'année suivante.

— Avec le lancement du nouveau produit, l'accroissement des ventes en ligne et la campagne marketing, nous avons toutes les chances de persuader suffisamment de membres du conseil de voter contre la vente à DLH.

À condition, bien sûr, que personne ne vende leurs secrets à des concurrents. À cette pensée, une bouffée de colère l'envahit. Il observa Blair, en train d'échanger sa place avec une autre de ses colocataires, le photographe voulant prendre autant de vues différentes que possible tant que la lumière était favorable. Lucas avait pensé à Blair bien trop souvent cette semaine et, malgré tous ses soupçons, il lui tardait de pouvoir discuter avec elle.

Quels que soient ses sentiments personnels, il était logique de la surveiller pendant les semaines précédant la réunion du conseil. L'offre de rachat était attrayante et plusieurs membres souhaitaient l'accepter. Mais si Lucas et Cybil pouvaient présenter des bénéfices prévisionnels à la hausse pour la prochaine année fiscale, ils convaincraient deux autres membres du conseil de voter contre la vente de Deschamps à DLH Luxe International, conglomérat coté en Bourse et détenu par Peter Deschamps.

Tant que le vote n'aurait pas eu lieu, Lucas ne pouvait pas se permettre de baisser la garde.

— Tu sais, je ne t'en voudrais pas si tu souhaitais que la vente soit conclue, dit Cybil calmement. DLH luxe t'appartiendra un jour, de toute manière.

— J'ai ma propre société. Je n'ai pas besoin de DLH.

Il avait clairement fait comprendre à son père qu'il ne voulait pas reprendre les rênes du groupe. Son père avait des filles issues d'un premier mariage. Le conglomérat pourrait leur revenir. *Devrait* leur revenir, même.

— Et même si je voulais DLH, cette affaire n'a rien à voir. Tu vas garder Deschamps Cosmetics. C'est ta société, pas la sienne.

Elle lui sourit tandis que le photographe annonçait la fin de la séance.

— Tu es un fils en or. Et nous pourrions dîner ensemble sans parler affaires, tu sais.

Elle l'embrassa sur la joue.

— Cela aurait été avec plaisir, dit-il, mais je dois voir Blair.

Il vit une lueur apparaître dans le regard de sa mère et s'empressa d'ajouter :

— C'est professionnel.

— Je n'en doute pas, dit-elle en souriant. Le travail. Amuse-toi, chéri. Nous reparlerons lundi.

Il s'abstint d'ajouter un commentaire. Il valait mieux que Cybil pense qu'il avait des vues sur une employée.

Il ne pouvait pas lui dire qu'il essayait de découvrir qui espionnait la compagnie qu'elle avait bâtie en partant de rien, et que Blair faisait partie des suspects.

Elle ne cherchait pas à éviter Lucas. Pas exactement.

Assise devant son bureau, dans sa chambre située au troisième étage, Blair s'apprêtait à envoyer un SMS à sa mère. Elle savait bien que son patron sexy et taciturne patientait en bas et qu'il attendait une réponse à sa demande : acceptait-elle, oui ou non, de l'aider à débusquer l'espion qui œuvrait chez Deschamps Cosmetics ? Blair pouvait encore prendre quelques minutes avant de l'affronter.

Elle avait déjà troqué la magnifique robe de soie que Sable lui avait prêtée contre une robe d'été légère et des sandales. Elle était démaquillée et avait noué ses cheveux en chignon.

Une brise chaude pénétra dans la chambre par la vitre ouverte, et Blair respira le parfum du févier d'Amérique en fleurs face à sa fenêtre. Qui aurait cru qu'une fragrance aussi exquise pourrait imprégner l'air d'une rue de Brooklyn ?

Elle aurait aimé que sa mère soit avec elle pour partager ce petit bonheur, songea-t-elle, le cœur serré.

J'ai fini ma journée de travail. Je peux prendre le train de 20 h 30, comme ça, je pourrai te préparer le petit déjeuner demain !

Une fille plus exemplaire prendrait-elle le train sans attendre l'accord de sa mère ? se demanda-t-elle. Pour sa part, Blair respectait l'indépendance d'Amber, et elle comprenait que certaines personnes aient besoin d'être seules quand elles se sentaient mal.

Alors, elle patienta.

Tu sais que j'adore quand tu viens me voir, mais si on remettait ça au week-end prochain ? Je suis encore fatiguée.

La déception fut si forte que Blair en aurait pleuré. Parce qu'elle s'inquiétait pour sa mère ? Parce qu'elle se sentait inutile ? Ou parce qu'elle avait espéré que cette escapade dans les Catskills lui permettrait d'esquiver son entrevue avec Lucas ?

D'accord. Repose-toi bien alors. Je te verrai le week-end prochain, promis. Je t'aime, maman.

Un instant plus tard, sa mère lui envoya un poisson animé qui soufflait des bulles et des baisers. Blair sourit, mais son sourire s'évanouit quand on frappa à sa porte. Elle retint son souffle.

Heureusement, ce fut la voix de Sable qui résonna derrière le battant.

— Blair ?

— Entre, dit-elle en essuyant une larme.

Elle était heureuse que ce ne soit pas Lucas. Malgré ses bonnes résolutions, elle n'était pas encore prête à lui faire face.

Son amie entra dans la pièce, laissant la porte ouverte. Enceinte de quatre mois, elle portait une tunique de coton de style bohème associée à un corsaire. Sable était toujours d'un chic impeccable.

— J'allais justement emballer la robe, dit Blair en se dirigeant vers le placard pour prendre la tenue que Sable lui avait prêtée.

— Je ne suis pas pressée. Je voulais juste voir comment tu allais, puisque nous n'avons pas vraiment eu le loisir de discuter pendant la séance photo. Comment va ta mère aujourd'hui ? Est-ce qu'elle accepte que tu lui rendes visite ?

Blair ouvrit une housse portant le logo de Zayn Designs.

— Non, elle dit qu'elle est fatiguée. Mais nous devons nous voir le week-end prochain.

Tana frappa doucement à la porte puis entra dans la pièce. Elle portait une housse à vêtements identique à celle que Blair était en train de fermer et vint la poser sur le lit. Maintenant que les photos étaient faites, elle était à nouveau habillée dans son style habituel : jean noir moulant, bottes cloutées et T-shirt court orné d'un papillon.

— Tu ne vas pas dans les Catskills, finalement ? demanda-t-elle.

Secouant la tête, Blair chassa l'air de la housse avant de la poser sur celle apportée par Tana.

— Non. Si cela ne tenait qu'à moi, j'irais la voir chaque week-end. Mais je sais que, parfois, on est si malade qu'on préfère être seul.

Avant que ses amies puissent répondre, une voix masculine familière résonna dans le couloir.

— Blair ?

Lucas apparut dans l'embrasure de la porte, ses larges épaules étirant le blazer gris qu'il portait par-dessus une chemise bleu pâle et un jean noir. Blair eut le souffle coupé et son cœur tressauta. Pendant un instant, cette réaction purement féminine chassa toutes les pensées de son esprit.

Mais juste un instant. L'air interrogateur de Lucas lui rappelait qu'il était ici pour parler affaires. Et pour exiger la réponse qu'elle lui avait promise.

— Vous êtes disponible, maintenant ? demanda-t-il. J'ai pensé que nous pourrions aller sur le toit-terrasse, ainsi nous ne serons pas dérangés.

— Je suis prête, assura-t-elle avec un calme qu'elle était loin de ressentir.

Puis elle s'adressa à ses amies.

— Je ferais mieux d'y aller. Merci encore pour nous avoir prêté les robes, Sable. Elles sont vraiment splendides.

Sable la serra brièvement dans ses bras.

— Il n'y a pas de quoi. Je te verrai vendredi prochain, si tu es là.

Tana l'étreignit à son tour, ce qui ne lui ressemblait guère. Mais Blair comprit la raison de cette démonstration d'affection lorsque son amie lui murmura discrètement à l'oreille :

— Désolée, je ne l'ai pas vu arriver.

Blair réprima un sourire.

— Ne t'inquiète pas, tout ira bien, assura-t-elle à voix basse.

Puis elle rejoignit Lucas dans le couloir. Ensemble, ils montèrent l'escalier menant au dernier étage de la maison de brique, où un second escalier menait au toit.

Blair était très consciente de la présence de Lucas derrière elle, et son trouble augmentait à chaque pas.

Ils n'avaient pas beaucoup discuté aujourd'hui, bien que Lucas ait assisté à la plus grande partie de la séance photo. En vérité, il avait été si réservé qu'ils ne s'étaient pas livrés à leurs joutes verbales habituelles. Cela lui avait manqué, se dit-elle.

— Vous n'avez pas trouvé une seule chose à critiquer pendant la séance aujourd'hui, observa-t-elle en arrivant dans le patio du toit-terrasse.

Des plantes en pots et des arbustes étaient disposés tout autour du périmètre, la végétation fournissant un mur naturel qui conférait à l'endroit une ambiance intime, bien que la rue soit pleine de piétons qui profitaient du beau temps. Des guirlandes blanches étaient accrochées aux arbustes, illuminant l'espace central, où des fauteuils et des canapés d'extérieur aux coussins taupe étaient placés autour d'une table basse en teck. Une bouteille de champagne attendait dans un seau à glace argenté.

— Je n'étais pas le patron, dit-il simplement, désignant l'un des canapés. Aujourd'hui, les projecteurs étaient braqués sur ma mère, et c'était à elle de briller.

— Est-ce que nous fêtons quelque chose ? demanda-t-elle en s'asseyant, décontenancée par le champagne et par l'humeur agréable de Lucas.

— Je l'espère. Un article élogieux, d'une part. Et votre accord pour m'aider, d'autre part.

Il prit place à côté d'elle, un peu plus près que l'éthique professionnelle ne le requérait.

Son pouls s'accéléra.

— C'est un peu… présomptueux, commenta-t-elle.

Elle le regarda empoigner la bouteille d'un excellent cru, sa montre de luxe reflétant la lumière des guirlandes.

Comment allait-elle aborder cette conversation ? Si elle avouait que son ancien employeur lui avait demandé des informations sur Deschamps, Lucas la soupçonnerait-il d'espionnage ? Il pourrait la licencier. Ou faire en sorte qu'elle soit chassée de cette maison. Un geste vindicatif de cet homme puissant éliminerait tout espoir de pouvoir payer les soins de sa mère.

— En vérité, l'une des amies de ma mère lui a fait parvenir cette bouteille, mais puisqu'elle ne boit pas d'alcool, je me suis dit que nous pourrions la partager. Toutefois, je maintiens ce que j'ai dit.

Il déboucha la bouteille d'un geste adroit, sans renverser une goutte, puis remplit une flûte qu'il lui donna.

— J'espère que nous avons un nouveau partenariat à célébrer, déclara-t-il.

Blair observa les bulles de champagne. Elle repensa aux bulles formées par le poisson animé que sa mère lui avait envoyé. Songer à sa mère lui rappela qu'elle ne pouvait pas se permettre un faux pas ce soir. Elle ne pouvait pas prendre le risque de se mettre Lucas à dos ou de perdre la sécurité financière que lui apportait son emploi.

— Je pense que oui, dit-elle.

C'était la seule manière de se sortir de cette situation complexe.

Et puis, elle *voulait* découvrir qui essayait de nuire à Deschamps Cosmetics, s'avisa-t-elle. Car elle aimait cette entreprise.

— Parce que j'ai décidé de vous aider, ajouta-t-elle.

Lucas finit de remplir sa propre flûte avant de répondre.

— Vous allez m'aider à découvrir qui vend les secrets de Deschamps ?

Son regard déterminé la fit frissonner. Elle passa la langue sur ses lèvres.

— Oui.

— Dans ce cas, buvons à notre association.

Sans la quitter des yeux, il fit doucement tinter son verre contre le sien, le bruit du cristal résonnant dans l'air. Puis il leva sa flûte et but une grande gorgée.

Blair sirota son champagne en l'étudiant furtivement par-dessus le bord de sa flûte. Elle arrêta son regard sur la peau hâlée de son cou, visible sous son col ouvert. Puis elle suivit la ligne de boutons de sa chemise, le coton épais épousant un corps qu'elle avait observé assez souvent pour savoir qu'il était musclé et bien dessiné.

À quoi aurait ressemblé leur relation si elle avait rencontré Lucas en dehors de son travail, un travail dont elle avait désespérément besoin ? C'était un homme qui sacrifiait son temps précieux pour aider sa mère à garder son entreprise. Sa position était-elle si différente de celle de Blair ? Lui aussi faisait tout pour aider un parent, après tout.

— Vous avez une stratégie en tête ? demanda-t-elle, en posant le verre pour éviter que cette soirée paraisse trop amicale.

Il valait mieux qu'elle découvre ce qu'il attendait d'elle et qu'elle s'en aille avant que le champagne et le charme de Lucas lui montent à la tête.

— J'en avais une.

Il posa la flûte sur la table en teck, effleurant son genou au passage.

— Ce n'est plus le cas ? demanda-t-elle.

Elle eut envie de passer la main sur son genou, comme si cela pouvait effacer les sensations que ce contact furtif avait provoquées en elle.

— Je crains que mon plan ne soit plus viable puisqu'il impliquait de travailler les week-ends.

S'adossant au canapé, il posa le bras sur le dossier.

La main de Lucas était si proche de son cou que Blair fut déconcentrée. Il lui fallut un instant pour comprendre le sens de ses paroles.

— Les week-ends, répéta-t-elle.

Elle sentit l'angoisse la saisir lorsqu'elle songea aux problèmes potentiels que cela entraînerait.

Elle reprit sa flûte.

— Je vois, dit-elle.

— Je ne voulais pas surprendre votre conversation avec vos amies, mais j'ai cru comprendre que vous passiez vos week-ends avec un parent malade.

Ses deux mondes venaient de s'entrechoquer alors qu'elle avait voulu les maintenir séparés. Elle n'avait pas prévu de révéler à Lucas une information aussi personnelle.

À présent, elle n'avait plus le choix.

— C'est vrai. Je prends le train les week-ends pour voir ma mère, aussi souvent que possible, mais si cela entre en conflit avec ce que vous me demandez, je peux trouver un autre moyen de passer du temps avec elle.

— Blair, dit-il, posant la main sur son épaule. Pour quel genre de monstre me prenez-vous ?

Elle soutint son regard, et il retira sa main. Ce qui valait mieux.

Elle voulut répondre, mais il posa son regard fauve sur ses lèvres. Et elle oublia ce qu'elle allait dire.

Les bruits de la circulation étaient des distractions bienvenues pour l'empêcher de tomber davantage sous le charme de Lucas Deschamps.

— Nous adapterons le plan pour faire en sorte que vous puissiez continuer à lui rendre visite, déclara-t-il.

Il marqua une pause, l'air interrogateur. Il attendait qu'elle en dise plus, sans doute. Comme elle n'ajoutait rien, il poursuivit :

— Il y a un congrès d'esthétique à Miami dans dix jours. Deschamps y envoie plusieurs employés.

— Je sais. J'étais déçue de ne pas avoir pu poser ma candidature.

— Vous y assisterez. Vous serez mon invitée.

Il saisit la bouteille pour les resservir.

Blair fut surprise de constater qu'elle avait fini son premier verre. Elle lui tendit sa flûte, et le pouce de Lucas glissa sur le sien.

— Vous allez au congrès ? s'étonna-t-elle.

Elle ne s'était attendue à rien de tout cela. La gentillesse de Lucas. Son invitation au congrès. Le fait qu'ils se rendent ensemble à Miami. Elle ne s'était jamais sentie aussi désarçonnée, et cela n'avait rien à voir avec le champagne.

— Oui. Je m'intéresse particulièrement au groupe d'employés qui part à Miami, alors j'aimerais que vous soyez avec eux, pour être mes yeux et mes oreilles.

Quand il lui rendit la flûte, il la tint une seconde de trop, et leurs doigts se touchèrent.

— Je vous fais confiance, Blair.

Son cœur battit avec un mélange de culpabilité et d'excitation.

— Je l'espère, dit-elle.

Les mots lui avaient échappé. Elle resserra les doigts sur les siens pour tenter de reprendre la flûte, mais elle ne réussit qu'à la faire pencher vers elle, répandant un peu de champagne sur sa robe.

— Je veux dire, vous ne m'auriez pas demandé mon aide si vous ne me faisiez pas confiance.

— Désolé, marmonna-t-il.

Il sortit un mouchoir blanc de sa poche et essuya sa robe.

Tandis qu'elle le regardait tamponner avec une douceur de gentleman la tache sur sa cuisse, un éclair de désir la frappa, et elle faillit serrer les jambes pour soulager cette tension soudaine.

Elle avait peut-être soupiré. Ou dégluti. Ou émis un son qui avait attiré l'attention de Lucas, car il s'était figé. Il reporta son attention sur son visage, et son regard aiguisé sembla deviner toutes les pensées érotiques qui lui traversaient l'esprit. Car comment expliquer autrement la façon dont ses pupilles se dilatèrent ? Le fait que ses narines frémissent, que sa mâchoire se serre ? Il respira plus fort, et elle regarda ses pectoraux se soulever et s'affaisser, fascinée.

— Vous devriez m'ordonner de partir maintenant, Blair, gronda-t-il.

L'air se chargea de tension. De chaleur. De possibilités.

Elle n'avait jamais connu ce genre d'attirance pour aucun autre homme. C'était un sentiment si fort qu'elle ne pouvait guère l'ignorer. Lucas avait encore la main au-dessus de sa cuisse. Et Blair ne put que céder à la force de son attraction.

— Caressez-moi.

Elle reconnut à peine sa propre voix. C'était une voix implorante. Excitée. Mais déterminée.

— S'il vous plaît, Lucas. Caressez-moi encore.

- 4 -

Lucas avait toute une série de raisons pour refuser la requête de Blair.

Bon sang, il lui avait *demandé* de l'éconduire, afin qu'il puisse trouver la volonté de s'en aller. Mais il n'avait aucune chance contre lui-même, et encore moins contre elle. Pas alors qu'elle ressemblait à un fantasme vivant et que ses lèvres pleines venaient de prononcer les mots dont il avait rêvé en secret.

Autour d'eux, la ville avait disparu. Les toits les plus proches étaient plongés dans le noir tandis que le patio restait éclairé par les guirlandes lumineuses. Les arbustes les protégeaient du reste du monde. Ici, il pouvait la caresser. La goûter. Personne ne pourrait les voir. Personne ne protesterait. Seule sa conscience le tarauderait.

Depuis quand justifiait-il ses mauvaises décisions ?

— Blair.

Il avait dit son prénom avec tendresse alors qu'il voulait émettre un avertissement.

Elle saisit sa main et la posa sur sa robe.

Sur sa cuisse.

Son doux halètement lui indiqua à quel point elle appréciait ce contact physique. Lui aussi l'appréciait. Énormément.

Caressez-moi.

Ces deux mots tournèrent en boucle dans son esprit, jusqu'à ce qu'il soit grisé par le besoin de faire exactement ce qu'elle souhaitait. Il refusait de penser aux conséquences pour l'instant. Au lieu de cela, il soutint son regard pendant qu'il promenait la main sur sa cuisse, froissant et relevant sa robe au passage.

Battant des cils, elle rejeta la tête en arrière, lui offrant une jolie vue sur sa gorge pendant qu'elle s'abandonnait à ses mains.

Un feu se propagea dans ses veines. Il regarda ses genoux nus. Chacun de ses battements de cœur puissants provoquait une vibration qui anéantissait sa retenue et exigeait qu'il se perde en elle.

Il caressa sa jambe, de sa cuisse à son mollet, et sentit ses muscles se contracter sous ses doigts. Ce n'était pas suffisant, il le savait. Malgré tout, il y alla en douceur, craignant à moitié que l'un d'eux ne s'extirpe du charme séducteur que la nuit tombée avait jeté sur eux.

Il n'avait aucune envie de s'arrêter. Prêtant attention à chaque nuance de la respiration et des expressions de Blair, il alla jusqu'à l'intérieur de sa cuisse.

Elle entrouvrit les lèvres quand il effleura le sommet de sa jambe, sa poitrine se soulevant et s'affaissant plus vite. Le phénomène se renforça quand il s'aventura plus près de son entrejambe. Et encore plus près. Puis il baissa les yeux. Voir sa main entre ses cuisses, son index à un centimètre de la dentelle couleur pêche de son slip, attisa le feu de son désir.

Elle caressa ses pectoraux d'une main hésitante et poussa un petit miaulement. Pour lui intimer de continuer ? Ou pour lui reprocher de ne pas aller plus vite ? Ce son érotique l'enflamma autant que la sensation soyeuse de sa peau ou la vision inoubliable de cette dentelle excitante.

— Lucas, murmura-t-elle en plongeant le regard dans le sien. J'ai besoin que vous me soulagiez.

Aussitôt, il entreprit d'abréger son supplice. En lui donnant du plaisir.

Sans réfléchir, il la prit sur ses genoux. Sa hanche appuya contre son sexe durci, mais il étouffa son propre désir pour se concentrer sur elle. Elle voulait qu'il fasse disparaître cette douleur, et il ne s'arrêterait pas tant qu'il n'aurait pas accompli sa mission.

— Je vais m'occuper de vous, promit-il d'une voix rauque

tandis qu'il la pressait contre lui d'une main et écartait ses cuisses de l'autre. En échange, vous devez m'embrasser.

Elle l'observa, le regard embrumé par la passion, puis elle fit un petit hochement de tête. Un parfum vanillé enveloppa Lucas quand ses cheveux blonds glissèrent le long de son visage et que sa bouche effleura doucement la sienne. La tendresse de ce baiser chaste contrastait avec l'audace qu'elle avait montrée lorsqu'elle avait exigé qu'il la caresse. Mais Lucas pouvait difficilement se plaindre : la sensation de ses lèvres pleines contre les siennes était un aphrodisiaque puissant.

Pendant un instant, il savoura simplement l'instant, la laissant faire pendant qu'il plaquait la paume sur son sexe. Elle soupira contre ses lèvres, son corps épousant le sien. Sa maîtrise de lui-même s'évanouit quand elle se pressa contre lui et qu'il sentit ses replis moites sous son slip de dentelle.

Il lui fallut une seconde pour se rendre compte que le grondement féroce qui vibrait dans l'air venait de lui. Il rêvait de lui arracher ses vêtements. De l'allonger sur le canapé. De s'étendre sur elle et…

La porte en métal du toit s'ouvrit.

— Blair ?

La voix de l'amie de Blair fendit la nuit, et un rai de lumière provenant du couloir apparut.

Blair se releva brusquement. Lucas marmonna un juron. Parce qu'ils avaient été interrompus au mauvais moment. Et peut-être aussi parce qu'il avait laissé les choses aller trop loin.

— Oui ? dit Blair en lissant sa robe. Tout va bien ?

L'autre femme, Tana, avança vers eux d'un pas ferme. Elle n'accorda pas un seul regard à Lucas, se concentrant uniquement sur Blair. Elle posa la caméra ancienne qu'elle avait à la main et brandit un smartphone.

— Ton téléphone n'arrête pas de sonner, expliqua-t-elle. Je ne voulais pas être indiscrète, mais apparemment l'amie de ta mère n'arrête pas de t'appeler et de t'envoyer des messages.

— Oh ! non, fit Blair d'une voix inquiète.

Lucas se souvint de la conversation qu'elle n'avait pas voulu poursuivre tout à l'heure. Sa mère était malade, manifestement. Était-ce une maladie grave ?

D'instinct, il se leva et posa la main entre ses omoplates pour la soutenir.

Tana remarqua aussitôt son geste. Elle l'observa en plissant les yeux. Comme pour le jauger. Et lui lancer un avertissement.

Elle posa une main réconfortante sur le bras de Blair.

— Tu veux que je reste ? demanda-t-elle. Nous pouvons louer une voiture et aller là-bas ce soir. Je voulais justement filmer une vidéo en dehors de la ville.

Lucas se dit que ce n'étaient pas ses affaires. Que Blair ne s'était pas confiée à lui, et qu'il devait la laisser gérer la situation, quelle qu'elle soit. Mais il l'avait caressée, embrassée. Et maintenant, il la sentait trembler pendant qu'elle lisait ses messages. Tout cela lui donnait envie de la protéger. Il n'allait pas la laisser conduire alors qu'elle était bouleversée.

— Je peux vous y emmener, offrit-il en posant la main sur ses épaules.

Tana l'observa d'un air réprobateur. Aurait-il dû s'abstenir de mettre son temps et son véhicule à disposition de Blair ? Certainement pas.

— Il faut que je rappelle Valerie, dit celle-ci doucement. Excusez-moi.

Elle alla vers le bord du toit pour passer son appel. Lucas la suivit du regard.

— Il est inutile que vous restiez, déclara Tana Blackstone calmement. S'il faut l'emmener quelque part ce soir, je m'en charge.

Lucas ignorait ce qu'il avait bien pu faire pour mériter ce ton presque hostile, mais tout dans le langage corporel de cette femme suggérait qu'elle préférerait le pousser du toit plutôt que de le voir avec Blair plus longtemps.

— Je n'en doute pas, répondit-il poliment.

Il s'efforça de se souvenir de ce qu'il savait sur la locataire de sa mère. Tana Blackstone était une actrice qui avait vécu aux quatre coins du pays. Pas de famille – ou du moins, aucune famille mentionnée lorsqu'elle avait posé sa candidature pour vivre ici. Et très talentueuse. Sa mère avait été si impressionnée par la vidéo de l'audition que Tana avait jointe à son dossier qu'elle en avait envoyé un extrait à Lucas. Mais il doutait que la jeune femme soit en train de jouer un rôle à cet instant. Son regard meurtrier semblait tout à fait authentique.

— Si Blair a des problèmes avec sa famille, ce pourrait être une bonne chose qu'elle se sente soutenue par plusieurs amis.

— C'est ce que vous êtes maintenant ? rétorqua-t-elle à voix basse même si Blair était trop loin pour l'entendre. Son *ami* ?

— Ça vous pose un problème ? riposta-t-il, perdant patience.

— Pas du tout. Mais les choses semblaient bien plus qu'amicales quand je suis arrivée il y a une minute. Je vous rappelle qu'elle travaille pour vous.

Il repensa aux gémissements de Blair et à ses baisers avides. Sans nul doute, la situation leur avait rapidement échappé.

— Elle travaille pour ma mère. Pas pour moi, précisa-t-il.

— Vous pinaillez, repartit-elle d'un ton agressif. Blair vit une période difficile. Inutile de compliquer la situation en lui offrant une *amitié* que vous ne comptez pas entretenir.

Il voulut protester, mais comment le pourrait-il alors qu'il ignorait quelle direction sa relation avec Blair allait prendre ?

Blair revint vers eux.

— Maman va bien, commença-t-elle, mais ses mots contrastaient avec son visage livide. Elle est tombée et s'est cogné la tête, mais Valerie pense qu'elle n'a pas besoin de points de suture.

— Je t'emmène la voir ? demanda Tana.

Lucas déclara en même temps :

— Je peux vous conduire là-bas.

Blair les regarda tous les deux, l'air décontenancé.

— Valerie m'a convaincue d'attendre demain matin.

Elle rangea son téléphone dans une poche de sa robe.

— Je prendrai le train et je passerai la journée avec maman.

Lucas attendit un instant, espérant que Tana les laisse seuls afin qu'il puisse discuter avec Blair en privé, mais la jeune femme semblait collée à Blair. Elle glissa le bras sous celui de son amie et appuya la tête contre son épaule. Une démonstration de soutien silencieuse qui réconforta Blair, manifestement.

Ce n'était pas à lui de la soutenir, s'avisa-t-il. Le baiser qu'ils avaient échangé lui avait embrumé l'esprit et lui avait fait oublier son véritable rôle. Il devait découvrir si Blair espionnait Deschamps Cosmetics, rien de plus.

Il perdait rapidement son objectivité avec elle, et ce n'était pas acceptable.

— Je devrais m'en aller, dit-il en glissant les mains dans ses poches pour s'empêcher d'attirer Blair contre lui. J'espère que votre mère ira mieux demain.

— Lucas, attendez, dit Blair. Je vous raccompagne.

Maman va bien.

Maman va bien.

Blair espérait que si elle se répétait cela suffisamment, son rythme cardiaque ralentirait. Elle laissa les mots rassurants tourner dans sa tête pendant qu'elle descendait l'escalier, Lucas sur ses talons. Elle avait paniqué quand Tana avait interrompu leur étreinte. Elle avait eu si peur que sa mère soit…

Maman va bien, se répéta-t-elle fermement lorsqu'ils atteignirent le rez-de-chaussée et sortirent de la maison. Ce ne fut qu'à cet instant qu'elle s'autorisa à faire face à Lucas.

Au pied du perron, elle appuya une hanche contre la rampe et laissa son regard s'attarder sur son beau visage. Ses yeux brun or semblaient déchiffrer son humeur, bien qu'elle ne lui ait pas dit grand-chose au sujet de sa mère. Elle lui était reconnaissante de ne pas avoir posé de questions, car elle n'était pas prête à se confier sur ce sujet. Encore moins après avoir partagé avec lui un baiser imprudent.

Non seulement elle l'avait embrassé, mais elle avait tout bonnement exigé qu'il la caresse.

Elle gémit à cette pensée.

— À propos de ce qui s'est passé là-haut… Je sais que j'ai franchi une limite en… eh bien… en cherchant ce baiser…

— Oh là ! fit-il en posant le pouce une seconde sur ses lèvres pour l'interrompre. Je vous arrête tout de suite. Si des limites ont été franchies, c'est arrivé par consentement mutuel.

Elle sentit son cœur s'emballer et sa bouche la picoter.

Un jeune couple avec un bébé passa devant eux. Ce côté de la rue était tranquille, mais les bruits de Fort Greene Park et des autres rues étaient transportés jusqu'à eux par la brise. Un sifflement strident. Un chanteur de rue accompagné par une guitare. La circulation sur DeKalb Avenue. Mais ici, sur ce trottoir d'un quartier résidentiel, ils pouvaient parler tranquillement. Blair prit une grande inspiration avant de poursuivre cette conversation délicate.

— D'accord. Ce qui est arrivé était consenti, concéda-t-elle en rougissant. J'espère qu'un engagement à ce que cela ne se reproduise plus sera tout aussi mutuel.

Car les choses étaient déjà très compliquées entre Lucas et elle. Elle avait refusé d'espionner son entreprise. Et il avait semblé avoir des soupçons sur elle. Pourtant, il lui avait demandé de l'aider à trouver l'espion. Elle ne savait que penser. Mais elle savait qu'elle devait conserver son emploi, et sa place dans cette maison, tout en cherchant un second emploi qui l'aiderait à payer les factures de sa mère. Elle ferait tout ce qu'il faudrait pour s'assurer que celle-ci continue de recevoir des soins.

— Vous êtes sûre que c'est ce que vous voulez ?

Lucas se tenait de l'autre côté de la rampe. Il y appuya les coudes pour l'observer.

Elle tenta de déchiffrer son expression, mais elle fut distraite par ses cheveux ébouriffés, dans lesquels elle avait plongé la main plus tôt.

— C'était une erreur, répondit-elle, la gorge un peu sèche. Une erreur dont nous devrions contrôler les conséquences avant que nous… que nous allions à Miami.

Il serait difficile d'abandonner sa mère, surtout après avoir appris qu'elle avait fait une chute. Mais elle voulait aider Lucas à débusquer la taupe infiltrée chez Deschamps. Cela l'aiderait à apaiser sa conscience, et à lui faire oublier qu'elle avait été approchée pour transmettre des informations sur l'entreprise.

Le congrès d'esthétique offrirait une bonne occasion de mener l'enquête, et de l'éliminer des suspects.

Lucas hocha lentement la tête, l'air songeur.

— Et comment suggérez-vous que nous procédions, au juste ? demanda-t-il. Pour contrôler l'alchimie physique entre nous ?

Ces seuls mots suffirent à réveiller son excitation. Ses tétons se dressèrent et elle serra les cuisses pour contenir les pulsations de son bas-ventre. Lucas pouvait-il voir sa réaction ?

— En faisant appel à notre volonté ? suggéra-t-elle. À notre détermination ?

— Je vais vous dire la vérité, Blair. Avant notre baiser, j'arrivais à peine à rester loin de vous.

Par-dessus la rampe, il tendit le bras et écarta une mèche de cheveux de sa joue.

— Maintenant que je vous ai goûtée… Maintenant que je sais que vous me désirez aussi… Il me sera encore plus difficile de ne pas vous toucher.

Oh ! non.

Blair était certaine que sans cette rampe, elle se presserait contre lui pour reprendre là où ils en étaient restés, sur le toit.

— Ce sera difficile pour moi aussi, avoua-t-elle d'une voix tremblante.

Elle se força à se redresser. À remettre un peu d'espace entre eux. Car il *fallait* qu'elle soit forte. Elle ne pouvait se permettre d'aller sur ce terrain avec lui, même si c'était tentant.

— J'ai besoin de ce travail, Lucas.

— Blair…

— Je suis sérieuse. Je ne peux pas laisser mon attirance pour vous menacer la plus grande chance professionnelle de ma carrière. Je ne peux pas non plus mettre en péril ma place dans cette maison. Sans ce logement, je n'aurais jamais eu les moyens de vivre à New York.

— Dans ce cas, nous ferions mieux de trouver un moyen de maintenir des limites, concéda-t-il, l'air plus résolu qu'elle. J'ai besoin de votre aide pour débusquer un espion potentiel. Je ne veux pas que vous soyez mal à l'aise avec moi à cause de ce qui s'est passé.

Elle n'aurait pas dit qu'elle était mal à l'aise. Mais elle n'allait pas pinailler alors qu'il avait accepté sa demande.

Malgré tout, la distance entre eux, et l'air soudain frais lui donnèrent un sentiment de vide. De solitude. Elle était très curieuse de savoir ce qui se serait passé si Lucas et elle s'étaient rencontrés en d'autres circonstances. S'ils avaient pu céder à leur attirance. Elle n'avait pas beaucoup d'expérience avec les hommes, et elle avait mis de côté sa vie sentimentale depuis la maladie de sa mère. Pourtant, elle était sûre à cent pour cent que l'alchimie sexuelle entre eux serait fantastique.

— Merci, murmura-t-elle enfin. Et merci de m'avoir proposé de me conduire chez ma mère ce soir. Je vais attendre demain matin, mais c'était vraiment gentil de votre part.

Lucas mit les mains dans ses poches et racla le trottoir du pied.

— Ce doit être très angoissant pour vous d'être loin d'elle alors qu'elle est malade. Je suis proche de ma mère, moi aussi, comme vous l'avez sans doute deviné. Je peux comprendre qu'on laisse tout tomber pour sa mère quand elle a besoin de vous.

Sa compassion l'émut.

— C'est un peu ce que vous faites en ce moment, n'est-ce pas ? Vous avez mis de côté votre propre entreprise pour vous occuper de celle de votre mère.

Elle l'admirait pour cela.

— Je ferais n'importe quoi pour l'aider, affirma-t-il.

Le regard de Lucas était déterminé, et l'attirance magnétique entre eux était si forte que Blair se rapprocha malgré elle. Le moment s'étira. Se chargea de possibilités. Mais ensuite, Lucas recula.

— Vous feriez mieux de rentrer, Blair. Le temps se rafraîchit.

Ravalant sa culpabilité, elle souhaita une bonne soirée à Lucas avant de retourner dans la maison, et de s'éloigner d'un homme qu'elle ne pourrait plus jamais embrasser.

- 5 -

Le lendemain, l'après-midi touchait à sa fin quand la mère de Blair lança à sa fille :

— Chérie, tu devrais partir maintenant si tu veux être à l'heure pour ton train.

Affaiblie par son traitement contre le cancer, Amber Westcott avait dormi l'essentiel de la journée dans un fauteuil inclinable du salon. Après être arrivée en fin de matinée dans le chalet au cœur des Catskills, Blair avait fait un peu de ménage, préparé une grosse marmite de nouilles au poulet, et appliqué du vernis sur les ongles de sa mère. Pendant l'heure qui venait de s'écouler, elle avait fait un puzzle. Amber, trop fatiguée pour l'aider, avait somnolé dans son siège.

Voilà pourquoi Blair était un peu peinée que sa mère lui rappelle, pour la seconde fois en cinq minutes, qu'il était temps de partir. Elle se sentait presque indésirable. Certes, sa mère était malade et avait absolument le droit d'être seule si elle le souhaitait. Seulement, Blair avait besoin de ces visites, pour s'assurer qu'elle allait bien. Et elle s'efforçait de ne pas la déranger. Étrangement, elle regrettait de ne pas s'être confiée davantage à Lucas la veille. Il l'aurait sûrement comprise.

Assise sur un tabouret, Blair arrangea la pile de magazines sur la table basse en pin. Puis elle observa sa mère, remarquant le bandage blanc sous l'écharpe rose et vert nouée autour de sa tête. Amber avait perdu ses cheveux trois semaines plus tôt, mais elle semblait avoir accepté la situation. Elle avait maigri d'environ cinq kilos en un mois, et son corps mince paraissait maintenant anguleux sous le plaid gris qui le recouvrait de la taille jusqu'aux pieds. Le bout de ses pantoufles roses pointait sous la couverture.

— Maman, j'ai trouvé un raccourci pour aller à la gare, tu te souviens ?

Lors de sa première visite, le chauffeur de taxi avait emprunté une route à l'écart des montagnes, ce qui avait rallongé le trajet.

— Et puis, la voiture que j'ai commandée n'est pas encore arrivée. Tu es sûre que tout va bien ? Je peux refaire ton pansement au genou avant de partir.

Valerie n'avait pas mentionné la blessure au genou, au téléphone. Elle avait dit qu'Amber s'était cogné la tête mais n'avait pas évoqué cette seconde blessure plus importante, qui avait laissé une grosse marque bleu et noir.

— Non, absolument pas, rétorqua sa mère, qui rassembla assez d'énergie pour écarter le plaid d'un coup de pied et montrer sa jambe, une lueur taquine dans le regard. Mais je sais que tu ne renonceras pas si tu ne vérifies pas toi-même.

— Désolée de t'embêter avec ça.

En effet, constater que le pansement était propre et sec rassura Blair. Elle remit le plaid sur les jambes de sa mère en évitant son regard.

— Encore quelques minutes et je te laisserai tranquille pendant toute une semaine, assura-t-elle.

— Tu ne me déranges pas. Si je suis de mauvaise humeur, c'est parce que je suis coincée ici, gronda-t-elle avant de retirer son écharpe d'un geste exaspéré.

Blair eut le cœur serré.

— Oh ! maman, je…

— Arrête, ordonna-t-elle. Cesse de dire que tu es désolée. Je sais que je suis grincheuse, Blair, et je ne veux pas passer mes nerfs sur toi alors que tu veux bien faire. Mais parfois, tu es tellement prudente avec moi…

Amber s'interrompit. Se mordillant la lèvre, elle tritura une des pièces du puzzle sur la table.

— Prudente ? demanda Blair. Tu veux dire, gentille ? Je ne devrais pas l'être alors que ton corps subit tant de choses ?

Sa mère plaqua vivement la main sur le puzzle, faisant voler quelques pièces.

— Je veux dire que tu me traites comme si j'étais vieille et infirme. Comme si j'allais me briser à cause d'une simple coupure au genou.

Sa mère paraissait si contrariée... Si frustrée... Blair savait qu'elle ne devait pas se sentir personnellement visée. Mais elle était un peu abattue aujourd'hui, elle aussi. Elle avait mal dormi après la façon dont Lucas et elle s'étaient séparés. D'autant plus qu'il lui faudrait le revoir. Travailler avec lui. L'accompagner à Miami. Et cela tout en sachant qu'elle l'attirait tout autant qu'il l'attirait. D'après les dires de Lucas, il avait ressenti du désir pour elle avant même leur baiser.

Il lui avait avoué beaucoup de choses, en revanche Blair n'avait pas été totalement honnête avec lui, et cela la perturbait. Elle se demandait comment il aurait réagi si elle avait révélé que son ancien employeur lui avait demandé des informations sur Deschamps Cosmetics.

Pour toutes ces raisons, elle n'était pas au mieux de sa forme, elle non plus. Pour ne rien arranger, elle faisait tout pour soutenir sa mère, mais celle-ci préférait être seule.

— Si je suis trop prudente, c'est involontaire. Mais je crois qu'il est normal de s'inquiéter pour quelqu'un qui traverse... tout ce que tu traverses.

— Un cancer, lâcha Amber avec irritation.

Elle roula l'écharpe en boule et la serra dans son poing.

— Tu peux dire le mot, Blair. Je sais que j'ai un cancer. Inutile de prendre des pincettes.

Blair déglutit. Elle rêvait de revoir la femme forte d'autrefois. Celle qui avait entraîné une équipe de hockey sur gazon, qui pouvait courir et passer le palet comme n'importe quel membre de l'équipe. Aujourd'hui cette femme souffrait, et sa fille ne pouvait pas la soulager de son fardeau.

Derrière la fenêtre, Blair vit l'ombre d'un véhicule passer. Son chauffeur était arrivé.

— Je tâcherai de faire mieux, maman.

Elle se leva et embrassa sa mère sur le front.

— Tu es plus forte que moi, dit-elle. Tu regardes le cancer en face, comme tu as regardé en face tous les obstacles qui se sont dressés sur ton chemin.

Comme son divorce et ses difficultés financières.

— Quand je prends des pincettes, je le fais pour moi, ajouta-t-elle. Pas pour toi.

Se dirigeant vers l'entrée, Blair empoigna son sac. Elle jeta un dernier regard à sa mère, en regrettant qu'elles se quittent sur une note si peu joyeuse.

Amber se contenta d'étaler l'écharpe sur ses genoux et d'en lisser les plis. Réprimant un soupir, Blair regretta d'avoir irrité la personne qu'elle aimait le plus au monde. À sa prochaine visite, elle devrait prendre exemple sur elle et se montrer plus forte. Et elle s'efforcerait d'affronter la réalité sans éviter les questions épineuses.

La situation complexe qu'elle vivait avec Lucas serait un entraînement pour devenir une meilleure version d'elle-même, se dit-elle.

Ou peut-être cherchait-elle simplement à justifier son envie de le revoir. Car, au fond d'elle, elle savait bien qu'ils feraient mieux de rester loin, très loin l'un de l'autre.

Lorsque Lucas revit Blair, une semaine s'était écoulée depuis le baiser sur le toit.

Elle était assise à deux sièges de lui, dans l'une des salles de conférences de Deschamps Cosmetics. La réunion avait pour but de régler les derniers détails avant le futur congrès d'esthétique. La directrice du marketing était en train d'exposer une stratégie pour le lancement d'un nouveau produit, mais les pensées de Lucas ne cessaient de revenir vers Blair, qui était dans son champ de vision périphérique. Devant elle était posée une boîte de métal rouge vif qui avait contenu ses sablés glacés au citron faits maison. Il n'en restait plus une miette.

Lucas était arrivé trop tard pour en goûter un, mais les autres n'avaient pas tari d'éloges sur ces biscuits.

Lucas était troublé chaque fois que Blair tapait des notes sur sa tablette. Ses ongles au vernis rose pâle bougeaient doucement sur l'écran, ce qui faisait danser son bracelet brésilien sous la manche de son chemisier de soie blanc crème.

Un accessoire incongru pour une femme qui, comme beaucoup d'autres dans l'industrie de la beauté si concurrentielle, s'habillait avec style. Aujourd'hui, elle avait associé son chemisier simple à un short de cuir marron. En guise de ceinture, elle avait opté pour un collier doré. Lucas ne portait aucun intérêt à la mode, mais il portait un grand intérêt à Blair.

Il entendit la directrice du marketing prononcer son prénom, et fut arraché à ses pensées.

— … donc, à moins que Lucas veuille ajouter quelque chose, je pense que la réunion est terminée. Lucas ?

Y avait-il pire manière de passer la parole à quelqu'un ? À présent, huit personnes étaient prêtes à se précipiter vers la sortie alors que Lucas avait, en effet, quelque chose à ajouter. Il se leva et, malgré lui, posa le regard sur Blair.

Elle le regarda aussi et rougit légèrement.

— Juste une chose, commença-t-il, s'adressant aux employés qui se rendraient tous au congrès de Miami. Je vous rappelle que tout ce qui a été dit ici concernant le lancement de la nouvelle ligne de maquillage antipollution est strictement confidentiel.

Il appuya les mains sur la table pour donner plus de poids à ses paroles.

— Même une fois que les produits seront dévoilés, lors du congrès, nous devrons garder le secret sur la stratégie commerciale.

La directrice du marketing rangea ses documents, l'air mal à l'aise.

— Bien sûr, vous avez raison, dit-elle. J'espère que nos collaborateurs sont bien conscients de…

— Je ne m'attends pas à ce que vous fassiez des mises en

garde chaque fois que nous parlons d'informations protégées, répondit Lucas, lui offrant une porte de sortie.

Était-elle embarrassée parce qu'elle prenait sa remarque comme un reproche ? Ou était-ce un signe de culpabilité ? Il s'était concentré essentiellement sur Blair parce qu'elle était la dernière arrivée dans l'entreprise. Mais elle n'était pas la seule suspecte.

— Cependant, cette société est à la croisée des chemins, reprit-il, et certains s'intéressent beaucoup à nos activités. J'ai pensé que c'était le bon moment pour vous rappeler à tous que les enjeux sont importants. Nous comptons sur votre engagement envers Deschamps Cosmetics.

Le silence s'étira dans la salle. Pendant quelques instants, tout le monde sembla oublier que c'était la fin de la journée. Ce n'était pas un secret, l'industrie de la beauté, qui pesait dans le monde cinq cents milliards de dollars par an, pouvait être impitoyable.

Lucas mit à profit ce moment de calme pour étudier le groupe. Lorsque son regard s'arrêta sur Blair, elle jouait avec son bracelet tressé.

La directrice du marketing, en revanche, le regardait dans les yeux. La différence d'attitude entre les deux femmes était indéniable. Chaque réaction prise de manière isolée n'était pas une indication de culpabilité. Cependant…

Une récente vérification aléatoire de recherches Internet et des échanges de mails du personnel avait mis en évidence quelques problèmes potentiels sur l'ordinateur de Blair. Rien de concret, bien sûr. Les visites sur les sites de concurrents, les communications avec des professionnels de la beauté étaient naturelles. Et, en temps normal, encouragées. Mais la menace d'une fuite de secrets industriels le rendait nerveux.

— Merci à tous. C'est tout pour aujourd'hui, conclut-il.

Pendant que les employés quittaient la salle de conférences, Lucas prit son téléphone pour consulter ses mails, en quête des dernières nouvelles sur sa propre entreprise. Cela faisait des semaines qu'il était loin de son bureau. De plus, se focaliser sur le travail lui épargnerait de penser à Blair.

Mais un instant plus tard, alors que la salle s'était vidée, il entendit la voix de Blair.

— Lucas ?

Il leva les yeux de son téléphone. Elle était dans l'embrasure de la porte, la main sur la poignée. De son autre main, elle tenait sa tablette et sa boîte à biscuits. Elle avait les yeux rivés au sol.

— Oui ? demanda-t-il.

Tous ses sens étaient en alerte. Il avait beau se répéter qu'il ne pouvait pas se fier à Blair et qu'il devait garder ses distances, son corps n'était pas de cet avis.

Lorsqu'elle plongea son regard vert pâle dans le sien, elle semblait troublée.

— Pendant la réunion, vous avez dit que la société était à la croisée des chemins, dit-elle en fermant lentement la porte.

Ils étaient maintenant seuls dans la vaste salle.

— Et que les enjeux étaient importants pour Deschamps, étant donné que d'autres entreprises veulent savoir ce que nous faisons, poursuivit-elle.

Lucas se raidit. Il rangea son téléphone dans sa poche tout en cherchant une réponse. Blair l'interrogeait-elle parce que c'était elle, la taupe ? Ou parce qu'elle savait quelque chose qui pourrait l'aider à démasquer cette taupe ?

— C'est exact.

Il fit quelques pas vers elle, puis s'avisa que ce n'était pas une bonne idée et s'arrêta à quelques mètres.

Le souvenir de ses lèvres contre les siennes lui volait des heures de sommeil chaque nuit. Ses gémissements de plaisir quand il l'avait caressée tournaient en boucle dans sa tête. Comment pouvait-il penser à quoi que ce soit d'autre alors qu'elle était là, tout près ?

— Pouvez-vous m'expliquer pourquoi ? demanda-t-elle.

Elle passa distraitement le doigt sur le bord de la boîte de métal.

— Certainement. Nous avons reçu une généreuse offre de rachat d'un grand groupe, et plusieurs des membres du conseil d'administration veulent l'accepter. Je ne l'ai pas précisé car je pensais que tout le monde dans la salle était au courant.

— Vous êtes contre le rachat ? demanda-t-elle, le sourcil arqué.

Il espérait qu'elle ne jouait pas la comédie. Il voulait qu'elle soit cette jeune femme adorable qui faisait des biscuits, qui était passionnée par son métier, qui s'occupait de sa mère malade. Et non une espionne industrielle.

— Mon avis n'a pas d'importance. C'est la société de maman. Elle l'a bâtie en partant de rien, et elle s'est démenée pour la faire prospérer. Alors, si elle ne souhaite pas vendre, c'est tout ce qui compte.

Cybil Deschamps était profondément attachée à son entreprise. Le succès de son affaire l'avait aidée à sauver la face quand les infidélités de son mari étaient devenues publiques. Lucas admirait la façon dont elle avait transformé sa douleur en une aventure positive.

Blair hocha la tête.

— Je comprends. Pourtant, j'ai l'impression que vous êtes… personnellement offensé à l'idée que quelqu'un rachète Deschamps.

Alors, elle n'était pas au courant ? Sérieusement ?

Lucas passa la main dans ses cheveux et se détourna, tentant de prendre la mesure de ses sentiments ambivalents pour Blair. Quelle était la meilleure manière de lui répondre alors que, la moitié du temps, il la soupçonnait, et que l'autre moitié du temps, il rêvait de l'embrasser ?

— Le conglomérat de mon père, DLH Luxe International, est l'acheteur potentiel, déclara-t-il.

Ce n'était pas comme si la nouvelle était un secret. Si Blair ne l'avait pas appris par lui, elle aurait certainement découvert la vérité à Miami.

Il s'appuya contre un buffet bas, reprenant un peu de distance avec cette femme trop tentante.

— C'est lui qui veut racheter la société de Cybil ? s'exclama-t-elle.

Elle semblait si indignée que Lucas faillit sourire.

— Ça ne vous semble pas…

Semblant chercher ses mots, elle secoua la tête, faisant danser ses cheveux blonds.

— Mesquin ? finit-elle. Il sait sûrement que Cybil n'est pas intéressée.

Elle posa sur la table sa tablette électronique et la boîte à biscuits. Puis elle se percha sur le buffet de chêne, lui offrant une vue sur ses splendides jambes.

Lucas se força à se focaliser sur son visage. Mais son parfum vanillé taquina ses narines, lui donnant envie de l'embrasser à nouveau.

— J'en déduis que vous n'avez pas lu d'articles racoleurs sur votre propriétaire avant d'emménager dans la résidence de Brooklyn, observa-t-il d'un ton placide. Une recherche sur le nom de ma mère donne des tonnes de résultats sur sa relation tumultueuse avec mon père, et sur leur divorce compliqué, qui a été prononcé quand j'étais au lycée.

Son père leur avait rendu la vie aussi difficile que possible, manipulant les amis et les membres de la famille afin qu'ils rejettent sa future ex-femme. Et, bien entendu, il avait eu les moyens financiers de faire traîner la procédure de divorce pendant des années.

— Je n'en avais aucune idée, glissa Blair d'une petite voix, en passant le bout de sa sandale taupe sur le tapis persan. Cette année a été tellement irréelle pour moi, depuis que ma mère a…

Elle se figea. Puis, après un long soupir, elle reprit :

— Un cancer. Elle a un cancer de l'ovaire.

Ces paroles changèrent totalement le cours de la conversation.

Lucas n'y réfléchit pas à deux fois lorsqu'il posa le bras autour de ses épaules. Il la serra contre lui. La réconforta. Et lorsqu'elle se blottit contre lui, il songea qu'il ne regretterait jamais cet élan de compassion. Quoi qu'il se passe entre eux sur le plan professionnel, la souffrance de Blair était bien réelle.

— Je suis vraiment navré, dit-il en déposant un baiser sur ses cheveux. J'ai compris qu'elle était malade, mais j'ignorais que c'était si grave.

Il aurait voulu que cette étreinte dure plus longtemps, mais Blair se redressa et, descendant du buffet, s'éloigna de quelques pas.

— Je n'en avais parlé à personne, jusqu'à la semaine dernière. Mais ce week-end, ma mère m'a aidée à comprendre que je dois cesser de fuir la réalité. Et regarder le cancer en face.

Lucas repensa à tout ce qu'il savait d'elle. À présent, il la voyait sous un nouveau jour. Il avait cru que sa personnalité solaire et optimiste cachait quelque chose. Que les gâteaux maison étaient un moyen d'obtenir des informations auprès de ses collègues.

En vérité, elle essayait simplement de maintenir à distance ses craintes concernant la santé de sa mère.

— Ce n'est pas une chose facile, Blair. Il est naturel d'avoir peur quand une personne que vous aimez se bat contre la maladie.

Il s'en voulait de l'avoir mal jugée.

L'envie de la protéger se mêla à son sentiment de culpabilité. Il rêvait de la reprendre dans ses bras. Mais elle avait voulu remettre de la distance entre eux. Alors, le mieux qu'il puisse faire maintenant, c'était respecter son souhait, même si cela allait à l'encontre de ses propres désirs.

Peut-être changerait-elle d'avis à Miami. Au moins, désormais, il œuvrerait avec elle pour trouver l'espion, au lieu de la soupçonner en permanence. C'était un soulagement.

— Je sais, dit-elle. Ces quelques semaines ont été si intenses que, parfois, je ne sais plus où j'en suis. Cela explique pourquoi je ne suis pas au courant de tout ce qui se passe chez Deschamps Cosmetics.

Elle lui offrit un sourire tremblant, et il comprit qu'elle avait besoin de changer de sujet.

— Ce voyage à Miami tombe peut-être à point, avança-t-il. Une escapade vous fera du bien.

Une délicieuse rougeur colora ses joues. Il aurait donné n'importe quoi pour savoir ce qu'elle pensait à cet instant.

— Peut-être bien, glissa-t-elle.

Puis, alors que l'air se chargeait d'une tension sensuelle, elle quitta la pièce précipitamment.

Il la laissa partir. Pour cette fois.

Mais maintenant que la glace était brisée, il n'hésiterait pas à faire une nouvelle tentative, le moment venu.

- 6 -

Deux jours plus tard, seule sur la banquette arrière d'un SUV avec chauffeur, Blair replia la facture médicale qu'elle tenait tandis que le véhicule s'engouffrait dans le tunnel Holland afin de rejoindre l'aéroport de Teterboro. Toute sa vie semblait se dérouler dans un tunnel ces derniers temps. Ses maigres économies fondaient, les dépenses médicales de sa mère augmentaient et, pour couronner le tout, Blair craignait de perdre son poste. Lucas cherchant à débusquer la taupe infiltrée chez Deschamps, elle redoutait qu'il la prenne pour la coupable.

Elle ne pouvait pas régler cette dernière facture, par conséquent, il était impératif qu'elle trouve du travail supplémentaire aussi vite que possible. L'argent de la vente de la maison de sa mère avait payé la chirurgie et la location du chalet. Mais quand son contact chez son ancien employeur, About Face, lui avait téléphoné à nouveau dans l'après-midi, Blair avait affirmé avec véhémence que jamais elle ne fournirait d'informations confidentielles sur Deschamps Cosmetics. Aussi avait-elle été surprise quand, à la fin de sa diatribe, son ancienne collègue lui avait proposé une mission en free-lance pour une séance photo destinée à un magazine. La rémunération était très intéressante.

Blair avait donné son accord verbal, bien que cela la gêne un peu d'accepter quoi que ce soit de l'entreprise qui avait voulu faire d'elle une espionne. Elle n'arrivait toujours pas à croire qu'About Face avait été choisie pour coordonner cette mission d'espionnage industriel, l'entreprise étant l'une des nombreuses sociétés que possédait le puissant conglomérat dirigé par le père de Lucas. Savoir que Peter Deschamps voulait racheter l'entreprise de Cybil rendait toute cette affaire encore plus révoltante.

Au moins, Lucas était conscient des machinations de son père. Il savait d'où venait la menace. Blair se sentait coupable de ne pas lui avoir parlé de ses interactions avec About Face, mais elle avait la ferme intention de l'aider à démasquer l'espion.

Après avoir rangé la facture dans une poche extérieure de son sac de cuir, Blair fut coincée dans la circulation dense de la fin d'après-midi. Elle mit ce temps à profit pour accepter de manière formelle le travail en free-lance en envoyant un message. Ce revenu supplémentaire lui permettrait de payer une partie de la facture, au moins.

Tandis que le chauffeur s'engageait dans l'allée de l'aéroport, Blair vit Lucas devant le terminal. Il lui avait envoyé un SMS plus tôt dans la journée, pour l'informer qu'ils prendraient un jet privé et dîneraient dans l'avion. Les autres employés étaient partis tôt le matin, à bord d'un avion commercial. En tant qu'invitée personnelle de Lucas Deschamps, Blair allait vivre une expérience totalement différente.

Elle appréhendait le fait de passer beaucoup de temps avec lui ce week-end. Néanmoins, une part d'elle était ravie de le voir. Habillé d'un costume gris anthracite, les yeux cachés derrière une paire de lunettes aviateur, il précéda le chauffeur pour lui ouvrir sa portière.

— Bonjour, Blair.

Il lui tendit la main pour l'aider à descendre du véhicule. La chaleur de ses doigts lui coupa le souffle.

— Vous êtes très en beauté, dit-il.

Le compliment faillit la faire trébucher. Elle ne s'était toujours pas habituée au fait qu'ils ne s'envoient plus de piques. Après leur baiser sur le toit-terrasse, leur relation avait changé à jamais.

— Oh. Euh. Merci.

Elle jeta un coup d'œil à sa robe dos nu ainsi qu'à ses sandales rouges à talons aiguilles.

— Je n'étais pas sûre du programme de la soirée, alors j'espère que c'est approprié.

Elle s'était changée trois fois, nerveuse à l'idée de voyager avec Lucas. Il n'était pas son patron direct, mais puisqu'il hériterait un jour de l'entreprise, ils étaient tout de même dans une relation employeur-employé.

Lucas posa la main au creux de son dos pour la guider vers l'avion.

— Il n'y a pas de programme, Blair. Ce voyage va être une pause pour vous. Vous travaillez trop.

— Malgré tout, je ne compte pas me relâcher durant ce voyage. J'espère que vous me direz ce que vous attendez de moi concernant…

Elle s'interrompit et s'arrêta net lorsqu'elle vit un camion de restauration se diriger vers le jet privé. Le nom d'un grand restaurant français de Manhattan était inscrit sur le côté du véhicule.

Le restaurant n'était pas réputé uniquement pour son chef célèbre et pour ses réservations impossibles à obtenir. Blair avait entendu dire que la cuisine était exceptionnelle.

Lucas s'arrêta à son tour.

— Un problème, Blair ?

— C'est notre avion ?

Lucas sourit.

— Pourquoi vous aurais-je amenée ici, sinon ?

— Oh. Quand vous avez dit que nous dînerions pendant le trajet, j'imaginais des sandwichs préemballés et un sachet de cacahuètes.

Elle se remit à marcher tout en réfléchissant. Un repas de luxe indiquait que Lucas voulait instaurer une ambiance romantique… Ou peut-être aimait-il simplement la bonne cuisine ?

— J'avais même préparé des tartelettes à la framboise, dit-elle. Vous savez, juste au cas où il n'y aurait comme dessert que ces biscuits emballés qui sont déjà en miettes avant même qu'on les ouvre.

Elle radotait, manifestement. Mais sa nervosité était montée d'un cran. Lucas sembla la percevoir car il plaqua sa paume sur son dos, comme pour la rassurer.

— Je voulais juste vous faire plaisir, Blair. Ma seule attente, c'est que vous vous détendiez pendant ces prochains jours. Démasquer l'espion est secondaire.

Ses mots provoquèrent un frisson en elle.

Un frisson qu'il avait sans doute senti sous ses doigts.

Il la relâcha lorsqu'ils atteignirent le tapis rouge devant l'escalier de l'avion. S'effaçant pour la laisser passer, Lucas lui fit signe de la précéder. Sa prévenance, sa sollicitude discrète depuis qu'il avait appris la maladie de sa mère ne faisaient qu'accroître son attirance pour lui.

Le camion de restauration s'éloigna du jet, mais un serveur en uniforme était resté près de l'appareil. Lucas le salua pendant que Blair montait les marches de métal. Elle pénétra dans le monde opulent des ultra-riches qui pouvaient s'offrir des avions privés et des repas provenant des meilleurs restaurants de Manhattan. Quand ses yeux se furent ajustés à l'éclairage tamisé de la cabine, elle remarqua les sièges de cuir – quatre à l'avant, deux à l'arrière, et un canapé parallèle à l'aile centrale. Derrière une porte ouverte, elle vit un bouquet de fleurs fraîches près d'un lavabo.

Impressionnée, elle passa l'index sur une plaque argentée portant l'inscription *Bombardier Challenger 350*. Elle ne put s'empêcher de penser que le prix de ce voyage dépassait sans doute largement le montant de la facture dans son sac.

Lucas la rejoignit.

— Prenons un siège à l'arrière, suggéra-t-il. Ainsi, Rawdon pourra commencer le service avant le décollage.

Il lui indiqua les deux sièges qui se faisaient face et déboutonna sa veste.

Son geste attira le regard de Blair. Oh ! mais de qui se moquait-elle ? C'était le corps svelte et musclé sous la veste qui avait retenu son attention.

Par chance, elle sentit l'avion bouger doucement sous ses pieds, ce qui l'arracha à ses pensées vagabondes. Elle sentit son visage s'empourprer tandis qu'elle se précipitait vers l'arrière de l'appareil puis se laissait tomber dans le siège le plus proche. Elle posa prudemment son sac de voyage à ses pieds car il contenait les tartelettes qu'elle avait préparées.

Elle lissa sa robe, songeant qu'elle ne méritait pas ce traitement royal. D'autant plus qu'elle n'avait pas été totalement franche avec Lucas. Mais elle compenserait cela en l'aidant à trouver l'espion infiltré chez Deschamps.

Prenant une grande inspiration, elle tâcha de se détendre. Peut-être trouverait-elle un moyen d'apprécier ce voyage, comme Lucas l'avait suggéré. Elle pourrait sûrement se concentrer sur le repas de luxe sans être distraite par cet homme si séduisant, non ?

Elle leva les yeux à temps pour voir Lucas retirer sa veste et la poser sur le canapé à côté de leurs sièges. Puis il retroussa les manches de sa chemise blanche, révélant des avant-bras très sexy. Il appuya sur une touche pour faire apparaître une table entre leurs sièges.

Enfin, il s'assit et la fixa de son regard ambré. Blair sentit des picotements la parcourir des pieds à la tête.

Le repas cinq étoiles n'avait pas encore été servi, pourtant Blair savait déjà que l'homme face à elle serait le mets le plus alléchant.

Lucas se repassa la liste de ses petites amies en esprit. Il ne se rappelait pas avoir rendu une femme aussi nerveuse avant Blair.

Heureusement, quelque part entre les huîtres et le magret de canard aux cerises sauvages et aux endives, il la sentit se détendre légèrement. La bouteille de bordeaux Château Lafite Rothschild y était peut-être pour quelque chose, mais Lucas espérait qu'il l'avait mise à l'aise, lui aussi.

— Peut-on passer aux tartelettes aux framboises ? demanda-t-il quand ils eurent fini leur repas.

Leur serveur débarrassa avant de s'éclipser discrètement.

— Et nous priver du dessert fabuleux qui se cache sous cette cloche ? Certainement pas, répondit-elle en souriant.

Elle s'adossa à son siège et déplia sa serviette blanche sur ses genoux.

— Tout ce que nous avons mangé ce soir était sensationnel.

— Content que ça vous ait plu.

Pour sa part, la voir savourer les plats avait été encore plus délicieux que les plats eux-mêmes. Depuis qu'il avait appris qu'elle avait une mère malade, il avait à cœur de lui faire plaisir durant leur voyage.

— Et je ne vais pas vous priver du dessert que Rawdon va nous apporter. Mais puisque je n'ai jamais goûté vos gâteaux, dont tout le monde parle au bureau…

— Jamais ? Je croyais avoir régalé tout le personnel au moins dix fois.

Elle prit son sac sur ses genoux.

— J'arrive toujours trop tard, mentit-il.

S'il n'avait pas goûté à ses gâteaux, c'était parce qu'il avait cru qu'elle se servait de ces douceurs pour endormir la méfiance de ses collègues.

— Toutefois, j'ai failli avoir un cupcake au chocolat belge la semaine dernière. Mina, l'assistante de ma mère, a remarqué la pâtisserie en même temps que moi, et elle m'a décoché un regard qui m'a fait penser qu'elle me mordrait si je le prenais.

Blair émit un petit rire.

— Pour être franche, ce sont les préférés de Mina.

Elle sortit de son sac une boîte hermétique. Quelques secondes plus tard, le serveur leur apporta une assiette de mini-profiteroles ainsi qu'une bouteille de rosé pétillant. Rawdon servit le vin puis les laissa seuls.

Lucas observa la boîte de tartelettes.

— J'espère que vous n'allez pas me refuser cette chance de goûter à vos créations.

Elle secoua la tête, faisant danser ses cheveux blonds.

— Certainement pas.

Après avoir soulevé le couvercle, elle fit glisser la boîte jusqu'à lui.

— Bien que mes pâtisseries soient délicieuses comparées aux barres chocolatées du distributeur dans le hall, je ne suis vraiment pas au niveau d'un chef pâtissier français. Je tiens à le souligner.

— C'est noté.

Sous une feuille de papier sulfurisé, Lucas découvrit quatre tartelettes garnies de ce qui semblait être une crème à la vanille ou au citron, surmontée de framboises saupoudrées de sucre.

— Eh bien ! De vraies œuvres d'art.

— L'important, c'est le goût, l'avertit-elle en prenant une profiterole sur le plateau d'argent.

Elle prit une bouchée de son dessert, et le son de plaisir qu'elle émit fut comme une caresse sur l'entrejambe de Lucas.

Bon sang.

Son désir pour elle s'enflamma. Pendant de longues secondes, il réprima l'envie de lui faire l'amour, ici, sur la table. Quand il parvint enfin à recentrer ses pensées sur le dessert, il mordit dans la tartelette avec plus de force que nécessaire, faisant tomber quelques framboises.

La pâte légère et sablée, la douceur acidulée du fruit, l'onctuosité de la crème à la vanille… Tout dans ce dessert était incroyable.

— Pas étonnant que tout le bureau tombe en pâmoison les jours où vous apportez vos douceurs.

Il plongea le regard dans le sien, conscient que, aussi délicieuse soit la tartelette, Blair l'était encore plus.

— C'est succulent, commenta-t-il.

— Merci. Mais est-ce que vous allez tomber en pâmoison ?

Elle arqua un sourcil, l'air taquin, et il se réjouit de découvrir cette facette d'elle.

Peut-être que cet aspect de sa personnalité avait toujours été là, sous ses yeux. Et qu'il avait été trop obnubilé par ses soupçons pour voir Blair telle qu'elle était.

Il termina la tartelette en quelques bouchées et en prit une seconde.

— Pour être franc, c'est votre gémissement de plaisir après votre première bouchée qui m'a presque fait défaillir.

Désignant d'un signe de tête l'assiette de profiteroles, il eut la satisfaction de la voir rougir. Son regard prit une jolie teinte aigue-marine.

— Ayant passé beaucoup de journées à faire des gâteaux, je reconnais que déguster une pâtisserie parfaite est une source de félicité personnelle.

Il aurait aimé lui demander si elle avait d'autres sources potentielles de félicité personnelle, mais il ne voulait pas l'embarrasser davantage. Il n'était pas prêt à évoquer leur attirance évidente.

Pas encore.

— Où avez-vous appris à pâtisser ? demanda-t-il, désireux d'en apprendre davantage sur elle.

— Ma mère est une cuisinière exceptionnelle.

Terminant sa seconde profiterole, elle tapota ses lèvres avec sa serviette avant de prendre une gorgée d'eau.

Elle a été l'apprentie d'un chef pâtissier avant de tomber enceinte de moi.

— Je suis impressionné.

Il espérait qu'elle continuerait à parler. Il avait le sentiment que la maladie de sa mère expliquait en partie pourquoi Blair était dans la retenue avec lui.

— Elle espérait ouvrir son propre restaurant un jour. Mais au fil du temps, ce rêve s'est évanoui. Élever une fille demandait plus de temps et de revenus qu'un apprentissage ne le permettait, en particulier après le départ de mon père.

À en juger par son ton critique, Blair ne portait guère son père dans son cœur. Avant que Lucas puisse répondre, le serveur revint pour débarrasser la table avant la descente.

Dès que Rawdon fut reparti à l'avant de l'avion, Lucas continua :

— Votre mère doit être fière que vous ayez hérité de ses compétences. Ce doit être gratifiant pour un parent de voir sa progéniture réussir dans un domaine qui le passionne tant.

Blair parut peu convaincue. Elle haussa les épaules et s'adossa à sa chaise.

— Je n'en suis pas sûre. J'ai passé beaucoup de temps sans toucher un robot pâtissier, car nous avons vécu dans des endroits avec de toutes petites cuisines.

Elle soutint son regard un instant avant de baisser les yeux.

— La pâtisserie est un passe-temps qui peut être onéreux, entre les ingrédients et les ustensiles nécessaires. Je n'ai redécouvert mon amour pour ce hobby que depuis que je suis dans la résidence de Brooklyn. La cuisine est le rêve de tout cuisinier.

— Je ne m'en rendais pas compte, avoua-t-il. Je pensais qu'il suffisait d'un four.

— Un four, cela aide, bien sûr. Quand j'étais au lycée, j'ai vécu dans un logement dont la cuisine ne contenait qu'un réfrigérateur et un réchaud.

— Je tiens à vous mettre en garde. Vos collègues chez Deschamps vont se révolter si vous retournez vivre dans un endroit avec un réchaud.

Mais il ferait en sorte que cela n'arrive pas.

Car Blair méritait d'exprimer tout son talent.

Elle le récompensa par un rire, et il se sentit plus joyeux que…

Bon sang. Il ne se souvenait pas de la dernière fois qu'il s'était senti aussi bien.

Si le bonheur momentané de Blair le mettait dans un tel état, Lucas ferait mieux de réfléchir avant de la courtiser. Il ne pouvait pas se permettre de s'engager dans une relation en ce moment, pas alors que l'entreprise de sa mère était en danger et qu'il devait penser à ses propres affaires, mises de côté pour l'instant. Il ne resterait pas chez Deschamps Cosmetics une fois la menace de rachat écartée. Qui plus est, lorsqu'il était plus jeune, il avait été aux premières loges pour voir à quelle vitesse une relation de couple insatisfaisante pouvait devenir toxique.

Bien avant que le mariage de ses parents prenne fin, Lucas avait décidé que des relations sans attaches valaient mieux pour tout le monde.

Dans ces conditions, et même si son attirance pour Blair allait bien au-delà de l'aspect charnel, il se contenterait d'une liaison purement physique. Ainsi, ils pourraient s'accorder un plaisir qui les satisferait tous les deux.

Ce soir, il resterait en retrait. Il lui laisserait le temps de prendre ses marques dans la vaste suite de deux chambres qu'il avait réservée afin qu'elle soit plus à l'aise. Mais le lendemain, il comptait bien profiter pleinement du temps qu'ils passeraient ensemble. Ils vivraient un week-end de plaisir, puis ils tourneraient la page.

Et si les rires mélodieux de Blair éveillaient en lui des sentiments plus profonds ? Eh bien, il les ignorerait.

- 7 -

Il paraît que la nouvelle ligne Deschamps antipollution est fantastique ! Tu devrais apporter des échantillons pour la séance photo.

Blair relut le message sur son téléphone. Il faisait partie d'un échange anodin avec une ancienne collègue de chez About Face. Destiny était une maquilleuse dont Blair était proche autrefois, et avec laquelle elle était impatiente de travailler à nouveau la semaine suivante. Elles avaient discuté brièvement des détails de la mission, avant que Destiny mentionne la nouvelle ligne de produits Deschamps. Et, bien évidemment, son ex-collègue voulait un échantillon. Dans le domaine des cosmétiques, tout le monde adorait les échantillons.

Alors, pourquoi Blair s'était-elle figée devant cette demande ? Destiny était son amie. Elle n'essaierait pas d'avoir accès en avant-première aux composants chimiques de la formule brevetée pour les transmettre au concurrent de Deschamps, non ?

Serrant le téléphone, Blair s'assit devant la coiffeuse en bois de rose de sa salle de bains privée, résistant à une vague de panique. Elle devenait paranoïaque, voilà tout.

Bien entendu, elle ne donnerait aucun échantillon de la nouvelle ligne de produits dotés d'écrans antipollution puissants. Depuis qu'elle avait promis à Lucas de l'aider à démasquer l'espion chez Deschamps, elle voyait simplement des scénarios négatifs partout.

Blair posa le téléphone sur la coiffeuse. Elle n'allait pas réfléchir à tout cela maintenant. Elle s'apprêtait à quitter la suite de deux chambres qu'elle partageait avec Lucas au Setai, un hôtel de luxe sur South Beach, pour rejoindre le centre de congrès de Miami Beach, à quelques minutes de marche. Malgré toutes les difficultés de ces derniers mois, elle était impatiente de participer au congrès d'esthétique et à oublier la vraie vie pendant quelques jours.

Choisissant un épais crayon à lèvres dans son sac de voyage, Blair appliqua une couche rose mat sur sa bouche, la dernière touche à son maquillage. En temps normal, elle n'était pas aussi apprêtée, mais pour un congrès d'esthétique, la barre était haut. Les exposants et les visiteurs montreraient leurs plus beaux looks et, puisqu'elle allait accueillir les visiteurs au stand de Deschamps Cosmetics, elle devait représenter la marque.

Elle recula un peu pour s'observer d'un œil critique dans la psyché au cadre d'ébène. Lucas avait tenu à lui laisser la plus grande chambre. Le décor d'inspiration asiatique était apaisant, les tons bruns et crème mettant en valeur le camaïeu de bleus de l'océan Atlantique derrière la baie vitrée.

Blair jeta un coup d'œil à sa tenue. La robe fourreau, avec son col haut et ses découpes généreuses sur l'avant et le dos, était une trouvaille d'un magasin de seconde main. C'était une création d'un grand styliste qu'elle n'aurait jamais pu s'offrir au prix d'origine. Ces derniers temps, même les friperies étaient trop chères pour elle.

Elle prit son sac à main et gagna l'espace cuisine de la vaste suite. Ce matin, Lucas avait prévu de rencontrer quelques clients de sa propre entreprise en ville, et il l'avait encouragée à faire la grasse matinée puisqu'ils avaient voyagé de nuit.

Elle fut donc surprise de le voir assis sur la terrasse, en train de parler au téléphone. Elle hésita un instant puis posa son sac sur le bar. Lucas était sans doute revenu de son rendez-vous matinal pendant qu'elle prenait sa douche puisqu'elle ne l'avait pas entendu rentrer. Dans sa chemise ivoire et son pantalon noir, il était si séduisant qu'elle sentit son cœur battre à coups redoublés.

Leur relation avait radicalement changé cette semaine, et Blair regrettait presque le temps où Lucas lui parlait à peine.

Elle pouvait s'accommoder d'un Lucas renfrogné et critique. C'était le Lucas charmeur et prévenant qui la désarçonnait. Face à lui, elle se sentait coupable de taire les tentatives d'approche d'About Face, mais aussi de cacher son attirance pour lui.

Elle l'observa à travers la baie coulissante. Elle s'apprêtait à fuir quand Lucas rangea son téléphone et entra dans la cuisine.

L'air marin s'engouffra à l'intérieur. Mais ce n'était pas la chaleur venue de l'extérieur qui donna soudain à Blair le sentiment que la pièce était trop petite.

C'était *Lucas.*

Il s'arrêta à quelques centimètres d'elle. Et il la dévora du regard, comme s'il ne l'avait pas vue depuis des semaines et non des heures. Ou était-elle en train de faire des projections ? C'était peut-être elle qui le dévorait du regard. Elle s'attarda un peu sur sa bouche, se remémorant comment elle épousait parfaitement la sienne. Ses doigts la picotaient tant elle avait envie de les passer sur sa mâchoire pour sentir la texture de sa peau. Le regarder ainsi provoqua une onde de chaleur en elle.

Et réveilla un désir malvenu.

— Je me préparais à aller au centre de congrès. Pour travailler, précisa-t-elle d'une manière un peu trop appuyée.

La cuisine était si calme que seul le son de leurs respirations rapides brisait le silence.

Toutefois, son cœur cognait si fort que Lucas l'entendait peut-être aussi.

— Je croyais vous avoir dit que vous deviez prendre du temps pour vous, objecta-t-il.

— Je l'ai fait.

Elle devait dresser des barrières entre eux. Et vite.

— Je me suis levée tard, ce que je n'avais pas fait depuis des lustres. Maintenant, je suis prête à me mêler aux autres employés de Deschamps, pour essayer d'en apprendre plus sur votre espion.

Il sembla réfléchir un instant. Puis il acquiesça d'un signe de tête.

— Je vous accompagne, dit-il.

Une vague de soulagement l'envahit, mais elle éprouva aussi une petite pointe de déception à l'idée qu'ils ne puissent pas céder à leur attraction.

— Mais d'abord, reprit Lucas, dites-moi une chose. Avant que nous partions.

Ses mots étaient comme une caresse sur sa peau. Elle sentit la nervosité la gagner. Elle s'obligea à rester immobile bien que le parfum de Lucas lui donne envie de se blottir contre lui.

Elle ne put que hocher la tête, la gorge trop sèche pour prononcer le moindre mot. Elle était si tendue que son corps vibrait presque.

Il effleura sa joue du bout de l'index. L'espace d'un instant, ils s'observèrent.

Puis il passa le pouce sur son cou, s'arrêtant sur sa pulsation. Il percevait sans doute ses battements de cœur désordonnés. Quand il reprit la parole, sa voix était grave et charmeuse, et Blair se sentit fondre.

— Vous arrive-t-il de repenser au baiser que nous avons échangé ?

Lucas refusait d'utiliser leur attirance réciproque à son avantage, et il avait besoin que Blair fasse le pas suivant. Elle travaillait pour l'entreprise de Cybil. Et elle ne pouvait pas risquer de compromettre sa place dans la maison de Brooklyn. Lucas savait que sa mère ne reprocherait jamais à Blair d'avoir une liaison avec lui. Mais il ne lui donnerait pas d'autres raisons de s'inquiéter alors qu'elle devait s'occuper d'une mère gravement malade.

Il pouvait seulement lui proposer d'oublier ses soucis le temps d'un week-end. Lui offrir la possibilité d'assouvir son désir pour lui, si tel était son souhait.

Il ne se servirait pas de ses caresses comme d'un moyen de persuasion. Effleurer son joli visage, cela ne comptait pas vraiment, non ? Mais il n'allait pas prétendre que leur attirance n'existait pas.

— J'y pense parfois, avoua-t-elle d'une petite voix.

Son souffle était comme une caresse tentante contre ses doigts. Il voulait sentir ce souffle sur ses lèvres. Goûter sa langue. Unir son corps au sien.

— Pas assez pour vouloir répéter l'expérience, cependant, murmura-t-il tout en suivant le contour de son visage.

— Assez pour savoir que si je vous embrasse encore, tout ce que je voudrai, c'est répéter l'expérience.

Elle soutint son regard, et il vit ses pupilles se dilater jusqu'à ce qu'il ne reste plus qu'un fin cercle de vert pâle dans ses iris.

Ces mots lui redonnaient de l'espoir. Il pourrait la déshabiller en quelques secondes. En fait, il n'avait même pas besoin qu'elle soit nue pour lui faire l'amour.

— Prévenez-moi si vous avez besoin que je vous rafraîchisse la mémoire, dit-il.

Il effleura du pouce sa lèvre inférieure, pressant légèrement le centre.

— Si vous voulez réévaluer la situation, ajouta-t-il.

Il respira son parfum de vanille mêlé à celui de sa peau.

Il sentit sa lèvre bouger sous son doigt quand elle répondit :

— Vous pensez honnêtement que nous arriverons au centre de congrès si je vous prends au mot ?

Ces paroles provocatrices mirent ses sens en émoi.

Il avait très envie d'effacer avec sa langue la couleur framboise qu'elle portait sur la bouche, afin de goûter sa vraie saveur. Aucun cosmétique ne pouvait être à la hauteur de sa beauté naturelle.

— Alors faites-en une condition, rétorqua-t-il. Vous avez les cartes en main, Blair. Insistez pour que je vous emmène au congrès en échange d'un baiser.

Il lui donnerait un baiser, et bien plus, si elle le voulait.

— Bien, dit-elle, encerclant son poignet pour maintenir sa main sur son visage. Je compte sur vous pour me permettre de quitter cette pièce dans cinq minutes.

L'éclair dans ses yeux. La pression de sa main sur son poignet.

Tous ces signes attisèrent son excitation. Et lui prouvèrent qu'il n'était pas seul dans ce brouillard de désir.

Il appuya le front contre le sien, le cœur cognant contre ses côtes.

— Pour être sûr que nous sommes sur la même longueur d'onde, que voulez-vous qu'il se passe pendant ces cinq minutes ? Voulez-vous un baiser ?

Il devait être clair sur ses intentions, et connaître celles de Blair.

En guise de réponse, elle se pencha vers lui.

— Je veux que vous me fassiez tout oublier, Lucas, dit-elle en roulant des hanches. S'il vous plaît.

Bon sang.

Ce fut ce « s'il vous plaît » qui réduisit en cendres le reste de sa retenue.

L'agrippant par les hanches, il la porta contre lui, son corps moulé dans sa robe de soie glissant aisément contre le sien. Il la plaqua contre le réfrigérateur et la tint fermement.

Doucement, il passa la langue sur ses lèvres pulpeuses.

Elle avait le goût du paradis.

Elle s'alanguit entre ses bras, s'abandonnant à lui. Ce transfert subtil de pouvoir était terriblement excitant. Et Lucas ne donnerait pas la moindre raison à Blair de regretter son choix.

Alors, bien que son corps brûle de s'unir au sien, il porta toute son attention sur sa bouche. Léchant sa lèvre inférieure pulpeuse, il l'attira dans sa bouche pour la goûter. Sa saveur mentholée, douce et unique, se grava dans son esprit. Avide d'en avoir plus, il libéra sa lèvre pour faire danser sa langue sur la sienne.

Le gémissement qu'elle émit exacerba ses sens, le poussant à plaquer le bassin contre elle. Mais il ne pouvait pas se laisser aller, sinon il pourrait ne jamais la relâcher. Or il ne s'agissait pas de lui. Blair avait un besoin qu'il pouvait combler, et il le comblerait. Il voulait être celui vers qui elle se tournerait pour trouver du plaisir.

Il voulait être le *seul* à lui donner du plaisir.

Ce soudain sentiment de possessivité lui était étranger. Mais Lucas ne s'inquiétait pas, car Blair ne ressemblait à personne. L'effet qu'elle avait sur lui était unique.

Il reprit son souffle, ravi de voir qu'elle avait encore les yeux clos. Ses cils battirent lentement avant qu'elle ouvre les paupières. Son expression reflétait la passion brumeuse dans laquelle lui aussi était plongé. Son rouge à lèvres avait disparu, et la couleur naturelle de ses lèvres enflées le tenta. Il voulait tellement plus d'elle…

Ceci dit, pour le moment, il devait s'arrêter là.

— Je peux vous faire tout oublier pendant toute la journée, assura-t-il en glissant la main dans ses cheveux blonds et soyeux. Vous n'avez qu'un mot à dire.

Elle hocha lentement la tête.

— Je veux bien le croire, Lucas.

— Vous méritez cette récréation.

Il ne la relâcha pas, n'étant pas encore prêt à remettre de la distance entre eux.

Les yeux bleu-vert de Blair cherchèrent les siens, et une émotion étrange les assombrit.

— Vous n'en savez rien, Lucas.

Elle laissa échapper un souffle, qui ressemblait étrangement à un soupir de défaite.

— Comment pourriez-vous savoir ce que je mérite ?

Conscient que le moment de sensualité était terminé, même s'il ignorait pourquoi, Lucas la reposa au sol puis recula d'un pas. Son corps ressentit aussitôt le manque, et Lucas dut serrer les poings pour ne pas la reprendre dans ses bras.

Loin d'avoir apaisé son désir, ce baiser n'avait fait que lui rappeler à quel point il avait envie de Blair.

— Une supposition, dit-il simplement. Et vous n'allez pas me faire changer d'opinion.

Elle ne répondit pas, recoiffant brusquement ses cheveux avec sa main. Son bracelet tressé, caché sous une large manchette dorée, glissa sur son poignet.

Lucas passa le doigt sur l'accessoire.

— Un bracelet d'amitié ? demanda-t-il, intrigué par ce bijou incongru.

— En effet, dit-elle en souriant. Je sais qu'il ne va pas vraiment avec ma tenue, mais il a une valeur sentimentale.

— Je ne suis pas dans la police de la mode. Vous devriez porter ce qui vous rend heureuse.

Ce qui vous fait sourire comme à cet instant.

Il devait le reconnaître, il était capable de l'embrasser à perdre haleine, mais il ne pouvait pas faire naître cette lumière dans ces yeux. Bon sang, cette pensée n'aurait pas dû lui serrer le cœur…

Blair saisit son sac et en sortit un crayon à lèvres. Elle appliqua une couche sur sa bouche en se regardant dans un petit miroir de poche.

— Les week-ends où je rends visite à ma mère, je passe du temps au centre de traitement avec d'autres patientes, expliqua-t-elle tout en soulignant son arc de cupidon. J'en maquille certaines pour le plaisir. Il y a un mois, une adolescente que j'avais maquillée m'a offert ce bracelet pour me remercier.

Elle rangea le stylo et le miroir dans son petit sac.

Elle hésita un instant puis reprit :

— Elle en a fait un pour elle aussi, alors nous portons le même. Ce sont des bracelets repousse-cancer.

Blair prit la pose comme si elle était une super héroïne, le bras levé devant son visage tel un bouclier.

Lucas avait érigé des défenses autour de son cœur, et Blair venait de les démolir d'un coup.

Heureusement pour lui, elle était déterminée à retourner travailler. Ils n'allaient donc pas s'attarder dans la suite.

Peu après, Lucas et elle quittèrent l'hôtel. Sur le court trajet, ils parlèrent de la taupe. Lucas savait à présent que cela ne pouvait pas être Blair. Une femme qui passait ses week-ends à maquiller gratuitement des patientes atteintes de cancer ne pouvait pas vendre des secrets industriels.

Maintenant qu'il ne la soupçonnait plus, il lui serait difficile de garder ses distances sur le plan émotionnel. Il aurait besoin de toute sa résolution pour s'en tenir à une liaison strictement charnelle. Ce qui semblait presque impossible tant Blair était adorable.

Lorsqu'ils arrivèrent devant le centre, Lucas vit un homme sortir d'une Bentley très familière. Et cela lui rappela toutes les raisons pour lesquelles il ne devait pas s'investir dans une relation sérieuse.

Un sentiment d'appréhension le tenailla.

Il ne se rendit compte qu'il s'était arrêté net que lorsque Blair l'interrogea du regard, la brise d'été faisant danser une mèche de cheveux blonds sur sa joue.

— Qu'y a-t-il ? demanda-t-elle.

Elle suivit son regard et observa l'homme habillé d'un costume de lin beige et de lunettes aviateur.

— Vous connaissez ce monsieur, Lucas ?

— Hélas, oui.

Il se força à se détendre. Il ne pourrait pas éviter cette rencontre, de toute façon.

— C'est mon père.

- 8 -

Blair ne s'était pas remise du baiser échangé avec Lucas dans leur suite. Ses lèvres la picotaient encore, son corps réclamait Lucas, et elle n'avait aucun plan pour gérer la suite de leur relation.

Voilà pourquoi elle fut encore plus déstabilisée lorsqu'elle se retrouva face à Peter Deschamps, un homme que Lucas méprisait, manifestement. Le même homme qui avait sans doute usé de son pouvoir pour pousser l'ancienne collègue de Blair à lui proposer d'espionner la société de son ex-femme.

À en juger par la mâchoire serrée de Lucas, la rencontre avec son père ne serait guère détendue. Lucas la guida vers le tapis rouge, où les journalistes photographiaient et interviewaient les vedettes du monde de la beauté.

— Lucas, dit Peter Deschamps.

Lorsque l'homme se tourna vers eux et retira ses lunettes, Blair fut frappée par sa ressemblance avec Lucas. Les cheveux bruns étaient peut-être striés d'argent, les yeux fauves légèrement ridés, mais depuis la forme droite de son nez jusqu'à la largeur de ses épaules, Peter Deschamps était une copie de son fils avec quelques décennies de plus.

— Papa, répondit Lucas, posant la main au creux du dos de Blair.

La tension qui émanait de lui était palpable. Blair l'aurait ressentie même sans contact physique.

— Je te présente Blair Westcott. Blair, voici mon père, Peter Deschamps.

— Votre nom m'est familier, Blair. Nous sommes-nous déjà rencontrés ?

Ils étaient à quelques mètres du tapis rouge, et les photographes leur lançaient des regards curieux. Il n'y avait pas beaucoup d'activité pour l'instant car la plupart des célébrités arriveraient plus tard. Mais Peter Deschamps, propriétaire de DLH Luxe International, était un personnage connu.

— Non, monsieur, jamais.

Elle serra la main de Peter, certaine qu'ils ne s'étaient jamais croisés. Elle ignorait même que le père de Lucas était à la tête du conglomérat qui possédait About Face quand elle y travaillait encore.

— Enchantée de faire votre connaissance, monsieur.

Elle crut entendre Lucas ricaner, mais son père ne réagit pas.

— De même. Je n'ai pas souvent l'occasion d'être présenté aux petites amies de Lucas.

Le sourire qu'il lui adressa était froid. Peu aimable. Les ressemblances entre le père et le fils commençaient à s'estomper.

— Toutefois, je suis certain d'avoir vu votre nom quelque part.

Il plissa les yeux, comme s'il était bien décidé à mettre le doigt sur un lien qui n'existait pas. Un homme à un poste si élevé pourrait-il savoir quelles personnes avaient été approchées pour espionner l'entreprise de son ex-épouse ?

Elle devait se méfier, pensa-t-elle, les nerfs à vif. Un photographe braqua son objectif sur eux et les prit en photo. Blair tenta d'adopter un air détendu, consciente que les clichés de cet événement circuleraient largement.

— Blair travaillait pour l'une de tes sociétés, intervint Lucas. Si tu veux bien nous excuser…

— Voilà pourquoi je connais votre nom, interrompit Peter Deschamps, lissant sa cravate fleurie brun foncé. About Face.

Il lui fit un clin d'œil, comme s'ils partageaient un secret.

— J'ai sûrement entendu parler de vos œuvres, ajouta-t-il.

C'était un commentaire qui pouvait paraître anodin. Et même flatteur, pour quelqu'un d'extérieur. Mais pour Blair, le ton et l'arrogance de Peter donnaient une autre impression.

Cet homme pensait-il qu'elle avait accepté d'espionner

son nouvel employeur ? L'idée ne devait pas la perturber. Elle n'avait rien fait de tel. Malgré tout, l'inquiétude la saisit.

— Merci, finit-elle par répondre, juste avant que Lucas l'entraîne vers l'entrée du centre de congrès.

Elle lança un regard par-dessus son épaule et constata que Deschamps l'observait encore, l'air songeur.

— Lucas, mes amitiés à ta mère, lança-t-il.

Lucas ne répondit pas, mais elle le vit serrer la mâchoire.

L'amant potentiel qui l'avait embrassée avec passion une demi-heure plus tôt avait laissé place à l'homme froid et sombre qu'elle avait connu durant ses six premières semaines chez Deschamps Cosmetics.

Alors qu'elle allait le questionner sur son père, on leur demanda de poser pour des photos. Une tâche à laquelle Lucas se plia en silence, et qu'ils effectuèrent avec une étonnante aisance. Blair se plaça rapidement contre lui, et Lucas la prit par la taille.

Leur proximité fit battre son cœur. Elle sourit sur commande pendant qu'un photographe prenait quelques clichés. Tandis que Lucas et elle alternaient les poses, leurs corps se cherchant l'un l'autre, Blair eut une certitude.

Tôt ou tard, elle finirait dans le lit de Lucas.

Elle avait voulu éviter une liaison, craignant pour son emploi, mais ils étaient devenus trop proches pour que les ragots les épargnent. Elle était à Miami en tant qu'invitée de Lucas, et ces photos d'eux ensemble donneraient l'impression qu'ils avaient une relation intime, de toute façon. Pourquoi devait-elle se refuser ce qu'ils voulaient manifestement tous les deux, puisque les collègues de Blair supposaient sans doute que Lucas et elle étaient amants ?

— Prête ? demanda Lucas quand le photographe s'éloigna.

Blair se redressa, mue par une résolution nouvelle. Ce week-end allait prendre une tout autre tournure.

Elle ferait de son mieux pour aider Lucas à identifier la taupe infiltrée chez Deschamps Cosmetics. Et elle espérait que l'espion serait démasqué avant qu'elle effectue sa mission en free-lance avec About Face, afin qu'elle n'ait pas à se sentir coupable de continuer à collaborer avec l'une des entreprises de Peter Deschamps.

Indépendamment de ce qu'elle accomplirait pendant ce séjour à Miami, elle assouvirait un désir, juste pour cette fois. Elle accepterait la proposition de Lucas. Il avait promis de lui faire tout oublier. Avec toute la pression de ces dernières semaines, elle rêvait de l'échappatoire qu'elle pourrait trouver dans ses bras.

Au moins le temps d'un week-end, jusqu'à ce que la réalité la rattrape.

— Comment cela se passe à Miami ? demanda Cybil.

Lucas venait d'accepter un appel téléphonique de sa mère.

Il était de retour au centre de congrès, cinq heures après y avoir laissé Blair afin qu'elle mène l'enquête et visite les différents stands. Selon lui, passer toute la journée ici était une corvée, mais Blair avait tenu à prendre sa mission au sérieux. Elle connaissait mieux que lui le monde de la beauté et semblait sincèrement enthousiaste à la perspective de participer à cet événement.

Pour sa part, il n'avait pas voulu passer la moindre minute supplémentaire au même endroit son père, même si le centre offrait plus de quarante-cinq mille mètres carrés d'espace d'exposition. À présent, il déambulait dans le hall plein de visiteurs, de stars des réseaux sociaux venues rencontrer leurs fans et de représentants de grands groupes de cosmétiques.

Il se mit à l'écart pour discuter avec sa mère.

— Je viens d'arriver, expliqua-t-il. Alors je ne sais pas encore comment marche notre stand.

Une célèbre chanteuse passa devant lui, entourée de plusieurs gardes du corps. Une foule de fans déterminés les suivaient, leurs téléphones braqués sur leur idole.

— J'ai déjà discuté avec Blair, répondit Cybil. Il semblerait que la nouvelle ligne de produits suscite beaucoup d'intérêt.

En temps normal, Cybil assistait à des congrès comme celui-ci, mais elle avait décidé de rester à New York pour préparer le lancement de la nouvelle ligne antipollution.

— Ce qui m'intéresse davantage, c'est ta rencontre fortuite avec ton père.

— Blair t'en a parlé ?

Il songea au comportement de son père envers Blair et sentit l'irritation monter en lui.

Peter Deschamps n'avait pas été ouvertement impoli, mais on aurait dit qu'il avait délibérément cherché à mettre Blair mal à l'aise. Il avait presque sous-entendu qu'elle n'avait pas été une employée modèle. Cela avait vraiment hérissé Lucas. Son père était un être fourbe, et moins Lucas le voyait, mieux il se portait.

— Elle n'a pas eu à le faire, mon chéri. Il y a des photos de vous trois partout sur les réseaux sociaux. Je viens de t'envoyer quelques liens.

Il hâta le pas pour rejoindre le stand de Deschamps Cosmetics, impatient de voir Blair.

— Y a-t-il une raison pour que j'aie besoin de les voir, maman ? Cette rencontre était raisonnablement courtoise.

Lucas remarqua le logo vert et blanc de Deschamps Cosmetics suspendu au plafond, quelques allées plus loin.

— Vraiment ? répliqua sa mère, sceptique. On ne le dirait pas, à en juger par ton expression. Tu fusilles ton père du regard. Toutefois, il y a d'autres photos de Blair et toi qui sont…

Elle marqua un temps, comme si elle cherchait ses mots.

— Eh bien, disons que tu as l'air plus heureux sur ces clichés.

Cybil avait piqué sa curiosité. Il se mit dans un coin pour ouvrir les liens que sa mère lui avait envoyés. Effectivement, sur les images montrant Blair et son père en train de discuter, Lucas avait l'air renfrogné. Il lut une légende sous l'une des images.

Les rivalités dans la famille Deschamps se confirment

Des mots qui ne faisaient que renforcer sa conviction. Les histoires d'amour brisées et les divorces n'apportaient que du malheur. C'était pourquoi il préférait les liaisons sans attaches.

— Une seconde, maman, dit-il.

Il lut d'autres légendes sous des clichés similaires.

L'héritier de l'empire du luxe détrôné ?

Dissensions chez DLH

— Je suis en train de regarder ça, dit-il. Tu sais que je n'ai aucune intention d'accepter un poste chez DLH…

Il s'interrompit lorsqu'il découvrit une photo de Blair et de lui. Sur cette image, Blair était collée à lui. Cela lui rappela leur brève étreinte. Elle fixait la caméra tandis que Lucas la regardait avec… intensité.

On aurait dit qu'il voulait la dévorer tout entière. Ce qui n'était guère étonnant puisque c'était exactement ce qu'il ressentait quand elle était avec lui. Simplement, il ne s'était pas rendu compte que cela se voyait autant.

Ce qui le surprenait encore plus ? L'expression de Blair, qui prouvait qu'il n'était pas le seul à être troublé. Elle semblait tout à fait prête à laisser libre cours à leur désir.

— Maman, il faut que j'y aille. Merci pour les liens.

Il raccrocha, regrettant brièvement de ne pas avoir raconté à sa mère sa rencontre avec son père. Pour l'heure, il ne pensait qu'à une chose, retrouver Blair. Il se fraya un chemin entre les visiteurs pour rejoindre le stand de Deschamps Cosmetics. Après avoir contourné un mannequin déguisé en fée et dont les ailes mauves occupaient la moitié de l'allée, il emprunta un raccourci entre deux stands pour rejoindre la seule femme qu'il souhaitait voir.

Lorsqu'il approcha enfin de l'espace d'exposition de Deschamps Cosmetics, il s'arrêta net. Blair était en train de maquiller une dame âgée, portant un vieux pull élimé et des tennis de toile. La femme souriait tandis que Blair passait une éponge à maquillage sur son visage ridé.

Voir Blair accorder du temps et de l'attention à une personne qui ne correspondait pas à leur cible principale ne le surprenait guère. En fait, maintenant qu'il commençait à mieux la connaître, il aurait été davantage surpris de la voir maquiller une beauté plus traditionnelle.

Elle choisit un mascara et, se sentant sans doute observée, se retourna et croisa son regard. Des visiteurs passèrent entre eux, portant des sacs pleins d'échantillons et de produits gratuits, mais Blair ne le quitta pas des yeux.

Il sut alors que quelque chose avait changé entre eux depuis le matin. À présent, Blair l'étudiait ouvertement, une lueur brûlante dans le regard. Lucas sentit sa température interne grimper en flèche. Blair se retourna vers la femme pour finir de la maquiller.

Lucas fit de son mieux pour contenir son désir, mais il avait envie d'elle *maintenant*. Déjà, il maudissait la superficie du hall d'exposition et la distance qu'ils devraient parcourir pour rejoindre leur suite. Au moins, il pourrait gagner quelques minutes en commandant une voiture qui les attendrait devant le centre de congrès.

Bon sang, il espérait ne pas s'être trompé sur les intentions de Blair…

Pendant qu'il s'occupait de commander une voiture, Blair tendit un miroir à la dame qu'elle venait de maquiller.

Lucas n'était pas un spécialiste, mais même lui pouvait voir que la cliente avait le teint radieux. Était-ce grâce au maquillage, ou à la considération de Blair ? Il savait d'expérience à quel point c'était agréable d'avoir sa pleine attention.

Un instant plus tard, elle le rejoignit. Il avait très envie de l'attirer contre lui, déjà assailli par le souvenir de leur dernier baiser.

— Vous êtes prête à partir ? demanda-t-il sans préambule, en rangeant son téléphone dans la poche de sa veste.

Il la prit par la main, sans se soucier de ce que les gens pourraient penser. La photo d'eux était déjà matière à ragots, alors pourquoi se priverait-il de contacts physiques ? Blair sembla surprise mais ne retira pas sa main.

— Je suis prête, répondit-elle d'une petite voix, qu'il entendit clairement malgré le bruit environnant.

— Bien.

Hochant la tête, il pivota sur ses talons et la conduisit vers la sortie, se frayant un passage dans la foule de visiteurs.

Derrière lui, il entendit résonner les talons aiguilles de Blair. Quelques minutes plus tard, ils étaient dehors, sous le soleil de Miami. Il faisait encore chaud bien que l'après-midi touche à sa fin. Le chauffeur envoyé par l'hôtel Setai se gara devant le stand du voiturier au moment où Lucas et Blair arrivaient.

— Nous prenons une voiture ? s'étonna-t-elle. L'hôtel est tout près.

— Mais pas assez près.

Le chauffeur vint ouvrir leur portière.

— J'ai pensé à vous toute la journée, lui confia-t-il tandis qu'elle grimpait dans l'habitacle climatisé.

— Ah ? demanda-t-elle en s'installant sur la banquette de cuir. Je croyais que vous étiez en train de travailler.

— Pas vraiment, dit-il en prenant place à côté d'elle. J'avais du mal à me concentrer car je n'arrêtais pas de repenser à notre baiser.

Lorsque le chauffeur eut refermé la portière, Lucas sortit son téléphone.

— Et à mon arrivée au centre, j'ai découvert ceci, dit-il, lui montrant une photo d'eux ensemble.

Elle rougit.

— Je l'ai déjà vue, avoua-t-elle. Comme tous ceux qui ont travaillé sur le stand Deschamps aujourd'hui.

— J'espère que cela ne vous a pas embarrassée.

Il se moquait de ce qu'on pouvait penser de lui, mais il comprenait qu'elle veuille être discrète, pour se préserver des rumeurs.

La voiture quitta le centre de congrès et prit la direction de l'ouest sur Collins Avenue, longeant les hôtels du front de mer.

— C'est surtout que cela a entravé mes efforts pour en apprendre plus sur la taupe.

Elle replaça une longue mèche blonde derrière son oreille.

— Qui se confierait à une femme qui est… si proche du patron ?

— C'est le cas ? demanda-t-il en posant la main sur son genou.

Elle se mordilla la lèvre.

— Que voulez-vous dire ? demanda-t-elle d'une voix rocailleuse.

— Êtes-vous proche de moi ? Allons-nous céder à cette attirance qui transparaît sur la photo ? Car, je vais être honnête, cette image m'a fait un choc.

— À moi aussi.

Le véhicule s'arrêta devant leur hôtel.

— Et, oui, je suis prête. Je… je suis prête à y céder, précisa-t-elle.

Le soulagement l'envahit plus vite que le sentiment de victoire qui l'accompagna. Lucas ignorait ce qu'il aurait fait s'il avait été seul à éprouver du désir.

— Bien, conclut-il.

Il sortit de la voiture puis aida Blair à descendre.

Ils se retrouvèrent face à leur hôtel de trente-huit étages, assez haut pour occulter le soleil. Un groom en uniforme leur ouvrit la porte.

Prenant Blair par la main, Lucas accéléra le pas pour monter dans un ascenseur ouvert, d'autant plus motivé que la cabine était vide. Lâchant Blair pour courir sur les deux derniers mètres, il se plaça entre les portes pour les bloquer. Blair arriva à son tour, et Lucas appuya sur la touche de fermeture afin qu'ils soient seuls dans la cabine.

Il lui fallait simplement tenir bon pendant une minute. Deux, maximum. Juste le temps d'arriver à leur étage et d'ouvrir la porte de leur suite.

Il pouvait attendre. Même si le parfum vanillé de Blair et son décolleté affolaient ses sens. Sa poitrine se soulevait et s'affaissait rapidement au rythme de sa respiration. Apparemment, Blair aussi était impatiente.

Mais l'attente cessa brusquement quand elle le saisit par le col de sa veste et se plaqua contre lui. Elle prit possession de ses lèvres dans un baiser qui échappa d'emblée à leur contrôle.

Sa bouche généreuse anéantit le peu de retenue qui lui restait. Lucas s'appuya contre les portes de l'ascenseur tout en explorant sa bouche. Les gémissements de Blair étaient la musique la plus sensuelle qu'il ait jamais entendue. Elle se cambra contre lui, ses seins semblant réclamer ses caresses.

Il passa sa main libre sur ses courbes, de sa hanche jusqu'à sa poitrine. Mais ce n'était pas suffisant. Loin de là.

S'aventurant plus bas, il glissa la main sous sa robe. Cela faisait longtemps qu'il ne l'avait pas caressée ainsi. Depuis le soir de leur premier baiser, sur le toit-terrasse. Elle émit un doux ronronnement tout en enroulant la jambe autour de sa taille.

Il saisit son genou pour la maintenir en place.

Et puis, les portes de l'ascenseur s'ouvrirent.

- 9 -

Blair serait tombée si Lucas ne l'avait pas maintenue en équilibre. Ce baiser lui avait fait tourner la tête, et elle ne voyait plus que Lucas. Elle était si excitée qu'elle ne savait même plus si elle était habillée ou non.

Vaguement, elle posa la main sur le décolleté de sa robe et découvrit que le vêtement était toujours en place. Son geste attira le regard de Lucas sur ses seins, et le grondement rauque qu'il émit l'électrisa. Elle n'avait jamais été exhibitionniste, mais si cela pouvait susciter ce genre de réactions chez lui, elle pourrait bien le devenir.

Les portes de l'ascenseur se refermèrent, brisant le fil de ses pensées érotiques. Lucas l'escorta dans le couloir et sortit une clé de sa poche au moment où ils atteignaient leur suite avec vue sur l'océan.

Tout son corps vibrait tant elle avait envie de le toucher. Bientôt, elle pourrait le caresser à loisir.

Après un instant, ils furent enfin dans la suite, et Blair posa son sac sur une console. Face à eux, la baie vitrée offrait une vue imprenable sur l'Atlantique.

Lucas se retourna vers elle. Elle s'intima de ne pas se jeter à son cou à nouveau. Elle l'avait déjà fait dans l'ascenseur. Et le soir de leur premier baiser, c'était elle qui avait exigé qu'il la caresse.

Cependant, maintenant qu'elle avait pris la décision de faire l'amour avec lui, elle ne voulait pas gâcher la moindre seconde de leur temps.

— À quoi penses-tu ? demanda-t-il tout en retirant sa veste qu'il posa sur une chaise de cuir.

— Je me demandais si tu pouvais m'aider à établir un record de vitesse en déshabillage.

Il haussa un sourcil puis, lentement, desserra sa cravate. Elle l'observa, ravie, tandis qu'il déboutonnait sa chemise avec une précision méthodique.

Lorsqu'il ouvrit les pans du vêtement, elle admira son torse. Ses pectoraux d'acier, ses abdominaux bien dessinés. Elle sentit sa respiration s'affoler et son cœur battre à coups redoublés.

— Je pourrais être en toi plus vite si nous gardions nos vêtements, plaida-t-il.

Il approcha, laissant tomber sa chemise au sol.

Elle tâcha de reprendre son souffle, le regard rivé à la toison sombre qui disparaissait sous son pantalon.

— Oh ! fit-elle. En effet.

Elle vit passer une lueur brûlante dans son regard fauve. La seconde suivante, il prit ses fesses en coupe à travers sa robe et la porta. Et quand, quelques secondes plus tard, il la plaqua contre la porte de la suite, ils furent dans la même position que dans la cabine d'ascenseur.

À cette différence près qu'ils n'auraient pas à s'interrompre cette fois.

Blair noua les bras autour de son cou, s'accrochant à lui, heureuse qu'il comprenne exactement ce qu'elle voulait. Ce dont elle avait besoin. Il appuya le bassin contre le sien, lui arrachant un gémissement. Puis il prit possession de ses lèvres, sa langue taquinant et explorant sa bouche.

Chaque caresse était exquise. Chaque baiser attisait son désir. La pression de son érection contre elle éveillait un feu au creux de son ventre.

Elle ondula des hanches, mue par le besoin de passer au stade supérieur.

— Lucas, murmura-t-elle contre ses lèvres.

Elle enroula les jambes autour de sa taille.

— S'il te plaît, fais vite, supplia-t-elle. Ça fait si longtemps que j'attends…

Il secoua la tête puis effleura sa joue avec ses lèvres.

— J’attends depuis encore plus longtemps, Blair. J’ai envie de toi depuis notre premier baiser, ce soir-là sur le toit.

Le feu en elle s’accrut.

— Raison de plus pour assouvir ton envie maintenant.

Elle passa la main sur ses épaules, ses pectoraux fermes.

— J’y compte bien, assura-t-il.

Il passa la main sous sa robe et serra sa cuisse.

— Prendre mon mal en patience n’a pas été facile, Blair. C’était un supplice.

Glissant les doigts sous son slip, il lui prodigua des caresses intimes.

— Chaque jour, ajouta-t-il.

La dernière caresse faillit la faire basculer. Elle était déjà prête, et au comble de l’excitation.

Elle serra ses épaules, laissant retomber la tête sur le côté tandis que le plaisir la traversait.

— Je croyais que si nous ignorions notre attraction, elle finirait par disparaître, avoua-t-elle.

Coucher avec lui était un risque, aujourd’hui comme hier, mais elle ne pouvait plus faire comme si cette attirance n’existait pas, désormais.

Son regard s’assombrit tandis qu’il insérait un doigt en elle.

Et quel a été le résultat ? demanda t il.

Sa voix était râpeuse, signe qu’il perdait le contrôle aussi vite qu’elle. Elle avait l’impression qu’elle pourrait mourir s’il cessait de la toucher, et que son monde se réduisait à leur étreinte.

À lui.

— Je pensais encore plus à toi.

Elle déposa une série de baisers dans son cou, puis plongea les mains dans ses cheveux.

— Et j’avais encore plus envie de toi, ajouta-t-elle.

Elle se pressa contre lui et le sentit frissonner.

— Alors, peut-être que cette attente n’était pas une si mauvaise chose, répondit-il.

Il relâcha ses fesses tout en la maintenant contre lui par le poids de son corps.

Elle émit un son de protestation, mais se calma lorsqu'il ouvrit son pantalon. Elle remonta sa robe, impatiente de sentir Lucas en elle.

Il passa le pouce sous la dentelle de son slip et l'écarta aisément.

— Tu peux prendre un préservatif dans ma poche arrière ? demanda-t-il.

— Avec joie.

Elle plongea les mains dans ses poches, serrant ses muscles fessiers durs comme la pierre, et trouva un préservatif dans la poche gauche.

— Puis-je m'en occuper ? demanda-t-elle en brandissant la protection.

— Plus vite tu me toucheras, mieux ce sera.

Il plaqua les mains de chaque côté de sa tête et se pencha sur elle pour l'embrasser.

Elle n'eut qu'une seconde pour apprécier son expression : brute, virile, intense. Mais elle savait qu'elle ne l'oublierait jamais. Il l'embrassa avec tant de fougue qu'elle dut s'y reprendre à plusieurs reprises pour ouvrir l'emballage. Puis elle déroula le préservatif avec des mains tremblantes et le mit en place sur son sexe rigide.

Une vague d'anticipation déferla sur elle.

Avant de le relâcher, elle le caressa. Lucas emprisonna son poignet si vite qu'elle en eut le souffle coupé.

— Je te laisserai volontiers faire. Mais tout à l'heure.

Puis il lâcha son poignet et soutint son regard.

— D'abord, j'ai besoin d'être en toi.

Elle s'empressa de hocher la tête.

— Oui. *S'il te plaît*, oui.

Relevant sa robe, il saisit ses fesses et la souleva.

Elle sentit son pouls s'accélérer.

Puis, il la fit descendre sur lui.

Les sensations la submergèrent. Lucas était tout ce dont elle avait rêvé, et plus encore, mais la soudaineté de cette pénétration la surprit. Elle se serra contre lui, le temps que son corps s'adapte.

— Tu es avec moi ? demanda-t-il d'une voix haletante.

Il déposa un baiser sur le sommet de sa tête.

Elle sentit ses muscles intimes se détendre un peu. Avec hésitation, elle bougea les hanches, et il inspira brusquement.

— Oui, susurra-t-elle. Encore.

Lucas se retira en partie, puis revint de plus belle. Elle ferma les yeux et s'abandonna tout entière.

Il agrippa ses cuisses tandis qu'il allait et venait en elle, changeant de rythme, découvrant ce qu'elle préférait. Blair s'accrocha à lui, ses doigts cherchant le meilleur appui sur son corps musclé.

Sa tête frottait contre la porte, mais peu lui importait car les sensations que Lucas éveillait en elle étaient prodigieuses. Elle croisa les chevilles dans son dos.

Quand il glissa la main entre eux pour la caresser, elle sut que cette nuit ne la laisserait pas indemne. Cet homme allait lui offrir les meilleurs ébats de sa vie, et lui faire atteindre un niveau de satisfaction qui resterait inégalé.

— Ouvre les yeux, lui chuchota-t-il à l'oreille, la ramenant à l'instant présent. Je veux voir ton regard quand tu atteindras l'orgasme.

Était-ce l'intensité de son expression, la nature personnelle de la requête, ou peut-être la raucité de sa voix qui l'amena au point de rupture ? Ses muscles intimes se contractèrent avec force tandis qu'une vague de plaisir la balayait.

Une vague rapide, suivie par d'autres.

Lucas se tendit et, un instant plus tard, il atteignit à son tour le plaisir suprême.

Il continua ses mouvements de va-et-vient, faisant durer les sensations, et elle eut l'impression que son orgasme était infini. Enfin, ils s'affalèrent l'un contre l'autre, le souffle court, une fine couche de sueur perlant sur leur peau.

— Ça va, Blair ?

Il lui releva le menton et l'observa avec un mélange de chaleur et de désir.

— À merveille. Merci.

— Tant mieux.

Il écarta les cheveux qui barraient son front pour y déposer un baiser.

— Car c'était juste un avant-goût.

Une heure plus tard, Lucas venait de donner un pourboire au garçon d'étage et conduisait le chariot sur la terrasse quand il entendit le jet d'eau de la douche s'interrompre dans la salle de bains principale.

Imaginer Blair nue le fit réfléchir. Pourquoi s'accorder une chose aussi commune qu'un repas alors qu'il pourrait apaiser sa faim d'elle ?

Après leurs ébats intenses, il avait pensé qu'il devait la nourrir et lui laisser un peu de temps avant de poursuivre leur nuit de plaisir. Il avait commandé un dîner léger puis avait enfilé un pantalon de jogging et un T-shirt pendant que Blair prenait une douche.

Il remplissait leurs verres quand son téléphone sonna. Jetant un coup d'œil sur l'écran, il vit s'afficher le nom de la directrice du marketing de Deschamps Cosmetics.

Contrarié que le travail fasse intrusion dans sa soirée, il décida malgré tout d'accepter l'appel. Il avait mis en suspens sa carrière pour aider sa mère à sauver son entreprise. Pour se racheter d'avoir couvert les mensonges de son père lorsqu'ils formaient encore une famille. Il regrettait amèrement son erreur, par conséquent, il ferait tout pour réussir sa mission, quelle que soit la force de son désir pour Blair.

— Deschamps, répondit-il.

— Navrée de vous déranger si tard, Lucas, commença Felicia d'une voix légèrement tremblante. Mais j'ai appris par un ami au service informatique que la direction surveillait les navigations Internet et les mails des employés, possiblement à cause d'une fuite d'informations. Est-ce vrai ?

Lucas sentit l'irritation monter en lui.

— Vous me dérangez en dehors des heures de travail pour parler d'une rumeur ?

— Ce n'est pas une simple rumeur, et vous le savez, sinon le service informatique n'aurait pas consacré autant d'heures à ces recherches, riposta-t-elle. Quelle est la gravité de la situation ? Cela pourrait-il compromettre le lancement de la nouvelle ligne ?

Son inquiétude manifeste l'amadoua légèrement.

— Felicia, vous savez que nous sommes dans une situation délicate, avec la réunion du conseil d'administration qui arrive.

Il contempla l'Atlantique tandis que des éclairs fendaient le ciel, illuminant les vagues déchaînées.

— Raison de plus pour que je sache ce qui se passe ! Lucas, je suis l'amie de votre mère depuis des années. Je ne mérite pas une réponse ?

La directrice poussa un soupir.

— Justement, vous n'avez pas pensé à me demander si j'avais vu quoi que ce soit de suspect ? ajouta-t-elle.

La patience de Lucas s'érodait. Il avait envie d'être avec Blair, et non de discuter avec la directrice du marketing. D'ailleurs, le fait qu'elle l'appelle lui et non sa mère était étrange, et le poussait à s'interroger sur l'état de leur amitié.

— Avez-vous vu quoi que ce soit de suspect, Felicia ? demanda-t-il d'une voix lasse.

— Pour tout vous dire, oui, répondit-elle d'un ton indigné. Mais j'aurais peut-être dû téléphoner à votre mère.

— Je suis d'accord, cela aurait été plus sage.

Il songea à raccrocher, mais Felicia n'avait pas fini.

— Parce que Cybil aimerait sûrement savoir que sa dernière recrue a accepté un travail en free-lance avec About Face pour la semaine prochaine, reprit-elle d'un ton désinvolte. Votre mère souhaiterait peut-être être au courant que Blair Westcott fait encore joyeusement affaire avec l'une des sociétés du groupe qui essaie de racheter Deschamps Cosmetics.

La nouvelle lui fit l'effet d'un uppercut.

Blair travaillait pour About Face ?

Certes, elle avait le droit d'accepter des missions ponctuelles avec d'autres entreprises. Mais Lucas trouvait étrange qu'elle ne l'ait pas mentionné. Surtout après avoir rencontré son père aujourd'hui. Ses soupçons assombrirent ses pensées tandis que Blair sortait de la chambre principale, portant un peignoir jaune pâle et des chaussettes blanches.

Il n'arrivait pas à associer ce qu'il venait d'entendre à ce qu'il savait de Blair. Pourtant, ses données de navigation Internet étaient suspectes, non ?

— Attendez. Felicia, êtes-vous en train de dire…

Mais celle-ci avait déjà raccroché.

Bon sang, que se passait-il ?

Il reporta son attention sur Blair. La ceinture de son peignoir soulignait sa taille et flattait ses courbes. Elle était si sexy qu'il oublia un instant ses doutes.

— J'ai entendu le garçon d'étage sortir, alors je me suis dit que la voie était libre, dit-elle quand elle l'eut rejoint sur la terrasse. Le temps s'est rafraîchi. C'est agréable.

Elle remarqua le chariot et les assiettes sur la table entourée d'un canapé semi-circulaire

— Un orage se prépare, dit-il. J'ai pensé que nous pourrions admirer le spectacle pendant le dîner.

Il devait la questionner. Alors pourquoi n'arrivait-il pas à détacher son regard de sa cuisse nue, visible par l'ouverture de son peignoir ?

Il serra les poings, ne sachant par où commencer.

— Bonne idée, approuva-t-elle.

Elle s'assit sur le canapé et croisa ses splendides jambes. Le toit qui avançait sur la terrasse les protégeait du vent et de la pluie.

— Je vais pouvoir te raconter ce que j'ai appris aujourd'hui au congrès, lança-t-elle.

Il prit place à côté d'elle.

— À quel sujet ? demanda-t-il, intrigué.

Il souleva les cloches argentées, révélant un plat de fromage et de charcuterie, et un autre d'agnolotti farcis à la burrata accompagnés d'une crème au parmesan.

Quand il avait passé commande, il avait imaginé une tout autre ambiance pour leur repas. Il s'était dit que Blair pourrait s'asseoir sur ses genoux. Qu'il pourrait lui murmurer des mots doux entre deux bouchées, lui décrire de quelles manières il désirait lui faire l'amour ce soir.

Mais maintenant, les mots de Felicia tournaient en boucle dans sa tête.

— Ça a l'air délicieux, commenta Blair.

Elle se servit une tranche de jambon et prit un petit pain tandis qu'il servait les pâtes en commençant par l'assiette de Blair.

— J'étais trop distraite tout à l'heure pour te faire part de mes découvertes concernant la taupe.

Il se figea, faisant de son mieux pour déchiffrer son expression. Était-ce une coïncidence qu'elle lui révèle des informations maintenant, juste après qu'il avait entendu quelque chose de potentiellement incriminant à son sujet ? Se savait-elle soupçonnée d'espionnage ?

— Qu'est-ce que tu as découvert ? demanda-t-il.

Son genou effleura le sien quand il se pencha pour poser son assiette devant elle.

L'excitation l'envahit. Il avait à nouveau envie d'elle. Très envie.

Mais il ne pouvait laisser le désir obscurcir son jugement alors que l'entreprise de sa mère était en danger.

— Merci, Lucas.

Elle posa sa serviette sur ses genoux avant de prendre son verre en cristal pour boire une gorgée d'eau.

— J'ai discuté avec Corey, la femme qui gère la réserve.

Lucas hocha la tête. La réserve était une petite pièce pleine d'échantillons, destinés essentiellement aux journalistes beauté des magazines et aux gros clients.

— Et d'après elle, des échantillons de la nouvelle ligne ont disparu.

Elle goûta ses pâtes au moment où un éclair illuminait son visage.

— Impossible, dit-il. Le service recherche et développement n'a confié aucun échantillon au service marketing. Felicia trépigne depuis des semaines.

Lucas l'avait entendue se plaindre auprès de sa mère, se servant de leur amitié pour influer directement sur la présidente.

Une fois de plus, il se demanda pourquoi Felicia n'avait pas téléphoné à Cybil ce soir plutôt qu'à lui.

— Les échantillons sont arrivés la veille de notre départ pour Miami, répondit-elle, mais Corey affirme qu'il y avait une notice avec la boîte, décrivant le protocole de distribution des produits. Une distribution qui ne devait commencer qu'après la réunion du conseil.

— Ça paraît plausible. Je n'étais pas au courant, mais il y a beaucoup d'opérations de routine dans lesquelles je ne suis pas impliqué.

Sa mission principale consistait à convaincre les membres du conseil qu'il valait mieux laisser l'entreprise entre les mains de sa créatrice. La nouvelle ligne de produits pouvait générer beaucoup de profits, et Lucas comptait le leur démontrer.

Blair fit tourner sa fourchette dans la sauce au fromage.

— Selon Corey, un échantillon a disparu de la réserve hier, confia-t-elle. Une fiole de sérum.

Le tonnerre gronda, signe que l'orage approchait.

— Un employé aurait pu la prendre ? questionna Lucas.

D'après ce qu'il savait de la nouvelle ligne, le lancement avait été soigneusement préparé, car la formule était brevetée.

— Peut-être pour l'apporter au congrès ? ajouta-t-il.

— C'est ce que Corey a pensé. Mais personne ici ne l'a.

— A-t-elle rapporté l'incident ?

Qui avait accès à la réserve ?

Pas Blair. Elle était arrivée depuis trop peu de temps. Mais ce récit avait-il pour but de lui faire oublier ce que Felicia lui avait confié ?

— Non. Elle s'apprêtait à remplir les documents nécessaires pour faire un rapport quand j'ai discuté avec elle.

Elle prit une tranche de pain et lui en donna une.

— Il lui a fallu toute la journée pour interroger tous ceux qui sont venus à Miami, afin de savoir si l'un d'eux avait pris l'échantillon, précisa-t-elle.

Il réfléchit un instant et mit dans la balance les révélations de la directrice du marketing ainsi que ces nouvelles informations. Il s'était persuadé que Blair était trop gentille, trop généreuse pour être une espionne industrielle.

Alors pourquoi doutait-il maintenant ?

À cause des accusations de Felicia ? Ou y avait-il autre chose ? Si Blair était mêlée à des secrets qui pourraient nuire à sa mère… il ne serait pas seulement furieux. Après ce qu'ils venaient de partager, il se sentirait trahi.

Le tonnerre éclata à nouveau, succédant aux éclairs qui formaient des lignes dentelées dans le ciel.

Lucas le savait bien, il avait déjà franchi une limite avec Blair en mêlant travail et plaisir. Il s'était trop rapproché d'elle. Par conséquent, devrait-il prendre les devants et rompre avec elle même s'il n'avait encore aucune preuve de sa culpabilité ? Impensable. Il refusait de la croire coupable sur la base de simples rumeurs. Toutefois, il ferait mieux de se souvenir que, pour eux deux, cette liaison n'était qu'une parenthèse.

Pour l'instant, il mettrait de côté les informations de Felicia. Il n'émettrait aucun jugement tant qu'il n'en saurait pas plus.

Cela lui semblait sage. Pourtant, une petite voix dans sa tête l'accusa de choisir la facilité pour pouvoir coucher avec Blair à nouveau. Cette pensée lui traversa l'esprit au moment où la pluie se mettait à tomber. Le bruit des gouttes résonna autour d'eux.

Ce déluge semblait être le signe qu'il avait pris la mauvaise décision.

Malgré tout, il lui était impossible de renoncer à sa nuit avec Blair.

- 10 -

Une fois le repas terminé, Blair avança vers le bord de la terrasse, prenant soin de ne pas marcher sur la dernière rangée de carrelage mouillée par la pluie.

Elle serra les bras autour d'elle pendant que Lucas rangeait le chariot dans le couloir. La brise était chaude et les quelques gouttes de pluie qui atteignaient son visage étaient rafraîchissantes. Voir les nuages rouler dans le ciel avait été un beau spectacle. L'océan, si calme ce matin, était maintenant agité.

Blair avait grandi à Long Island, mais pas au bord de l'eau. La vie qu'elle y avait menée lui semblait très loin à présent. À l'époque, sa mère et elle travaillaient beaucoup, et les journées étaient chargées et joyeuses. Elles avaient investi beaucoup de temps pour réaliser leurs rêves, pour finalement se rendre compte que les choses matérielles importaient peu.

Non, elle n'allait pas penser à cela maintenant alors qu'elle s'était promis de profiter de ces quelques jours avec Lucas. Pour une aidante, ce n'était pas égoïste de se ressourcer de temps en temps, non ? Elle avait besoin d'énergie pour affronter les jours difficiles qui l'attendaient. À cet instant, Blair aurait aimé que sa mère puisse être avec elle. La vue sur l'océan était à couper le souffle, sublimée par le clair de lune.

— Tu es encore dehors ? lança Lucas lorsqu'il revint sur la terrasse.

Ses épaules se découpaient dans la lumière de la suite. Il était aussi séduisant en pantalon de jogging et en T-shirt noir que dans les costumes sur mesure qu'il portait habituellement au bureau. Peut-être même davantage. Elle se sentait privilégiée de voir un côté de Lucas que peu de gens connaissaient. Il approcha, et elle frissonna à la pensée qu'il allait la toucher à nouveau.

Pendant le repas, ils n'avaient pas évoqué leurs ébats renversants. Avait-il été aussi secoué qu'elle ?

— Je contemple l'orage.

Elle se retourna vers l'océan et leva le visage pour sentir l'air chargé de pluie sur ses joues.

— Après les difficultés de ces derniers mois, c'est comme une catharsis, ajouta-t-elle.

Elle perçut la chaleur de son corps lorsqu'il vint à côté d'elle.

— Comment va ta mère ? demanda-t-il, le regard fixé sur les vagues déchaînées.

Il posa la main au creux de son dos et la caressa doucement. Un geste de réconfort.

Elle avait oublié qu'un amant pouvait aussi être un soutien. Peut-être parce que sa dernière relation sentimentale remontait à loin. Les caresses réconfortantes pouvaient être tout aussi puissantes qu'une alchimie sexuelle brûlante. Elle réprima l'envie de s'appuyer contre Lucas.

Elle avait déjà trop baissé la garde ce week-end. Ce serait une erreur de s'amouracher de son patron et de poursuivre leur relation à New York. La santé de sa mère devait rester sa priorité. Et puis, comment trouverait-elle le temps pour une liaison si elle cumulait deux emplois ? Une réalité qu'elle devrait affronter afin de régler les frais médicaux de sa mère. Une seule mission en free-lance pour About Face ne suffirait pas à payer la chimiothérapie de ce mois.

— Elle va bien, répondit-elle. Je lui ai envoyé un message pendant le déjeuner aujourd'hui. Elle m'a dit qu'elle était fatiguée mais que son amie Valerie dînerait avec elle. Ça lui fera du bien, j'en suis sûre.

Lorsqu'elle effleura son épaule, elle se rendit compte qu'elle s'était rapprochée de lui involontairement.

— Tant mieux. Comment te sens-tu quand tu es si loin d'elle ? demanda-t-il, passant la main dans ses cheveux noués en queue-de-cheval. Est-ce plus difficile que d'habitude ?

— Même quand je suis à Brooklyn, c'est dur pour moi de ne pas la voir en personne chaque jour. J'ai essayé de la convertir aux appels vidéo, mais elle déteste ça. Elle n'aime pas se montrer quand elle n'est pas sous son meilleur jour.

Blair aurait aimé que sa mère ne la considère pas comme quelqu'un devant qui elle devait toujours être présentable, mais elle comprenait son choix.

— Ce doit être douloureux pour toi, dit-il en massant doucement sa nuque.

Elle chancela un peu. Elle appréciait ce contact physique. Et oui, elle était heureuse de pouvoir exprimer des pensées qui la travaillaient nuit et jour.

— C'est pour ça que j'ai pris l'habitude d'apporter mon kit de maquillage les jours où ma mère se rend au centre de chimiothérapie. Je la maquillais pour lui remonter le moral et, rapidement, des patientes m'ont questionnée sur les produits indiqués pour les peaux sensibles, ou m'ont demandé d'« exercer ma magie » sur elle.

De parfaites inconnues étaient venues vers elle quand elles l'avaient vue redessiner des sourcils sur le visage de sa mère.

— Tu as répondu à un besoin, commenta-t-il. C'était gentil de ta part de leur faire profiter de tes talents.

— Je serais là-bas tous les jours si je le pouvais, avoua-t-elle avec honnêteté.

Elle ressentit une pointe de culpabilité à l'idée qu'elle n'était même pas dans le même État que sa mère en cet instant.

— Mais j'ai besoin de mon salaire…

Elle s'interrompit, se rendant compte que ses paroles pouvaient être mal interprétées.

— Bien sûr, j'adore mon travail, s'empressa-t-elle de préciser.

Il se tourna vers elle.

— N'importe quel enfant dévoué souhaiterait être au chevet d'un parent malade pour le soutenir, Blair. Il est bien normal que tu regrettes de ne pas passer plus de temps avec ta mère.

Il saisit ses épaules et l'attira vers lui.

C'était si agréable…

Était-ce mal de vouloir se perdre en lui à nouveau ? D'avoir *besoin* de cette échappatoire ? Peut-être avait-elle tort de se concentrer sur l'aspect charnel. Mais l'aspect émotionnel menaçait de lui faire perdre pied.

— Un jour, j'aimerais créer une entreprise qui facilite l'accès aux soins esthétiques pour les patientes en oncologie, confia-t-elle.

Elle voulait détourner la conversation de la maladie de sa mère. Ou de ses soucis financiers. Une pointe de culpabilité la saisit lorsqu'elle songea qu'elle avait évité de parler d'About Face ou de sa prochaine mission pour son ancien employeur.

— Peut-être en apportant ces services à domicile, pendant qu'elles sont en convalescence, afin qu'elles se sentent mieux à l'idée de sortir ou de recevoir des amis.

Il laissa retomber sa main.

— Tu devrais évoquer ce projet avec ma mère, suggéra-t-il. *Après* la réunion du conseil, bien sûr.

Une ombre passa dans son regard. Elle aurait pu mettre cela sur le compte de la météo, mais l'orage semblait s'être calmé. Même les vagues étaient moins agitées.

Elle était curieuse de connaître ses pensées. Peut-être était-ce la future réunion du conseil qui le préoccupait ? Blair savait que l'enjeu était important pour Deschamps Cosmetics.

— Bien sûr, dit-elle. Je le ferai peut-être.

Étant donné l'humeur sombre de Lucas, Blair ne parla pas davantage de son idée d'entreprise. De toute manière, elle ne pourrait réaliser son projet que dans un avenir lointain. Elle n'avait pas le capital de départ pour un projet de ce genre, d'autant plus que presque tout l'argent qu'elle gagnait était consacré aux frais médicaux de sa mère.

Lucas ne disait toujours rien. Blair avait le sentiment que quelque chose n'allait pas.

— Tu t'inquiètes pour la réunion ? demanda-t-elle, posant les mains sur ses pectoraux. Je croyais que tu avais de bonnes chances d'éviter le rachat maintenant que la nouvelle ligne de produits va être lancée ?

Elle l'observa. Une partie de son visage était plongée dans l'ombre et l'autre était éclairée par la lumière de la suite. Elle le vit serrer la mâchoire.

— C'est le cas. En supposant que personne ne sape nos efforts.

Il semblait si déterminé qu'elle se réjouit de ne pas être son adversaire professionnelle.

— Je suis sûre que Corey a déjà prévenu la direction qu'il manquait un échantillon.

Elle se sentait nerveuse, pourtant elle n'avait aucune raison de l'être.

— Est-ce que cela va arrêter l'espion pour autant ? questionna-t-il.

Il combla la distance qui les séparait et prit son visage entre ses mains.

— Telle est la question, conclut-il.

L'esprit de Blair tenta de trouver du sens à ces paroles. Mais ce n'était pas une tâche aisée lorsque toute la force et la chaleur virile de Lucas l'enveloppaient. Elle respira son parfum, mélange d'après-rasage, de gel douche et de bois fumé, et se rapprocha encore.

— Lucas, ce n'est pas facile de répondre à cette question, dit-elle d'une voix essoufflée. Tu sais que mes capacités à résoudre les problèmes sont sérieusement altérées quand nous sommes si près l'un de l'autre.

Elle était impatiente de l'embrasser. De le caresser.

— Bien. J'ai passé tant de temps à attendre une réaction de ta part que cela fait un bien fou de savoir que je te rends nerveuse.

Il défit la ceinture de son peignoir et l'ouvrit, révélant son short et son T-shirt roses.

— Eh bien, je réagis, maintenant, rétorqua-t-elle en plaquant les hanches contre lui.

Il fixa sa poitrine.

— Je vois ça, dit-il.

Il effleura un téton qui pointait sous son T-shirt de coton.

Des ondes de plaisir la parcoururent quand il passa l'index sur le mamelon ferme et se pencha pour le prendre en bouche à travers l'étoffe.

— Oh ! fit-elle, rejetant la tête en arrière. C'est…

Il aspira son téton avec force. Elle s'accrocha à ses épaules tandis que le sol semblait se dérober sous ses pieds. Jamais personne n'avait éveillé de telles sensations en elle. Jamais elle n'avait éprouvé un tel plaisir, avec aucun autre homme.

Elle enfonça les mains dans sa chevelure brune pour le pousser à continuer. Mais il s'interrompit et releva la tête.

— Cette fois, il nous faut un lit, décréta-t-il. Viens avec moi.

Il l'entraîna à l'intérieur de la suite et referma la baie coulissante derrière eux.

Elle le suivit dans sa chambre, qui donnait également sur la terrasse. Lucas ferma les stores électriques puis alluma une lampe de chevet qu'il régla sur un éclairage minimum. La décoration minimaliste de la pièce mettait en valeur le lit immense recouvert d'une couette blanche. Et Blair ne vit plus que ce lit.

Déjà, elle imaginait ce que Lucas et elle allaient y faire.

Lucas était impatient d'avoir Blair dans ses bras.

Elle fixait le lit du regard. Se postant derrière elle, il enlaça sa taille et l'attira contre lui. Respirant son parfum aux notes de vanille, il enfouit le nez dans son cou, désireux d'oublier le coup de fil de Felicia. Il n'avait aucune envie de laisser ces accusations sans preuve gâcher ses moments avec Blair.

— Ma faim de toi est insatiable, murmura-t-il, caressant son ventre et ses hanches à travers ses fins vêtements. Je tiens à te prévenir, je te garderai peut-être au lit toute la nuit et toute la journée de demain.

Il la sentit frissonner sous l'effet de ses paroles. Ce qu'il trouva très excitant.

— Je me contenterai de la nuit, répliqua-t-elle en se pressant contre son sexe en érection.

Une vague de chaleur monta en lui, lui coupant le souffle.

Il serait si facile de soulever son peignoir et de la caresser intimement. De prendre possession d'elle et de leur donner à tous les deux du plaisir jusqu'à ce qu'ils soient pantelants et épuisés. Mais combien de temps avant qu'il la désire encore ? Et encore ?

— Entendu, ma belle.

Il la retourna entre ses bras et contempla son visage.

— Mais j'ai besoin de te voir. La première fois, je ne t'ai pas déshabillée, et je compte bien me rattraper cette fois.

Elle tira sur la taille de son pantalon de jogging pour le faire venir à elle. Bien qu'il apprécie son initiative, il retira sa main le temps de lui ôter son peignoir.

Dans la lumière tamisée de la chambre, Lucas distinguait la forme de sa poitrine sous son T-shirt. Il souligna chaque sein à travers l'étoffe de coton avant de passer le vêtement par-dessus sa tête.

— Parfaite, dit-il.

Puis il saisit l'un de ses seins et l'embrassa.

Elle glissa la main dans ses cheveux et émit un doux son de plaisir qui ne fit qu'attiser le feu de son désir.

Non pas qu'il ait la moindre intention de délaisser ses seins parfaits. Il les lécha, les suçota, partageant son attention de manière égale entre les mamelons gorgés de désir. Elle s'agita, preuve qu'elle appréciait cet assaut sensuel.

— Lucas, s'il te plaît, dit-elle, enfonçant les ongles dans ses épaules.

Libérant un mamelon humide, il releva la tête. Il reconnut l'expression avide dans son regard. Il l'avait déjà vue le soir de leur premier baiser. Et plus tôt, lorsqu'il l'avait prise contre la porte.

Elle voulait qu'il aille plus loin. Elle en avait besoin.

Et il serait ravi de lui donner ce qu'elle voulait. Savoir qu'il était l'objet de son désir était déjà une satisfaction.

— Je vais m'occuper de toi, Blair.

Bien décidé à tenir sa promesse, il lui retira son short.

L'image sensuelle qu'elle lui offrait méritait qu'il s'arrête un instant pour la graver dans son esprit, décida-t-il. Ainsi, il pourrait convoquer mentalement cette vision chaque fois qu'il le souhaiterait.

Mais lorsqu'elle tira sur le cordon de son pantalon et qu'elle effleura son entrejambe, il sut qu'il ne pourrait pas attendre plus longtemps.

En quelques secondes, il se dévêtit. Il observa la façon dont Blair le contemplait, les lèvres légèrement entrouvertes.

Un instant plus tard, elle était à genoux devant lui, et il sentit sa température grimper en flèche. D'abord, les caresses hésitantes de sa langue le poussèrent à serrer les poings. Puis, lorsqu'elle l'accueillit dans sa bouche, il lui fallut faire appel à toute sa maîtrise pour ne pas lui maintenir la tête à deux mains.

Il peina à se contenir tandis qu'elle établissait un rythme avec sa main et ses lèvres, accroissant son désir jusqu'à ce que sa retenue ne tienne plus qu'à un fil.

Il résista assez pour l'aider à se relever.

— Je veux être en toi, lui rappela-t-il en la saisissant par les hanches et la conduisant vers le lit. Et nous n'avons toujours pas fait l'amour dans un lit.

— Les lits sont surfaits.

Elle lui donna un baiser fougueux. Sous ces airs doux et sages se cachait une femme passionnée.

Bon sang, ce qu'elle était excitante !

Il la porta et la fit retomber au milieu de la couette immaculée. Elle atterrit avec un petit cri de surprise, les joues rosies.

— Tu dis ça maintenant, mais tu seras peut-être contente d'être sur un matelas moelleux quand je serai allongé sur toi.

Il ouvrit le tiroir du chevet et en sortit un préservatif.

— Une promesse alléchante, glissa-t-elle, une lueur taquine dans le regard.

Sa vie lui paraissait bien moins terne maintenant que Blair y avait insufflé sa chaleur et sa passion.

Il déchira l'emballage et déroula le préservatif sur lui. Il avait besoin de connaître un plaisir que Blair seule pouvait lui donner. Et il voulait lui donner du plaisir, lui aussi.

Blair le regarda avec des yeux brillants quand il s'étendit sur son corps nu. Elle écarta les jambes afin qu'il puisse se caler entre elles.

Elle était la créature la plus sexy qu'il ait jamais vue, mais il doutait que cela explique pourquoi il la désirait plus qu'il n'avait jamais désiré une autre femme. Elle avait quelque chose d'unique.

Se pouvait-il qu'il ait des sentiments pour elle ?

Chassant cette pensée extrêmement perturbante, il se concentra sur la seule chose qu'il pouvait contrôler pour l'instant. Le plaisir qu'il lui donnerait.

S'appuyant sur un bras, il glissa entre ses replis lisses et chauds. Son corps était encore si contracté qu'il dut y aller en douceur. Elle enfonça les ongles dans ses bras, une légère douleur bienvenue pour contrebalancer les sensations époustouflantes qui l'assaillaient.

Elle enroula les jambes autour de sa taille, l'amenant plus loin en elle. Il se retira, pour mieux revenir. Elle haleta lorsqu'il s'enfonça jusqu'à la garde. Alors il recommença. Encore.

Et encore.

Il vit ses paupières se fermer, son visage s'empourprer. Ses gémissements devinrent plus stridents tandis qu'elle ondulait des hanches pour accompagner chacun de ses coups de reins.

Bientôt, il sut qu'elle était au bord de l'explosion. Alors, il caressa son pubis puis piégea son clitoris entre ses phalanges.

Elle explosa la seconde suivante, poussant un cri qui résonna dans la chambre tandis que ses muscles féminins pulsaient de manière frénétique autour de lui.

La force des sensations était telle qu'il ne put se maîtriser plus longtemps. Un grondement brut lui échappa lorsqu'il fut balayé à son tour par un orgasme puissant. Des spasmes le secouèrent tandis qu'il s'abandonnait en elle.

De longs instants plus tard, il prit de profondes inspirations, tentant de recouvrer ses esprits.

Au prix d'un effort, il ouvrit les yeux et roula sur le côté, puis remonta la couette sur eux.

Le silence les enveloppait. Le climatiseur soufflait un air frais sur leurs corps en sueur.

Lorsque Lucas tourna la tête vers Blair, elle était en train de passer les doigts dans ses cheveux emmêlés par leurs ébats.

Sans qu'il sache pourquoi, ce geste lui sembla encore plus intime que ce qu'ils venaient de partager. Et pourtant, tandis qu'il l'observait, il sentit son cœur s'emplir d'un sentiment étrange. Lorsqu'elle surprit son regard, elle lui sourit.

Et il comprit alors qu'il ne voulait pas que ce week-end signe la fin de leur liaison. Néanmoins, il ne pouvait ignorer ce que Felicia lui avait révélé. Il devait passer en revue les données du service informatique concernant la navigation sur Internet de Blair et les mails échangés avec son ancien employeur.

Peut-être devrait-il la questionner à ce sujet.

Cette pensée assombrit son humeur. Tout ce qu'il voulait pour l'instant, c'était la prendre dans ses bras.

Il s'apprêta à le faire quand son téléphone se mit à sonner.

Il réprima un soupir de frustration.

— Désolé, il faut que je réponde. C'est la sonnerie de ma mère.

Il sortit du lit et ramassa son pantalon sur le sol pour récupérer son téléphone dans l'une des poches.

— Bien sûr, prends tout le temps qu'il te faudra, dit-elle en s'enfonçant sous la couette.

Tout en acceptant l'appel, Lucas prit un short dans son sac de voyage.

— Bonsoir, maman. Tout va bien ?

— Non, au contraire. Tout s'est effondré, murmura-t-elle d'une voix presque méconnaissable.

L'angoisse le saisit. Sa mère avait déjà tant souffert. À cause de son père. Qu'est-ce que cet homme avait encore bien pu faire, cette fois ?

Lucas gagna le salon d'un pas lourd.

— Quel est le problème ? Que s'est-il passé ?

Une sensation glacée envahit ses veines tandis qu'il attendait la réponse de Cybil.

— Ton père détient la formule de la nouvelle ligne de produits, lâcha-t-elle, des sanglots dans la voix. Deschamps Cosmetics est fichue.

Ces paroles lui coupèrent les jambes. Il se laissa tomber sur une chaise.

Tout ce dur labeur pour rien ?

— Impossible. Papa bluffe, sans doute…

— Il m'a envoyé la formule chimique. Il la *détient*, affirma-t-elle. Si je ne lui vends pas l'entreprise, il menace de lancer sa propre version sur le marché. Le conseil me forcera à accepter son offre d'achat.

Non.

Tout en lui se rebella à cette perspective. Son père avait déjà fait assez de mal à sa mère, et, hélas, Lucas l'avait laissé faire à l'époque. Il ne laisserait pas l'histoire se répéter. Pas s'il pouvait sauver la société que Cybil Deschamps avait créée seule, en partant de rien.

— Comment a-t-il obtenu la formule ? Il te l'a dit ?

En proie à de sombres doutes, Lucas observa Blair.

Elle était assise sur le lit, la couette autour des épaules, le visage pâle. Lucas repensa à l'air étrange de son père quand il avait rencontré Blair. Il y avait eu une arrogance contenue dans son expression. Comme si elle et lui partageaient un secret.

Et si c'était le cas ?

— Il a dit qu'il possédait un échantillon. Je ne lui ai pas demandé comment il l'avait eu.

Elle semblait agacée, comme si la question n'avait aucune importance.

— Lucas, qu'allons-nous faire ?

Une fureur froide grandit en lui, mais il devait la contrôler. La refréner. Afin de pouvoir prendre des décisions pour la suite.

Pour commencer, il allait interroger la femme qui avait eu plusieurs échanges avec l'une des employées de son père ces six dernières semaines.

— J'ai quelques idées, dit-il d'une voix calme et apaisante. Mais il faut que je réfléchisse encore avant de t'en parler, d'accord ?

— D'accord. Mais peux-tu me rappeler bientôt ?

— Promis, maman. Ne t'en fais pas.

Après avoir raccroché, il décida qu'il n'attendrait pas que Blair lui demande ce qui se passait.

Il aurait dû la passer sur le gril des semaines plus tôt, au lieu de lui demander son aide pour démasquer la taupe.

S'il avait agi ainsi, c'était parce qu'il la désirait.

À présent, il regrettait son aveuglement.

Et cela s'entendit dans sa voix rude quand il déclara :

— Il faut que je sache, Blair.

Tous ses muscles étaient tendus.

— Je sais que tu es en contact avec l'une des employées de mon père depuis des semaines. Est-ce que tu as volé la formule du nouveau produit pour la donner à mon père ?

- 11 -

Un son emplit les oreilles de Blair, semblable à l'Atlantique pendant l'orage. Mais ce n'était pas le bruit de la mer agitée qui résonnait en elle. C'était celui de son pouls affolé.

— Je… je te demande pardon ?

Elle cligna des yeux, se rendant compte un peu tard qu'elle était nue dans le lit alors que Lucas la fusillait du regard.

Avait-elle bien entendu ? Apparemment, il venait de l'accuser de vol.

Elle se leva et saisit d'une main tremblante son peignoir posé sur un coin du lit. Puis elle enfila le vêtement. Elle avait longtemps craint un affrontement, et voilà qu'il était arrivé… mais les accusations de Lucas n'avaient pas de sens. Elle attacha sa ceinture avec un nœud serré, comme si le peignoir léger lui offrait une protection contre cette conversation.

— C'est toi qui as pris l'échantillon, Blair ?

Le ton était plat, totalement dénué de sentiments, contrairement à toutes les autres fois où Lucas s'était adressé à elle. Même pendant les premiers jours, lorsqu'ils s'envoyaient des piques subtiles, il y avait eu une certaine chaleur entre eux. Qui avait disparu à présent.

— As-tu transmis d'autres informations à DLH Luxe à propos de Deschamps Cosmetics ?

Il portait un T-shirt et un short. À quel moment s'était-il habillé ? C'était une drôle de pensée en de telles circonstances. Pourtant, il lui semblait que Lucas aussi portait ses vêtements comme une armure. L'amant généreux qui l'avait honorée à peine quelques instants plus tôt s'était évaporé.

Lucas et elle étaient face à face, tels des adversaires, chacun d'un côté du lit.

— Non, Lucas. Je n'ai rien fait de tout cela…

Sa conscience la fit hésiter à protester davantage.

— Mais ? demanda-t-il, le sourcil arqué.

— Il n'y a pas de *mais*.

Elle était certaine qu'il comprendrait si elle lui racontait tout. Ils venaient de passer une nuit fantastique ensemble. Les barrières étaient tombées. Elle lui avait donné bien plus que son corps, non ? Son cœur battait à se rompre, comme pour lui rappeler tout ce qu'elle avait offert à Lucas.

Quel mauvais moment pour se rendre compte qu'il détenait déjà son cœur… Mais puisqu'elle tenait à lui, il écouterait ses explications, non ?

Il te croira, murmura une petite voix dans sa tête.

— Alors comment expliques-tu tous les mails échangés entre ton ancienne entreprise et toi ? Une entreprise détenue en totalité par le conglomérat de mon père, qui plus est.

De la froide colère dans sa voix, elle déduisit que c'était DLH Luxe qui possédait l'échantillon.

Il était bien normal que Lucas soit furieux. Il s'inquiétait pour sa mère, qui était sans doute dévastée.

Mais cela lui donnait-il le droit de l'accuser sans preuves ?

— J'en suis consciente.

Elle prit une profonde inspiration. C'était le moment de jouer cartes sur table.

— J'aurais dû te révéler plus tôt qu'About Face m'avait approchée, mais la recruteuse à qui j'ai parlé m'a affirmé que notre conversation était protégée par l'accord de non-divulgation que j'ai signé lorsque je travaillais pour eux.

Lucas croisa les bras, un geste qui rendit sa carrure encore plus impressionnante. Dire qu'il y avait à peine une demi-heure, elle avait serré ses épaules tandis qu'elle atteignait les cimes du plaisir…

— Ils ne peuvent pas te lier à eux éternellement. Tant que

tu ne partages pas leurs secrets industriels, ils ne peuvent pas t'empêcher de parler de vos échanges.

Les regrets l'assaillirent. Hélas, elle ne pouvait pas revenir en arrière.

— J'aurais dû relire cet accord attentivement pour répondre à cette femme, mais entre le travail et les visites à ma mère, j'étais débordée.

— Alors tu as supposé que tu pourrais continuer à comploter contre ma mère, et qu'un vieil accord de confidentialité t'épargnerait la peine de mentionner ces mails ?

L'irritation la gagnait. Elle s'était efforcée d'être compréhensive puisque Lucas avait de bonnes raisons d'être contrarié. Mais ce ton accusateur était la goutte d'eau.

— Non, Lucas, je n'ai rien manigancé contre ta mère, articula-t-elle en détachant chaque mot. Je n'ai rien fait qui viole les règles déontologiques de Deschamps.

Sur ce plan, elle avait la conscience tranquille, et cela faisait du bien de pouvoir se défendre. Néanmoins, elle devait ajouter quelque chose. Elle devait lui raconter comment About Face avait cherché à obtenir d'elle des informations, bien qu'elle ait refusé de coopérer.

Il serra les lèvres.

— Est-il vrai que tu vas travailler pour eux la semaine prochaine ? questionna-t-il.

Elle chancela et recula d'un pas. Il fallait qu'elle se justifie. Et vite. Tâchant de retrouver l'équilibre, elle reprit la parole.

— Cette conversation a mal commencé.

Elle l'avait laissé la bombarder de questions au lieu de relater simplement ce qui s'était passé.

— Laisse-moi t'expliquer…

— C'est donc vrai, coupa-t-il.

Il soupira et secoua la tête.

— Je n'en reviens pas d'avoir été aussi aveugle.

— Lucas, écoute…

Il fallait qu'elle parle avant que les incompréhensions empêchent la poursuite de cette discussion.

— Je n'ai pas mentionné qu'About Face m'avait contactée parce que je n'ai rien fait de mal. J'aurais dû prendre le temps de vérifier l'accord de non-divulgation, ainsi j'aurais pu te confier qu'ils m'avaient demandé d'espionner Deschamps. Et j'aurais pu te dire que bien que j'aie refusé, ils avaient peut-être approché d'autres personnes.

Il resta muet une seconde, et elle vit la peine dans son regard avant qu'il se reprenne.

— Tout ce temps, tu savais, lâcha-t-il froidement.

— Toi aussi, tu savais, riposta-t-elle.

Elle était blessée qu'il ait choisi de la juger coupable, après tout ce qu'ils avaient partagé.

— Tu savais déjà qu'il y avait un espion dans ton entreprise. C'est toi-même qui me l'as dit, et j'essayais de t'aider à trouver cet espion.

La douleur créa des fissures dans sa poitrine, signe que quelque chose était en train de se briser.

Comment la situation avait-elle pu dégénérer si vite ?

— Vraiment ? riposta-t-il d'un ton sceptique. Tu essayais de m'aider à démasquer un espion, Blair ? Il semble bien plus probable que tu essayais juste de te rapprocher de moi pour pouvoir faire ton rapport à ton autre employeur.

— Comment peux-tu croire que je volerais une formule, à *toi*, un homme que je…

Elle chercha les bons mots. Des mots qui ne trahiraient pas la profondeur des sentiments qu'elle craignait d'avoir déjà pour lui.

— Un homme auquel je me suis attachée ? Et puis, comment peux-tu penser que je trahirais Cybil de cette manière, alors que ma place dans sa résidence me permet de garder mon emploi et d'économiser autant d'argent que possible pour payer la chimiothérapie de ma mère ?

Pendant un instant, elle n'eut que le silence pour réponse.

— Il ne te sera pas possible de continuer à vivre dans la maison de Brooklyn après cela, Blair. Il faut que tu le comprennes.

En une seule phrase, il venait de la priver de son emploi et de son logement.

— Tu pourrais vraiment faire une chose pareille ? s'exclama-t-elle en portant sa main à son cœur. Tu serais prêt à sacrifier ma *mère* pour te venger de moi ?

Il fronça les sourcils, comme s'il n'était pas sûr de comprendre. Pourtant, cela ne l'empêcha pas de répondre :

— Tu as bien sacrifié la mienne, non ?

Jamais, au grand jamais, elle ne l'aurait cru capable d'une telle cruauté.

— Je vais prendre mes dispositions pour rentrer à New York en avion dans une heure, déclara-t-il.

Sa voix était froide. Distante.

— Si tu souhaites m'accompagner, tu devrais commencer à faire tes bagages, ajouta-t-il.

Sur quoi, il pivota sur ses talons et quitta la pièce.

Ce ne fut que lorsqu'il disparut que Blair sentit les fissures s'agrandir autour de son cœur.

Parce qu'elle n'avait pas les moyens de se payer un billet d'avion et de rentrer seule à New York, elle se força à ramasser ses vêtements éparpillés sur le sol. Puis, se dirigeant vers sa propre chambre, elle fit ses bagages.

Lucas s'était installé à l'arrière de l'avion tandis que Blair avait pris place à l'avant, du côté opposé. Au bout d'une heure de vol, il leva les yeux de son ordinateur et vit Blair fouiller dans son sac de cuir gris posé à ses pieds.

Depuis leur dispute, il l'avait à peine regardée, bien que sa colère se soit dissipée à présent. Il avait consacré toute son énergie à rassembler des informations auprès de sa mère et à envoyer des messages à son père. Cybil lui avait envoyé des captures d'écran de son échange avec son ex-mari, que Lucas comptait montrer au conseil d'administration de Deschamps, comme preuves des pratiques répréhensibles et du manque d'intégrité de son père. Ce dernier lui avait envoyé un SMS dans lequel il promettait de lui téléphoner le soir pour « discuter des options pour l'avenir de Deschamps ».

Le bruit que faisait Blair en fouillant dans son sac venait de l'arracher à ses pensées. Elle était vêtue d'un T-shirt blanc simple et d'un jean moulant, associé à des escarpins fuchsia qui rendaient sa tenue sexy. Il n'aurait pourtant pas dû trouver sexy une femme qui lui avait menti.

Il ne pouvait pas se permettre de penser à leurs ébats, sinon il deviendrait fou. Il avait ressenti des choses avec elle qu'il n'avait jamais ressenties avec aucune autre femme, et il ne s'agissait pas seulement de leur entente charnelle. L'idée de ne plus jamais la toucher n'aurait pas dû l'emplir d'une telle angoisse.

Malgré tout, alors qu'elle sortait la boîte contenant les tartelettes qu'elle avait partagées avec lui à peine vingt-quatre heures plus tôt, il dut se rendre à l'évidence : son désir pour Blair était toujours là.

Maudissant cette attirance, il reporta son attention sur ses mails, cherchant une réponse de Felicia, à qui il avait demandé de vérifier les échantillons dans la réserve. Il ne savait toujours pas comment la formule chimique de la nouvelle ligne s'était retrouvée entre les mains de son père, et il regrettait de ne pas avoir mieux contenu sa colère face à Blair. Peut-être lui aurait-il soutiré davantage d'informations s'il était resté calme.

Maintenant qu'il avait repris ses esprits, il mesurait à quel point il avait perdu le contrôle.

Avait-il vraiment renvoyé une femme qui s'efforçait de prendre soin d'une mère atteinte d'un cancer ? Il savait très bien que Blair craignait de perdre sa place dans la résidence de Brooklyn. Pourtant, il l'avait menacée de la chasser de son logement.

L'alléchante odeur des tartelettes flottait dans l'air, lui rappelant à quel point Blair était attentionnée, que ce soit avec ses collègues, sa mère ou les autres patients du centre de cancérologie.

Oui, il avait réagi de manière excessive. Maintenant qu'il était revenu à la raison, il se rendait compte qu'il était impossible que Blair ait commis des actes illégaux. Qui plus est, des actes qui pourraient nuire à Cybil.

Il en était même sûr à cent pour cent, car il connaissait trop bien Blair pour la soupçonner d'une chose aussi honteuse.

Aurait-elle dû lui parler des sollicitations de son ancien employeur ? Absolument.

Méritait-elle de perdre un travail et un logement à cause de son silence ? Non, évidemment.

Il s'en était pris à elle injustement, car les sentiments qu'il éprouvait à son égard étaient profonds. Passionnés.

La vérité lui fit l'effet d'une gifle. Une gifle qu'il méritait. Il aimait Blair Westcott. Quelle autre réaction expliquerait son comportement ? Il avait été blessé, et il avait mal réagi.

Non. Il avait réagi de manière déplorable.

Il avait pensé vivre le pire quand il avait cru qu'elle l'avait trahi, mais ce n'était rien comparé à la honte et aux regrets qui le tenaillaient. Passant la main sur son visage, il faillit ne pas entendre le pilote annoncer l'atterrissage imminent par les haut-parleurs.

La descente ne fit qu'accentuer le sentiment que la terre allait l'engloutir pour le punir de sa stupidité. Il fallait qu'il parle à Blair. Pas seulement pour découvrir ce qui s'était réellement passé. Mais aussi pour lui présenter ses excuses. Et lui assurer qu'elle avait encore un travail, puisqu'il n'était aucunement habilité à la renvoyer, pour commencer. Et il avait encore moins son mot à dire sur sa place dans la résidence de Brooklyn.

Bon sang, qu'avait-il fait ?

Il voulait se précipiter vers elle et lui parler maintenant. Lui expliquer qu'il avait tout gâché et qu'il voulait une autre chance. Et obtenir des informations supplémentaires sur les tentatives de son père de faire d'elle une espionne industrielle.

Mais cela paraîtrait égoïste, il s'en rendait bien compte.

Il devait élaborer un plan. Il ne pouvait se permettre d'empirer la situation. Il lui faudrait trouver la bonne approche. Étudier les options avant de dire quelque chose qu'il pourrait regretter – comme il l'avait déjà fait.

En attendant, il reporta son attention sur son ordinateur et, avec quelque difficulté, parvint à se concentrer sur ses mails.

Un message de la directrice des ressources humaines, destiné à Cybil, lui avait été envoyé en copie.

Étrange. En temps normal, Lucas n'était pas impliqué dans les questions liées au personnel. Se remémorant sa dispute avec Blair, il craignit qu'elle ait déjà envoyé sa lettre de démission.

Lorsqu'il cliqua sur le message, il constata que celui-ci ne concernait pas Blair.

> Je tenais à vous informer que Felicia Bell a donné sa démission, à effet immédiat. Sa démarche était peu orthodoxe. Elle ne s'est pas soumise à l'entretien de départ et n'a rempli aucune des formalités administratives nécessaires.

Le message ne s'arrêtait pas là, mais Lucas ne poursuivit pas sa lecture.

La directrice du marketing.

Était-ce une coïncidence si la femme qui avait essayé d'incriminer Blair avait quitté brusquement l'entreprise ? En accusant Blair, avait-elle cherché à détourner l'attention de ses propres activités ?

En un instant, toutes les choses qu'il savait sur la taupe chez Deschamps Cosmetics s'emboîtèrent. Et Felicia était au centre du puzzle.

La directrice n'était pas allée au congrès à Miami, pourtant c'était le plus gros événement marketing de l'année pour Deschamps. Lucas avait trouvé cela étrange sur le moment, mais Felicia était rarement rappelée à l'ordre, étant une amie de Cybil.

Tout en se réprimandant en son for intérieur, il ferma le clapet de son ordinateur portable. Il fallait qu'il parle à Blair avant qu'elle sorte de cet avion et – il le redoutait – de sa vie.

En dépit de l'atterrissage imminent, il se leva de son siège et alla s'asseoir face à elle, ne pouvant pas attendre une seconde de plus.

— Blair, il faut qu'on parle.

Son cœur tressauta lorsqu'elle lui décocha un regard glacial.

— Je crois que nous avons suffisamment parlé pour la soirée, rétorqua-t-elle.

Il s'en voulait terriblement de l'avoir blessée.

Et d'avoir mis de la distance entre eux.

Il décida d'adopter un angle plus pragmatique.

— Tu penses que Felicia Bell a une clé de la réserve ? demanda-t-il.

Il lui faudrait aussi interroger son père. Il intenterait une action en justice contre lui. Une plainte pénale et une plainte civile. Il était hors de question que sa mère souffre à nouveau. Qui plus est, après la façon dont il avait traité Blair, il avait besoin de se prouver qu'il pouvait être un homme meilleur que Peter Deschamps.

Certes, il ne l'avait pas montré ce soir ; il avait agi dans son intérêt personnel au lieu de songer à Blair. Il aurait dû s'appuyer sur ce qu'il savait d'elle plutôt que d'écouter sa peur d'avoir été trahi.

— C'est la directrice du marketing, répondit Blair machinalement. Évidemment qu'elle possède une clé.

Lucas ferma les yeux, recevant tout le poids de ses erreurs sur ses épaules.

— C'est elle qui a volé l'échantillon, déclara-t-il.

— Tu en es sûr ?

Elle l'observa, l'air sceptique.

— Parce que tout à l'heure, tu m'as reproché le même méfait, et tu avais tort. Il se peut que la prochaine personne que tu accuseras injustement ne réagisse pas aussi bien que moi.

— Je suis désolé. Plus que les mots ne peuvent le dire.

Blair resta muette.

Il devait au moins la rassurer concernant son emploi. Et son logement.

— Sois tranquille, Blair, ta place chez Deschamps n'est pas menacée. Pas plus que ta place dans la maison de Brooklyn. Je n'ai aucune autorité ni sur l'une ni sur l'autre, et j'ai parlé sans réfléchir.

Le silence s'étira si longtemps que Lucas crut que Blair ne répondrait rien. Mais lorsque l'avion toucha terre, elle finit par déclarer :

— Merci de me dire que je peux rester, mais je donnerai ma démission demain et…

— Blair, je t'en prie, réfléchis.

— Tu veux bien me laisser finir ?

Le regard qu'elle lui décocha, froid et déterminé, ressemblait si peu à la femme généreuse et chaleureuse qu'il connaissait que sa honte et ses regrets s'accrurent.

Il hocha la tête, prenant toute la mesure du mal qu'il avait fait.

— Je donnerai ma démission cette semaine, mais j'aurai besoin de plus de temps pour trouver un autre logement. J'en discuterai avec ta mère quand je lui expliquerai en détail ma conduite.

Elle détacha sa ceinture pendant que l'avion ralentissait sur la piste de l'aéroport de Teterboro.

— Je suis sûre qu'elle acceptera de m'écouter, au moins.

— Elle t'écoutera, affirma-t-il, certain que sa mère gérerait cette situation bien mieux que lui. Mais j'espère que tu m'accorderas une chance de m'expliquer.

L'appareil s'arrêta, les plongeant dans le silence. Par le hublot, Lucas vit le personnel au sol approcher de l'avion.

— Tout comme tu m'as accordé une chance ? repartit-elle.

Elle secoua tristement la tête. Puis elle se leva et accrocha son sac à son épaule.

— La maladie de ma mère m'a appris que la vie est trop courte pour que je perde du temps avec des gens qui ne croient pas en moi. Je t'ai montré qui je suis, Lucas. Je m'en veux de ne pas t'avoir prévenu plus tôt qu'on m'avait demandé d'espionner Deschamps, mais tu aurais au moins pu m'écouter.

Sans ajouter un mot, Blair sortit de l'avion et descendit les marches de métal. Il ne fut guère étonné qu'elle ne se retourne pas et qu'elle refuse de profiter de sa voiture avec chauffeur pour regagner la ville.

Mais il fut surpris de se sentir si anéanti.

C'était comme si son monde venait de s'écrouler.

- 12 -

— Bien, Blair. Nous avons une heure pour discuter avant d'arriver à Brooklyn, déclara Tana.

Plus tôt dans la journée, Blair et ses amies avaient loué une voiture pour se rendre dans les Catskills.

Sable et Tana avaient soutenu qu'elles avaient besoin d'air frais lorsque Blair avait annoncé qu'elle prendrait le train seule pour rendre visite à sa mère. Trop déprimée par sa dispute avec Lucas, elle n'avait pas protesté lorsque ses colocataires avaient loué une petite berline, choisi un itinéraire et préparé un pique-nique. Ce n'était que maintenant, sur le chemin du retour, que Blair mesurait à quel point ces moments entre filles l'avaient aidée à tenir le coup.

— Allons, raconte-nous tout, insista Tana. Que s'est-il passé pendant ton séjour à Miami ? Tu as évité le sujet toute la semaine.

Blair regarda par la vitre. Par où commencer ? Si elle évoquait sa dispute avec Lucas, elle craignait de se mettre à pleurer et de ne plus pouvoir s'arrêter.

Elle souffrait tant... Certes, elle avait affirmé à Lucas que la vie était trop courte pour la passer avec des gens qui n'avaient pas confiance en elle, et elle le pensait. Seulement, après cette déclaration, elle avait passé la nuit à pleurer. Elle avait tenu à voir sa mère aujourd'hui, afin d'être réconfortée par son amour inconditionnel. Et c'était peut-être pour cette raison qu'elle avait accepté que Tana et Sable l'accompagnent. Parce qu'elle savait qu'elles essaieraient de l'aider.

— J'attendais cette question, avoua-t-elle.

Ses amies avaient su se montrer discrètes lorsqu'elle s'était fait porter pâle pendant une semaine, avant de donner sa démission, deux jours plus tôt.

— Je savais bien que vous n'étiez pas venues uniquement pour mes sandwichs et ma salade au poulet.

— Je ne regrette absolument pas de t'avoir obligée à faire ce voyage, déclara Sable, installée sur la banquette arrière. Même si tu fais la meilleure salade au poulet du monde. En fait, tu pourrais fonder une chaîne de restaurants avec ta recette.

Toujours à la pointe de la mode, la future maman portait une combinaison vintage ainsi que des baskets de toile, et elle avait noué avec un bandana sa longue chevelure.

— J'avais vraiment besoin d'une journée loin de la ville, confia Tana d'un ton étonnamment sérieux. C'est la vérité.

Avant que Blair puisse lui demander si quelque chose n'allait pas, la jeune femme poursuivit :

— J'ai de superbes images d'un cerf derrière le chalet de ta mère. Et les photos que j'ai prises pendant que tu la maquilles sont vraiment réussies.

Blair fut au bord des larmes. Cela lui était souvent arrivé aujourd'hui, mais cette fois, ce n'était pas à cause de Lucas. Elle garderait précieusement les vidéos et les photos de ses camarades avec sa mère. La journée avait été excellente, et Amber avait paru heureuse de rencontrer des amies de sa fille. Blair avait oublié à quel point sa mère appréciait l'énergie de la jeunesse.

— Merci, dit-elle en prenant un mouchoir dans son sac pour s'essuyer les yeux. Je suis contente que vous soyez venues.

— Nous aussi, affirma Sable pendant que Tana bifurquait pour éviter un nid-de-poule. Bien, revenons-en à Miami. Que s'est-il passé là-bas ? Nous avons vu les photos de Lucas et toi au congrès. À en juger par ton expression, tu avais l'air prête à porter ses enfants, plaisanta-t-elle.

Blair ne put s'empêcher de glousser.

— Peut-être. Mais c'était avant que tout s'écroule.

N'y tenant plus, elle passa les vingt minutes suivantes à tout leur raconter. Elle commença par relater qu'About Face lui avait demandé à plusieurs reprises d'espionner Deschamps Cosmetics en échange d'un chèque conséquent, qu'elle avait refusé leur offre, et qu'elle avait en revanche accepté une mission en free-lance. Elle ajouta qu'elle n'avait pas étudié de près l'accord de non-divulgation signé avec son précédent employeur. Puis elle dévoila ce qui s'était passé entre Lucas et elle, en évitant les moments les plus croustillants. Pour finir, elle admit avec honnêteté qu'elle était tombée amoureuse de lui.

Malheureusement, il lui avait brisé le cœur en l'accusant à tort.

— Oh ! trésor, fit Sable en posant la main sur son épaule à la fin de son récit. Pas étonnant que tu sois si tourmentée.

Tana marmonna un juron et ralentit lorsqu'elles s'apprêtèrent à traverser le pont George Washington.

— Je lui avais pourtant dit de ne pas te faire souffrir ! s'exclama l'actrice. Tu as déjà assez de problèmes comme ça.

— Que vas-tu faire ? demanda Sable.

Elle lui tendit un paquet de mouchoirs par-dessus son siège car Blair avait terminé le sien.

Après en avoir pris un, Blair se regarda dans le miroir du pare-soleil et essuya les traces de mascara sous ses yeux.

— Je n'en sais trop rien. Mais je ne peux plus travailler chez Deschamps, manifestement. J'ai envoyé ma démission par mail aux ressources humaines cette semaine, et j'ai mis Cybil en copie.

Depuis, elle n'avait pas consulté sa messagerie, guère prête à voir les réponses, ou même à vérifier si elle avait eu des réponses tout court.

— Cybil va être déçue, glissa Sable. Elle paraissait si enthousiaste à ton sujet, dit-elle tout en allumant sa tablette. Mais tu es incroyablement talentueuse, et ta prochaine entreprise aura de la chance de te recruter. Tu as pensé à ce que tu voulais faire ensuite ?

Blair marqua un temps.

La peur toujours présente de ne pas pouvoir payer les frais médicaux de sa mère s'intensifia. Avait-elle vraiment démissionné alors qu'elle avait désespérément besoin d'argent ? Comment avait-elle pu laisser ses émotions prendre le pas sur sa raison ?

— C'est bien là le problème. J'avais du mal à payer les soins de maman même quand je travaillais chez Deschamps. Je pourrais trouver un autre emploi avec un salaire comparable, mais je serais tout de même à découvert chaque mois.

Elle ne pourrait même plus payer le loyer du chalet, à ce rythme.

— Tu dois voir grand, lança Tana en dépassant un semi-remorque avec aisance.

— Comment ça ? demanda Blair.

— Il te faut plus qu'un emploi salarié, dit-elle, et elle lui lança un bref regard. Il te faut un potentiel de profit sérieux, et rapidement.

— D'accord. Mais lequel ?

Elle se sentait incapable de planifier son avenir alors que le présent la déprimait.

Elle avait fait de son mieux pour soutenir sa mère pendant sa lutte contre la maladie, par conséquent, elle n'avait plus les ressources émotionnelles pour combattre la douleur d'avoir perdu Lucas. Encore moins pour réfléchir à un nouveau moyen de subsistance.

— Une start-up avec des charges peu élevées, suggéra Sable. Une entreprise dont tu pourrais être la patronne.

Cette idée alluma une étincelle en elle, bien qu'elle semble difficilement réalisable.

— Un fort pourcentage de nouvelles entreprises font faillite la première année, rappela-t-elle.

Elle l'avait appris à l'université. Elle avait dû arrêter ses études prématurément pour s'occuper de sa mère malade, mais elle avait suivi avec enthousiasme les cours sur l'entrepreneuriat.

— Et puis, cela peut prendre des années pour gagner sa vie correctement, même si on reste à flot les douze premiers mois.

— Si on a la bonne idée au bon moment, ça n'est pas nécessairement long, argua Sable en lui passant la tablette.

Regarde un peu ça. Beaucoup de sociétés ont prouvé leur rentabilité avant que les investisseurs arrivent.

— Ce sont des exceptions.

Blair lut les noms des entrepreneurs. Certains étaient célèbres, d'autres lui étaient totalement inconnus.

— Ce sont des preneurs de risques avec de bonnes idées, plaida Tana.

Elle traversa le pont Alexander Hamilton, et Blair se rendit compte que le trajet de retour était passé très vite.

— Or tu as déjà une bonne idée, ajouta Tana.

Blair laissa tomber la tablette sur ses genoux.

— Comment ça ?

— Fournir des soins esthétiques aux femmes et aux hommes malades ou en difficulté, intervint Sable en tendant le bras pour reprendre la tablette. Tu voulais fonder un organisme caritatif pour les personnes cancéreuses, et ensuite développer ton activité.

Blair n'en revenait pas que ses amies se souviennent de son projet. Elle secoua la tête.

— Je ne sais pas si je suis prête à créer quelque chose de ce genre.

Sable lui donna une tape sur l'épaule.

— Bien sûr que tu es prête ! Tout ce qu'il te faut, c'est un plan de développement. Pourquoi laisser ton idée en sommeil alors que cela pourrait réellement améliorer la vie de gens qui rêvent de se sentir normaux à nouveau ?

Tana s'éclaircit la voix puis prit la parole.

— Aujourd'hui, quand je te filmais, tu disais que n'importe qui pouvait maquiller un visage jeune et beau. Mais que c'était de l'art quand le maquillage transformait le combat et la douleur d'une personne en beauté.

Touchée que son amie ait retenu ses mots, Blair resta sans voix.

— On pourrait utiliser ce clip pour lancer l'idée, non ? avança Sable. Tana, nous pourrions revoir les rushs ce soir, toutes les deux. Montrer Blair en action et se servir de ses propres paroles pour la voix off.

— Dans quel but ? demanda Blair.

Elle avait le cœur si lourd que son esprit avait du mal à suivre. La veille à la même heure, Lucas et elle quittaient le centre de congrès de Miami et se précipitaient dans leur suite pour amener leur attirance réciproque à sa conclusion naturelle et torride.

En l'espace de vingt-quatre heures, tout avait changé.

— En fait, ce n'est pas une mauvaise idée, répondit Tana, qui pianotait sur le volant. Je voulais justement faire davantage de postproduction. Ce n'est pas comme si j'avais beaucoup d'auditions ces derniers temps, de toute manière.

— Nous pourrions avoir recours à un financement participatif, suggéra Sable.

— Les filles, ça ira, intervint Blair. Vous n'avez pas besoin de faire tout cela. Je ne pourrai pas accepter ce genre d'aide. Et même si je le voulais, je ne pourrais pas utiliser les bénéfices d'un organisme à but non lucratif pour payer les frais médicaux de ma mère.

Tana se dirigea vers le sud en traversant le Bronx, où la circulation était légèrement moins dense.

— Nous pourrions séparer ton entreprise des frais de ta mère. On pourrait utiliser une plate-forme différente pour les factures médicales, et mettre un lien sur la page de financement de ton entreprise.

— C'est parfait ! s'exclama Sable en claquant des doigts.

— Non, protesta Blair en secouant la tête. Je ne peux pas vous laisser faire tout cela pour maman et moi.

Elle devait résoudre ses problèmes seule.

— Je ne suis pas sûre que tu puisses stopper les efforts d'amies bien intentionnées, Blair, objecta Tana en haussant une épaule. Nous tenons à t'aider. Et tu as besoin de soutien en ce moment.

Blair soupira, ébranlée de constater à quel point elle était fatiguée. Elle avait en effet le sentiment d'avoir porté beaucoup de choses cette année.

— Tout ça est si soudain ! Je ne suis pas vraiment prête à fonder une nouvelle entreprise pour l'instant.

— Mais c'est un domaine qui te passionne, ce qui signifie que tu feras un travail formidable, assura Sable. Tu devrais au moins y réfléchir. Si tu ne le fais pas pour toi, fais-le pour ta mère.

Avec cette dernière phrase, Sable avait visé juste. La guérison de sa mère était ce qui comptait le plus pour Blair. Et quand elles arrivèrent devant la maison, elle sut qu'elle suivrait ce plan. Cette idée d'entreprise était la sienne, d'ailleurs. Elle l'avait simplement reléguée dans un coin de son esprit, pensant que ce n'était pas le bon moment. Mais si c'était le bon moment ?

En effet, elle avait besoin d'aide, et elle avait la chance que ses amies la soutiennent au moment où elle avait le plus besoin d'elles.

Simplement, il lui était encore douloureux de se dire qu'elle avait fait les mêmes confidences à Lucas qu'à ses amies. Tana et Sable avaient transformé ses mots en coup de chance professionnel, tandis que Lucas avait seulement retenu le fait qu'elle ait communiqué avec son ancienne entreprise, transformant cela en un aveu de déloyauté.

Elle devait accorder son affection et son attention à des amies qui le méritaient, plutôt qu'à un homme qui ne les méritait pas, à l'évidence.

Hélas, ce n'était pas si évident pour son cœur.

Elle avait beau se répéter qu'elle devait oublier Lucas, elle savait bien qu'elle n'avait aucune chance d'y parvenir.

Après le voyage calamiteux à Miami, Lucas passa l'essentiel de sa semaine à consulter des avocats pour gérer la crise de la formule volée.

Il avait consulté des spécialistes en droit des sociétés et en propriété intellectuelle. Il avait passé des heures à étudier les différentes politiques de sécurité de Deschamps Cosmetics, ainsi que les accords de confidentialité internes. Il avait aussi effectué des recherches approfondies sur les réglementations en matière d'espionnage industriel, puis avait soigneusement réfléchi à la meilleure façon de porter plainte.

Décidant de prendre une pause, il se leva et alla se camper devant la fenêtre qui donnait sur l'Hudson et la statue de la Liberté.

La vue était l'une des plus belles que Manhattan ait à offrir. Pourtant, Lucas la regardait sans la voir. Parce qu'il se rappelait une autre vue en front de mer. Une vue sur un océan Atlantique déchaîné, avec Blair à ses côtés, des gouttes d'une pluie d'été brillant sur son joli visage.

Il ne cessait de penser à elle. Même la lecture ennuyeuse de politiques de sécurité ne pouvait pas lui faire oublier la peine qu'il lui avait faite. Ou la froideur avec laquelle elle l'avait quitté, en déclarant que son temps était trop précieux pour le gâcher avec des gens qui ne croyaient pas en elle.

Depuis, ces mots tournaient en boucle dans son esprit. Parfois au premier plan. Parfois en arrière-plan. Mais ils étaient toujours là.

Quand son téléphone sonna, une étincelle d'espoir s'alluma en lui à l'idée que ce soit Blair.

Évidemment, ce n'était pas elle.

— Bonjour, maman, répondit-il un instant plus tard, appuyant une épaule contre la fenêtre.

— Bonjour, Lucas. Quoi de neuf ?

— Je cherche toujours la meilleure manière de contrer les attaques de papa, mais notre dossier est solide.

Il n'arrivait pas à croire qu'il pourrait en arriver là : déposer une plainte contre son propre père. Quoi d'étonnant à ce que Lucas ait du mal à accorder sa confiance alors qu'il ne pouvait pas se fier à son propre père ? Il avait cru avoir dépassé sa colère envers lui, mais il lui en voulait toujours. Ce problème d'espionnage industriel avait pollué sa relation avec Blair.

Pour l'heure, il devait rassurer sa mère. Ils avaient uniquement parlé affaires depuis qu'elle lui avait annoncé la nouvelle qui avait fait imploser sa relation avec Blair. La plupart de leurs conversations concernaient la démission de Felicia, autrefois l'amie de sa mère, qui avait volé l'échantillon pour le donner à Peter Deschamps. Cybil n'avait pas été aussi choquée qu'il l'aurait cru. Apparemment, Felicia avait toujours espéré séduire Peter, et elle avait pensé avoir enfin trouvé une manière d'attirer son attention. Quoi qu'il en soit, Lucas avait déjà porté plainte contre l'ancienne directrice du marketing de Deschamps Cosmetics.

— Je suis sûre que tu trouveras une solution, trésor, dit sa mère calmement.

Elle était loin d'être aussi ébranlée que lorsqu'elle lui avait téléphoné pendant qu'il était à Miami.

— J'ai une question à te poser, concernant un autre sujet, dit-elle.

— Je tâcherai d'y répondre, si je le peux.

Il jeta un coup d'œil à son bureau. Il se rappelait avoir convoqué Blair ici pour lui demander de l'aider à trouver l'espion chez Deschamps Cosmetics.

Il avait adopté la mauvaise approche avec elle, depuis le début. Mais cela ne diminuait en rien le plaisir qu'il avait eu en apprenant à la connaître. À l'apprécier.

À l'aimer.

— Je t'ai dit que j'avais reçu la démission de Blair, rappela-t-elle.

Cybil lui avait envoyé un SMS pour l'en informer, la veille, et y avait joint une copie de sa lettre de démission.

Lucas n'avait pas eu le cœur de la lire.

— Je m'en souviens, dit-il, laconique, car il n'était pas prêt à évoquer sa dispute avec Blair.

Peut-être qu'une part de lui espérait encore une réconciliation.

Ou peut-être ne voulait-il simplement pas admettre qu'il avait tiré des conclusions hâtives, qui avaient profondément blessé Blair.

— Mais as-tu vu qu'elle avait créé une entreprise en ligne ?

Lucas s'arracha à ses pensées pour se concentrer sur ce que sa mère venait de dire.

— Je te demande pardon. De quoi parlais-tu ?

— Blair a lancé un financement participatif pour une nouvelle entreprise, dont l'activité consiste à proposer des soins esthétiques aux femmes et aux hommes malades, en commençant par les patients atteints de cancer. Elle a aussi mentionné la possible création d'une future ligne de maquillage non toxique et sûre pour les malades.

Lucas ignorait tout cela. Toutefois, cette idée d'entreprise lui était très familière.

Bravo, Blair.

— Elle m'avait confié qu'elle voulait faire quelque chose dans ce genre, dit-il.

Il se sentait fier d'elle, et cela transparaissait dans sa voix. Il regrettait de ne pas avoir pu l'aider à réaliser son rêve. Il avait perdu la chance d'être à ses côtés, et il était encore furieux contre lui-même.

Comment avait-il pu laisser ses problèmes de confiance l'aveugler ?

— Eh bien, j'aurais aimé qu'elle vienne me voir pour discuter de son projet, répondit Cybil. C'est exactement le genre d'initiatives auxquelles j'adorerais participer.

Elle semblait déçue et, en même temps, peut-être, fière de Blair, elle aussi.

— Tu savais que sa mère luttait contre un cancer de l'ovaire ? demanda-t-elle.

— Oui, je suis au courant.

Il ferma les yeux. Il aurait aimé en faire plus pour Blair. Il regrettait de lui avoir signifié son licenciement alors qu'elle traversait une telle épreuve.

— Où as-tu appris tout ça, au fait ? questionna-t-il.

— C'est partout sur les réseaux sociaux. Tu n'es pas allé sur Internet aujourd'hui ? La vidéo qui accompagne la présentation de l'entreprise est vraiment… extraordinaire, Lucas. Tana Blackstone, mon autre résidente de Brooklyn, figure au générique. J'ai choisi pour locataires des femmes très talentueuses.

Cette fois, la fierté dans sa voix était évidente.

Se dirigeant vers son bureau, Lucas alluma son ordinateur portable et tapa le nom de Blair dans un moteur de recherche. Parmi les résultats d'images qui emplirent l'écran se trouvait le cliché d'eux au congrès de Miami. Un cliché qui lui faisait toujours un choc quand il le voyait. Sur cette photo, ils semblaient si bien ensemble.

Si amoureux.

À côté de cette image se trouvait une capture de vidéo, qui montrait Blair en train de passer un pinceau sur la pommette d'une femme qui lui ressemblait, avec trente ans de plus. Cette personne avait une écharpe rose nouée autour de la tête, ornée en son centre d'un colibri argenté. La tendresse dans les yeux de Blair lui noua la gorge.

Il lui fallut quelques secondes avant de pouvoir parler.

— Je vais regarder ça de plus près, maman. Y avait-il autre chose que tu voulais me dire ?

Sa mère émit un son sarcastique.

— Oui, mon fils. Bien sûr qu'il y a autre chose. Je veux que tu règles le problème entre Blair et toi, quel qu'il soit. Ravale ta fierté, demande-lui de revenir chez Deschamps, dis-lui que je veux participer au financement de toutes ses activités. Règle… le problème.

Appuyant le front contre sa main, il ferma les yeux. Le poids de ses actes pesait sur ses épaules.

— J'ai vraiment tout gâché, maman, confessa-t-il. Je ne sais pas si elle acceptera de revenir.

La vérité était une chose fragile. Et Lucas l'avait piétinée. Il était si peu doué pour les relations sentimentales que c'en était risible.

— Parfois, la moitié de la bataille, c'est de reconnaître que l'on a eu tort, souligna Cybil. Cela dit… est-ce qu'elle sait que tu l'aimes ?

Il releva la tête.

— Et toi, comment sais-tu que je l'aime ?

— Oh ! Lucas ! Il m'a suffi d'un regard sur cette photo de

vous deux. Je suis ta mère. Blair est une jeune femme talentueuse, mais elle n'a sans doute pas ma capacité à lire en toi.

— Tu crois que je devrais lui avouer mes sentiments, même si elle m'a déjà fait comprendre que je n'ai plus aucune chance avec elle ?

Il parcourut en diagonale l'article qui accompagnait la vidéo.

— Absolument, tu dois lui dire. L'amour change tout, Lucas. Mon mariage n'a pas fonctionné, mais cela ne signifie pas que l'amour ne vaut pas la peine que l'on se batte pour lui.

Ces paroles sages s'enregistrèrent dans son esprit, et un sourire réticent étira ses lèvres. Sa mère était très perspicace. Il ne lui avait jamais avoué qu'il évitait les relations sérieuses à cause des dégâts collatéraux du mariage de ses parents. Mais peut-être n'en avait-il pas eu besoin.

— J'ignore comment tu sais autant de choses, maman, mais je pense que tu as raison.

— Je suis peut-être une femme d'affaires combative et prospère, mais ce dont je suis le plus fière, c'est d'être une bonne mère.

Elle prit une grande inspiration.

— Si ton père réussit à racheter Deschamps Cosmetics, ça ne m'anéantira pas, parce que j'ai quelque chose de bien plus important qu'il n'a jamais appris à estimer.

— Nous allons garder la société, maman.

Il avait dépensé suffisamment en honoraires d'avocats pour en être raisonnablement certain.

— Je me battrai jusqu'au bout, assura-t-il.

— Merci, mon fils. Mais j'ai ce qui compte le plus dans la vie. Tu sais quelle est la chose que ton père n'a jamais appris à estimer ?

Lucas sourit.

— Non. Quelle est-elle ?

— L'amour, mon chéri. Tu ne m'as pas écoutée ? C'est la seule chose qui compte. Maintenant, va reconquérir ta belle.

- 13 -

— Vous préférez les sablés à la confiture ou les petits fours ? demanda Blair à ses colocataires. C'est une question importante. Ça m'aidera à choisir quels biscuits j'enverrai à mes plus gros donateurs pour les remercier.

Cela faisait des heures qu'elle pâtissait. Les plateaux de biscuits s'accumulaient autour d'elle, mais elle n'avait pas regagné la tranquillité d'esprit qu'elle trouvait d'habitude en confectionnant des gâteaux. Elle avait invité Sable et Tana à être ses goûteuses car elle avait besoin que ces biscuits soient parfaits. Or elle ne pouvait pas se fier à son propre jugement ces derniers temps.

Pourtant, elle faisait encore des gâteaux.

Et elle ne comptait pas s'arrêter.

Elle ne savait pas comment faire autrement pour concentrer ses pensées sur le succès de sa nouvelle entreprise plutôt que sur Lucas, et sur le fait qu'elle ne le reverrait sans doute jamais. Si elle le revoyait, ce serait uniquement lorsqu'il la chasserait de la maison, après que Cybil aurait mis fin à son bail. Penser à lui, et à tout ce qu'elle avait perdu, était douloureux.

— Tu n'es pas sérieuse, si ? demanda Tana, perchée sur un tabouret de bar.

Elle avait teint en mauve les pointes de ses cheveux bruns pour les assortir à son nouveau pantalon de cuir qu'elle adorait.

— Blair, tu seras la première entrepreneuse de l'histoire à récompenser ses investisseurs par des biscuits faits maison, remarqua-t-elle.

— Qui a dit que c'était une récompense ? C'est peut-être un pot-de-vin pour qu'ils investissent encore plus, rétorqua-t-elle.

Elle n'en revenait pas de la vitesse à laquelle l'idée avait pris forme. Pourtant, cette victoire lui semblait creuse. Parce qu'il manquait un être particulier à ses côtés.

— Mais je ne devrais pas être cupide. Je suis déjà stupéfiée par les sommes que vous avez récoltées.

Ses amies avaient réalisé une formidable vidéo, de qualité professionnelle, qui expliquait son projet : fournir des services esthétiques à domicile, un moyen de redonner des forces aux gens ayant des problèmes de santé. La vidéo avait récolté un nombre de vues impressionnant, des gens du monde entier louant l'idée, contribuant financièrement à la start-up et racontant comment ils avaient vaincu le cancer.

Tous ces retours l'avaient bouleversée. Et la somme d'argent récoltée lui permettait largement de commencer son activité. Sur la page de la start-up figurait un lien pour les gens qui souhaitaient participer au paiement des frais médicaux d'Amber Westcott. Sur la page du lien se trouvait une courte vidéo, dans laquelle sa mère montrait son chalet dans les contreforts des Catskills. L'amie de sa mère, Valerie, faisait une apparition et vantait le courage d'Amber. Il y avait même des photos de la vie d'Amber à Long Island, à l'époque où elle entraînait une équipe féminine de hockey sur gazon et travaillait comme serveuse dans un restaurant populaire. Blair ne s'était pas rendu compte que Tana avait filmé toutes ces choses durant leur visite, en particulier le petit album photo que sa mère avait apporté au chalet.

Blair avait versé un torrent de larmes en visionnant la vidéo, surtout quand Amber avait déclaré que sa fille l'aidait énormément dans son combat contre le cancer. Entendre ces mots – des mots que sa mère ne lui avait pas jamais dits en face – avait soigné une petite blessure en elle.

Au bout du compte, le soutien et la générosité de sa nouvelle communauté d'investisseurs avaient été formidables. Blair n'aurait plus à s'inquiéter des factures avant un moment.

Elle avait un seul regret : ne pas pouvoir parler de sa bonne fortune à Lucas. Ce qui n'avait pas de sens, après la manière dont il l'avait traitée.

— Combien *tu* as récolté, rectifia Sable en pointant vers elle un biscuit à la noix de coco.

Aujourd'hui, la future maman portait une robe fourreau rouge vif qui soulignait son petit ventre rond.

— Cette idée est la tienne à cent pour cent, ajouta-t-elle. Et ces biscuits coco sont sous-estimés. Selon moi, ils pourraient bien remporter le titre de meilleurs biscuits de remerciements.

— L'équipe de production mérite la plupart des biscuits de remerciements, décréta Tana tout prenant deux gâteaux sur une grille. Et en tant que productrice en chef, je mise sur ces sablés au gingembre.

On sonna à la porte.

— Nous attendons quelqu'un ? demanda Sable en descendant de son tabouret.

La cuisine étant au sous-sol, Sable fila dans la chambre du rez-de-chaussée pour regarder par la fenêtre et savoir qui venait leur rendre visite.

Elle revint quelques instants plus tard, les yeux écarquillés.

— C'est Lucas !

Blair recula d'un pas. Ses amies la dévisagèrent, guettant sans doute sa réaction.

À la perspective d'être face à lui, tous ses sens étaient en alerte. Mais elle était méfiante, car elle craignait de souffrir encore.

— Tu veux que j'aille lui parler ? demanda Tana. Ou que je l'envoie paître ?

— Je ne sais pas, murmura Blair.

Le minuteur sonna, la faisant sursauter.

Elle sortit du four une plaque de biscuits aux amandes. Elle était nerveuse, mais aussi très curieuse de savoir ce que Lucas lui voulait.

— Nous pouvons faire office de filtre, proposa Sable. Tana et moi allons lui poser quelques questions, et tu pourras entendre ses réponses d'ici. Si elles te plaisent, tu nous rejoins. Sinon…

— Nous le chassons sans ménagement, lança Tana qui montait déjà l'escalier. Je connais une technique d'autodéfense qui pourrait fonctionner avec lui.

Blair eut le ventre noué.

Elle savait que Lucas avait été injuste avec elle, mais pouvait-elle lui en vouloir ? Il tenait absolument à sauver l'entreprise de Cybil. Entendre sa mère bouleversée au téléphone ce soir-là avait dû être très difficile pour lui. Dans ces circonstances, il n'avait pas été capable d'écouter les explications de Blair.

Ce n'était pas une bonne raison, mais c'était une explication. Blair avait-elle le moindre motif de ne pas écouter Lucas maintenant ?

Elle posa la plaque de biscuits sur le plan de travail avant d'éteindre le four. Puis elle se posta au pied de l'escalier et tendit l'oreille.

Pour jouer les agents de sécurité, Blair n'aurait pas pu choisir un duo plus intimidant, pensa Lucas.

Les colocataires de la jeune femme étaient sur le seuil de la maison, les bras croisés, et le jaugeaient ostensiblement.

De la musique des années 1970 provenait du couloir derrière elles. La brune plantureuse portait une robe rouge et arborait un air sévère. Quant à la petite furie en pantalon mauve, elle semblait ouvertement hostile et prête à en découdre. Si ces femmes voulaient le chasser, il n'avait aucune chance contre elles.

— Bonjour, dit-il d'un ton aimable. Blair est-elle là ?

— Pourquoi ? Pour que vous puissiez la licencier à nouveau ? lança Tana en avançant vers lui.

Cet accueil n'augurait rien de bon. Lucas méritait ce traitement, néanmoins, il fallait qu'il parle à Blair.

— C'était une erreur. J'ai déjà dit à Blair que je regrettais mes paroles. Ma mère est très triste de la perdre.

Il regarda vers le couloir sombre, mais il n'y avait aucun signe de Blair.

La musique venait de l'étage inférieur. Des odeurs d'amande, de sucre et de vanille parvenaient jusqu'à lui, des arômes qu'il connaissait bien.

Blair était là.

— Que lui diriez-vous si nous vous laissons la voir ? demanda Sable en rejetant ses longs cheveux derrière son épaule.

Elle s'écarta légèrement. Peut-être pour que ses paroles parviennent jusqu'à Blair ?

C'était juste une intuition, mais Lucas avait le sentiment qu'elle était tout près.

— Avant tout, je commencerais par lui dire à quel point je suis fier d'elle, car elle a eu suffisamment foi en son idée, et en elle, pour créer sa propre société. Il faut beaucoup de courage pour se lancer, et je sais qu'elle fera de cette entreprise un succès.

Il regarda Tana et Sable tour à tour.

— Je sais que, toutes les deux, vous l'avez beaucoup aidée. La vidéo montrait très bien la compassion de Blair.

Il avait pleuré en regardant l'échange entre la mère et la fille pendant que Blair maquillait les yeux d'Amber Westcott. Blair avait déclaré vouloir réveiller l'étincelle d'autrefois chez sa maman. L'extrait était émouvant, bien sûr. Mais il montrait aussi comment quelques moments de soin pouvaient donner à une personne malade le sentiment d'être normale.

Un instant plus tard, Lucas vit une ombre dans l'escalier, juste avant qu'une tête blonde apparaisse. Le soulagement l'envahit, suivi par un vif besoin d'attirer Blair dans ses bras. Excepté qu'il n'en avait pas le droit.

Il devait d'abord s'expliquer, sinon il n'aurait peut-être plus jamais ce droit. L'enjeu de cette conversation était capital.

— Je vais lui parler, annonça Blair en fixant son regard sur lui.

Elle s'essuya les mains sur son tablier blanc orné d'un volant à imprimé cerises.

Il remarqua qu'elle portait un short effiloché sous le tablier ainsi qu'un débardeur rose. Ses cheveux étaient attachés en queue-de-cheval et son visage était dépourvu de maquillage. Elle avait un peu de farine sur la joue.

Tandis qu'elle se glissait entre ses amies, Sable passa le pouce sur la tache de farine pour l'effacer. Puis les deux colocataires disparurent dans l'escalier pour gagner l'étage inférieur.

Et Lucas se retrouva seul avec Blair.

— Si nous allions sur le toit ? suggéra-t-elle en retirant son tablier. Il fait assez bon dehors.

Des souvenirs de leur dernière rencontre sur ce même toit l'assaillirent. Se remémorait-elle encore ces instants avec tendresse ? Ou l'invitait-elle uniquement à retourner là-haut pour remplacer ces souvenirs par un adieu final ?

Il se raidit à cette pensée.

— Volontiers. Merci.

Un instant plus tard, il la suivit et monta les trois volées de marches qui menaient à la terrasse sur le toit.

— Assieds-toi, dit-elle.

Au lieu de s'installer sur le canapé comme la dernière fois, elle se laissa tomber dans un fauteuil. Lucas s'assit face à elle sur le canapé.

La soirée commençait à peine. Les bruits de la rue montaient jusqu'à eux : les moteurs des voitures, les cloches d'église sonnant l'heure, les gens jouant de la musique dans le parc non loin. Les arbustes autour du toit étouffaient un peu les sons, leur donnant le sentiment d'être isolés.

Lucas se tourna vers elle, conscient que le moment était crucial. Tout dépendrait de la façon dont il plaiderait sa cause.

— Merci d'avoir accepté de me voir, Blair. Je sais que tu ne voulais pas entendre mes excuses quand nous sommes revenus de Miami. Mais je regrette profondément de ne pas t'avoir écoutée alors que tu essayais de me dire ce qui se passait.

Il tenait à souligner ce point. Car il avait l'impression de s'y être mal pris. Or Blair méritait des excuses dignes de ce nom.

— C'était une soirée pleine de pression et d'émotion, concéda-t-elle en glissant un doigt sous son bracelet brésilien. Chacun de nous aurait pu être plus à l'écoute, probablement.

Surpris qu'elle fasse preuve de compréhension, il entrevit, sinon un espoir, au moins la possibilité d'une issue positive. La possibilité qu'elle lui pardonne, peut-être.

— J'ai mérité la façon dont tu m'as rejeté, Blair. Je n'avais pas le droit de t'accuser d'une chose aussi…

Il n'arrivait toujours pas à croire qu'il l'avait crue coupable de vol.

— D'une chose que tu n'aurais jamais faite, finit-il. Je n'ai pas d'excuses pour mon comportement, mais cela t'aidera peut-être de savoir que j'ai du mal à accorder ma confiance, après la façon dont j'ai été élevé. Plus jeune, je n'arrivais pas à faire confiance à mon propre père, qui a toujours été menteur et infidèle.

Néanmoins, cela n'expliquait pas tout. Pourquoi avait-il été si prompt à accabler Blair lorsqu'il avait appris que son père avait obtenu la formule ?

Il prit une grande inspiration, pour se préparer aux aveux suivants. Car il s'apprêtait à jouer le tout pour le tout.

— Ça m'a rendu méfiant. Avant de te rencontrer, j'étais décidé à passer ma vie seul pour éviter le genre de souffrances que mon père avait infligées à ma mère.

Blair tentait de comprendre les paroles de Lucas. Après des jours de séparation, être si près de lui affolait son cœur.

Il y avait à peine deux semaines, elle avait partagé son lit avec lui, et elle était tombée follement amoureuse. Il s'était passé tant de choses en si peu de temps… Elle l'observa de plus près. Dans son polo gris à manches courtes et son pantalon noir, elle le trouvait très séduisant. Mais entre eux, tout était différent désormais.

— Avant de me rencontrer, répéta-t-elle. Ça signifie qu'après, tu envisageais… de *ne pas* passer ta vie seul ?

Une idée prometteuse. Cette hypothèse la poussa à se redresser sur son siège. D'abord, elle s'était demandé si c'était Cybil qui avait poussé Lucas à venir ici pour présenter ses excuses. Blair savait que son ancienne patronne était déçue qu'elle ait quitté Deschamps, et qu'elle espérait une réconciliation entre son fils et elle.

Et si Lucas n'était pas là uniquement pour sa mère ?

Peut-être tenait-il plus à elle qu'il ne l'avait montré.

Il avança jusqu'au bord du canapé. Il était maintenant si proche que son genou effleurait le sien.

— Blair, ma rencontre avec toi a bouleversé mon monde – dans le bon sens. Tu m'as époustouflé quand je t'ai vue distribuer des biscuits aux gens comme une cheftaine scoute sexy, avec tes jolies robes roses et tes bonnes manières.

— Une cheftaine scoute ? s'étonna-t-elle.

Elle avait du mal à suivre. Mais le mot « sexy » était flatteur.

— Je n'avais jamais rencontré quelqu'un comme toi. Tu semblais si gentille, si adorable ! Je pensais que ce n'était qu'une façade. J'avais décidé, avant même d'apprendre à te connaître, que tu étais l'espionne.

— Tu m'as emmenée à Miami en pensant que je volais les secrets de la compagnie ?

— Non. Absolument pas. Après notre premier baiser ici même, le soir où j'ai appris que tu t'occupais de ta mère malade, j'ai su que tu étais aussi gentille et adorable que tu en avais l'air.

Il écarta les bras pour exprimer sa confusion.

— J'essaie simplement de t'expliquer que j'ai eu un train de retard tout ce temps, ne comprenant jamais vraiment comment tu pouvais être si extraordinaire.

— Je ne suis pas gentille ni extraordinaire. Je fais des gâteaux pour évacuer la pression, et parce que ça me rappelle les jours heureux avec ma mère. Ce n'est pas parce que je veux être la bonne fée du bureau.

L'image que Lucas avait d'elle la perturbait. Elle voulait qu'il l'aime, et non qu'il l'admire comme si elle était une sorte de scoute parfaite.

— Et j'agace ma propre mère, ajouta-t-elle. Je m'éternise tellement lors de mes visites qu'elle doit me mettre dehors.

— Je me suis mal exprimé, dit-il en posant la main sur son genou.

Leurs contacts physiques lui avaient manqué.

Lucas lui avait manqué.

— Alors essaie encore, murmura-t-elle.

Elle rêvait qu'il ressente pour elle ne serait-ce qu'une once de ce qu'elle ressentait pour lui.

— Quelle est la véritable raison de ta visite ? pressa-t-elle.

Dans son regard fauve passa une émotion brûlante.

— Je suis venu te dire que je t'aime

— Tu… quoi ?

Son pouls s'accéléra. Elle retint son souffle et tendit l'oreille pour ne pas manquer une seule syllabe.

— Je t'aime, Blair. Je sais que je t'ai fait du tort, que je n'exprime pas très bien mes pensées, et que j'ai mis un peu de temps à ouvrir les yeux…

— Oh ! Lucas !

Un instant, elle était dans son fauteuil et, quelques secondes plus tard, elle était dans les bras de Lucas et l'étreignait.

— Je t'aime aussi.

Contrairement à elle, il n'eut pas besoin qu'elle le lui répète.

Il resserra les bras autour d'elle, comme s'il ne voulait plus jamais la laisser partir. Elle ferma les yeux, appuyant le front contre son épaule, savourant la chaleur de son corps.

De son amour.

L'espoir et la promesse de nombreux moments heureux à venir se propagèrent en elle, et son cœur s'emplit de joie.

— Ces derniers jours ont été un enfer, confessa-t-il entre deux baisers sur ses cheveux.

Il recula un peu pour la regarder.

— J'ai eu envie de venir te voir de nombreuses fois, mais

je ne cessais de repenser à la façon dont tu es partie. J'avais peur que tu ne m'écoutes plus jamais.

— Je me sentais brisée, ce soir-là dans l'avion. J'avais besoin de m'en aller avant de m'effondrer devant toi.

— Je ne douterai plus jamais de toi, Blair. Je pense ce que j'ai dit. Tu es trop honnête pour que je me méfie de toi.

Elle secoua la tête, consciente que la vie ne fonctionnait pas ainsi. Que l'amour ne fonctionnait pas ainsi.

— Tu as le droit d'avoir des doutes. Je suis sûre que j'en aurai, moi aussi. Mais la prochaine fois que cela arrivera, nous en parlerons.

Elle caressa son visage. Elle sentit sa barbe naissante sur sa paume et eut envie d'y poser les lèvres.

— Nous nous accorderons le bénéfice du doute, dit-elle.

Le regard fauve de Lucas chercha le sien pendant qu'il remontait la main sur sa cuisse, comme s'il avait absolument besoin de la toucher. Elle ressentait exactement la même chose.

— C'est nouveau pour moi, Blair, mais je te promets que je ferai tout ce qui est en mon pouvoir pour te rendre heureuse. En permanence.

Sa sincérité était indéniable, songea Blair, émue.

— Je te crois.

Elle était impatiente de ressentir la profondeur de cette sincérité lorsqu'elle l'emmènerait dans son lit.

Elle comptait l'y garder toute la nuit. Voire plusieurs jours de suite.

— Tu as toujours un emploi chez Deschamps, au fait.

Il ponctua ses mots par un baiser sur son cou. Elle frissonna de plaisir.

— Ma mère a insisté pour que je te reconquière, avoua-t-il.

— Vraiment ?

— Apparemment, elle a deviné que nous étions amoureux après avoir vu des photos de nous à Miami.

— Et son entreprise ? Devra-t-elle la vendre à ton père ?

— Aucun risque. J'ai déjà envoyé des mails au conseil

d'administration, pour leur faire part des menaces de mon père et de ses méthodes malhonnêtes. Ils savent que je suis prêt à l'attaquer en justice et à médiatiser l'affaire s'il ne renonce pas.

Il caressa ses cheveux, le geste apaisant Blair autant que ses paroles.

— Et si ça ne le dissuade pas, son propre conseil d'administration saura le freiner.

Autour d'eux, les feuilles des arbustes bruissèrent. Un carillon égrena quelques notes sur le toit voisin.

— Bien, dit-elle.

Elle prit une grande inspiration.

Elle avait l'impression que c'était la première fois qu'elle respirait vraiment depuis des jours. Des mois, même. Ses inquiétudes pour sa mère l'avaient minée, bien plus qu'elle ne l'avait cru. Au moins, grâce à ses amies, elle n'avait plus à se soucier des factures médicales.

— Si ma mère guérit, tout ira bien dans mon monde.

Il lui releva le menton et soutint son regard.

— Je ne peux pas te promettre qu'elle ira mieux, dit-il avec sérieux. Mais je ferai mon possible pour qu'elle ait tout ce dont elle a besoin.

À ces mots, une onde de chaleur envahit la poitrine de Blair, et des larmes embuèrent son regard.

— Merci, Lucas.

— Je t'aime, Blair.

Il embrassa ses paupières l'une après l'autre.

— Je suis impatient de te montrer à quel point.

Elle enroula les bras autour de son cou, le cœur débordant de bonheur.

— Je dois emballer mes gâteaux pour les faire livrer, mais pour l'instant, j'ai quelques heures devant moi.

Elle passa les mains sur ses épaules puissantes.

— Nous pourrions aller dans ma chambre, suggéra-t-elle, et tu pourrais commencer à me montrer à quel point tu m'aimes.

Sans crier gare, il se leva brusquement en la portant dans ses bras. Le mouvement était si rapide que la tête lui tourna. Elle poussa un cri de bonheur et se mit à rire.

Leur avenir à deux venait de commencer.

JOANNE ROCK

Une si douce vengeance

Traduction française de
LAURENCE LENGLET

PASSIONS

HARLEQUIN

Titre original :
THE STAKES OF FAKING IT

- 1 -

Le public du parc de Brooklyn Bridge, où se tenait la représentation d'*Un tramway nommé Désir*, retint son souffle tandis que la pièce touchait à sa fin.

Tana Blackstone, dans le rôle de Blanche DuBois, une jeune entraîneuse dépendante aux opioïdes, prononça alors son ultime réplique :

— J'ai toujours dépendu de la gentillesse des inconnus.

Elle battit des cils, fixant son partenaire qui jouait le rôle du médecin envoyant la pauvre Blanche à l'asile psychiatrique.

Blanche sortit alors de scène en compagnie du médecin, laissant les autres acteurs conclure la pièce.

La troupe avait répété pendant des mois dans une petite salle, attendant que la pandémie se calme suffisamment pour permettre au public d'assister aux représentations en plein air.

Tana avait eu beaucoup de chance d'être choisie pour cette pièce, compte tenu du fait qu'elle n'avait encore que peu d'expérience dans le métier. Mais beaucoup d'actrices plus connues avaient quitté la ville pendant la fermeture des théâtres de Broadway. Tana s'apprêtait du reste à abandonner la profession lorsqu'on lui avait proposé le rôle.

— Bien joué, Tana, lui chuchota son partenaire, un sexagénaire aux sourcils blancs broussailleux et à la barbe grisonnante, tandis que les applaudissements du public explosaient dans le parc.

— Merci ! répondit-elle en tirant sur la courte jupe moulante qu'imposait son rôle.

Rappelés par le public, ils revinrent sur scène.

Si les spectateurs n'étaient pas très nombreux, ils paraissaient enchantés. Le spectacle n'était peut-être pas aussi abouti que ceux de Broadway, mais la mise en scène était impeccable, et les fans étaient manifestement heureux de reprendre contact avec la scène après ces longs mois de confinement.

En attendant son tour pour saluer, Tana applaudit le reste de la troupe. Elle n'avait jamais eu la chance de jouer à Broadway puisqu'elle venait de s'installer à New York. S'en serait-elle aussi bien sortie dans une grande salle et devant un large public ? Peut-être le saurait-elle un jour…

Certes, elle avait appris le métier de manière peu conventionnelle : auprès de ses parents, escrocs professionnels. Mais aussi loin qu'elle s'en souvienne, elle avait toujours joué. À cinq ans, elle se baladait dans les quartiers chics, tenant en laisse des chiens errants que son père maquillait pour les vendre comme chiens de race. À dix ans, elle aurait pu gagner un oscar pour son rôle récurrent de « petite fille perdue », qui permettait à sa mère de détrousser discrètement les personnes qui s'arrêtaient pour l'aider.

Elle avait toujours détesté les mises en scène de ses parents et leurs petites magouilles, mais ceux-ci l'avaient menacée de la placer en famille d'accueil si elle ne s'exécutait pas.

Le jour de ses dix-huit ans, elle avait annoncé à son père qu'il n'était plus question qu'il utilise ses talents d'actrice pour escroquer les gens. Hélas, elle s'était involontairement retrouvée au milieu d'une des plus grosses arnaques de son père alors qu'elle vivait encore sous son toit. Celui-ci avait dépouillé une veuve de son ranch alors même que Tana tombait désespérément amoureuse du fils de celle-ci.

Aujourd'hui, elle faisait par chance du vrai théâtre. Et tout en saluant le public, elle comprit qu'elle avait enfin trouvé sa place. Le monde de la scène était sa nouvelle famille. Le public, composé ce soir de familles assises dans l'herbe, payait pour la voir jouer, et non pour permettre à ses parents de les délester de leur sac ou de leur portefeuille. Enfin, elle avait quelque chose à offrir aux autres.

Elle salua, un grand sourire aux lèvres, tandis que des « bravos » fusaient dans la petite foule.

Alors que son regard parcourait les spectateurs qui s'étaient levés et continuaient d'applaudir, elle remarqua soudain un homme. Grand, athlétique, il était vêtu d'un jean, d'un T-shirt vintage et d'une veste noire épousant ses larges épaules. Ses cheveux acajou et son teint mat attiraient le regard des femmes. Mais peut-être était-ce ses yeux gris pâle, ou la ligne volontaire de son menton…

Elle sentit ses genoux se dérober sous elle, et ce n'était pas à cause de l'incroyable séduction qui se dégageait de cet homme. Non. Chase Serrano était un fantôme du passé qu'elle pensait ne jamais plus revoir…

— Tana, chuchota l'un de ses partenaires. Tu viens ? On quitte la scène.

Elle sortit vivement avec le reste de la troupe et, insensible à l'humeur festive qui s'était emparée de ses partenaires, se dirigea vers la caravane réservée aux actrices, pressée d'échapper à l'apparition qu'elle venait de voir dans le public.

Que faisait là Chase Serrano, le rancher qui avait jadis conquis son cœur ? Celui que son escroc de père avait dépouillé de son héritage en faisant main basse sur la propriété de sa mère, veuve ?

L'agent de sécurité qui gardait la caravane lui fit un signe de tête avant de la laisser entrer.

Elle se laissa tomber sur la chaise, devant la table de maquillage, et s'efforça de reprendre ses esprits. Elle fut arrachée à ses sombres pensées par Lorraine, une de ses partenaires sur scène, qui venait se changer à son tour.

— J'espère que tu viens prendre un verre avec nous, dit cette dernière.

— Je ne peux pas ce soir, désolée, répondit Tana en ôtant sa perruque noire pour libérer ses cheveux bruns aux pointes teintes en rose.

En passant les doigts dans ses mèches, elle remarqua que la couleur avait déjà beaucoup perdu de son éclat.

Jetant un œil à son reflet dans le miroir, elle vérifia son nouveau look : personne ne pourrait la reconnaître. En particulier Chase, car elle n'avait aucun doute à ce sujet : c'était bien lui qu'elle avait vu dans le public…

À l'aide d'une lingette, elle se frotta énergiquement le visage, ôtant son maquillage de scène tout en se demandant comment Chase avait pu la retrouver.

Et surtout, ce qu'il lui voulait.

Elle avait déjà quitté le Nevada pour commencer des études de lettres à New York lorsque Margot Serrano, la mère de Chase, avait épousé le père Tana. Puis ce dernier s'était emparé du ranch. Elle croyait que Chase se trouvait dans l'Idaho, où il devait commencer des études de finance. Il est vrai qu'il aurait pu lui envoyer cet épouvantable texto de n'importe où. Elle frémit en songeant à ses abjectes accusations. Selon lui, elle s'était donnée à lui pour détourner son attention et avait donc été complice des agissements de son père.

— Tant pis, chérie, dit Lorraine. Ce sera pour une autre fois !

Ôtant sa jupe, Tana jeta un œil par une fenêtre de la caravane, vérifiant que Chase ne l'avait pas suivie jusqu'ici. Elle ne vit personne. Lâchant le store, elle enfila son short en jean, sans même prendre la peine de mettre le legging qu'elle portait habituellement dessous. Le temps pressait.

Gagnant la porte, elle marqua une pause en voyant le regard soupçonneux de Lorraine.

— Tout va bien ? lui demanda cette dernière en scrutant son visage avec attention. Tu as l'air d'une femme traquée.

— J'ai vu quelqu'un dans le public que je préfère éviter. Si on me demande, y compris Scorsese en personne, dis que tu ne m'as pas vue, d'accord ?

— Bien sûr, chérie. Tu veux que je demande à quelqu'un de t'accompagner à la gare ?

— Merci, mais ça ira. À mercredi ! répondit-elle en sortant en hâte de la caravane.

Elle se fondit discrètement dans la foule des piétons, regrettant d'avoir oublié son bonnet. Autrefois, elle ne sortait jamais sans chapeau, mais cela faisait longtemps qu'elle n'avait pas eu besoin de fuir. Les anciens réflexes revenaient, toutefois. Rester au milieu de la foule. Ne pas marcher trop vite. Baisser la tête.

Elle se demandait si elle allait prendre le métro lorsqu'une voix familière résonna près d'elle.

— Bonjour, mademoiselle l'arnaqueuse.

Elle sentit un grand froid l'envahir.

Elle aurait dû poursuivre son chemin mais elle s'arrêta net, comme si on venait de l'attraper au lasso. Lorsqu'elle trébucha, Chase lui attrapa fermement le bras.

Trop tard pour courir, maintenant. Elle n'avait plus d'autre choix que d'y aller au culot.

Elle se ressaisit et plongea son regard dans les yeux gris clair du seul homme à qui elle avait dévoilé son âme. L'homme qu'elle n'avait jamais pu oublier.

— Bonjour, Chase.

Chase Serrano se força à lâcher Tana Thorpe. Ou plutôt Tana Blackstone. Il ne parvenait toujours pas à se faire à l'idée qu'il l'avait connue sous un autre nom, quelques années auparavant.

Il est vrai qu'elle avait toujours joué un rôle.

Dire qu'il avait adoré cette jeune fille qui se passionnait pour la vie du ranch et lui avait avoué qu'elle était vierge en tremblant…

Ce qui était vrai, du moins techniquement, comme il l'avait découvert le soir de son dix-huitième anniversaire. Seulement il avait compris trop tard que cette virginité proclamée n'avait été qu'un leurre dans la machination mise au point par son escroc de père. Tous deux l'avaient ni plus ni moins spolié de son héritage.

Depuis, il s'était amplement renseigné sur Joe Blackstone, alias « Joe Thorpe », et sa famille. Après avoir épousé sa mère, ce sinistre individu s'était empressé de revendre le ranch familial. Arnaqueur professionnel, Blackstone était très créatif puisque ses scénarios impliquaient parfois sa fille, Tana, ainsi son épouse légitime de l'époque, Alicia, la mère de Tana, qui avait depuis divorcé. Joe s'était marié au moins trois autres fois sous de faux noms.

Tana avait-elle pris la relève de son père ?

Chase lâcha enfin le bras de la jeune femme et la dévisagea.

Petite, délicate, elle avait les traits si fins qu'elle ressemblait à une princesse de conte de fées. Et toujours ces pommettes hautes, ces lèvres pleines et ces grands yeux brun chocolat. Elle n'avait pas beaucoup changé depuis la dernière fois qu'il l'avait vue, huit ans plus tôt. Cependant, avec ses longs cheveux aux pointes roses, ses tatouages sur les poignets et son piercing sur le nez, elle n'était plus tout à fait la même.

Ce que proclamait aussi sa tenue vestimentaire, à mille lieues des jeans et simples T-shirts qu'elle affectionnait cet été-là. Aujourd'hui, elle portait un short avec une large ceinture cloutée qui épousait ses hanches étroites. Les gros rangers noirs qu'elle avait aux pieds étaient si abîmés que l'on avait l'impression qu'elle avait fait la guerre. Il s'attarda sur l'araignée perdue au fond d'une toile vertigineuse qui ornait son T-shirt blanc, se demandant si ce n'était pas un costume de scène. Mais il savait bien que non, puisqu'il avait assisté à la pièce du début à la fin.

Sans surprise, Tana était une excellente comédienne. Il est vrai qu'elle avait de l'entraînement ! N'avait-elle pas joué un rôle à chaque seconde qu'ils avaient passée ensemble ?

Malgré la colère que lui inspirait encore sa trahison, il ne pouvait s'empêcher de constater qu'elle était toujours aussi séduisante…

— Il faut qu'on parle, déclara-t-il en indiquant la direction du One Hotel. Mon hôtel est par là.

Elle haussa un sourcil.

— Je ne couche jamais le premier soir, répliqua-t-elle. Au fait, comment m'as-tu retrouvée ?

— Qu'est-ce que ça peut faire ?

Il avait fait ce qu'il fallait pour la retrouver, mais elle n'avait pas besoin de le savoir. Et il ne la lâcherait pas tant qu'elle n'aurait pas accepté son plan.

— Si cela ne te gêne pas de discuter de ton passé criminel en pleine rue, tant mieux, reprit-il. Seulement nous serions plus tranquilles au bar de l'hôtel.

Tana rougit à ces mots puis esquissa un sourire crispé.

— Allons plutôt nous asseoir dans le parc, suggéra-t-elle en désignant un banc libre. Je t'accorde cinq minutes. J'ai rendez-vous.

Sans attendre sa réponse, elle se dirigea vers le banc, où elle se laissa tomber.

Il soupira. Ce n'était pas exactement la façon dont il avait envisagé cet entretien, mais connaissant Tana, il savait que ce serait ce banc ou rien.

— Tu vas m'aider, déclara-t-il en s'asseyant à ses côtés.

— Comme c'est gentil de ma part ! rétorqua-t-elle, moqueuse, en fixant la cime des arbres, comme perdue dans ses pensées.

Il se demanda pourquoi elle évitait de le regarder. Avait-elle honte d'affronter le passé ? Éprouvait-elle des remords en songeant à ce qu'elle avait fait ? Il chassa ces questions de son esprit. Ce n'était pas le moment de faire de la psychologie de comptoir.

— Tana, nous savons tous les deux que tu as une dette envers moi. Une dette tellement énorme que tu ne pourras jamais t'en acquitter. Alors je tiens à préciser que je ne demande pas ton aide. Je *l'exige*.

Elle posa ses grands yeux bruns sur lui.

— Je ne sais pas où est mon père, si c'est ce que tu veux savoir. Ma mère n'a même pas pu le retrouver pour lui notifier leur divorce.

— Ce n'est pas pour ça que je suis là, répondit-il se demandant si elle savait qu'il avait récupéré le ranch familial et qu'il était aujourd'hui deux fois plus riche que son propre père. La police s'occupera de lui lorsqu'il refera surface.

— Comment va ta mère ? s'enquit-elle soudain, avant de se mordiller les lèvres comme si elle regrettait sa question.

— Beaucoup mieux depuis que ton père est sorti de sa vie, répondit-il sèchement. Elle a quitté le Nevada. Je n'avais pas envie qu'elle vive au milieu de ces mauvais souvenirs après la disparition de son *faux* mari.

Tana tressaillit à cette pique. Sans doute éprouvait-elle de la honte. Tant mieux ! Mais il n'avait pas l'intention de faire de cette rencontre un étalage de griefs. Il réservait un autre châtiment à Tana Blackstone. Elle avait peut-être échappé aux poursuites judiciaires pour avoir elle-même dénoncé son père à la police et réussi à faire croire qu'elle n'avait pas participé à l'arnaque, mais cela ne voulait pas dire qu'elle n'était pas coupable.

— Tant mieux, murmura-t-elle.

Devant eux, un homme qui promenait son chien sans laisse s'élança soudain, rattrapant l'animal de justesse alors qu'il s'apprêtait à passer sous les roues d'un cycliste arrivant en sens inverse. Chase connaissait ce sentiment. N'avait-il pas passé des années à courir après son héritage avant d'obtenir réparation ? Heureusement, ce combat était presque terminé. Il avait récupéré le ranch de son père, ce qui avait permis d'apaiser un peu la fureur qu'il ressentait contre les Blackstone.

Il ne restait plus qu'à mettre en place la dernière partie de son plan. Alors seulement, il serait totalement apaisé.

— Puisque tu es pressée, j'irai droit au but, dit-il.

Tana se tourna vers lui, manifestement curieuse d'entendre ce qu'il avait à dire.

— J'ai passé ces huit dernières années à essayer de récupérer ce que ton père a volé à ma famille. L'argent, bien sûr. Mais, plus important pour moi, les terres.

— Tu as pu racheter Cloverfield ? demanda-t-elle en le fixant de ses grands yeux.

— Oui, en offrant une somme largement supérieure à ce que valait le ranch. Mais cela ne me suffit pas. Car si j'ai pu récupérer le ranch, il manque une parcelle de terre.

— Je ne comprends pas. Je croyais que mon père avait vendu l'ensemble à un éleveur de chevaux du Tennessee ?

— C'est ce que je croyais aussi. Ce n'est que lorsque j'ai visité la propriété, l'hiver dernier, que j'ai réalisé qu'une parcelle de terre n'était pas incluse dans la vente.

— Mais alors, qui possède cette parcelle ?

— C'est la partie la plus amusante de l'histoire, tu vas voir. Apparemment, le terrain en question a été confié à un organisme… à ton nom !

Un long silence accueillit cette révélation.

— C'est impossible, déclara Tana en serrant frileusement ses bras autour d'elle. Je ne possède aucun terrain. Ni dans le Nevada ni ailleurs. Je te montrerai mon avis d'imposition, tu verras par toi-même que je ne paie aucun impôt foncier.

— C'est l'organisme qui détient le terrain qui paie les impôts depuis huit ans.

Tana se tut une nouvelle fois, comme si elle cherchait la meilleure réponse possible.

— Chase, si j'étais propriétaire de ce terrain, tu crois vraiment que je me nourrirais de nouilles déshydratées et de pop corn ? Je me serais empressée de le revendre, figure-toi ! Ce qui m'aurait aussi permis de rembourser l'emprunt que j'ai fait pour payer mes études. Alors invente autre chose.

Il s'était assez renseigné pour savoir qu'elle disait vrai. Mieux valait se méfier, toutefois. En tant que fille d'escroc, elle avait forcément des capacités de dissimulation hors norme.

— Tu es bien la propriétaire de ce terrain. Je ne sais pas pourquoi l'organisme ne t'a pas contactée, mais tu peux le réclamer à tout moment.

— Super ! Alors donne-moi l'adresse, que j'aille récupérer mon bien. Et puisque ce terrain est à toi, eh bien, je te le cède ! Voilà. Bon, ce n'est pas tout, ça, ajouta-t-elle en lui tendant une carte de visite, mais il faut que j'y aille…

Après avoir mis la carte dans sa poche, il posa la main sur le genou de Tana pour la retenir… et ce bref contact avec sa cuisse nue l'électrisa tout entier.

— Attends. Je n'ai pas fini, reprit-il, ôtant vivement la main de son genou et remarquant la façon dont elle couvrait l'endroit où il l'avait touchée. Il faut que tu m'accompagnes dans le Nevada pour régler les formalités administratives.

— Prends un agent. Pourquoi dois-je y aller en personne ?

— Parce que c'est une procédure complexe.

C'était la vérité. Cependant, il avait d'autres raisons de vouloir qu'elle l'accompagne dans sa ville natale. Un autre plan, bien plus important que celui qu'il venait de dévoiler. Mais ce n'était pas encore le moment de lui en parler.

— Je ne peux pas quitter New York, dit-elle. J'ai une vie ici. Je joue dans une pièce, et…

— J'ai vérifié le calendrier des représentations. Tu ne joues pas au moment où j'aurai besoin de toi. De plus, tu as une dette envers moi. Ton père et toi avez escroqué ma mère, Tana. Il n'y a pas d'autre mot pour ça.

— Tu te trompes ! Je n'ai escroqué personne ! J'ai juste eu la malchance de vivre sous le toit de mon père, cet été-là.

— Une malchance pour nous deux, alors, répliqua-t-il sèchement. Je te rappelle que tu as détourné mon attention pour permettre à ton père de s'emparer des biens de ma mère.

— Mon but n'a jamais été de détourner ton attention ! rétorqua-t-elle en se levant et en le foudroyant du regard. Mais comme tu ne me croiras jamais… Bon. Quand aurais-tu besoin de moi ?

— Ce week-end. Nous prenons l'avion vendredi soir.

— *Quoi* ? Dans *trois* jours ?

— Oui. Tu ne joues pas ce week-end.

— Je ne comprends pas…

— Moi non plus, je n'ai pas compris, quand tu as disparu de ma vie du jour au lendemain.

Elle détourna le regard, comme si scruter l'horizon pouvait lui apporter des réponses. Enfin, elle hocha la tête.

— Bon, d'accord, dit-elle. Je vais t'aider. Envoie-moi les détails par texto et je te retrouverai à l'aéroport.

Il se sentit soudain plus léger. Il avait besoin de son aide et savait, avant cette rencontre, que ce n'était pas gagné d'avance.

— Je sais où tu habites. Je t'enverrai une voiture. Cela dit…

Il s'interrompit, le cœur battant à l'idée qu'il était près de récupérer l'ensemble des terres appartenant à sa famille. Près d'assouvir la vengeance qu'il préparait depuis des années.

— Cela dit, quoi, Chase ?

— Durant ce voyage, tu te feras passer pour ma fiancée.

- 2 -

Tana sentit une violente migraine pulser derrière son œil droit, provoquant un tic de stress. Généralement, elle était douée pour cacher ses émotions. Mais ses retrouvailles avec Chase Serrano avaient fait voler cette façade en éclats.

Tout d'abord, il l'avait retrouvée, après huit années passées à penser des horreurs à son sujet, sûrement. Elle savait à présent qu'il avait enquêté sur son passé, connaissait tout de sa famille et, sans aucun doute, de ses débuts difficiles. Et aujourd'hui, voilà qu'il voulait la ramener sur les lieux de leur liaison, où elle avait traversé les pires épreuves de son existence ! En la faisant passer pour sa fiancée, qui plus est.

Son père avait escroqué la famille de Chase au moment où elle était tombée amoureuse de ce dernier. Après quoi, tout s'était effondré. Sa mère avait demandé le divorce et l'avait rejetée pour avoir dénoncé son père à la police. Quant à Chase, il lui avait tout mis sur le dos.

Et, huit ans plus tard, Chase voulait retourner sur les lieux du crime en la faisant passer pour sa fiancée ? Elle était en plein cauchemar, là.

— Tu plaisantes ? murmura-t-elle en se massant doucement le cuir chevelu pour tenter de soulager sa migraine.

Ses yeux se posèrent sur les larges épaules de son ex-petit ami, avant de poursuivre leur chemin vers son torse, ses hanches étroites et ses cuisses musclées que soulignait son jean foncé. Pourquoi fallait-il qu'un homme si séduisant soit venu démolir sa vie, cette vie qu'elle avait eu tant de mal à construire ?

Réalisant qu'elle le fixait, elle releva la tête et s'aperçut qu'il souriait, manifestement satisfait de son appréciation.

— Absolument pas, répondit-il. Et ce n'est pas négociable. Puis-je t'accompagner à ton rendez-vous ? Je ne veux pas te retarder plus longtemps.

— Comme c'est gentil de ta part, marmonna-t-elle.

Elle n'avait pas besoin d'un baby-sitter pour se balader dans son propre quartier, mais elle était pressée de rentrer chez elle.

— Je vais par là, ajouta-t-elle.

Soulagée de marcher après cet échange chargé d'électricité, elle remonta Furman Street puis Old Fulton. Ils marchèrent si longtemps en silence qu'elle se demanda si Chase mijotait quelque chose.

— Pourquoi veux-tu me faire passer pour ta fiancée ? demanda-t-elle enfin. En tant que future fiancée, je mérite une explication, non ?

Alors même qu'elle posait la question, une réponse possible lui vint à l'esprit…

Elle s'arrêta sous les arbres du parc Cadman Plaza.

— Oh non…, murmura-t-elle. Ne me dis pas…

— Quoi ? rétorqua-t-il sèchement, avant de s'arrêter à son tour.

— Tu ne penses quand même pas que ces fausses fiançailles feront sortir mon père de sa cachette ?

Huit ans plus tôt, son père avait quitté le pays, et elle n'avait pas eu de nouvelles de lui depuis. Elle avait bien reçu quelques cartes postales envoyées de pays exotiques. Mais seules étaient inscrites des séries de chiffres qui n'avaient aucun sens pour elle. Elle savait juste que ces cartes venaient de son père. Ces envois avaient cessé lorsqu'elle avait terminé ses études. Depuis, il n'avait jamais repris contact.

— Sans doute pas, répondit Chase. Mais peut-être qu'il l'apprendra d'une façon ou d'une autre. Il saura alors que j'ai repris ce qu'il m'a volé, conclut-il d'une voix vibrante de fureur.

L'espace d'un instant, elle vit autre chose que de la colère dans le regard de Chase, une blessure que seule pouvait causer l'expérience de la trahison.

Il reprit son chemin, marchant à grands pas.

Elle le rattrapa, songeant à la façon dont son père avait vendu les terres de la famille Serrano à son insu. Cela s'était produit si vite que Chase n'avait rien vu, et elle encore moins que les autres puisqu'elle se trouvait alors à New York pour s'inscrire à l'université. Lorsqu'elle avait découvert le pot aux roses, son père était parti depuis longtemps. Bien sûr, sa relation avec Chase n'avait pas survécu, puisqu'il était convaincu qu'elle était dans le coup.

Elle avait pourtant tenté de le mettre en garde, lui conseillant de ne pas faire confiance à son père. Mais ne sachant pas exactement ce que manigançait ce dernier, elle n'avait sans doute pas été assez convaincante. D'autant que ses parents menaçaient toujours de la dénoncer pour le rôle qu'elle avait joué dans leurs combines passées. À l'époque, elle n'espérait plus qu'une chose : tenir jusqu'à sa majorité et à son entrée à l'université, où elle serait enfin à l'abri de ses parents.

— Je n'arrive pas à croire que tu veuilles faire une chose pareille…, murmura-t-elle.

— Ton père aime le jeu. Il va apprécier celui-ci.

Il avait dit cela d'un ton si dur qu'elle leva les yeux pour le dévisager.

La mâchoire contractée, il regardait droit devant lui. Ce qui, curieusement, ne l'empêcha pas de l'attirer vivement contre lui lorsqu'un cycliste imprudent les frôla à toute allure sur le trottoir.

Lorsqu'elle se retrouva contre lui, elle sentit son eau de toilette boisée et fut aussitôt submergée de souvenirs de leurs étreintes passées… Lorsqu'ils s'embrassaient à l'arrière du pick-up de Chase, au clair de lune. Lorsqu'elle lui rendait visite dans la grange aménagée où il vivait. En sentant sa main sur sa hanche, elle se rappela la passion avec laquelle leurs corps se mêlaient…

Elle recula vivement, les joues brûlantes. Ces souvenirs heureux étaient insupportables. Ils faisaient partie d'un passé révolu. Oui, mieux valait se concentrer sur le présent. Et essayer de comprendre pourquoi cet homme qui la détestait tenait tant à la faire passer pour sa fiancée.

— Alors tout ça n'est qu'un jeu pour toi ? demanda-t-elle en reprenant son chemin.

— Ton père et toi avez fait de ma vie un jeu de dupes. Et je ne l'oublierai pas.

Elle déglutit douloureusement à ces mots. Elle se sentait horriblement coupable, même si elle n'avait jamais piégé Chase.

À l'époque, elle pensait que son père essayait simplement de convaincre Margot Serrano d'investir dans une affaire bidon. Elle avait d'ailleurs conseillé à Chase de surveiller les comptes de sa mère. Mais elle était loin de se douter que son père visait beaucoup plus haut !

Lorsqu'elle s'était rendue à New York pour s'inscrire à l'université, son père s'était enfui avec Margot après avoir vendu le ranch sous prétexte de voyager. Seulement il avait vidé leur compte commun et pris l'avion de son côté, laissant Margot avec ses valises à l'aéroport. C'est du moins ce qu'elle avait appris en lisant le rapport de police, lorsque Chase avait porté plainte. Elle avait alors compris pourquoi il ne l'avait jamais rappelée. Pourquoi il la détestait. Comme en témoignait son dernier texto, où il l'avait accusée de l'avoir séduit pour détourner son attention des agissements de son père.

— Cela n'a jamais été un jeu pour moi, déclara-t-elle, tout en sachant qu'il ne la croirait pas. Je comprends que tu m'en veuilles, mais je ne savais pas ce que mijotait mon père. Il ne me faisait plus confiance depuis que je l'avais menacé de le dénoncer à la police, une fois majeure.

Il soutint son regard quelques instants avant d'esquisser un sourire amer.

— C'est toi qui le dis, répondit-il avant de traverser la rue et de se retourner. Tu rentres chez toi ?

— C'est vrai que tu sais où j'habite, j'avais oublié…, répondit-elle en le rejoignant.

— En effet. Tu ne crois tout de même pas que je suis venu voir ta pièce par hasard ? J'ai commencé à enquêter sur toi quand j'ai découvert que tu étais propriétaire de cette parcelle de terrain.

Il n'avait eu aucun mal à retrouver sa trace, le nom de Tana étant apparu dans certains médias new-yorkais lorsqu'elle avait été sélectionnée par une association œuvrant pour la promotion des femmes dans différents domaines artistiques. Grâce à ce prix, elle avait pu emménager dans la résidence où elle habitait actuellement.

— Tu es à New York depuis longtemps ? demanda-t-elle.

— Je ne vis pas à New York. J'habite dans les Hamptons, où j'ai acheté une maison l'année dernière.

— Les Hamptons ? Depuis quand les cow-boys achètent-ils des maisons dans un endroit aussi huppé ?

— Depuis que je me suis promis de réussir pour récupérer mon héritage familial. J'ai fait des études de finance, comme tu le sais. Eh bien, j'ai fait mon chemin, figure-toi.

— Les Hamptons, quand même… J'ai du mal à t'imaginer passer une journée sans monter à cheval.

Ils se dévisagèrent quelques instants, et elle comprit que les mêmes souvenirs se bousculaient dans leur esprit. Ceux des longues randonnées qu'ils avaient faites dans les montagnes du Nevada avant de tomber amoureux.

— J'ai acheté une maison avec des écuries, expliqua-t-il. Mais c'est avant tout un investissement. J'espère la revendre par la suite avec une bonne plus-value.

Ils marchèrent en silence pendant plusieurs minutes.

— Et toi ? Que fais-tu vraiment à New York ? demanda-t-il.

— Tu sais très bien ce que je fais. Je joue dans une pièce et j'essaie de devenir actrice. Comme je l'ai toujours voulu.

— Allons donc ! Tu sais comme moi que c'est faux.

— Je t'assure que c'est vrai. Mais puisque tu penses visiblement beaucoup de mal de moi, dis-moi plutôt ce que tu imagines. Alors, qu'est-ce que je fais à New York, selon toi ?

— Je me suis assez renseigné sur les Blackstone pour savoir que tu fais partie de l'entreprise familiale, répondit-il. Ce qui signifie que tu montes des arnaques.

Tana le foudroya du regard mais resta muette.

C'était mieux comme ça. Mieux valait la neutraliser. Il s'était laissé émouvoir lorsqu'elle avait évoqué leurs randonnées à cheval. Et il savait qu'il ne devait pas s'exposer à la nostalgie. Les escrocs savaient parfaitement amadouer leurs victimes. En les brossant dans le sens du poil, ils gagnaient leur confiance et c'est ainsi qu'elles tombaient dans le piège.

C'était exactement ce qu'il lui était arrivé. Il était tombé dans le piège de Tana. Et les huit années qui s'étaient écoulées depuis n'avaient pas effacé son ressentiment. Il avait assez souffert pour ne pas recommencer. Et s'il existait encore de l'attirance entre eux, alors c'était lui qui en tirerait parti. Pas elle.

Ils approchaient de chez elle lorsqu'elle reprit :

— J'ai rompu avec ma famille. À présent, je décide seule de ce que je fais de ma vie. La seule arnaque dont j'ai entendu parler dernièrement est celle que tu viens de me proposer.

— Alors tu pourras me donner des conseils. Après tout, c'est toi, la spécialiste, non ?

Une fois de plus, elle le foudroya du regard.

— Tu veux vraiment des conseils ? répliqua-t-elle en s'arrêtant brusquement devant son immeuble.

— J'en meurs d'envie !

Déposant son sac sur les marches de l'immeuble, elle s'appuya contre la balustrade et plongea le regard dans le sien.

— D'abord, il faut étudier notre cible, expliqua-t-elle. De qui s'agit-il ? Qui devons-nous convaincre ?

— Cela ne te regarde pas.

En réalité, il avait plusieurs cibles en tête, mais il ne pouvait s'empêcher d'espérer qu'en apprenant les fiançailles de Tana avec lui, son père sortirait de sa cachette.

Elle avait vu juste à ce sujet.

— Dans ce cas, nous nous lançons là-dedans sans être suffisamment préparés, décréta-t-elle. Ce sera ta faute si nous échouons.

Elle se tenait face à lui, les mains sur les hanches. Bien que mesurant près de quinze centimètres de moins que lui, elle n'hésitait pas à l'affronter. Il lutta contre l'envie de lui caresser les cheveux.

— Peut-être devrions-nous passer au conseil suivant, suggéra-t-il en s'adossant à l'autre balustrade.

— Bien. Deuxième conseil : nous devons tous les deux jouer notre rôle à la perfection. Moi, je suis actrice, cela ne me posera donc pas de problème. Mais si tu joues mal ton rôle, personne ne croira que nous formons un couple.

— Ne t'inquiète pas pour ça. Je ferai ce que j'ai à faire.

— C'est loin d'être suffisant. La meilleure actrice du monde ne peut à elle seule rendre crédible un duo. Tu dois être complètement imprégné de ton rôle.

Elle semblait connaître son affaire sur le bout des doigts. Peut-être répétait-elle ce que lui avait enseigné son père. Il songea un instant au genre d'enfance qu'avait pu avoir une petite fille née au sein d'une famille d'escrocs, avant de se ressaisir. Il n'était pas question d'éprouver la moindre empathie pour cette femme.

— Je t'ai dit que je ferai ce qu'il faut. Ne t'inquiète pas pour la crédibilité, déclara-t-il en s'avançant.

Elle retint son souffle en le voyant approcher. Elle ne cherchait même pas à cacher son trouble, nota-t-il en s'efforçant de lutter contre le sien.

— Nous sommes devenus des étrangers l'un pour l'autre, murmura-t-elle.

— Nous l'avons toujours été, répliqua-t-il en plongeant dans son regard. Seulement nous en savons suffisamment l'un sur l'autre pour former un couple crédible.

Il comprit soudain qu'il avait envie d'effacer l'anxiété qu'il lisait sur le visage de Tana. Et il ne voyait qu'un seul moyen pour cela, songea-t-il en fixant ses lèvres.

— J'en doute, murmura Tana d'une voix étranglée.

— Alors commençons par nous en convaincre nous-mêmes.

Il la dévisagea. Combien de fois n'avait-il pas eu envie de la toucher, de l'embrasser, de la goûter au cours de ces huit années ? Avant de réaliser qu'il s'était laissé duper par cette relation torride et de trouver en lui la force de se battre pour récupérer ses terres et son honneur perdus.

— Évidemment, le risque est de te mettre à croire toi-même au scénario, reprit-elle, les yeux rivés sur ses lèvres.

— Nous serons prudents, assura-t-il en lui caressant la lèvre inférieure du bout du pouce.

Lorsqu'elle battit des cils, il éprouva un puissant sentiment de victoire. Toutefois, il n'était pas question de céder une fois de plus aux charmes de Tana Blackstone. Alors, après un instant d'hésitation, il recula.

— Il le faut, ajouta-t-il. Demain, je t'enverrai les informations de vol par texto pour que tu puisses t'organiser.

Elle s'agrippa à la balustrade pour se stabiliser avant de reculer d'un pas à son tour.

— Je suis attendue ici lundi pour une répétition, dit-elle en ramassant son sac.

— Pas de souci, assura-t-il, se réjouissant déjà de leur prochaine rencontre.

Et pas seulement parce qu'il allait récupérer son terrain.

— Bien, dit-elle en se dirigeant vers la porte de l'immeuble avant de le fixer à nouveau. Pour ce que ça vaut, je te conseille vraiment de répéter avant ce week-end.

— Ah bon ? Pourquoi ?

— Parce que je n'ai pas cru une seconde à ton quasi-baiser…

Il ne put réprimer un sourire face à ce mensonge éhonté, Qu'elle n'eut pas le temps de voir car elle avait déjà disparu dans l'immeuble, dont la porte se referma avec fracas.

- 3 -

Tana avait à peine mis le pied dans le vestibule que ses amies se précipitèrent pour l'accueillir.

— Tu nous caches quelque chose ! lança son amie Sable Cordero.

Enceinte de quelques mois, Sable quitterait prochainement la résidence pour s'installer avec l'homme de sa vie, qui n'était autre que le patron de la marque de luxe pour qui elle travaillait comme styliste. En attendant le mariage, elle passait toutes ses nuits avec le père de son enfant mais ne manquait pas une occasion de rendre visite à ses futures ex-colocataires.

— Sérieusement. Qui est ce charmant cow-boy ? s'enquit la blonde Blair Westcott.

Blair travaillait pour sa part comme maquilleuse de cinéma tout en s'occupant de sa mère, malade du cancer.

Les trois jeunes femmes n'avaient pas grand-chose en commun, hormis une volonté farouche de réussir dans leurs domaines respectifs. Elles se serraient les coudes, et Tana tenait tant à cette relation qu'elle n'en voulait jamais à ses amies, même lorsqu'elles se montraient beaucoup trop curieuses à son goût.

— Il n'y a rien à raconter, répondit-elle.

Laissant tomber son sac par terre, elle se sentit soudain épuisée. Revoir Chase l'avait peut-être fait vibrer sur le coup mais à présent, elle se sentait accablée en songeant à ce qu'il lui avait proposé. Avait-elle vraiment accepté d'aller dans le Nevada avec lui ? Et de se faire passer pour sa fiancée ?

— Allons donc ! répliqua Sable en la scrutant intensément. Joues rouges. Nervosité flagrante. Respiration rapide.

Si j'en crois ces symptômes, il se trame quelque chose entre ce séduisant cow-boy et toi.

— Nous avons tout vu ! renchérit Blair. Sable et moi étions en train de prendre le thé quand nous avons vu passer ce beau gosse baraqué dans la rue… Nous nous sommes toutes les deux précipitées à la fenêtre !

Tana ne put s'empêcher de rougir une fois de plus.

— Vous n'avez rien de mieux à faire que de vous rincer l'œil ? Surtout toi, Sable ! Je te rappelle que tu es presque casée ! rétorqua-t-elle en s'engouffrant dans le salon commun, où elle s'empressa de baisser le store de la fenêtre avant de se laisser tomber dans un fauteuil.

Ses amies lui emboîtèrent le pas. Une bonne odeur de pop corn provenant de la cuisine flottait dans la pièce, et Tana comprit que, n'ayant pas dîné avec la troupe, elle était littéralement affamée.

— J'ai rencontré l'homme de ma vie, cela ne veut pas dire que je suis devenue aveugle, fit remarquer Blair en s'asseyant sur l'accoudoir du fauteuil. Alors, comment l'as-tu rencontré ? Dis-nous tout !

Lorsque Sable s'assit sur l'autre accoudoir, Tana se trouva prise en sandwich entre ses deux amies. Elle ne put s'empêcher de trouver cette proximité réconfortante, malgré l'interrogatoire que Sable et Blair s'apprêtaient manifestement à lui infliger.

Après une enfance passée à déménager d'un bout à l'autre du pays à chaque escroquerie de ses parents, elle réalisait à quel point c'était un luxe d'avoir des amies. Toutefois, elle ne leur avait jamais parlé de sa famille. Comment allait-elle bien pouvoir leur parler de Chase sans révéler son passé criminel ?

— Bon, dit-elle en prenant une longue inspiration. Voilà ce qu'il en est. Chase Serrano a été mon premier tout. Premier amour. Premier petit ami. Premier chagrin d'amour. Je me suis mal comportée avec lui, il m'a détestée, j'ai déménagé, et on s'était perdus de vue. Jusqu'à aujourd'hui.

Il y eut un moment de silence, et elle leva les yeux pour regarder ses amies. Ces dernières la dévisageaient, dépitées.

— Tu es vraiment nulle pour raconter les histoires ! s'exclama Sable. Je croyais que le métier d'actrice consistait à tenir son public en haleine. Eh bien, laisse-moi te dire que ce n'est pas ton cas !

— Tu ne veux pas nous dire ce qui s'est passé entre vous autrefois ? Très bien. Dans ce cas, raconte-nous juste ce qui s'est passé aujourd'hui, suggéra Blair. Comment t'a-t-il retrouvée après tout ce temps ? Et surtout pourquoi ?

— Très bien, marmonna Tana en fermant les yeux pour mieux se concentrer sur son récit. Imaginez… Je suis en scène, je viens de prononcer ma dernière réplique et je sors, et alors que je reviens pour saluer le public, toute rayonnante… je le vois ! Juste devant moi ! Apparu là comme un fantôme du passé. Toujours aussi beau et sexy, et surtout posant sur moi un regard vengeur, comme s'il était venu me faire payer mes erreurs passées.

— Oh mon Dieu…, murmura Blair.

— Je retire ce que j'ai dit sur ta façon de raconter les histoires, ajouta Sable. Comment as-tu réagi ?

— Je suis sortie de scène à toute allure et j'ai cru un moment lui avoir échappé. Mais alors que je marchais tête baissée dans la rue, il est apparu à mes côtés. C'est en me raccompagnant jusqu'ici qu'il m'a avoué qu'il était venu à New York spécialement pour me voir. Et… régler notre vieux contentieux en exigeant que je rende un service.

Lorsque Tana ouvrit les yeux, ses deux amies la dévisageaient d'un air compatissant. Son cœur se serra à l'idée qu'elle pourrait perdre leur amitié si elles découvraient toute la vérité sur son passé.

— Et tu as accepté ? s'enquit Sable.

— Bien sûr, répondit-elle avant de se lever d'un bond, consciente qu'elle ne pouvait pas en dire beaucoup plus.

Si tout se passait comme prévu, elle accompagnerait Chase dans le Nevada, lui restituerait son terrain, et tout serait terminé. Ses amies n'auraient jamais à savoir ce qu'elle avait fait pour mériter la colère de Chase.

— Il m'a demandé de l'accompagner dans le Nevada ce week-end en me faisant passer pour sa fiancée, précisa-t-elle.

Ses deux amies la dévisagèrent un instant, stupéfaites, avant de la bombarder de questions.

— Des *fausses* fiançailles ? s'exclama Blair. Mais pourquoi ? Pour faire avorter un projet de mariage que sa mère veut lui imposer ? Ça se passe souvent comme ça dans les romances, ajouta-t-elle avec un clin d'œil.

Blair ne laissa pas le temps à Tana de répondre et enchaîna :

— Ou peut-être a-t-il besoin d'une fiancée pour sécuriser l'héritage d'un riche parent… Il arrive que des gens posent ce genre de conditions dans leur testament.

— Honnêtement, je n'en sais rien, répondit Tara, bien que consciente que Chase avait sans aucun doute un but précis.

Mais comment aurait-elle pu connaître ses véritables intentions ? S'il avait fait sa petite enquête sur elle, pour sa part, elle ne savait plus rien de lui. C'est alors qu'elle comprit qu'elle devait absolument combler cette lacune. Elle aussi mènerait sa propre enquête.

— Je lui dois une faveur, vu la façon dont les choses se sont terminées entre nous, expliqua-t-elle. S'il a besoin de moi pour jouer le rôle de sa fiancée, alors je l'aiderai. Je serai de retour lundi pour ma répétition, et c'est tout ce qui compte.

Ses amies la supplièrent d'en dire plus, mais elle finit par les convaincre de dîner avec elle et de laisser tomber la discussion pour l'instant. Reconnaissante de ce sursis, elle profita de ses amies, soulagée à l'idée qu'elle serait bientôt débarrassée de son encombrant passé.

Confortablement installé dans un jet privé prêté par un ami, Chase étudiait sa compagne de voyage. Ils étaient à mi-chemin entre New York et l'aéroport d'Elko, au Nevada, et avaient encore quelques heures de vol.

Deux jours plus, tôt il avait comme prévu envoyé à Tana un texto contenant les informations de vol, ce à quoi elle avait répondu par un laconique « OK ». Il avait craint sur le coup qu'elle revienne sur leur accord, mais elle était arrivée à l'heure à bord de la voiture qu'il lui avait envoyée. Aussitôt après s'être installée dans le jet, elle avait sorti une tablette de son unique sac et, depuis, n'avait pas quitté l'écran des yeux.

Comprenant qu'elle voulait qu'il la laisse tranquille, il ne l'avait pas dérangée, se contentant d'observer les curieux tatouages au henné sur ses poignets et se demandant si elle en avait sur d'autres parties du corps…

Écartant ces grisantes pensées, il se concentra sur ses cheveux, remarquant que ses mèches roses étaient plus vives que la dernière fois. Par chance, elle avait troqué ses rangers contre des baskets roses montantes, entièrement cloutées. Avec son jean noir moulant et son vieux T-shirt à l'effigie d'un groupe de hard-rock, elle avait sans doute voulu lui envoyer un message.

Il ne chercha pas à savoir lequel. La dernière fois qu'il s'était intéressé à elle, elle lui avait tellement fait tourner la tête qu'il en avait oublié de voir ce qui se tramait dans la vie de sa mère. Il ne commettrait pas deux fois la même erreur.

Sortant de sa poche la bague qu'il avait apportée, il comprit qu'il était temps de lui expliquer ce qu'il attendait d'elle une fois qu'ils seraient à Cloverfield. À cet instant, il aperçut une photo de lui sur la tablette de Tana.

— Tu me cherches sur Google ? demanda-t-il, incapable de refréner sa curiosité.

Tana ne lui accorda même pas un regard.

— Je fais en sorte que nous soyons à égalité, répondit-elle d'un ton détaché. Tu sais tout de moi depuis notre rupture et moi, je ne sais rien de toi. Ce site d'informations juridiques que tu as créé, par exemple, je ne le connaissais pas du tout.

— Le procès que j'ai intenté à ton père n'a jamais mené à rien, expliqua-t-il. C'est pourquoi j'ai eu envie de créer un site visant à informer le public des méthodes employées par les escrocs dans son genre ainsi que des différents recours existants.

Un silence accueillit ses paroles, mais Tana ne tarda pas à reprendre le dessus.

— C'est vrai que ta chère Ashley se marie ce week-end ? demanda-t-elle.

Chase soupira, regrettant de s'être autrefois confié à Tana au sujet de son ex. Fille d'un des hommes les plus riches du Montana, Ashley Carmichael sortait avec lui lorsqu'il avait rencontré Tana. Il avait rompu avec elle. Depuis, il avait été la cible du père d'Ashley qui, soucieux de laver l'honneur froissé de sa fille chérie, n'avait cessé de nuire à ses affaires par tous les moyens possibles. C'est pourquoi il avait été plus que surpris de recevoir une invitation au mariage de son ex-petite amie.

— Tu le sauras bien assez tôt. Mais tu auras besoin de ça d'abord, dit-il en déposant l'écrin devant elle contenant la bague, en prenant soin de ne pas la toucher.

Après le quasi-baiser au pied de son immeuble, il savait qu'il n'était pas aussi immunisé contre cette femme qu'il l'aurait souhaité.

Elle lui lança un regard surpris.

— J'espère que tu n'as pas prévu de rendre visite à ton ex en ma compagnie…

Pour toute réponse, il se contenta de hausser un sourcil.

Quelques instants plus tard, elle le dévisagea, bouche bée.

— Oh mon Dieu…, murmura-t-elle en prenant l'écrin sans l'ouvrir. Ne me dis pas que tu m'as traînée à l'autre bout du pays pour m'amener au mariage d'Ashley Carmichael ?

— Tu es idéalement habillée pour l'occasion, en fait, répliqua-t-il avec un grand sourire à l'idée d'apparaître au mariage d'Ashley en compagnie d'une punkette aux cheveux roses.

Elle le foudroya du regard.

— Je pensais que j'étais là pour t'aider à récupérer ton terrain, pas pour narguer une princesse de la haute société locale.

— Tu te doutais que j'avais une idée derrière la tête, non ? répliqua-t-il. Eh bien, ta présence à ce mariage est l'une d'entre elles.

Elle le fixa sans un mot, et son regard se teinta soudain d'une réelle inquiétude.

Cette expression, bien que fugace, le remua. Certes, il voulait qu'elle paye sa dette à son égard, mais il n'avait pas pour autant envie de la faire souffrir.

Un instant plus tard, elle parut s'apaiser.

— Très bien. Cependant il n'est pas question pour moi de jouer les Cendrillon. Tu ne me forceras pas à porter une robe de soirée.

— Et tu te dis actrice ? rétorqua-t-il, moqueur. Ne t'inquiète pas pour ça. Je serais bien incapable de transposer ton style vestimentaire en robe de soirée, de toute façon.

Une fois de plus, elle ne réagit pas, lui donnant le sentiment qu'il faisait preuve d'une méchanceté gratuite qui laissait percer son amertume. Il devait absolument garder à l'esprit la principale règle des escrocs : ne jamais mêler les sentiments personnels au scénario.

— Je peux jouer un rôle pour toi, Chase.

Son ton sérieux lui rappela qu'il ne devait pas être naïf et la sous-estimer. Quel que soit le message que son nouveau look envoyait au monde, il y avait une femme extrêmement intelligente et lucide sous la façade.

— À condition de comprendre l'objectif, précisa-t-elle.

— Non. Je ne peux pas te faire confiance. Je veux simplement que tu sois à mes côtés demain. Et que Warren Carmichael pense que nous sommes en couple, et que nous avons renoué depuis des mois.

— Pas de problème. J'ai besoin juste de quelques détails pour que nos versions soient cohérentes. Comment avons-nous renoué ?

— Faisons simple. Disons que je suis allé voir une pièce dans laquelle tu jouais.

Le récit n'avait pas besoin d'être sophistiqué, songea-t-il puisqu'il n'avait pas l'intention de rester longtemps au mariage. Il voulait simplement faire une apparition pour mettre Warren Carmichael en garde.

L'avion traversa soudain un trou d'air, et il plaqua instinctivement la main sur l'avant-bras de Tana. Avant de réaliser que c'était une très mauvaise idée.

Elle jeta un coup d'œil à l'endroit où il avait posé sa main avant de reprendre :

— *Un tramway nommé Désir* est ma première expérience de théâtre, et la pièce a commencé il y a un mois à peine. Donc nos retrouvailles il y a plusieurs mois, ça ne colle pas. Si on disait plutôt que c'est moi qui suis venue te voir à ton entreprise après avoir lu des articles sur toi ?

Elle marqua une pause avant de plonger dans son regard.

— Je serais venue *m'excuser* de ce qui s'est passé et nous nous serions... *réconciliés*, précisa-t-elle.

À ces mots, les souvenirs de leur passé commun déferlèrent dans l'esprit de Chase. En particulier ceux des nuits torrides qu'ils avaient passées ensemble... Il lui fallut plusieurs secondes pour se ressaisir.

— D'accord, répondit-il, comprenant qu'il devait changer de sujet au plus vite. Tu devrais mettre la bague. Nous allons atterrir.

Il ferma les yeux durant la descente, se rappelant que ce week-end n'avait rien à voir avec l'attirance qu'il ressentait toujours pour Tana Blackstone. Avec la douceur de ses lèvres. La façon dont elle s'abandonnait entre ses bras.

Ou avec le fait qu'il n'avait jamais rencontré, depuis, une femme qui lui arrivait à la cheville. Ce qui était complètement délirant, étant donné que leur liaison n'avait été qu'un tissu de mensonges.

Non, le but de ce week-end était simplement de récupérer le terrain qu'elle lui avait volé. Et de faire sortir Joe Blackstone de sa retraite afin de le traîner en justice.

Lorsque ce serait chose faite, il couperait les ponts avec Tana pour de bon.

- 4 -

Une heure plus tard, assise dans le pick-up de Chase, Tana fixait la magnifique bague de fiançailles qu'elle portait au doigt. Les diamants étincelèrent sous le soleil de la fin de journée tandis qu'ils approchaient de Cloverfield.

Chase lui avait donné la bague avec si peu de cérémonie qu'elle avait été prise de court. Une chose était évidente, toutefois : c'était un bijou exceptionnel. Et elle ne parvenait pas à comprendre pourquoi Chase lui avait confié un objet aussi précieux alors qu'il la considérait comme une vulgaire voleuse. Peut-être espérait-il qu'elle parte avec le bijou pour la faire arrêter ? Il la détestait tellement…

Avec un soupir, elle se concentra sur les splendides montagnes qui défilaient. Elle eut soudain envie de sortir son téléphone pour filmer ce paysage majestueux, mais elle craignit la réaction de Chase qui conduisait en silence, l'air particulièrement sombre. Sans doute la soupçonnerait-il encore de quelque mauvaise intention, ce qui la blesserait plus que de raison.

Elle décida donc de s'abstenir, comprenant que c'était à cet endroit, aussi superbe soit-il, que son père avait commis le pire de ses crimes. Elle remarqua que Chase semblait de plus en plus agité à mesure qu'ils approchaient de Cloverfield.

— Alors, tu reconnais les lieux ? demanda-t-il soudain, la tirant de sa rêverie tandis que la voiture s'engageait sur une route privée.

Quelques jours plus tôt, Sable et Blair l'avaient qualifié de cow-boy, et elle se demanda ce que ses amies auraient pensé en le voyant à présent. Avec son jean noir qui dessinait parfaitement ses cuisses musclées, il portait une chemise western grise qui accentuait l'éclat argenté de ses yeux. Dès qu'ils avaient atterri, il avait coiffé un stetson noir, dont les bords jetaient une ombre sur son regard.

— Bien sûr, répondit-elle d'un ton neutre, décidant de masquer ses émotions.

Quoi qu'ait fait son père, c'était aussi l'endroit où elle avait été la plus heureuse.

— Le bungalow que papa avait loué cet été-là est ici, à gauche, ajouta-t-elle.

Son estomac se noua tandis qu'elle attendait une nouvelle pique de Chase au sujet de son père. Même si elle comprenait sa colère, elle ne supportait pas qu'il la mette dans le même sac. Il ne comprenait manifestement pas qu'elle avait tout fait pour rompre avec sa famille.

— Plus maintenant, répondit-il. La première chose que j'ai faite quand j'ai racheté la propriété a été de le raser.

Elle cligna des yeux, choquée par la dureté de ces propos. Mais aussi par leur absurdité. Après tout, cette maison n'était qu'un objet inanimé qui ne pouvait être tenu pour responsable du crime de son père.

— Je suis étonnée que tu aies pris une telle décision, fit-elle remarquer, tandis qu'ils passaient devant l'endroit réduit à l'état de chantier. Ce bungalow datait du XIXe siècle, c'était un lieu historique, tout comme la maison en pierre où a vécu ta mère.

— Il était beaucoup plus récent, comme me l'ont confirmé les services municipaux.

Au même moment, il enclencha une vitesse, effleurant involontairement le genou de Tana. La chaleur de sa main contre son jean provoqua en elle une décharge électrique qui se propagea jusqu'à son entrejambe, lui rappelant qu'il y avait bien trop longtemps qu'elle n'avait pas fait l'amour.

Ce week-end allait être difficile si elle ne parvenait pas à maîtriser sa libido, songea-t-elle en croisant les jambes.

— Pourquoi as-tu fait cela ? demanda-t-elle. Pour construire une villa de luxe ? Comme dans les Hamptons ?

À sa grande surprise, cette remarque le fit rire.

— Il se trouve que j'ai gagné pas mal d'argent en revendant le bois du bungalow, répondit-il. Figure-toi qu'il y a un marché pour le bois de récupération. Les gens apprécient tout ce qui a l'air d'avoir une histoire, même si ce n'est pas le cas.

— On dirait que tu parles de moi, là. On dirait que j'ai un passé suspect alors que c'est faux, et que mon seul tort a été de naître dans une famille de criminels. Les apparences sont parfois trompeuses, tu sais.

Il fallut quelques instants à Chase pour répondre.

— Je sais, dit-il en lui lançant un regard qui déclencha un frisson le long de sa nuque. Je sais que tu ne peux pas être tenue pour responsable des actes de ton père.

— Ah ! Merci de le reconnaître enfin ! Ce qui ne t'empêche pas de m'en vouloir. Pourtant, cela pourrait nous aider à faire bonne figure demain, au mariage, si tu arrêtais de me rappeler à chaque instant que je suis la cause de tous tes malheurs.

— C'est vrai, répondit-il, sans même protester.

— Tu es d'accord ? fit-elle remarquer, sincèrement surprise tandis qu'ils approchaient de la maison principale.

Chase se gara, arrêtant le moteur avant de lui accorder toute son attention.

— L'autre soir, quand je t'ai raccompagnée chez toi, tu as dit que nous devions nous entraîner à jouer notre rôle de couple. Eh bien, j'ai l'intention de suivre ton conseil.

— Oh ! Super…, marmonna-t-elle en se passant nerveusement la main dans les cheveux, désarçonnée par cette soudaine docilité.

— Je suis d'accord avec l'idée que nous devons former un couple crédible, précisa-t-il en glissant le bras sur le dossier du siège passager.

Il ne la toucha pas, mais elle frémit à l'idée qu'il lui suffisait de bouger un doigt pour le faire.

— Ce n'est pas exactement ce que j'ai dit, répliqua-t-elle faiblement, l'esprit embrumé par les visions du baiser qu'ils avaient failli échanger quelques jours plus tôt.

La façon dont il lui avait relevé le menton et incliné le visage vers lui. Et la façon, terriblement embarrassante, dont elle s'était mordillé la lèvre inférieure en attendant ce baiser qui n'était jamais venu.

— Tu as dit que nous devions répéter notre rôle, c'est presque pareil, dit-il en relevant le bord de son stetson. Quoi qu'il en soit, l'idée était claire.

Le cœur de Tana battait si fort qu'elle n'était pas sûre d'avoir bien compris ses derniers propos. Et dire qu'à New York, elle parvenait à décourager les hommes d'un seul regard. Elle ne pouvait que constater que ce n'était absolument pas le cas avec Chase, comme si son corps refusait de transmettre les signaux de mise en garde qu'elle envoyait à tous les autres hommes. C'était agaçant.

— Quelle idée ? demanda-t-elle, les yeux écarquillés.

— Nous devons être à l'aise quand nous sommes ensemble, répondit-il en posant la main sur son genou, déclenchant en elle une excitation… tout à fait agréable.

Elle aurait dû protester devant la désinvolture avec laquelle il posait la main sur elle, mettant habilement le feu à ses sens alors qu'il semblait pour sa part ne rien éprouver de tel, mais elle était incapable de prononcer le moindre mot.

— Tu as raison sur ce point, poursuivit-il, glissant le pouce le long de la couture de son jean, juste à l'intérieur du genou.

Elle se demanda comment une caresse aussi légère pouvait lui faire un tel effet, avant de s'efforcer de reprendre ses esprits.

— Donc, c'est une répétition, c'est ça ? parvint-elle à articuler, en surveillant la main baladeuse de Chase. Parce que je doute que cette façon de faire me mette vraiment à l'aise…

La main de Chase s'immobilisa aussitôt. Une ombre passa dans son regard.

— J'ai hâte de voir quelle différence tu feras entre une répétition et la vraie vie une fois que nous serons installés, répliqua-t-il sèchement avant de sortir de la voiture.

Elle resta dans le pick-up le temps de se calmer. Bien qu'ignorant le véritable objectif de ces fausses fiançailles, elle ne pouvait nier que le simple fait d'être de nouveau près de Chase l'excitait au plus haut point.

Et que c'était dangereux pour sa tranquillité d'esprit.

Lorsqu'il ouvrit la portière côté passager pour l'aider à descendre, elle veilla donc à lâcher sa main dès qu'elle eut posé les pieds par terre. Toute actrice qu'elle était, si Chase continuait à la toucher, elle serait incapable de prétendre que cela ne lui faisait aucun effet.

Tana, de retour à Cloverfield… C'était surréaliste.

Chase déambulait dans les couloirs aux murs de pierre de sa maison natale tandis qu'elle défaisait ses bagages dans la chambre d'amis. Elle n'était venue qu'une ou deux fois ici lorsqu'ils sortaient ensemble cet été-là, puisqu'il logeait dans la grange aménagée.

Seule sa mère occupait la maison principale alors. En outre, Tana et lui passaient le plus clair de leur temps à monter à cheval ou à faire de la randonnée. Le soir, ils rejoignaient parfois d'autres jeunes pour un pique-nique autour d'un feu.

Un soir, il avait invité Tana à dîner à la maison en compagnie de sa mère, après quoi elle l'avait aidé à ranger. Ils avaient ensuite dansé un slow autour du brasero dans le jardin. Une autre fois, Tana avait apporté à sa mère un bouquet de fleurs sauvages qu'elle avait cueillies lors d'une de leurs promenades. Chase était alors convaincu que sa petite amie ferait partie de sa vie pour toujours…

— Hé, Serrano ! lança-t-elle en entrebâillant la porte, l'arrachant à ses souvenirs. Je croyais t'avoir dit que je n'avais aucune intention de jouer les Cendrillon ce week-end !

Elle faisait sans doute allusion aux robes de soirée qu'il avait suspendues dans l'armoire à son intention. Il sourit. Il s'attendait à cette réaction. Il se planta devant la fenêtre, faisant semblant de s'intéresser à la vue, avant de répondre d'un ton léger :

— Tu pourrais porter les hauts. Fais comme tu veux. On

peut aussi aller en ville demain et faire du shopping. Cela dit, n'oublie pas qu'il y a beaucoup moins de choix ici qu'à New York.

Il se retourna pour la regarder, et elle poussa un soupir exaspéré avant de regagner la chambre d'amis. Il lui emboîta le pas.

— On dirait des robes de princesse de dessin animé ! Tu en es conscient ? Regarde ! dit-elle en brandissant un cintre auquel était suspendue une robe couverte de perles scintillantes.

Objectivement, la robe était de toute beauté. Un modèle unique créé par un styliste de talent. Il n'aurait su comment la décrire mais le jupon en tulle brodé de fleurs et de perles témoignait d'un travail de couture exceptionnel.

— Qu'y a-t-il ? Ce n'est pas la bonne taille ? demanda-t-il.

Tout en parlant, il se dirigea lentement vers elle, l'air détaché. En réalité, il était captivé par ses cheveux relevés gracieusement en chignon, et par ces petites lunettes roses qu'elle portait sur le bout du nez.

— Vraiment, je ne vois pas ce qui te déplaît…, ajouta-t-il.

— Ce qui me déplaît ? répliqua-t-elle en plaquant la robe contre elle pour lui montrer l'effet produit. C'est beaucoup trop chic ! Avec une robe pareille, j'aurais vraiment l'air de porter un déguisement et de jouer un rôle !

S'appuyant contre le chambranle, il jeta un œil à la chambre aux murs blanchis à la chaux et au contenu du sac de Tana, éparpillé sur le lit. Parmi les T-shirts et les jeans, il remarqua… une parure de lingerie en dentelle noire. Il ne put s'empêcher de déshabiller mentalement Tana, imaginant l'effet que le minuscule ensemble devait produire sur elle…

Bon sang ! Très mauvaise idée !

— Je vois ce que tu veux dire, marmonna-t-il, la gorge sèche. Tu pourrais peut-être l'accessoiriser avec un collier à clous et des bottes ?

Elle fronça les sourcils, avant de pousser un long soupir.

— Tu as raison. Désolée d'avoir réagi comme ça. Ces robes sont magnifiques, et je suis sûre que je trouverai mon bonheur pour le mariage.

Sur ces mots, elle raccrocha la robe dans l'armoire avant d'en sortir une autre de couleur rose.

— Une minute… Qu'est-ce qui t'arrive ? demanda-t-il, surpris. Je croyais que tu détestais ces robes.

— Je mets mes conseils en pratique, répondit-elle en déposant la robe sur le lit pour l'étudier. Je te montre d'autres facettes de ma personnalité pour que tu sois à l'aise avec moi demain quand nous nous afficherons ensemble. J'ai un côté agréable, tu sais.

Il se sentit déstabilisé. Il ne savait plus sur quel pied danser avec elle, entre ses talents de comédienne, son passé d'arnaqueuse et son attitude vaguement hostile. Une attitude qu'il avait sans aucun doute contribué à susciter.

Mais maintenant qu'il était sur le point d'atteindre son premier objectif, à savoir se rendre à ce mariage avec Tana, il était prêt à jouer son rôle de petit ami modèle jusqu'au bout. Et, pourquoi pas, prendre au passage un peu de plaisir, puisque l'attirance qui existait entre eux était, aussi curieux que cela puisse paraître, toujours aussi vivace ?

— Merci pour tes efforts, dit-il, en s'approchant de la robe pour l'étudier à son tour. Celle-ci me semble parfaite.

Son cœur se mit à battre violemment lorsque, s'arrêtant à côté du lit en fer forgé, il se mit à fixer le cou gracile de Tana. Tout en déballant ses affaires, elle avait enfilé un immense T-shirt, dont le col bateau dénudait une de ses épaules. La ligne de son cou lui parut soudain si fragile qu'il fut saisi d'une folle envie d'y poser les lèvres…

— Si tu n'aimes pas ces robes, parles-en à ta colocataire, dit-il.

Elle se retourna vivement et le fixa, les poings sur les hanches.

— Pardon ?

— Au cours de mes recherches, j'ai appris que tu logeais dans une résidence d'artistes, expliqua-t-il. Parmi tes colocataires, il y a bien une maquilleuse et une styliste ?

— Blair et Sable, oui. Tu les as contactées ?

— J'ai échangé quelques textos avec la styliste et lui ai

demandé, contre rétribution, de réaliser ta garde-robe pour ce week-end. Elle était ravie.

— Tu veux dire qu'elle savait que j'allais à ce mariage avant moi ?

— Oui. Elle m'a dit qu'elle rêvait de t'habiller.

— Ça explique beaucoup de choses, marmonna-t-elle en pliant un T-shirt. Cela dit, je ne sais toujours pas qui sera mon public.

— Le père d'Ashley, Warren Carmichael, répondit-il, conscient qu'il était temps de lui révéler la cible de leur petite mascarade. Il me conteste une partie de mes terres et a lancé une procédure contre moi. J'ai déjà dépensé une petite fortune en frais juridiques, mais Warren semble déterminé à continuer à me pourrir la vie.

— Je ne vois absolument pas ce que ça va changer, de m'amener à ce mariage.

— Tu te souviens du terrain que tu dois me restituer ?

Depuis le début de cette querelle avec Carmichael, il se demandait si Joe Blackstone avait eu la moindre idée de la valeur du terrain en question. Et s'il n'en avait pas, d'une façon ou d'une autre, informé sa fille.

— Bien sûr, répondit-elle. Quelle question stupide !

— Eh bien, la moitié de ce terrain se trouve au centre de la dispute entre Warren et moi. Il a engagé un enquêteur pour découvrir l'identité du propriétaire. Mais je t'ai retrouvée avant lui.

— Je ne vois toujours pas ce que ça change que nous soyons fiancés puisque je t'ai proposé de te restituer le terrain en question.

— Warren est prêt à tout pour gagner cette petite guerre, poursuivit-il tout en luttant de toutes ses forces contre le désir lancinant que faisait monter en lui la soudaine docilité de Tana. Non seulement ma rupture avec sa fille a piqué son orgueil à vif mais il n'a pas supporté que je rachète Cloverfield car, ce faisant, j'ai récupéré des terres sur lesquelles il faisait paître son bétail illégalement. Étant donné le tempérament du bonhomme, j'ai peur qu'il s'en prenne aussi à toi. Nos fiançailles lui permettront donc de comprendre que tu es sous ma protection. Et que j'ai déjà gagné ce round.

— Comme c'est chevaleresque de ta part ! s'exclama-t-elle, moqueuse.

— Au vainqueur le butin, déclara-t-il, lui-même surpris de cette sortie particulièrement machiste à un moment où il brûlait d'envie de poser les lèvres sur celles de Tana.

— Donc, je suis une sorte de trophée ? J'espère au moins que je ne me ferai pas kidnapper ou violer.

— Je n'ai jamais suggéré une chose pareille, murmura-t-il en glissant les doigts dans les cheveux de Tana. À vrai dire, je pensais plutôt à un baiser. Mais à terme, si tu souhaites plus…

À ces mots, elle redressa vivement la tête, posant sur ses lèvres un regard enflammé. En voyant palpiter une veine dans son cou, il n'y tint plus mais patienta un instant encore pour s'assurer de son consentement.

— C'est un autre jeu, pour toi ? Tu essaies de voir si tu m'excites encore ? demanda-t-elle.

Ils étaient si proches à présent qu'il sentait son souffle sur ses doigts qui caressaient toujours ses mèches.

— Ce n'est pas un jeu, Tana. J'ai envie de t'embrasser. Terriblement envie…

— Alors vas-y, qu'est-ce que tu attends ? murmura-t-elle en empoignant sa chemise et en l'attirant contre elle d'un coup sec.

- 5 -

Sans même attendre de réponse, Tana se jeta dans les bras de Chase et s'empara de sa bouche.

Et lorsque leurs lèvres se rencontrèrent, une immense chaleur l'envahit.

Elle n'avait jamais pu oublier Chase. Ils étaient si jeunes, à l'époque, mais ensemble ils avaient découvert l'amour dans tous les sens du terme. Chase avait été le premier à l'embrasser comme elle aimait vraiment être embrassée. Le premier à lui révéler combien son corps pouvait être source de plaisir. Aucun autre homme qu'elle avait croisé par la suite n'avait fait naître en elle une telle passion.

Une passion qu'elle retrouvait intacte, aujourd'hui.

Tandis qu'elle se collait à lui avec une frénésie à la mesure de son désir dévorant, Chase semblait mettre toute son énergie à lui offrir le plus parfait des baisers. De la langue, il lui caressa les lèvres avec une telle sensibilité, une telle subtilité qu'elle se mit à trembler, sans doute parce que cela lui rappelait leur tout premier baiser.

Cependant, à vingt-six ans, Chase n'était plus tout à fait le même. La grâce et la souplesse de la jeunesse s'étaient muées en muscles d'acier qu'elle sentait onduler contre elle lorsqu'il bougeait. Son menton, aujourd'hui parsemé d'une barbe naissante, imprimait sur son visage une caresse rugueuse et totalement enivrante.

Ses lèvres, toutefois, étaient toujours aussi douces. Sa langue toujours aussi sensuelle lorsqu'elle entraînait la sienne dans cette danse qui embrasait ses sens.

Elle s'agrippa à ses épaules comme si elle craignait d'être emportée par la force de son désir. Désir de chaleur. De partage. De moments où elle pourrait être elle-même, sans avoir à faire semblant…

À cette pensée, son sang se glaça. Elle se força à reculer, interrompant le baiser.

— Qu'est-ce qui nous prend ? murmura-t-elle, haletante.

Retrouvant ses esprits, elle plongea dans le regard argenté de Chase. Mais hormis un léger pétillement, elle ne vit rien qui ressemblait au brasier qu'il venait de déchaîner en elle.

— Nous nous préparions pour demain, répondit-il, reculant à son tour sans cesser de la regarder.

Réalisant que son cœur battait encore trop vite, elle se remit à ranger ses affaires. Elle devait absolument s'occuper les mains pour éviter de le toucher à nouveau.

— Et avons-nous appris quelque chose d'utile ? demanda-t-elle en pliant nerveusement un chemisier.

— Seulement que nous n'aurons pas besoin de simuler l'alchimie qui existe entre nous, répondit-il, gagnant lentement la porte.

Elle tourna la tête pour le regarder. Il paraissait sincère, bien qu'un peu triste.

Tout comme elle.

Sans répondre, elle se remit à la tâche, consacrant toute son attention au rangement de ses sous-vêtements dans la commode.

Il s'arrêta sur le seuil de sa porte.

— Je te laisse t'installer, dit-il. Si tu as envie de faire du cheval, adresse-toi au palefrenier. Nous dînerons à 19 heures.

— Merci. Une promenade à cheval me ferait le plus grand bien, en fait.

Elle n'avait pas monté depuis qu'elle avait quitté Cloverfield, et cela lui avait manqué.

Peut-être parce que c'était une habitude qu'elle partageait avec Chase, autrefois.

Peut-être parce que leurs balades lui avaient apporté une forme de paix qu'elle n'avait jamais retrouvée depuis.

Elle s'apprêtait à lui proposer de l'accompagner. Mais il avait disparu.

Seule dans sa chambre, elle comprit alors que Chase était le seul homme capable à la fois de satisfaire ses désirs et de combler ce vide qui l'habitait depuis toujours. Et qui lui donnait l'impression d'être à sa place, sur cette Terre.

Hélas, il ne l'avait fait venir que pour jouer un rôle. Elle ferait mieux de s'en souvenir.

Le lendemain après-midi, impeccable dans son smoking Tom Ford, Chase gara sa Land Rover devant la propriété de son ennemi juré avant d'aider Tana à descendre.

— C'est vraiment un ranch ? demanda-t-elle en observant les allées et venues des voituriers, la maison de taille impressionnante et la grange cinq étoiles manifestement destinée à accueillir les événements spéciaux.

— Absolument. Seulement, Warren Carmichael préfère que cela ne se voie pas trop. C'est un politicien avant d'être un éleveur, tu comprends, expliqua-t-il en la détaillant de la tête aux pieds, admirant le fourreau en soie crème imprimé de fleurs, les escarpins roses et la pochette assortie.

Elle était si élégante, si différente en fait, qu'il regrettait presque le T-shirt démesuré qu'elle portait la veille. Lorsqu'ils avaient partagé cet incroyable baiser. Un baiser qu'il avait revécu des dizaines de fois durant la nuit. Il comprit soudain qu'il l'aurait en fait trouvée sexy dans n'importe quelle tenue.

— Apparemment, il tient à soigner son image, fit-elle remarquer tandis qu'il lui prenait la main et la posait sur son avant-bras pour la guider sur le tapis rouge menant à la grange.

À l'intérieur, une chanteuse de country roucoulait doucement tandis que des serveurs en livrée slalomaient entre les groupes d'invités, distribuant amuse-bouches et flûtes de champagne.

— Warren invite fréquemment des politiciens locaux dans son ranch. C'est ainsi qu'il parvient à obtenir des accords favorables à ses activités, expliqua-t-il.

C'est pourquoi il devait rester sur ses gardes. Après tout, il ne savait toujours pas pourquoi Warren l'avait invité à ce mariage alors que ce n'était un secret pour personne qu'ils étaient en guerre depuis des années. Peut-être était-ce une initiative d'Ashley, qui avait tenu à lui montrer à quel point elle avait réussi sa vie sans lui ? Si c'était le cas, il s'en fichait éperdument.

Ils venaient d'atteindre la piste de danse lorsqu'un cri strident retentit derrière eux.

— Tana Thorpe ? C'est bien toi ?

Le sang de Chase se glaça alors qu'il reconnaissait la voix de son ex-petite amie. Il se retourna, se préparant mentalement aux retrouvailles.

Ashley s'avançait vers eux dans un tourbillon de dentelle blanche et posait sur Tana un regard condescendant.

— Blackstone, en fait, corrigea Tana sans la moindre trace d'agressivité.

Bien que surpris par la douceur avec laquelle Tana avait répondu, Chase n'en laissa rien paraître, comprenant que le spectacle venait de commencer.

— Tous mes vœux de bonheur, Ashley, ajouta Tana en tendant la main à la jeune mariée.

Cette dernière dédaigna la main tendue.

— Blackstone, bien sûr, dit Ashley avec un petit rire méprisant. Comment pourrais-je oublier le nom de la femme qui a escroqué Chase ?

Elle se tourna alors vers lui un regard hostile, comme si, au bout de toutes ces années, elle ne lui avait toujours pas pardonné de l'avoir quittée.

— Tu sais, dit Tana, sur le ton de la confidence, j'ai beaucoup souffert de cette situation, moi aussi, peut-être même plus encore que Chase. Mais tout cela est du passé, et je veux que tu saches que tu es l'une des plus belles mariées que j'aie jamais vues.

Ashley les considéra tour à tour avec méfiance.

— La robe a été faite sur mesure pour moi, déclara-t-elle,

prenant apparemment le compliment pour argent comptant. Je tenais absolument à avoir des broderies en fil d'or et de la dentelle de Chantilly, ajouta-t-elle faisant onduler son jupon.

Impatient d'affronter Warren, Chase voulut demander où il était, mais apparemment Tana n'en avait pas terminé.

— Elle te va à merveille. J'adore ce gros nœud attaché à l'arrière ! s'exclama-t-elle avant de lever un regard énamouré vers lui tout en posant la main sur son épaule de façon à exhiber sa bague de fiançailles. Tout ce que j'espère, c'est pouvoir te faire un peu concurrence, lorsque Chase et moi nous marierons.

Ashley les dévisagea, soudain livide.

— Tu as un sacré toupet, Chase Serrano ! s'écria-t-elle, attirant l'attention de quelques invités. Tu vas *vraiment* l'épouser ?

Le ton était si venimeux que Chase glissa un bras protecteur autour des épaules de Tana.

— C'est mon plus cher désir, Ashley. En attendant, nous te laissons rejoindre tes convives. Merci encore pour l'invitation, conclut-il en entraînant Tana dans un coin tranquille à l'autre bout de la grange.

— Alors ? Comment je m'en suis sortie ? J'ai fait ce qu'il fallait ? demanda Tana, lorsqu'ils furent seuls.

— Tu as été époustouflante ! Tu l'as manœuvrée avec une incroyable maestria ! répondit-il en l'entraînant vers la table où ils avaient été placés pour le dîner.

À ces mots, elle le dévisagea, interdite. Était-ce de l'incrédulité qu'il lisait dans son regard ?

— Quoi ? Tu ne me crois pas ? s'enquit-il.

Lorsqu'elle ôta son châle pour le poser sur sa chaise, il remarqua qu'elle avait des ailes d'ange et une sorte de couronne ornée d'un joyau tatouées entre les omoplates.

— Si. C'est juste que je n'ai pas l'habitude des compliments. Mon père critiquait sans arrêt mon jeu. Soit j'en faisais trop, soit pas assez. Ce n'était jamais assez bien.

À la mention de Joe, Chase réagit au quart de tour.

— Ce qu'un criminel peut dire de toi ou de tes talents n'a aucune importance, rétorqua-t-il sèchement.

— C'est là où tu te trompes. Quand le criminel en question est ton père, ça a de l'importance. J'ai honte de ses crimes et du rôle qu'il m'a fait jouer dans ses arnaques ou ses parties de poker truquées. Pourtant, même si par sa faute je ne joue même plus aux cartes aujourd'hui, c'est quand même lui qui m'a beurré mes tartines et appris à faire mes lacets, puisque ma mère semblait dépourvue de toute forme d'instinct maternel.

À la fin de cette tirade, elle haussa les épaules, et ce simple geste ne fit qu'attirer l'attention de Chase sur la perfection de sa peau dévoilée par son bustier.

— Et si on allait se faire photographier devant le mur de roses ? demanda-t-elle soudain, dans une tentative manifeste de changer de sujet de conversation.

Malgré la méfiance tenace qu'elle lui inspirait, il la croyait sincère lorsqu'elle parlait de sa famille. Le détective privé qu'il avait engagé ne lui avait-il pas confirmé qu'Alicia Blackstone et Tana ne s'appelaient jamais, confirmant le peu de liens existant entre la mère et la fille ? De plus, Tana n'avait jamais eu aucun problème avec la justice, ce qui témoignait de sa volonté de mener une vie honnête, à l'opposé de celle de ses parents.

— Si tu veux, répondit-il. Tu pourras envoyer la photo à Sable pour qu'elle te voie avec cette robe.

Il en profiterait pour en demander un double, ce qui lui permettrait de garder un souvenir de Tana. Car il pressentait qu'elle s'empresserait de disparaître de sa vie une fois qu'elle lui aurait restitué son terrain.

Par chance, il avait prévu de solliciter une nouvelle fois son aide, ce qui l'amènerait peut-être à passer un second week-end en sa compagnie.

Tandis qu'ils se dirigeaient vers le mur de roses où les invités se faisaient prendre en photo, il laissa courir ses doigts le long de son dos avant de poser la main sur sa hanche.

Pourquoi lui était-il si naturel de la toucher ? De la serrer contre lui ?

Toute la nuit, il s'était répété les mots qu'elle avait prononcés la veille.

« Alors vas-y, qu'est-ce que tu attends ? »

Sans doute avait-elle envie de ce baiser autant que lui. Et pourtant, c'était elle qui avait battu en retraite, comme si elle s'était soudain rappelé la raison pour laquelle elle ne devait pas céder à cette attirance.

Lorsqu'ils rejoignirent les quelques couples qui attendaient devant le podium, il décida de mettre à profit ce moment pour apprendre à mieux la connaître. Ce qui lui permettrait peut-être de pousser plus loin leur baiser suivant. Plus il la connaîtrait, moins elle résisterait.

— J'ai une question à te poser, lui murmura-t-il à l'oreille.

— Je crains le pire. Comme chaque fois que tu emploies cette entrée en matière…

Remarquant que la musique devenait plus entraînante et que la piste se remplissait, il se promit de l'inviter à danser. Ce serait l'occasion rêvée de la prendre dans ses bras.

— Tu as dit tout à l'heure que tu ne jouais plus aux cartes. Puis-je te demander pourquoi ?

Il avait eu, pour sa part, l'occasion de la voir jouer avec des amis lorsqu'ils étaient ensemble et avait été fasciné par la façon dont elle manipulait les cartes.

— Comment peux-tu me poser cette question ? Je te dis que j'ai laissé cette vie derrière moi, Chase. Je n'ai jamais participé aux escroqueries de mes parents par plaisir. Ils m'obligeaient à le faire. En me menaçant.

Pouvait-il la croire ? Alors même que le doute germait dans son esprit, il comprit qu'il le devait. Elle avait été un bouc émissaire commode lorsque son père avait quitté le pays. Et en réalité, il avait surtout souffert de sa trahison à elle. Ou, pour être honnête, de s'être senti si stupide d'être tombé amoureux d'elle.

— Je suis désolé, dit-il en faisant signe à un serveur et en prenant deux flûtes de champagne. J'ai passé tellement de temps à penser aux torts que j'ai subis que je n'ai jamais pensé à quel point tu as dû souffrir, toi aussi.

— J'ai été nourrie, logée, blanchie. Et même aimée, dit-elle, au bout d'un moment. Bien sûr, mon éducation a manqué d'un certain nombre de choses, notamment de principes moraux, mais j'ai fait tout ce que j'ai pu pour m'amender. C'est pourquoi je ne joue plus aux cartes.

Le couple qui les précédait venait de descendre du podium, et le photographe leur fit signe d'avancer. Tandis qu'ils prenaient la pose, il songea à ses propos et comprit qu'elle n'avait cessé de le surprendre depuis qu'il l'avait retrouvée. Elle avait beaucoup changé en huit ans. Elle était devenue beaucoup plus énergique, et même combative, mais aussi réfléchie et compatissante. Elle avait en outre complètement réformé sa vie depuis qu'elle avait quitté le Nevada, et ce, sans aucune aide de sa famille.

Ce qui était, en fait, plutôt admirable.

Alors, tandis qu'ils s'enlaçaient pour la photo devant le mur de roses, il s'autorisa à goûter la sensation de son corps pressé contre le sien.

Il commençait même à éprouver des remords à l'idée de l'avoir embarquée dans son plan de vengeance. D'autant que la phase suivante impliquerait de lui demander… de s'asseoir à une table de poker.

Ils laissèrent leur adresse e-mail pour l'envoi des photos, après quoi Chase entraîna Tana vers leur table.

— Je veux que tu saches que je suis conscient que tu as pris tes distances avec ta famille, déclara-t-il.

Elle le dévisagea, surprise.

— Tu n'as pas besoin de me dire ça, répondit-elle. Je vais t'aider à récupérer ton terrain, de toute façon.

— Je sais. Je regrette juste de…

Il s'interrompit en apercevant Warren qui venait vers eux, furieux, martelant le plancher de la grange à grands coups de talons.

— Que se passe-t-il ? demanda Tana.

Il resserra son étreinte autour d'elle.

— Prépare-toi, dit-il. On dirait que notre hôte a décidé de venir nous accueillir en personne.

- 6 -

En voyant le père de la mariée charger dans leur direction tel un taureau, Tana ne put s'empêcher de se blottir contre Chase.

Corps de boxeur et tête carrée, Warren Carmichael ne ressemblait absolument pas à un rancher. La pâleur de sa peau indiquait en effet qu'il ne devait passer que bien peu de temps sur ses terres, et avec ses cheveux gominés il faisait surtout penser à un chef mafieux. Ce que semblaient aussi suggérer ses boutons de manchettes et son smoking, même s'il portait celui-ci avec des bottes de cow-boy.

Habituée à jauger ses interlocuteurs, Tana plaça aussitôt Warren Carmichael dans la catégorie « À fuir ».

Ce dernier les interpella avant même de les avoir rejoints.

— Quand Ashley m'a dit avec qui tu avais eu le toupet de venir, Serrano, je n'en ai pas cru mes oreilles ! s'exclama-t-il. Qu'est-ce qu'elle fabrique ici ?

Tana frémit lorsqu'il posa sur elle ses yeux globuleux remplis de haine.

— C'est à cause de cette fille que tu t'es détourné de mon Ashley ! poursuivit-il, s'arrêtant à quelques centimètres de Tana tandis qu'autour d'eux, quelques invités les regardaient d'un air curieux.

— Tana Blackstone, enchantée, répondit-elle d'un ton léger, bien que consciente qu'il ne s'adressait pas à elle. Quelle charmante maison vous avez, ajouta-t-elle en lui tendant la main.

À l'exemple de sa fille, l'homme ignora sa main tendue et se tourna vers Chase.

— C'est la propriétaire du terrain, n'est-ce pas ? lança-t-il, toujours aussi furieux. J'ai dépensé une petite fortune pour découvrir qui c'était mais tu le savais depuis le début, n'est-ce pas ?

— Allons, Warren, ce n'est pas la peine de faire un scandale pour si peu, répondit Chase, le plus calmement du monde. Tu ne voudrais tout de même pas gâcher le mariage de ta fille ?

Warren le dévisagea, hors de lui, mais recula d'un pas. L'idée qu'il risquait de contrarier sa fille avait manifestement fait mouche, nota Tana, rassurée. Elle détestait les scènes en public.

— En tout cas, cette information pourrait bien intéresser la police, reprit Warren, trouvant un nouvel angle d'attaque. Ta petite copine a peut-être échappé à la condamnation il y a huit ans, mais si elle a tiré bénéfice de l'arnaque de son père…

— Elle n'a tiré bénéfice de rien, rétorqua Chase en resserrant son étreinte autour de la taille de Tana.

C'était réconfortant et curieusement agréable de se sentir protégée de la sorte, songea-t-elle. Même si Chase ne faisait que jouer un rôle.

Pourtant, elle ne pouvait s'empêcher de se sentir coupable. Comment pourrait-elle un jour sortir la tête haute de cet imbroglio si tant de gens subissaient encore les conséquences des actes de son père ? Elle comprit qu'elle aurait peut-être dû le dénoncer beaucoup plus tôt.

— C'est bien sûr ce qu'elle dit, répliqua Warren Carmichael. Tu oublies que les Blackstone sont tous des menteurs professionnels.

Tana tressaillit devant le tour insultant que prenait l'échange. Elle se força à rester calme. Elle n'était pas là pour rétablir la vérité.

Remarquant que la confrontation attirait un nombre croissant d'invités, elle se félicita que Chase soit là pour la protéger. Pour une fois, au moins, il était de son côté.

— Je comprends que tu sois agacé, Warren, répondit Chase, mais je te prierai de surveiller ton langage quand tu parles de ma future épouse.

Ce disant, il porta la main de Tana à ses lèvres, faisant scintiller le diamant qu'elle portait au doigt.

Tout comme sa fille avant lui, Warren les dévisagea, livide.

— Comment ça, ta future épouse ? s'exclama-t-il en se mettant à tambouriner sur le torse de Chase du bout de l'index. Si je comprends bien, tu comptes faire main basse sur le terrain en épousant la propriétaire. Espèce de fils de…

— Allez, on s'en va, annonça Chase, coupant la parole à son interlocuteur et repoussant le doigt belliqueux. Tous mes vœux de bonheur à Ashley.

Comment ça, ils s'en allaient ?

Trop surprise pour savoir comment réagir, Tana remonta légèrement sa robe et emboîta le pas à Chase sous le regard curieux des invités.

Lorsqu'elle le rattrapa, elle glissa la main sous son bras et sentit ses biceps se contracter sous ses doigts.

Elle comprenait qu'il avait habilement mené sa barque. Élevée par des escrocs professionnels, elle sentait que toute cette scène avait été soigneusement préparée.

Mais dans quel but ?

— Alors ? Les choses se sont passées comme tu voulais ? demanda-t-elle, en rabattant soigneusement les pans de sa robe avant de s'asseoir dans la voiture à ses côtés.

Elle avait eu beau critiquer Chase de lui avoir offert cette garde-robe hors de prix, elle se rendait compte à présent qu'elle prenait beaucoup de plaisir à être plus féminine.

Quand elle était petite, ses parents lui offraient de jolies robes pour mieux amadouer leurs cibles. C'est pourquoi, lorsqu'elle s'était installée à New York, elle avait adopté un style vestimentaire plus offensif.

Aussi étrange que cela puisse paraître, les gens avaient tendance à se méfier des blousons de cuir et des accessoires hérissés de clous. Ce qui était exactement ce qu'elle recherchait. Jamais plus on ne pourrait l'accuser d'escroquerie, si elle faisait fuir tout le monde.

Chase se carra au fond du siège conducteur avant de prendre la direction de Cloverfield.

— Oui, je suis pleinement satisfait. Je suppose que tu ne regrettes pas d'être partie plus tôt ?

— Bien sûr que non. J'aurais juste aimé savoir que tu voulais seulement provoquer une scène. Cela m'aurait permis d'intervenir plus efficacement dans la conversation. D'ailleurs, je pense qu'il serait temps que tu m'expliques à quoi tu veux en venir. Exactement. Pour qu'une arnaque soit vraiment efficace, tous les participants doivent être dans la confidence.

— Faire croire aux gens que nous sommes fiancés n'est pas une arnaque. C'est une simple tromperie. Nous les induisons en erreur, c'est tout, répliqua-t-il, agacé.

— Allons donc ! Tu as trompé ces gens dans un but précis. Tes actes sont prémédités, je le sens. Tout ce que je te demande, c'est de me faire participer pleinement à ton plan. Après tout, tu m'as fait venir ici pour ça, non ?

Tandis que Tana parlait, une mèche aux pointes roses glissa sur son épaule, et Chase eut soudain une folle envie de la caresser pour vérifier si ses cheveux étaient toujours aussi doux que dans son souvenir…

Il serra les poings et résista à la tentation.

La veille, il avait eu un mal fou à se contrôler, après le baiser, sachant qu'elle dormait sous son toit, à quelques mètres à peine de lui. Il ne pouvait que constater qu'il la désirait avec une force qu'il n'avait jamais ressentie au cours des huit années qui s'étaient écoulées depuis le fameux été qu'ils avaient passé à s'aimer.

— Je ne sais pas, répondit-il prudemment, fixant les montagnes au loin tandis qu'ils poursuivaient leur route vers Cloverfield. Je t'ai demandé ton aide parce que je pensais que c'était la moindre des choses après le rôle que tu avais joué dans l'escroquerie subie par ma famille. Je ne sais pas si je te dois des explications.

Elle leva les yeux au ciel.

— Comme tu voudras. Si tu trouves normal de me traîner jusqu'ici pour m'exposer à la fureur d'un homme que je ne connais ni d'Ève ni d'Adam, alors je me fie à ton *merveilleux* jugement, répliqua-t-elle. Cela dit, plus vite je pourrai signer les papiers du terrain et rentrer chez moi, mieux ce sera.

À ces mots, elle s'inclina en avant sur son siège comme si elle prenait son élan pour sortir au plus vite de la voiture. Ce qu'elle fit lorsque celle-ci s'arrêta devant la maison.

En la voyant si secouée, Chase regretta une fois de plus de l'avoir embarquée dans son plan de vengeance. Il n'avait pas prévu que Warren Carmichael serait aussi furieux, et que cette fureur serait dirigée contre elle. Il frémit en se demandant ce que Carmichael aurait fait, s'il avait retrouvé Tana avant lui… Sans doute l'aurait-il menacée. Il chassa vivement ce scénario de son esprit.

— J'espère que tu sais que je ne laisserai jamais ce type s'approcher de toi, reprit-il en la rattrapant, avant de poser une main apaisante sur la peau douce de son dos. Warren Carmichael me déteste mais il me craint. Il ne s'en prendra pas à toi s'il pense que nous sommes ensemble.

Il sentit les épaules de Tana se détendre un peu.

— Tu ne seras pas là pour me protéger quand je serai de retour à New York, dit-elle en le regardant droit dans les yeux, avant de s'éloigner à nouveau. J'espère juste que la restitution de ce fichu terrain mettra fin à la haine qu'il semble éprouver pour moi.

Chase se sentit mal à l'aise en songeant aux projets qu'il avait pour la suite. Il comptait en effet lui demander de jouer le rôle de sa fiancée un peu plus longtemps…

Elle dut deviner son dilemme car elle revint vers lui.

— Que se passe-t-il ? Y a-t-il quelque chose que je devrais savoir au sujet de Warren Carmichael ? demanda-t-elle, visiblement inquiète.

— Discutons-en durant une balade à cheval, proposa-t-il, au lieu de répondre à la question.

Elle le dévisagea, surprise.

— Nous avons largement le temps puisque nous ne sommes pas restés au mariage, ajouta-t-il.

Il espérait que cette balade permettrait à Tana de se détendre un peu. Elle adorait faire du cheval, autrefois. Savoir que c'était grâce à lui l'emplissait de fierté, jusqu'au jour où il avait découvert les manigances de son père.

Mais à présent, il se demandait de plus en plus s'il n'avait pas exagéré le rôle qu'elle avait joué à l'époque. Quoi qu'il en soit, le désir de chevaucher de nouveau à ses côtés était irrésistible.

— D'accord, répondit-elle. Et je compte sur cette discussion. Je veux tout savoir de Warren Carmichael, y compris pourquoi il semble me détester à ce point.

— Tu sauras tout. On se retrouve à l'écurie dans un quart d'heure ?

Une heure plus tard, vêtue d'un jean et de bottes d'équitation, Tana montait une jument alezane nommée Shasta. À ses côtés, Chase chevauchait un grand hongre appelé Harley.

En galopant sur les contreforts des montagnes, Tana fut submergée de souvenirs. Combien de fois n'avait-elle pas fait cette balade en compagnie de Chase, autrefois ? Ils avaient du reste retrouvé leurs habitudes avec une telle facilité qu'elle ne pouvait s'empêcher de se demander si ce serait la même chose, s'ils se retrouvaient un jour dans un lit… Elle frémit de désir à cette idée, avant de se rappeler mentalement à l'ordre.

Ce genre de pensées étaient à bannir absolument. Elles n'avaient aucun rapport avec le but qu'elle poursuivait, à savoir découvrir ce que Chase préparait, en quoi elle était réellement impliquée dans toute cette affaire et comment elle pourrait s'acquitter de sa dette pour poursuivre sa vie, enfin libérée de toute culpabilité.

Elle s'apprêtait à commencer l'interrogatoire, mais ce fut Chase qui rompit le silence.

— On ne dirait pas que tu n'as pas fait de cheval depuis huit ans, remarqua-t-il. Tu t'y es remise assez facilement.

— Tu as été un bon professeur. De plus, j'ai toujours adoré ça.

— Comment trouves-tu Shasta ?

Elle se pencha pour flatter l'encolure de la jument et lui murmurer des mots doux à l'oreille.

— Elle est parfaite.

Elle sentait les yeux de Chase posés sur elle, mais elle préféra ne pas croiser son regard. Le plaisir manifeste qu'ils éprouvaient à chevaucher ensemble risquait de faire tomber les barrières qu'elle s'efforçait d'ériger entre Chase et elle beaucoup trop vite.

— Je t'ai promis une discussion au sujet de Warren Carmichael, reprit Chase, la détournant soudain de ses rêveries. En fait, j'ignorais si tu étais au courant de la relation que ton père entretenait avec lui, et j'attendais de voir comment se déroulerait votre confrontation au mariage. Maintenant, je sais que c'était la première fois que tu le voyais.

— Évidemment ! D'ailleurs, j'ignorais totalement que mon père et lui se connaissaient.

Elle s'efforça de se remémorer l'enchaînement des événements, cet été-là, égrainant les souvenirs pour Chase à mesure qu'ils lui venaient à l'esprit.

Elle passait alors presque tout son temps avec Chase. Quant à son père, il s'absentait régulièrement pour rendre visite à sa femme à Las Vegas.

Elle se souvint alors que sa mère avait loué un appartement près du Strip. Elle croyait que c'était pour préparer une arnaque et que son père se tenait volontairement à distance tout en se rendant sur place de temps à autre pour aider sa femme à élaborer son plan. En réalité, c'était lui qui montait la plus grosse arnaque, dans l'ombre, de son côté. Et l'éloignement de ses parents ne faisait que marquer le début de leur séparation officielle. Ce qu'elle n'avait absolument pas réalisé, à l'époque.

Après le divorce de ses parents, tout avait changé. Sa mère s'était remariée, sans même l'inviter à la cérémonie. Elles ne s'étaient jamais revues depuis et avaient cessé tout contact, même téléphonique.

Lorsqu'elle eut terminé son récit, Chase reprit la parole :

— Peut-être que ton père n'allait pas à Las Vegas aussi souvent que tu le croyais. En fait, il faut que tu saches qu'il organisait des parties de poker truquées au ranch de Warren. Parties auxquelles participaient de riches visiteurs. Et, bien sûr, Warren lui-même.

Tana tomba des nues tandis que les pièces manquantes du puzzle s'assemblaient rapidement dans son esprit.

Son père n'avait donc pas seulement escroqué la mère de Chase lorsqu'il vivait à Cloverfield. Il avait également organisé des parties de poker truquées et dépouillé de riches joueurs.

— Papa a plumé Warren, dit-elle soudain. D'où la haine que Warren éprouve à son égard.

À cet instant, son genou frôla celui de Chase tandis que leurs montures se rapprochaient en gravissant un étroit sentier. Elle fit de son mieux pour minimiser cette sensation beaucoup trop agréable et tira sur les rênes pour écarter son cheval.

— Par la suite, Carmichael a dit à qui voulait l'entendre que Joe Blackstone était un tricheur, poursuivit Chase. C'était le seul moyen pour lui de sauver la face devant ses amis, qui ont perdu beaucoup d'argent, eux aussi.

À une bifurcation, Chase s'engagea sur un autre sentier traversant une vaste prairie.

— Ce que tu me racontes ne m'étonne qu'à moitié, fit-elle remarquer. Papa était un remarquable joueur de poker. Hélas, il n'a jamais voulu écouter mes conseils et utiliser ses talents légalement. Cela dit, je ne vois toujours pas ce que Carmichael a contre moi.

— C'est au sujet de ce terrain que ton père a confié à cet organisme en ton nom, répondit Chase avant d'arrêter son cheval à l'ombre d'un genévrier.

— Celui que je dois te restituer, oui. Et ?

— Apparemment, cette parcelle n'est pas constituée uniquement de terres appartenant au ranch de Cloverfield. Elle comprend une autre parcelle de bonne taille avec accès à la rivière. Or cette parcelle appartenait à Carmichael avant que ton père la lui prenne au poker.

Tana le dévisagea, effarée par cette révélation et tout ce qu'elle impliquait.

Son père était bien sûr fautif, dans cette affaire. Mais Warren Carmichael ne l'était-il pas, lui aussi, pour avoir mis en jeu son terrain ?

— J'ai ma réponse, dit-elle sèchement, en sentant brusquement s'évaporer tout le plaisir que lui avait procuré cette balade à cheval aux côtés de Chase. Il reste un problème à résoudre, cependant. Dois-je te rendre aussi ce terrain ? Ou dédommager Carmichael pour cette parcelle qu'il a eu la mauvaise idée de perdre au poker ?

Trop agacée pour attendre la réponse de Chase, elle talonna Shasta qui bondit en avant, comme si elle était aussi impatiente qu'elle d'oublier toute cette conversation.

Tout en se concentrant sur le martèlement apaisant des sabots de la jument, Tana comprit alors qu'elle n'échapperait pas aux conséquences de cette sordide affaire.

- 7 -

Gardant son cheval au pas, Chase regarda la silhouette de Tana disparaître au loin, comprenant son besoin de solitude.

Pour l'instant, du moins.

Comme elle avait raison de le fuir ! À sa place, il aurait fait exactement la même chose.

Ne l'avait-il pas délibérément prise au dépourvu non seulement en lui imposant d'assister à ce mariage, mais aussi en la confrontant à Warren Carmichael afin de voir comment elle réagirait ? À sa décharge, c'était la seule façon pour lui de découvrir ce qu'elle savait exactement des activités parallèles de son père lorsqu'il résidait dans le Nevada.

À présent, il avait sa réponse. En voyant la stupéfaction et la confusion se peindre sur le visage de Tana, il lui était apparu clairement qu'elle ne savait effectivement rien des parties de poker truquées organisées par son père à l'époque.

Mais, au lieu de le réconforter, cette prise de conscience l'accablait. Il l'avait toujours soupçonnée d'être impliquée jusqu'au cou dans les activités de son père. Et peut-être la soupçonnait-il injustement d'autres choses avec lesquelles elle n'avait strictement rien à voir.

Levant les yeux vers le ciel, il aperçut un vautour à tête rouge qui tournoyait au-dessus de lui, porté par le vent sec de cette fin d'été, et l'admira un instant.

Toutefois, ce spectacle apaisant ne l'occupa pas longtemps, et il revint à ses tracas du moment.

Prenant une profonde inspiration, il se mit à passer en revue tout ce qu'il savait de l'implication de Tana dans les combines mises en œuvre par son père, huit ans auparavant.

Était-il possible qu'elle n'ait pas été au courant de l'objectif de Joe, à savoir qu'il s'était installé à Cloverfield dans le but d'escroquer sa propriétaire en lui faisant croire qu'il l'aimait ?

Une semaine plus tôt, il aurait éclaté de rire à cette idée absurde. Mais en voyant la façon dont Tana était tombée des nues en apprenant que son père lui avait laissé un terrain et l'empressement avec lequel elle avait accepté de le lui restituer, il commençait à remettre en question toutes ses anciennes hypothèses.

N'avait-elle pas, en outre, tenté de le mettre en garde, cet été-là ? Elle avait pourtant été très claire à ce sujet. Seulement, à l'époque, il avait pensé qu'elle s'inquiétait pour rien et ne l'avait pas écoutée. Ce qui changeait tout…

Il vit le vautour disparaître derrière une montagne et se massa lentement les tempes pour tenter d'apaiser la migraine que lui causait tout cet imbroglio.

En fait, peu importait ce que Tana savait ou pas. Tout ce qu'il savait, lui, c'est qu'il allait désormais la traiter avec beaucoup plus d'égards qu'il ne l'avait fait jusqu'à présent.

À moins qu'il soit simplement en train de s'inventer des prétextes pour justifier son désir croissant… de la mettre dans son lit.

Il comprenait à présent que le désir qu'il éprouvait pour elle n'avait absolument pas disparu au cours des huit années qu'avait duré leur séparation. Au contraire, Tana l'intriguait et l'attirait plus que jamais aujourd'hui ! Donc, s'il y avait la moindre chance qu'elle n'ait rien à voir avec l'escroquerie dont avait été victime sa mère, il devait en avoir le cœur net.

Fort de sa décision, il talonna sa monture pour la rattraper.

Elle ne pouvait se diriger que vers un seul endroit. Un endroit vers lequel ils avaient chevauché maintes fois cet été-là. Par chance, c'était une cavalière trop prudente pour s'aventurer seule vers une destination inconnue.

Il sentit soudain son sang bouillir dans ses veines en se remémorant toutes les choses qu'ils avaient faites dans l'intimité de cette vieille cabane… S'en souviendrait-elle aussi ?

Quelques minutes plus tard, le tout premier ranch de Cloverfield apparut au détour du sentier. C'était une petite structure en bois avec une humble cheminée en pierre, comme on en voyait dans les vieux westerns. Et si elle avait depuis longtemps été abandonnée comme lieu d'habitation, elle faisait encore une excellente cabane de chasse. Attachée au bord d'un ruisseau, Shasta broutait tranquillement à l'ombre de la petite construction.

Il ne vit pas Tana immédiatement. Il l'aperçut un moment plus tard, alors qu'il attachait Harley près de la jument. Elle était bien là, au bord du ruisseau, adossée à l'écorce grise et lisse d'un aulne. Il la vit se pencher et ramasser une pierre plate.

Elle avait dû l'entendre approcher, mais elle n'en laissa rien paraître, continuant de faire des ricochets à la surface du ruisseau en prenant soin de viser loin de l'endroit où se trouvaient les chevaux.

Il s'accorda un moment pour la regarder, dans cet endroit empli de souvenirs heureux dont elle faisait partie. Ils avaient fait des feux de camp ici, dansé au clair de lune, partagé leurs rêves en sirotant une bière ou deux. Il l'avait même embrassée contre cet arbre auquel elle était adossée…

Et puis, bien sûr, à l'abri dans la cabane, il avait découvert une infinité de façons de lui donner du plaisir. C'était avec elle qu'il avait fait toute son éducation sexuelle. Depuis, aucune autre femme ne lui avait inspiré la même passion, le même désir.

Craignant de se laisser emporter par la nostalgie, il décida d'en avoir le cœur net. S'il pouvait juste faire renaître cette intimité, peut-être se libérerait-il de ses doutes et irait de l'avant.

Le simple fait de penser à cette possibilité l'excita au plus haut point.

— On dirait que tu as retrouvé ton chemin, fit-il remarquer en traversant le gué.

Elle leva les yeux vers lui, les pointes roses de ses cheveux bruns caressant le logo de la compagnie théâtrale qui barrait son T-shirt noir. Elle portait aujourd'hui un simple jean délavé. Sur ses bottes, il n'y avait pas un clou, pas une pointe en vue.

Parce qu'elle se sentait plus à l'aise ici, au ranch Cloverfield, avec lui ? Il rejeta cette idée dès qu'elle se forma dans son esprit, comprenant qu'il se laissait emporter et que c'était absurde. Elle s'était habillée ainsi par commodité. Voilà tout.

— J'ai pris le seul chemin dont je me souvenais, répondit-elle en ramassant une autre pierre plate.

Elle l'examina quelques instants, avant de la lancer d'un coup sec. La pierre rebondit plusieurs fois à la surface de l'eau avant de couler.

— Nous sommes venus ici assez souvent, ajouta-t-elle simplement.

Il ralentit le pas, sentant son cœur s'emballer à l'idée de ce qu'impliquait sa remarque. Elle aussi se souvenait de tout ce qu'ils avaient partagé ici.

— C'est vrai, dit-il d'une voix rauque chargée de désir.

Le souvenir du baiser qu'ils avaient échangé la veille surgit alors dans son esprit avec une force inouïe. Tana lui avait rendu fougueusement ce baiser avant de battre subitement en retraite. Il avait toutefois eu le temps de sentir sa passion. Elle avait embrasé ses sens à cet instant, et à chaque instant qu'ils avaient passés ensemble depuis.

Elle posa sur lui son regard sombre et le dévisagea intensément.

— Tu as dit hier soir que nous n'aurons pas besoin de simuler l'alchimie qui existe entre nous, reprit-elle d'une voix aussi chargée de désir que la sienne. Cette alchimie est revenue assez naturellement, d'ailleurs, tu ne trouves pas ?

Malgré l'ombre que l'arbre projetait sur elle, il voyait la ferveur qui animait son regard.

— C'est vrai, répondit-il, fourrant vivement ses mains dans ses poches. Je l'ai dit quand tu as interrompu notre baiser.

Il brûlait d'envie de la toucher. De la serrer contre lui. Pour revivre les souvenirs torrides qui se bousculaient dans son esprit.

— Tu le pensais vraiment ? demanda-t-elle, plissant

les yeux comme si elle pouvait découvrir ses secrets si elle l'étudiait assez longtemps. Je veux dire, je te plais toujours ? Même maintenant ?

— Tu n'as pas idée à quel point…

Comment pouvait-elle en douter ? Elle pourrait le vérifier par elle-même bien assez tôt.

— Approche et tu verras, ajouta-t-il.

Elle porta la main à son visage, coinça une mèche de cheveux derrière son oreille. Mais il était presque sûr qu'elle avait fait ce geste pour masquer un frisson de désir. Il vit ses doigts trembler, l'espace d'un instant.

— J'ai interrompu ce baiser parce que j'avais peur, c'est tout, expliqua-t-elle, fourrant elle aussi les mains dans ses poches avant de pousser un soupir de frustration. Je n'avais pas envie d'être la seule à ressentir encore certains anciens… sentiments.

Sa franchise le surprit. Il comprit soudain que cela n'avait rien de si étonnant. N'avait-il pas toujours admiré son audace ? Tana disait toujours ce qu'elle pensait et faisait toujours ce qu'elle voulait. Mais peut-être, par « sentiments », entendait-elle simplement les souvenirs qu'ils avaient en commun.

Il n'était pas question pour lui de l'induire en erreur en laissant entendre qu'il était question d'autre chose que d'un simple désir physique. Oui, ce devait être ça. Mais aussitôt le doute le saisit une fois de plus. Ne ressentait-il pas pour elle bien d'autres choses qui n'étaient pas précisément liées au sexe ?

Il se hâta d'écarter cette idée.

— Moi aussi, j'avais peur, avoua-t-il, bien décidé à ne pas laisser passer sa chance s'il y avait la moindre possibilité que Tana veuille la même chose que lui. Crois-moi, je n'avais absolument pas prévu que cette attirance serait au rendez-vous quand je suis venu te trouver à New York. Mais c'est ainsi.

Elle hocha lentement la tête tandis que les oiseaux perchés dans l'arbre gazouillaient joyeusement.

— Oui, c'est ainsi, murmura-t-elle.

Il attendit, conscient de l'électricité qui semblait circuler entre eux en cet instant, mais soucieux de ne pas l'effrayer.

Finalement, il s'approcha. Assez près pour sentir son parfum délicat. Assez près pour voir les ombres et lumières qui mouchetaient son visage.

— Maintenant que tu sais que ce désir est absolument réciproque, que dirais-tu d'essayer un autre baiser ? demanda-t-il, risquant le tout pour le tout.

À côté d'eux, le bouquet d'arbres s'agita sous l'effet du vent, comme impatient d'entendre la réponse. La petite clairière tout entière semblait retenir son souffle. Soudain, l'un des chevaux s'ébroua, de l'autre côté du ruisseau.

— Je veux bien, murmura-t-elle. Mais sache que ce ne sera pas moi qui mettrai fin à celui-là.

Tana savait qu'elle avait fait monter les enchères trop tôt.

Au poker, personne ne faisait cela, à moins d'être absolument sûr de son jeu. Or était-elle sûre des cartes qu'elle avait en main face à Chase ? Non. Absolument pas.

Son père lui avait toujours dit que sa plus grande faiblesse au poker était son manque d'anticipation. Selon lui, elle était incapable d'évaluer ses chances et de calculer toutes les probabilités.

Elle comprenait qu'elle commettait exactement la même erreur en cet instant, mais elle fut incapable de trouver au fond de son cœur la force de se soucier des conséquences.

D'autant plus que Chase n'était plus qu'à quelques millimètres d'elle…

Lorsque ses pieds touchèrent les siens, elle sentit ses grandes mains lui enserrer la taille, caresse brûlante qui la fit presque gémir de plaisir…

Ses yeux gris semblaient percer le rideau de protection qu'elle s'était fabriqué au fil des années et voir la femme qu'elle était vraiment.

Il connaissait son passé. Ce qu'il y avait de pire dans sa vie.

Et pourtant, miraculeusement, il semblait la désirer autant qu'elle le désirait.

— Je ne mettrai pas fin à ce baiser non plus, promit-il, ses mots doux l'enveloppant plus irrésistiblement encore que n'importe quelle étreinte. Sauf si tu me le demandes.

Le cœur de Tana battait si fort à présent qu'il ne pouvait que l'entendre. Elle posa les mains sur son torse avant de les faire glisser jusqu'à ses larges épaules.

— Vas-y, qu'est-ce que tu attends, cow-boy ?

Sans relever l'aimable provocation, Chase déposa le plus doux des baisers sur ses lèvres. Testant, taquinant son désir.

Très vite, sous l'effet de ce baiser subtil, tout son univers se réduisit au jeu érotique de leurs bouches.

Chaque coup de langue attisait le feu en elle, comme une douce torture, et elle ne cessait de se tortiller entre ses bras à mesure que s'intensifiait son désir. Désir qui s'exacerba encore lorsqu'elle sentit l'érection impressionnante de Chase contre son ventre.

— Chase…, murmura-t-elle, vibrante, en prenant au creux de sa main son menton rugueux et dessinant la ligne de sa pommette. Je veux plus…

Le grognement de satisfaction qu'il poussa à cette requête la transperça.

— Moi aussi, répondit-il. On va dans la cabane ?

Un frisson la parcourut à cette idée. C'était en train de se produire. Chase Serrano et elle. Après toutes ces années.

— Tu pourrais me prendre contre cet arbre, et j'en redemanderais, dit-elle.

Le regard argenté de Chase se fit incandescent.

— Ne me tente pas, gronda-t-il en tournant les talons et en l'entraînant vers la cabane.

Si elle avait été plus lucide, elle aurait sans doute ri d'elle-même en se voyant courir si vite vers le lit de cet homme malgré tout ce qui s'était passé entre eux.

Chase poussa la porte de la cabane, et elle prit le temps de jeter un coup d'œil autour d'elle, malgré l'urgence. Aussitôt, les souvenirs de leurs ébats passés l'assaillirent... Elle les écarta rapidement, désireuse de profiter au maximum de l'instant présent.

Si l'extérieur de la cabane était rustique, l'intérieur était propre et bien entretenu, quoique peu meublé. Sans doute des employés du ranch passaient-ils régulièrement nettoyer les lieux, puisque Chase ne vivait pas à plein temps dans le Nevada. Une agréable odeur de pin et de cire lui titilla les narines. Ils se dirigèrent vers le lit sans cesser de s'embrasser, ne s'interrompant que lorsque Chase ouvrit l'armoire pour en sortir une couverture moelleuse et un sac de couchage en flanelle.

Tana esquissa un sourire. Une fois de plus, le passé se confondait avec le présent. Autrefois aussi, ils posaient un sac de couchage sur le lit avant de se lancer dans l'exploration de leurs corps, passant le reste de la nuit sur place avant de regagner la maison, courbaturés mais heureux.

Cette bouffée de nostalgie menaçant de l'entraîner ailleurs dans le passé, là où se trouvaient les vieilles blessures, elle se força à se ressaisir. Elle lui prit le sac de couchage des mains, soulagée d'avoir quelque chose à faire.

Ce faisant, ses seins effleurèrent le bras de Chase, et une décharge électrique la transperça.

— Laisse-moi t'aider, dit-elle, en ouvrant le sac de couchage avant de l'étendre sur le grand lit qui occupait presque toute la pièce.

Lorsqu'elle eut terminé, elle comprit que Chase l'observait attentivement.

— Tu es nerveuse, dit-il.

Elle sentit son pouls s'accélérer tandis qu'elle lissait la couverture de la main.

— Oui, je... Ça fait longtemps que je n'ai pas..., balbutia-t-elle en se mordillant les lèvres, ...que je n'ai pas... couché avec un homme.

Des années, en fait.

Elle avait couché avec exactement deux hommes, depuis Chase. Le premier avait été un désastre du début à la fin, et la relation n'avait pas duré bien longtemps. Le second était devenu son petit ami, mais leur relation physique n'avait jamais été à la hauteur de ce qu'elle avait connu avec Chase. Ces liaisons remontaient déjà à plusieurs années et depuis, elle s'était essentiellement concentrée sur son travail et l'évolution de sa carrière.

Après cet aveu, Chase la prit dans ses bras.

— Ne t'inquiète pas. C'est comme monter à cheval, déclara-t-il avec un sourire malicieux. Ça revient vite…

Elle éclata de rire et se détendit.

— C'est une excellente nouvelle, répliqua-t-elle en glissant les bras autour de son cou pour mieux se presser contre lui. Tu me montres ?

Le grognement qu'il laissa échapper décupla le désir qu'elle avait de lui, et elle sentit ses dernières réserves s'évaporer.

— Je n'ai pas pensé à grand-chose d'autre depuis le baiser d'hier soir, avoua-t-il avant de s'emparer voracement de sa bouche.

Elle ferma les yeux, s'offrant tout entière à son exploration.

Chaque coup de langue lui faisait l'effet d'une drogue, et elle sentit ses genoux flageoler. Comme son corps s'embrasait, elle s'accrocha au cou de Chase.

Ce feu, cette passion faisait aussi partie de ses souvenirs. Elle comprit qu'elle ne se demandait jamais, à l'époque, comment faire ou ce qu'il pourrait penser d'elle tant ils étaient occupés à s'explorer mutuellement.

Elle glissa les mains sous sa chemise, explorant avec gourmandise ses abdominaux fermes. Le corps svelte et athlétique qui était le sien autrefois avait aujourd'hui atteint la perfection, en matière de musculature.

Cette constatation lui donna envie de voir son corps tout entier.

Interrompant leur baiser, elle écarta largement les pans de sa chemise et frémit à la vue qui s'offrit à elle.

Ce jean tombant négligemment sur ses hanches… Ce corps parfait qui aurait pu nourrir tous ses fantasmes…

Du bout du doigt, elle traça la ligne des obliques qui disparaissaient sous la ceinture du jean, arrachant à Chase un grognement de plaisir.

S'attaquant au premier bouton de la braguette, elle commença à libérer son sexe, mais le tissu du jean était trop tendu sous l'effet de son érection. Elle s'apprêtait à défaire les autres boutons quand il lui immobilisa les mains.

— Laisse-moi faire, ordonna-t-il d'une voix rauque de plaisir. Moi aussi, ça fait un moment que je n'ai pas fait l'amour. Et j'ai peur de ne pas pouvoir résister bien longtemps à tes doigts de fée.

Elle leva les yeux vers lui, essayant de masquer sa surprise. Comment aurait-elle pu imaginer que cet homme si sensuel qui, en outre, ne devait avoir que l'embarras du choix en matière de femmes, puisse se soumettre à l'abstinence ?

Pourtant, l'idée lui plut beaucoup plus qu'elle ne l'aurait imaginé.

Elle ne s'attarda pas sur ce sentiment étrange car Chase était déjà en train d'enlever son jean, et elle oublia avec joie ces pensées sans intérêt pour le regarder se débarrasser ensuite de sa chemise et de son caleçon.

— Oh ! s'exclama-t-elle, tentant de caresser son sexe avant qu'il lui immobilise les mains, une fois de plus.

— À ton tour, Tana, dit-il, en tirant légèrement l'encolure de son T-shirt. Tu te déshabilles ou tu veux que je le fasse ?

— Je préférerais sans doute la sensation de tes mains… mais je serai plus rapide.

Sans le quitter des yeux, elle ôta son T-shirt, avant de se débarrasser tout aussi rapidement de ses bottes et de son jean.

Chase observait attentivement chacun de ses mouvements dans un silence religieux, troublé seulement par les grincements de la vieille cabane sous l'effet du vent de cette fin d'été.

Elle s'apprêtait à faire glisser la bretelle de son soutien-gorge lorsque Chase l'arrêta, posant une main sur son épaule.

— Attends, dit-il en s'approchant, la chaleur de son corps irradiant contre le sien avant même qu'ils se touchent. On se fiche de la rapidité. Moi aussi, j'ai envie de me faire plaisir. Tu permets ?

Sans attendre sa réponse, il glissa les doigts sous la bretelle de satin noir de son soutien-gorge, effleurant son épaule. Au même moment, il pressa les hanches contre les siennes, plaquant son impressionnante érection contre son ventre.

Le souffle court, elle ferma les yeux pour mieux se concentrer sur le feu d'artifice de sensations nouvelles qui s'offraient à elle.

— Chase..., murmura-t-elle comme pour elle-même, s'imprégnant de l'odeur de sa peau, mélange de musc capiteux et de cèdre piquant.

— Je vais bien m'occuper de toi, Tana, lui promit-il doucement à l'oreille. Détends-toi et laisse-moi faire.

Frémissant de tout son être en sentant le souffle Chase caresser son oreille, elle s'accrocha à ses épaules et se hissa sur la pointe des pieds pour frotter doucement son ventre contre le sien, s'imprégnant de sa chaleur et de sa force.

— D'accord, répondit-elle, elle-même surprise de sa docilité, elle qui tenait tant, en général, à garder le contrôle en toutes circonstances.

Elle écarta cette pensée, se contentant de s'agripper à Chase tandis qu'il libérait un sein de la gangue soyeuse du soutien-gorge. Il s'inclina pour titiller le mamelon rigide du bout de la langue.

À cette subtile caresse, une bouffée de plaisir la submergea. Son corps tout entier se cabra d'impatience. Elle pressa les hanches contre les siennes pour faire passer le message.

Qu'il reçut 5 sur 5.

Un instant plus tard, il lui ôtait le soutien-gorge et la soulevait de terre avant de l'étendre sur le lit.

Elle frissonna en le voyant ramper vers elle, visiblement plus que prêt pour ce qui allait suivre.

Sauf que... une pensée malheureuse lui traversa l'esprit.

— Je n'ai pas de préservatifs, dit-elle soudain en se redressant.

Chase non plus ne devait pas en avoir. Et il y avait en effet fort peu de chances qu'il y ait une boîte de préservatifs dans la salle de bains de la petite cabane de chasse perdue en pleine nature.

— J'en ai pris hier soir, répondit-il en attrapant son jean pour extraire une petite pochette en aluminium de la poche. Après ce baiser, je me suis dit que cela ne pouvait pas faire de mal de…

Elle l'interrompit par un baiser fougueux, soulagée de sa prévoyance qui allait leur permettre de s'abandonner l'un à l'autre sans s'inquiéter des conséquences.

Comment en était-elle arrivée à passer de la défiance que lui inspirait Chase encore quelques jours auparavant à ce désir dévorant ? Elle n'en avait aucune idée ! Une chose était certaine, cependant : elle ne pouvait plus faire marche arrière, à présent.

Elle avait envie de lui comme jamais auparavant.

— Tu es vraiment un homme très intelligent, dit-elle en lui arrachant l'étui des doigts avant de l'ouvrir d'un coup sec. Merci.

— Tu ne seras pas la seule à en profiter, crois-moi.

Le cœur battant à tout rompre, elle s'employa à sortir le préservatif de son étui mais, captivée par ce qu'elle voyait, elle le fit tomber sur le lit.

Par chance, Chase semblait avoir conservé un peu de sang-froid. Ramassant le préservatif, il l'enfila adroitement avant de lui saisir les cuisses et de la tirer au bord du lit pour la mettre en position, avant de…

— Oh ! Chase…, murmura-t-elle en nouant les chevilles autour de ses hanches tandis qu'il la pénétrait sans plus attendre.

L'espace d'un instant, ils restèrent immobiles. Imbriqués l'un dans l'autre. S'imprégnant l'un de l'autre après toutes ces années de séparation.

Déjà elle sentait l'orgasme enfler, alors qu'il n'avait même pas commencé à bouger. Et lorsqu'il se remit en mouvement, se retirant avant de la pénétrer à nouveau, elle faillit pleurer de joie.

Ces retrouvailles sensuelles étaient plus extraordinaires encore que tout ce qu'elle aurait pu imaginer. Si bien sûr elle avait su qu'elles se produiraient.

Mais cette constatation, aussi enivrante soit-elle, avait aussi quelque chose d'attristant.

Car elle ne devait pas oublier que Chase Serrano n'était dans sa vie que pour très peu de temps. C'est pourquoi elle devait profiter de chaque seconde qu'il lui était donné de partager avec lui avant qu'il disparaisse de nouveau.

À cette pensée, elle se crispa légèrement.

— Tana, tu es avec moi ? demanda-t-il en lui caressant doucement les cheveux et en déposant un chapelet de baisers le long de son cou. On dirait que tu as disparu pendant une seconde.

— Je me demandais juste comment cela pouvait être si fort alors que l'on ne s'est pas vus depuis si longtemps. Alors qu'il y a tant de choses… incertaines entre nous, répondit-elle avant de regretter aussitôt ses paroles.

Le sexe devait rester simple. Physique.

Elle n'avait aucune raison de parler du côté émotionnel de leur relation, aussi complexe soit-elle.

— Je ne sais pas, dit-il d'un ton grave, le regard plongé dans le sien, tandis qu'il lui caressait les jambes. Mais tu es la bienvenue dans mon lit jusqu'à ce que tu aies obtenu les réponses que tu cherches.

Elle se laissa caresser quelques instants, le souffle coupé par la douceur de Chase puis, n'y tenant plus, elle s'ouvrit de nouveau à lui. Il reprit alors son va-et-vient avec une intensité décuplée.

Le cœur de Tana battait de plus en plus vite. L'orgasme entrevu dès qu'il l'avait pénétrée enflait à présent démesurément. Fermant les yeux, elle s'offrit à ses assauts, se laissant submerger par les sensations.

Elle retenait son souffle, anticipant la libération prochaine lorsque Chase s'approcha de son oreille.

— Hein, qu'en dis-tu, Tana ?

À ces mots, des visions d'étreintes à venir submergèrent son esprit. Elle jouit alors avec une force inouïe, s'imaginant avec Chase dans ce lit, où ils pourraient désormais assouvir leur passion sans limites, à n'importe quelle heure du jour ou de la nuit.

De douces ondes de choc se propagèrent en elle et, l'espace d'un instant, elle perdit toute conscience du monde qui l'entourait.

Lorsqu'elle se cambra en gémissant contre lui, Chase reprit les pénétrations avec une énergie décuplée avant de jouir à son tour, lui offrant un nouvel orgasme, ombre brève et douce du premier.

Bien qu'épuisée, elle se demanda une fois de plus comment elle pouvait avoir cette connexion aussi incroyable avec un homme qui ne lui faisait pas confiance. Un homme qui lui cachait autant de secrets.

Lorsqu'il s'étendit à ses côtés, tirant l'épaisse couverture sur leurs corps encore frissonnants de plaisir, elle prit soudain la mesure des émotions complexes qu'elle éprouvait pour Chase. Impuissante à en dénouer le fil, elle se blottit contre lui, comprenant que les choses se dérouleraient de toute façon comme prévu. Et que dès le lendemain, elle signerait les documents et lui restituerait son terrain, avant de regagner New York.

Peut-être, lorsqu'elle aurait retrouvé ses amies et la sécurité de son appartement, serait-elle capable de démêler l'écheveau complexe de ses sentiments pour Chase, qu'elle ne voulait pas regarder en face. Tout au moins, elle l'espérait…

Une fois de plus, elle s'en voulut de sa naïveté.

Non, rien ne se résoudrait. Pas plus ici qu'à New York. Quelle que soit l'alchimie qui existait entre Chase et elle dans un lit, elle devait garder à l'esprit que c'était lui qui lui avait demandé de jouer le rôle de sa fiancée. Et elle pressentait que le plan qu'il avait concocté pour se venger d'elle ne faisait en réalité que commencer.

- 8 -

La nuit était déjà tombée lorsque Chase comprit qu'il était grand temps pour eux de regagner le ranch.

Il n'avait pourtant aucune envie de quitter le lit qu'il partageait avec Tana. Ces dernières heures passées avec elle dans l'intimité de la cabane lui avaient donné l'impression de revisiter le meilleur de son passé, d'être revenu à une époque où il ne pensait à rien d'autre qu'à elle.

Certes, cela avait été stupide de sa part. Et il était soulagé de penser qu'il était moins naïf, à présent. Aujourd'hui, il pouvait profiter de l'incroyable connexion qu'ils partageaient sans pour autant donner son cœur ou sa confiance.

Le clair de lune brillait à travers les vitres, caressant de sa douce lumière le grand lit. Il faisait plus froid, maintenant que le soleil était couché, et l'unique cheminée ne parvenait qu'imparfaitement à réchauffer la vieille cabane. Un rayon de lune éclairait le visage de Tana, allongée sur le côté face à lui. Il laissa errer son regard sur ses épaules nues, remarquant qu'il n'y avait plus aucune trace des tatouages qui s'y trouvaient la veille.

Son étonnement lui fournit l'excuse nécessaire pour retarder de quelques minutes au moins leur retour au ranch.

— J'ai remarqué que tes tatouages avaient disparu, dit-il, effleurant du bout du doigt son épaule avant de descendre le long de son bras fin.

— Tous sauf deux, répondit-elle distraitement, sans le regarder, continuant à tracer du bout du doigt les motifs à carreaux de la couverture.

— Oui, la couronne et les ailes. Je les ai vus tout à l'heure.

Cette fois, elle leva les yeux vers lui.

— Ce sont mes seuls vrais tatouages. Ils ne sont pas gênants puisque je ne les vois pas, la plupart du temps. En revanche, j'aime que ceux que j'ai aux bras changent puisque je les vois tous les jours.

— Comment as-tu appris à dessiner comme ça ? demanda-t-il en effleurant le tatouage en forme d'ailes, étonné de découvrir chez elle ce talent qu'il ne soupçonnait pas lorsqu'ils étaient ensemble huit ans plus tôt. Je suppose que tu dessines toi-même tes tatouages au henné, et j'ai remarqué qu'ils étaient incroyablement détaillés.

— J'ai appris toute seule. Je me suis beaucoup entraînée, répondit-elle, marquant une pause pour prendre une longue inspiration avant de poursuivre. J'ignore ce que tu sais de ma famille, mais je suis née dans le Queens, à New York. À Flushing, pour être plus précise, près du quartier indien.

Il avait lu tout ce qu'il avait pu trouver sur elle au cours des mois qui avaient suivi l'escroquerie perpétrée par son père. Après quoi, il avait découvert d'autres informations grâce au détective privé qui avait fini par la localiser à New York. Ce qui ne voulait pas dire qu'il savait tout à son sujet, car Joe Blackstone et sa famille avaient maintes fois brouillé les pistes en utilisant des pseudonymes.

— Je me souviens. Tu as quitté New York quand tu étais petite.

Il avait lu que, à l'époque, son père avait eu maille à partir avec la mafia russe et avait déménagé sur la côte ouest. Tana devait avoir environ dix ans.

Elle se hissa sur son coude, le regardant avec attention.

— C'est vrai. Je me souviens que j'étais triste car je n'avais aucune envie de quitter la voisine qui me gardait quand mes parents étaient… occupés, expliqua-t-elle, fronçant les sourcils en prononçant ce mot chargé de sous-entendus. Kalyani tenait un salon de beauté dans son appartement, et elle était très réputée pour ses tatouages au henné.

— C'est elle qui t'a appris son art ? demanda-t-il, songeant aux motifs élaborés des tatouages qu'elle portait aux bras.

— Non. Mais je la regardais souvent travailler. Parfois, les mariées restaient chez elle huit heures d'affilée tandis que Kalyani réalisait les motifs, dit-elle en souriant comme pour elle-même. Je la suppliais de me faire un tatouage, mais elle ne voulait pas en entendre parler.

Il attendit, curieux d'en savoir plus sur cette femme qui semblait avoir été une personne importante dans son enfance.

— En apprenant que j'allais quitter New York, elle m'a tatoué au henné cette couronne. Selon elle, c'était celle de la déesse Kali qui protège de la destruction ceux qui la vénèrent. Sous la couronne, elle a dessiné des ailes d'ange gardien. Elle pensait ainsi que je serais protégée où que je sois, précisa-t-elle, émue. Elle devait savoir que ma vie serait beaucoup plus difficile, sans elle.

Chase hocha la tête, compatissant.

— C'est alors que tu as commencé à travailler pour ton père…

— Je n'avais pas le choix ! répliqua-t-elle vivement.

Elle esquissa un petit sourire d'excuse avant de reprendre plus calmement :

— Quoi qu'il en soit, j'ai gardé le modèle de Kalyani pendant des années. Un jour, quand j'étais à l'université, je me suis fait tatouer les deux motifs de façon permanente.

Il sentit son cœur se serrer en songeant à tout ce que sous-entendait ce récit, en particulier les dangers et les pressions auxquels elle avait été exposée en vivant sous le toit de parents criminels. L'imaginer à l'âge de dix ans participant aux arnaques les plus abjectes ne faisait que modifier davantage encore la vision qu'il avait de l'histoire. Car il était bien sûr impossible qu'à cet âge elle ait choisi le crime.

— Je suis désolé que personne n'ait été là pour te protéger dans ton enfance, murmura-t-il en prenant doucement son visage entre ses mains, réalisant à quel point ce moment qu'il venait de passer avec elle bousculait une fois de plus ses certitudes.

Il se ressaisit soudain à l'idée qu'elle était peut-être en train de lui jouer la comédie, une fois de plus. Il tressaillit vivement à cette pensée et retira ses mains. Peut-être le doute se lisait-il dans ses yeux, car elle se redressa brusquement.

— Rentrons, dit-elle en fuyant son regard.

Bon sang ! Quel idiot il était !

Ses pensées l'avaient-elles trahi d'une manière ou d'une autre ? Il cligna des yeux, comme si cela pouvait effacer l'expression qui s'était reflétée sur son visage ou dans ses yeux.

— Tana…

Elle secoua la tête, sortant déjà du lit.

— J'ai envie de me doucher avant notre rendez-vous avec l'avocat et la notaire, dit-elle.

Il la dévisagea quelques instants, se demandant s'il l'avait offensée. Vu sa réaction, oui…

Il se massa les tempes, regrettant de ne pouvoir effacer les minutes qui venaient de s'écouler et reprendre leur discussion avant son geste malheureux. Ils venaient hélas de retomber dans la méfiance qui polluait leur relation depuis leurs retrouvailles…

Tana pouvait-elle lui reprocher de douter d'elle après ce qu'avait fait son père ? Elle avait dit qu'elle n'avait pas eu le choix. C'est donc qu'elle était au courant des agissements de son père, non ? Alors pourquoi, à l'époque, ne lui avait-elle pas demandé de l'aide pour échapper à l'emprise paternelle ?

Pourquoi ne l'avait-elle pas choisi, lui ?

Mais le temps de la discussion était passé, et c'était peut-être aussi bien. Il avait des affaires à régler.

— Ça marche, dit-il avant de sortir du lit à son tour et de ramasser ses vêtements. L'avocat et la notaire devraient arriver au ranch en début de soirée avec les documents à signer.

Ce n'était pas ainsi qu'il aurait voulu que ce moment intime se termine, mais là encore, il n'avait pas pensé au-delà du désir qu'il éprouvait pour Tana. Une seule chose l'obsédait :

vérifier si l'alchimie était toujours aussi forte que dans ses souvenirs.

Maintenant, il savait qu'elle était encore plus intense. Comment allait-il gérer cela ? Il n'en avait aucune idée. Ce soir, en tout cas, sa priorité était de s'occuper des papiers et de récupérer enfin ses terres. Cela permettrait au moins de mettre un point final à ce voyage à Cloverfield. Même s'il comptait par la suite utiliser de nouveau leurs fiançailles pour faire sortir Joe Blackstone de sa tanière. Il comprit alors que peu importaient les sentiments qu'il éprouvait ou non pour Tana. Ce qui comptait avant tout était de piéger son père.

De retour à Cloverfield, Tana se retira aussitôt dans sa chambre pour reprendre ses esprits et respirer un peu après ce qui s'était passé avec Chase.

Se glissant dans le luxueux espace de douche en marbre, elle s'efforça de juguler la peur qui s'était emparée d'elle à l'idée qu'elle avait probablement commis une énorme erreur en couchant avec son ancien amant.

Tout en se savonnant le corps, elle avait l'impression de revivre les caresses de Chase et elle s'immobilisa brusquement, déchirée entre l'envie de se réprimander… et celle de revivre chaque détail de leurs étreintes. Au ralenti.

Les caresses de Chase l'avaient replongée dans le passé, dans les souvenirs de ce qui avait été le plus bel été de sa vie. Ses baisers avaient réveillé la même énergie sensuelle qu'autrefois, fait renaître la passion qu'aucun autre homme n'avait réussi à lui inspirer depuis.

C'était injuste, sachant qu'il avait inventé de toutes pièces ces fausses fiançailles pour servir ses propres projets. Des projets dont elle ne percevait encore qu'imparfaitement la finalité. Ce qui commençait sérieusement à l'inquiéter.

Tout en faisant mousser son shampoing aux essences d'agrumes, elle repensa à la façon dont Chase l'avait piégée pour la confronter à Warren Carmichael. Il lui avait dit qu'il avait voulu voir comment elle réagirait, afin d'être certain qu'elle n'avait jamais rencontré cet homme auparavant, comme s'il était incapable de croire ce qu'elle lui disait.

Pourquoi était-ce si important pour Chase ? Pensait-il que Warren et son père s'étaient associés pour l'escroquer ? Elle ne savait rien des parties de poker organisées par son père lorsqu'il vivait dans le Nevada.

Voyant que ses questions restaient sans réponse, elle savoura le jet de la douche qui tombait en pluie, se laissant envelopper par la vapeur bienfaisante.

En tout cas, les parties de poker organisées autrefois par son père intéressaient beaucoup Chase. Qu'est-ce que cela pouvait lui faire que Warren ait été délesté d'une partie de ses terres à l'occasion d'une de ces parties ?

Chase poursuivait un objectif dont il ne lui avait toujours pas parlé. Et peut-être ne le ferait-il jamais.

Son cœur se serra à cette idée, car ce voyage dans le Nevada serait pour elle toujours associé aux heures merveilleuses qu'elle venait de passer dans ses bras. Mais sans doute était-ce beaucoup plus important pour elle que pour lui… Elle avait remarqué son mouvement de recul lorsqu'elle avait tenté de lui parler de son passé. Comme s'il ne voulait pas partager avec elle autre chose qu'une intimité purement physique.

Ce qui, somme toute, n'était pas plus mal, songea-t-elle. Elle comprenait la réaction de Chase, même si, sur le coup, elle avait été blessée de voir avec quelle rapidité il avait repris ses distances alors qu'elle venait de lui parler à cœur ouvert.

Oui. Ne voir dans leur rapprochement qu'une simple histoire de sexe dénuée de tout sentiment était sans aucun doute plus prudent.

De plus, cela n'intéressait manifestement pas Chase de percer son armure. Il ne l'avait amenée ici que pour jouer un rôle, et c'était ce qu'elle avait fait. Une fois qu'elle lui aurait restitué son terrain, elle mettrait fin à leurs fausses fiançailles, et elle ne reverrait jamais plus Chase Serrano. Et même si l'idée était déjà douloureuse, elle savait que c'était le seul moyen pour elle de protéger son cœur.

Chase n'aurait pas dû être étonné en voyant Tana entrer dans la bibliothèque vêtue d'un jean déchiré et de baskets montantes à clous argentés. Et si son T-shirt à l'effigie des Sex Pistols aurait suffi à lui seul à lui donner un aperçu assez éloquent de l'humeur qui était la sienne, elle avait encore grossi le trait, en ajoutant un piercing de nez de couleur verte et en se dessinant un serpent au henné sur le dos de la main.

S'ils n'avaient été que tous les deux dans la pièce, il aurait éclaté de rire en voyant la façon dont elle avait dessiné les mâchoires ouvertes du serpent autour du diamant de la bague de fiançailles, comme s'il s'apprêtait à l'avaler tout entier.

Mais son avocat et sa notaire avaient déjà pris place autour du bureau où quatre chaises avaient été disposées.

La notaire, une femme d'un certain âge, jeta un regard à Tana par-dessus ses lunettes en demi-lune. Quant à l'avocat, que Chase connaissait depuis l'université, il la dévisagea avec une telle intensité que Chase ne put s'empêcher d'être agacé par tant d'impudeur.

C'est peut-être ce qui le poussa à se lever pour aller au-devant de Tana, avant de réaliser à quel point il avait envie de glisser un bras possessif autour d'elle.

Cela ne faisait que quelques heures qu'il l'avait tenue entre ses bras. Alors pourquoi avait-il l'impression que cela faisait déjà plusieurs années ? Une fois de plus, un désir fulgurant s'empara de lui lorsqu'il se pencha pour l'embrasser sur la joue.

— C'est pour te venger de moi que tu t'es habillée comme ça ? murmura-t-il.

— Je ne vois pas du tout ce que tu veux dire, répondit-elle d'un ton innocent qui rappelait le personnage de Blanche DuBois qu'elle incarnait dans sa pièce de théâtre.

Son parfum citronné lui donna envie de la goûter. L'espace d'un instant, il resserra la main sur sa taille avant de se tourner vers les autres.

— Sharon, Hunter, voici ma fiancée, Tana Blackstone. Tana, voici Sharon Eckert et Hunter Randolph, annonça-t-il.

En prononçant le mot « fiancée », il lança un regard appuyé à son ami d'université pour lui faire comprendre le message.

Mais Hunter fixait toujours Tana. Ce qui eut le don d'agacer prodigieusement Chase.

— Hunter, tu veux bien commencer ? demanda-t-il plus sèchement qu'il ne l'aurait voulu.

Tana et lui prirent place autour du bureau.

Par chance, Hunter évita les bavardages et résuma les tenants et aboutissants de l'affaire qui les rassemblait. Chase profita de ces explications pour observer Tana de plus près.

Elle était aussi ravissante en jean et T-shirt qu'avec la robe qu'elle portait au mariage. En fait, elle transcendait par sa beauté tout ce qu'elle portait, même s'il préférait de loin la femme simple et naturelle qui chevauchait à ses côtés.

Durant leur longue balade à cheval, elle n'avait pas eu besoin d'endosser un rôle.

Il regretta alors d'avoir été assez stupide pour briser le lien ténu qu'il avait noué avec elle durant ce moment privilégié. Si c'était à…

— Chase ?

La voix de son ami l'arracha à sa rêverie. Il comprit que trois paires d'yeux étaient braquées sur lui. Manifestement, quelque chose lui avait échappé pendant qu'il contemplait Tana.

— Pardon ? dit-il, se concentrant à nouveau sur ses interlocuteurs.

Hunter fit glisser un document sur le bureau en bois poli.

— Ta fiancée aimerait savoir si elle te cède l'ancien terrain de Carmichael dans cet acte. Lui as-tu expliqué comment ça fonctionne ?

Bien sûr que non ! Il avait été trop occupé à la déshabiller… À la goûter… À la satisfaire de la meilleure façon possible…

À en juger par la façon dont elle le foudroyait du regard en cet instant, il comprit qu'il aurait peut-être dû prendre le temps de l'informer de ses intentions.

Elle avait été choquée d'apprendre que son père avait gagné une parcelle de terre appartenant à Carmichael lors d'une partie de poker truquée. Elle avait talonné son cheval et s'était éloignée, et ils n'avaient jamais repris cette conversation qui aurait pu lui permettre de lui expliquer ce qu'il comptait faire de cette parcelle dont elle était officiellement propriétaire.

En fait, il ne voulait pas qu'elle lui restitue cette partie de la propriété. Il avait besoin qu'elle reste propriétaire de la parcelle que son père avait mise à son nom. Temporairement, du moins, jusqu'à ce qu'il puisse mettre en œuvre la suite de sa vengeance.

— Hunter, Sharon, voulez-vous nous excuser un moment ? demanda-t-il.

Ces derniers s'éclipsèrent et, un instant plus tard, il se retrouva en tête à tête avec Tana.

À peine la porte de la bibliothèque se fut-elle refermée que Tana bondit de sa chaise, donnant un coup de poing sur le bureau.

— Qu'est-ce que c'est que ce micmac, Chase ? s'exclama-t-elle d'une voix vibrante de colère, en le regardant droit dans les yeux.

Elle était furieuse ! Tout d'abord parce qu'il n'avait pas pris la peine de lui expliquer la suite de son plan. Mais aussi parce que le moment qu'ils avaient passé ensemble n'avait rien changé et qu'elle commençait à regretter amèrement d'avoir cédé à un homme incapable de résister aux appels de sa libido.

Il eut l'audace de hocher la tête, comme si elle n'avait fait que relever un détail sans intérêt.

— C'est très simple, en fait…

— Ne te fiche pas de moi ! ordonna-t-elle en pointant un doigt vers lui. Et cesse de me prendre de haut comme si tout cela était évident, alors que, tout le week-end, tu as soigneusement évité de m'expliquer précisément ce que je fais ici.

— Je ne savais pas dans quelle mesure je pouvais te faire confiance.

— C'est pour ça que tu as préféré me déshabiller plutôt que de me parler ? répliqua-t-elle avant de se mettre à faire les cent pas dans la bibliothèque.

La pièce, tapissée de livres du sol au plafond, ressemblait à un repaire masculin d'un autre siècle. Tout était signe de confort et de luxe, de l'humidificateur à cigares aux bouteilles de Macallan et de Chivas disposées sur le chariot-bar en bois, en passant par les livres reliés qui ornaient les étagères. C'était un univers dont elle avait déjà eu un aperçu lorsque son père l'associait, bien malgré elle, à ses arnaques. Un univers qu'elle n'avait aucune envie de revisiter à présent, consciente qu'elle se sentait bien plus à l'aise dans celui qu'elle s'était construit à force de dur labeur.

— Tu es injuste, répondit Chase, toujours assis tranquillement. Je pensais que nous en avions envie tous les deux. Vraiment envie.

Elle fit volte-face, prenant le temps de scruter son expression pour évaluer sa sincérité. Il était assis, les doigts croisés, et l'observait. Elle se tut, curieuse de savoir ce qu'il allait dire ensuite.

— J'admets que j'aurais dû prendre le temps d'en discuter avec toi en détail, poursuivit-il. Mais l'alchimie qui se crée parfois entre nous… Tana, enfin, tu dois admettre qu'elle est puissante. Perturbante… J'étais déstabilisé.

— *Déstabilisé* ? Toi ? Explique-moi ça.

Son cœur se mit à battre un peu plus vite. Se pouvait-il qu'il… ?

Non. Elle était ridicule d'espérer quoi que ce soit de lui.

Comment pouvait-elle attendre quelque chose de cet homme alors qu'elle savait pertinemment qu'une relation avec lui ne serait qu'un chemin semé de peines de cœur et d'autres désastres, puisqu'il ne cherchait pour sa part qu'à se venger de sa famille ?

— Tana, tu sais parfaitement ce que je veux dire. Tu étais là, avec moi. Le moment que nous avons passé ensemble a réveillé de vieux souvenirs. L'espace d'un instant, j'ai eu l'impression de retrouver le bon vieux temps, et on sait tous les deux que c'est un terrain glissant. Tu ne souhaites pas plus que moi te replonger dans le passé.

Elle ne sut que répondre à cela. Une demi-douzaine de répliques se bousculèrent dans son esprit face à cette déclaration pleine de sous-entendus.

— On s'éloigne du sujet, dit-elle, déterminée à revenir à l'affaire qui les occupait et de signer les documents dès qu'elle aurait compris tout ce qu'ils impliquaient. Contente-toi de m'expliquer de quoi il retourne avec le terrain de Warren Carmichael. Pourquoi n'est-il pas inclus dans le transfert de propriété que je dois signer ?

L'avocat de Chase lui avait en effet expliqué que le terrain en question faisait l'objet d'un document séparé et qu'elle devait attendre avant de le signer. Perplexe, elle avait demandé des éclaircissements, ce qui avait interrompu la réunion.

Chase voulait-il restituer le terrain à la famille Carmichael ? Elle était évidemment d'accord, puisque son père l'avait obtenu dans le cadre d'une partie de poker truquée. Or elle ne comprenait pas pourquoi elle devait attendre pour le faire.

Quel était l'objectif de Chase ? Que lui cachait-il ?

Se levant de son siège, Chase se dirigea vers elle.

Elle se força à ne pas bouger, malgré l'envie qui la tenaillait de ne plus laisser cet homme s'approcher d'elle. Elle sentait son rythme cardiaque accélérer à chacun de ses pas. Oh Seigneur… Elle n'aurait pas dû le désirer à ce point. Hélas, son corps ne semblait pas entendre la voix de la raison.

Lorsqu'il s'arrêta devant elle, il posa les mains sur ses bras. C'était incroyable qu'il ait le don de transformer un simple bras en zone érogène.

— Warren tient absolument à récupérer ce terrain, dit-il.

J'aimerais que tu en restes propriétaire pour quelque temps encore, afin de l'inciter à participer à une partie de poker à gros enjeux qui se déroulera chez moi, dans les Hamptons, le week-end prochain.

Devinant ce qu'il ne lui avait pas encore dit, elle le dévisagea, effarée. Et même complètement consternée. Jamais elle n'aurait imaginé qu'il nourrissait un plan aussi tordu !

— Je ne joue plus au poker, Chase. Depuis mes dix-huit ans.

Et il n'était pas question pour elle de retoucher des cartes. Le simple fait de repenser à ces hommes qui, piégés par son père autrefois, avaient perdu toutes leurs économies, la rendait malade.

— Tu ne joueras pas avec ton propre argent mais avec le mien, précisa-t-il, les mains toujours posées sur ses bras. Et avec le terrain.

Elle se demanda comment ses mains pouvaient être si caressantes alors que ses paroles rongeaient son cœur comme de l'acide.

— Cela ne change rien. Je ne jouerai pas, un point c'est tout, rétorqua-t-elle, en reculant d'un pas avant de croiser les bras sur sa poitrine.

Combien de fois avait-elle mené cette bataille avec son père ? Et perdu. Joe Blackstone avait toujours été expert en manipulation, trouvant toujours les mots qu'il fallait pour la contraindre à participer à ses parties de cartes truquées.

— Je t'ai dit que j'avais tourné définitivement le dos à cette vie ! s'exclama-t-elle. Si tu ne m'as pas crue, tant pis pour toi ! En tout cas, rien ne me fera changer d'avis.

— Tu as tourné le dos aux arnaques. Ce que je te propose n'en est pas une. Ce sera une partie de poker parfaitement légale, exactement comme celles qui se déroulent dans tous les casinos du pays.

— Tu parles exactement comme mon père ! Il m'a servi cet argument mille fois !

Si Chase se sentit offensé, il n'en laissa rien paraître.

— Tana, je ne te demande pas de faire quoi que ce soit d'illégal, et tu le sais très bien.

— Dans ce cas, trouve le premier casino venu et amuse-toi bien, mais laisse-moi en dehors de ça.

Dans le silence qui suivit, elle se concentra sur le doux tic-tac de l'ancienne pendule. Elle regarda le cadran au moment précis où la lune remplaçait le soleil. Encore une nuit, songea-t-elle, et elle pourrait enfin retourner à New York et oublier le ranch Cloverfield. Et laisser derrière elle les arnaques de son père qui ne cessaient de la hanter.

Et puis elle ne pouvait pas mettre en œuvre la vengeance de Chase à sa place. Même si ce n'était pas illégal, il y avait quand même quelque chose d'immoral à participer à ce genre de parties de cartes. Bien sûr, elle était une excellente joueuse, à l'époque. Mais cela ne lui avait apporté aucune joie. Juste de la souffrance.

Après un long moment de silence, Chase reprit :

— J'ai besoin de rendre à Warren la monnaie de sa pièce pour deux raisons. D'abord parce qu'il m'a entraîné dans une partie de poker lorsque ma mère a perdu sa propriété, en me disant que c'était une chance pour ma famille de se refaire.

Sa voix n'avait jamais semblé aussi amère.

— Oh ! Chase…, murmura-t-elle, devinant aussitôt comment cela s'était terminé.

Les joueurs émotifs ne gagnaient jamais. Les cartes se fichaient bien de la colère d'un joueur. Ou de son désespoir, aussi légitime soit-il. Elles étaient généralement encore plus cruelles avec les gens qui n'étaient pas en pleine possession de leurs moyens.

— Comment a-t-il pu t'entraîner là-dedans alors qu'il ne te restait absolument rien ? s'enquit-elle.

— Si, il me restait une somme d'argent que j'avais héritée de mon père, déclara-t-il en se dirigeant vers le bar pour verser deux doigts de whisky dans un verre. Ton père n'avait pas réussi à me la prendre. Il ne m'avait pris que le ranch et les terres dont je devais hériter.

L'estomac de Tana se noua en le regardant vider la moitié de son verre d'un seul trait. Toute cette affaire l'avait toujours horrifiée, mais ce nouveau développement lui donnait littéralement le vertige.

Son père n'avait peut-être pas délesté Chase de ses dernières économies, mais il avait attisé la fièvre du poker dans la région. Ce qui avait incité Chase à risquer son argent dans l'espoir de sauver sa famille.

— Quel salaud, ce Warren, marmonna-t-elle, bien que consciente que son propre père était encore pire que le rancher. Je suis vraiment désolée.

Pendant un long moment, Chase resta silencieux, sirotant plus lentement le reste de son whisky tandis que la pendule décomptait lentement les secondes.

Elle profita de ce répit pour réfléchir.

Le lendemain matin, ils prendraient l'avion pour New York. Si elle acceptait de l'aider, elle le reverrait dans les Hamptons le week-end suivant pour cette fameuse partie de poker.

— Quelle est l'autre raison pour laquelle tu souhaites organiser cette partie de poker avec Warren ? demanda-t-elle soudain. Tu as dit qu'il y en avait deux.

Posant son verre, Chase la regarda droit dans les yeux.

Elle eut soudain un mauvais pressentiment.

— Je pense que tu le sais déjà, répondit-il.

Il y avait dans le regard de Chase une lueur glaciale qui la pétrifia.

— Il y a de fortes chances qu'une partie de poker avec un joueur aussi agressif et téméraire que Warren Carmichael fasse sortir ton père de sa cachette.

- 9 -

Deux jours après son retour à New York, Tana sortit de son audition en se maudissant d'avoir eu la mauvaise idée de mettre des escarpins à talons. Enfin, pas si mauvaise que ça, puisqu'elle avait tellement mal aux pieds que cela lui avait donné exactement la contenance qu'il fallait, du moins à son avis, pour ce petit rôle dans une série. Ce n'est que lorsqu'elle sortit du métro qu'elle réalisa que la douleur était devenue intolérable. Comment allait-elle bien pouvoir marcher jusque chez elle avec de telles ampoules ?

Elle aurait sans doute mieux résisté à la douleur si elle avait eu la moindre chance d'obtenir le rôle pour lequel elle venait d'auditionner. Mais vu le nombre impressionnant de top model présents, elle ne pouvait que supposer que la production recherchait avant tout un joli visage, et non une véritable actrice.

Bientôt, les représentations de la pièce dans laquelle elle jouait toucheraient à leur fin et, si elle ne décrochait pas un nouveau rôle, elle risquait de se retrouver au chômage. Cette perspective la stressait beaucoup ; elle voyait déjà les factures impayées s'accumuler dans sa boîte aux lettres…

Pourtant, le stress d'être sans emploi n'était rien à côté de celui que lui inspirait la partie de poker prévue chez Chase le samedi suivant. Elle savait qu'il avait suffisamment de contacts sur la côte est pour promouvoir l'événement, et qu'il avait de grandes chances d'appâter son père. D'ailleurs, elle ne savait pas très bien ce qui la contrariait le plus à ce sujet. La possibilité de revoir son père après toutes ces années ? Ou la crainte que ce dernier soit arrêté pour le préjudice causé à Chase huit ans plus tôt ?

Revoir son père serait un choc, bien sûr. Mais elle était une femme adulte, aujourd'hui. Elle pourrait gérer.

Quant à Chase, il devait obtenir justice.

Son père méritait d'aller en prison. Seulement il était risqué pour un ancien escroc de sortir de sa cachette. Joe Blackstone avait des ennemis plus dangereux que la police. Et malgré les nombreux crimes qu'il avait commis, elle ne voulait pas qu'il soit blessé. Voire pire.

Et puis elle s'inquiétait aussi pour elle-même. Huit ans plus tôt, elle jouait très bien au poker même quand elle ne trichait pas. Seulement elle ne voulait plus employer les vieux trucs. Tout cela lui était devenu insupportable depuis qu'elle avait décidé de vivre honnêtement.

Elle avait été blessée quand Chase lui avait demandé de rejouer. Il n'avait donc pas compris qu'elle avait définitivement tourné le dos à son ancienne vie ? Elle n'avait pas réalisé à quel point elle avait envie qu'il la voie différemment, à présent. Qu'il voie la femme qu'elle s'était efforcée de devenir. Hélas, elle ne lui était utile que pour les compétences qu'elle avait acquises dans le cadre de son ancienne vie, celle de fille d'escroc.

Lorsqu'elle arriva enfin devant son immeuble, elle entendit de la musique rock vibrer à travers la porte d'entrée.

Ce genre d'ambiance festive où se mêlaient les rires féminins et le son de la guitare électrique aurait dû la faire sourire, puisque cela signifiait qu'elle allait passer un bon moment avec ses meilleures amies, Sable et Blair. Mais ce soir, elle avait le sentiment que ses colocataires l'attendaient pour lui tendre une embuscade. Blair l'avait coincée plusieurs fois, depuis qu'elle était rentrée du Nevada, la bombardant de questions pour savoir ce qui s'était passé avec Chase.

Elle posa la main sur la poignée de la porte d'entrée, hésitante. Elle n'était pas sûre d'être prête à affronter ses amies.

Un grand éclat de rire provenant de l'intérieur lui fit toutefois changer d'avis. Pour la première fois de sa vie, elle avait de vraies amies. Elle avait été tellement seule dans son enfance en raison des déménagements de sa famille qu'elle n'avait jamais pu s'attacher à qui que ce soit. Elle décida donc de ne pas monter directement dans son appartement et de rejoindre ses amies.

D'autant qu'elle avait désespérément besoin de conseils.

— Salut, les filles, je suis là ! lança-t-elle en ôtant d'un coup de pied les insupportables chaussures, qu'elle abandonna sans regret sur le paillasson.

Un cri de joie retentit au bout du couloir.

— Tu arrives juste à temps pour la pavlova ! s'écria Blair en ouvrant la porte de la cuisine, d'où s'échappa une délicieuse odeur de chocolat et de noisettes.

— Je ne sais pas du tout ce que c'est, mais ça sent diablement bon !

Déposant son sac à dos sur la console en marbre, elle se dirigea pieds nus vers la cuisine.

Assise sur l'îlot en granit au milieu de la pièce, Sable étalait de la crème fouettée sur un gâteau composé de meringue et de mousse au chocolat, tandis que Blair faisait la vaisselle.

— Moi non plus, je n'en ai aucune idée, renchérit Sable en lui adressant un clin d'œil. Mais j'ai décidé de me charger du glaçage rien que pour pouvoir lécher la cuillère !

Tana sourit à la vue de son T-shirt imprimé de la mention « On a faim » et d'un gros cœur qui recouvrait son ventre rebondi de future maman.

— Enfin, les filles, vous ne regardez jamais les émissions de cuisine ? demanda Blair.

Sa queue-de-cheval s'agita tandis qu'elle pivotait sur elle-même pour sortir trois verres d'un placard avant de les poser sur l'îlot en granit blanc et gris.

— Une pavlova est un gâteau à base de meringue, et j'ai aromatisé celui-ci au chocolat, expliqua-t-elle. J'ai aussi ajouté un peu de crème de marrons et de crème fouettée.

Tana salua Blair d'un coup de hanche.

— Tu devrais créer un blog de pâtisserie, tu sais ? Ton gâteau est une véritable œuvre d'art !

— La pâtisserie est ma passion, et même mon exutoire, je

n'ai aucune envie que cela devienne un travail, répliqua Blair en ôtant le tablier de cuisine violet qui recouvrait sa jupe en jean et son ample pull gris qui lui dénudait une épaule. La pâtisserie est aussi un moyen pour moi de faire pression sur mes amies pour qu'elles me racontent en détail leur escapade avec un mystérieux et richissime rancher.

— Pas besoin de pression, répondit Tana. Je vais librement me confier à vous car cette histoire devient si compliquée que j'ai absolument besoin de vos conseils.

Ses amies échangèrent un regard entendu qu'elle ne prit même pas la peine d'analyser. Elle était trop stressée par ce qui s'était passé ce week-end, entre son retour programmé à une table de poker et le très probable chagrin d'amour qui l'attendait… puisqu'il y avait fort à parier qu'elle retomberait dans les bras de Chase Serrano.

Sable coupa la musique et descendit de l'îlot où elle était assise.

— Alors, tout le monde en cellule de crise ! décréta-t-elle. Ce qui veut dire, tout le monde à table ! Je suis sûre que ce gâteau nous aidera à résoudre ton problème.

Malgré ses inquiétudes et ses pieds meurtris, Tana ne put s'empêcher d'esquisser un petit sourire devant la mobilisation de ses amies. Cela faisait si longtemps que des gens ne s'étaient pas occupés d'elle qu'elle aurait même pu verser une larme.

Quelques minutes plus tard, elles étaient confortablement installées autour de la table en bois ancien. Des bouteilles de cidre et d'eau pétillante étaient disposées sur un plateau d'argent. Sable remplit les verres en cristal tandis que Blair garnissait les assiettes en grès d'épaisses tranches de pavlova.

En aussi peu de mots que possible, Tana raconta toute son histoire. Son passé d'arnaqueuse. Son dernier été sous le toit de son père, avant d'entrer à l'université. Son coup de foudre pour Chase et leur terrible rupture, à la suite de l'arnaque de son père et sa fuite. Lorsqu'elle mit un point final à son récit, elle se demanda comment ses amies allaient réagir après avoir découvert tout ce qu'elle avait fait.

— Hé, attends une minute…, dit Blair en posant sa fourchette. Donc, si j'ai bien compris, ton père a arnaqué la mère de Chase et a vendu la propriété qui revenait à Chase alors que tu étais déjà à New York ?

— C'est ça. J'ai pris une chambre dans le campus au début du mois d'août de cette année-là. Mon père a épousé la mère de Chase, a vendu discrètement le ranch et a disparu quelques semaines plus tard. C'est Chase qui me l'a appris en m'envoyant un texto.

À l'époque, elle avait vraiment pensé que tout se déroulerait comme elle l'avait imaginé. À savoir que son père retournerait à Las Vegas pour aider sa mère à monter l'arnaque suivante.

Elle avait donc été totalement prise au dépourvu en apprenant ce qui s'était passé. Son père avait posé un lapin à Margot Serrano à l'aéroport alors qu'ils devaient s'envoler ensemble pour Paris. Après quoi, ses parents s'étaient littéralement évaporés.

Sable leva son verre.

— Résultat, Chase ne peut s'en prendre qu'à Tana. Même si elle n'était même plus dans le Nevada quand son père a finalisé son arnaque.

Blair hocha la tête, reprenant sa fourchette pour couper un morceau de gâteau.

— De plus, Tana a essayé de prévenir Chase pour qu'il se méfie de son père, renchérit-elle. Mais puisqu'elle ignorait tout de ce qu'il mijotait, elle ne pouvait pas savoir quel serait son prochain coup.

Elle s'inclina vers Tana pour lui serrer doucement le poignet.

— Désolée de t'avoir interrompue, ma chérie. Tu disais que Chase t'avait envoyé un message après coup et que c'est comme ça que tu avais découvert ce que ton père avait fait.

— Oui. Je suis allée aussitôt voir la police pour leur dire tout ce que je savais. Ce qui n'était pas grand-chose, puisque mon père avait cessé de m'informer de ses projets lorsque je lui avais dit que je quitterais la maison dès que je serais majeure. Cependant, mon témoignage a au moins permis de l'accuser de bigamie. Seulement, il n'a jamais été traduit en justice puisqu'il avait déjà disparu.

— Chase est-il au courant que tu as coopéré avec les forces de l'ordre ? demanda Sable en la scrutant de son regard noisette.

Tana haussa les épaules, tapotant son gâteau du bout de sa fourchette.

— Difficile à dire. Il a demandé à un détective privé de me retrouver, donc j'imagine qu'il sait pas mal de choses sur mon passé.

— J'espère en tout cas qu'il en sait plus sur ton présent, car c'est tout ce qui compte, déclara Blair. Les choix que tu as faits depuis ta majorité ont été exemplaires. Tu n'es pas responsable des magouilles de tes parents et tu ne leur ressembles pas.

La réaction de Blair acheva de rassurer Tana. Que ses amies croient en elle était plus doux que n'importe quelle pavlova.

— Merci de votre confiance, les filles, murmura-t-elle. Cela dit, pour en revenir à mon problème actuel, je ne suis pas sûre que ce soit exemplaire de s'asseoir à une table de poker dans les Hamptons pour servir d'appât et faire tomber mon père dans un piège…

Si elle participait à ce traquenard de poker, elle briserait tout d'abord la promesse qu'elle s'était faite de ne plus jamais participer à une partie de cartes.

Et en acceptant de rendre ce service à Chase, elle risquait de ne pas s'en relever sentimentalement. Car s'il voyait en elle un simple moyen de se venger de celui qui l'avait spolié de son héritage, pour sa part, elle ne pouvait s'empêcher de voir en lui… bien davantage.

Surtout depuis le week-end qu'ils venaient de passer ensemble dans le Nevada. Leur intimité retrouvée avait ravivé trop de sentiments.

Sable se mit à tambouriner sur la table de ses ongles courts vernis de rose, imitant le trot d'un cheval. Soudain, sa main s'immobilisa.

— Emmène-nous ! déclara-t-elle en regardant tour à tour ses deux amies.

Tana la dévisagea sans comprendre.

— Je ne te suis pas, là. Que veux-tu dire ?

— Tu culpabilises de participer à cette partie de poker et tu as peur de ce qui va se passer avec Chase, expliqua Sable. Puisque c'est une réception privée, pourquoi ne pas y inviter tes amies ? Avoir des alliées dans la place te permettra de débriefer au fur et à mesure, et nous te soutiendrons.

Si Blair paraissait déjà presque convaincue, Tana ne savait que penser. Certes, l'idée d'être entourée de Sable et de Blair dans cette situation effrayante et risquée était effectivement très réconfortante. En même temps, se dire que ses amies qu'elle aimait et respectait allaient être témoins du passé honteux qui était le sien lui paraissait insurmontable.

— Je ne sais pas…, murmura-t-elle.

— Moi, je sais ! s'exclama Blair, en abattant la paume de sa main sur la table pour appuyer son propos. Tu n'es plus seule dans cette situation. Tu as des amies ! Et les amies, ça se serre les coudes.

— Absolument ! renchérit Sable, qui hocha vivement la tête. Qui était là pour moi quand j'étais terrifiée à l'idée de perdre mon bébé ? Finalement, tout s'est bien passé. Et vous avez été là toutes les deux pour veiller sur moi, pour me dire que tout se passerait bien et que j'avais en moi la force d'élever cet enfant même si cela ne marchait pas avec Roman. Et c'est ce qui s'est passé ! conclut-elle avec un grand sourire.

Blair hocha la tête et ajouta :

— Et qui m'a aidée à récolter de l'argent pour le traitement de ma mère en tournant et en diffusant sur Internet la vidéo la plus émouvante et la plus sincère que j'aie jamais vue ?

Le cœur de Tana se serra d'émotion au souvenir de la vidéo qu'elle avait réalisée pour récolter des fonds afin de financer la chimiothérapie d'Amber Westcott. Cela lui avait fait un bien fou de mettre à profit ses talents d'actrice pour une si bonne cause.

— Mais ma situation est très différente, et je ne…

— On s'en fiche, on y va ! l'interrompit Sable. Même si

on doit pour cela obtenir l'adresse en appelant nous-mêmes ton cow-boy sexy. Entre nous, c'est toutes pour une, et une pour toutes ! ajouta-t-elle en levant son verre d'eau pétillante.

Blair leva son verre à son tour pour trinquer avec elle.

Tana regarda ses amies qui posaient sur elle un regard plein d'espoir. Peu habituée aux démonstrations d'affection, elle ne savait pas comment réagir lorsqu'on lui témoignait de l'amour. Mais en songeant combien elle les aimait elle aussi, elle prit une profonde inspiration et leva son verre.

— Comme disait toujours mon père : « Joue tes cartes comme si c'étaient celles que tu voulais », déclara-t-elle, clignant des yeux pour refouler les larmes et l'émotion qui menaçaient de la submerger. Mesdemoiselles, merci de m'offrir cet atout supplémentaire.

Les trois jeunes femmes scellèrent leur accord en trinquant.

Même si Tana ne savait toujours pas comment elle allait survivre à ce week-end alors que les sentiments qu'elle éprouvait pour Chase devenaient de plus en plus vifs, au moins ses amies avaient confiance en elle, malgré son passé douteux. Et cette confiance la rendrait plus forte pour affronter cet univers de tricherie qu'elle avait juré de fuir pour toujours.

Cependant, une question subsistait : comment allait-elle trouver la force de résister à l'homme dont elle était retombée amoureuse ?

À bord de l'hélicoptère qui les emmenait, Tana et lui, dans les Hamptons, Chase regarda les embouteillages qui obstruaient l'autoroute trois mille pieds plus bas.

— Tu te déplaces toujours en hélicoptère quand tu vas dans ta maison ? demanda Tana, assise sur le siège du copilote à ses côtés.

Elle posa la main sur sa ceinture de sécurité, faisant scintiller sa bague de fiançailles dans le soleil de cette fin d'après-midi.

Elle paraissait différente, aujourd'hui. Elle s'était coupé les cheveux, se débarrassant de ses pointes roses pour retrouver sa couleur naturelle, un châtain foncé aux reflets chatoyants. Elle portait une robe et des bottes à talons noires, et il n'y avait pas le moindre clou en vue. Un nouveau tatouage au henné représentant un paon s'enroulait autour de son poignet, et Chase se félicita de la disparition du serpent croqueur de diamant. En fait, elle était tout simplement élégante.

Il espérait que cet effort vestimentaire n'exprimait pas l'inquiétude que lui inspirait ce week-end. Il avait regretté de lui avoir demandé de participer à cette partie de poker en voyant combien cela l'avait perturbée. Depuis qu'il savait qu'elle avait vraiment tout fait pour changer de vie après avoir quitté le Nevada, il comprenait pourquoi elle ne voulait pas retourner dans ce monde, même le temps d'une soirée. Et bien sûr, l'idée qu'il employait les mêmes méthodes que Joe Blackstone en l'obligeant à participer à une partie de poker lui faisait horreur. Mais il ne voyait pas comment faire autrement pour réunir Blackstone et Carmichael autour d'une table de jeu. Il était allé trop loin dans sa quête de vengeance pour renoncer à l'objectif qu'il poursuivait depuis huit ans.

S'arrachant à ses pensées, il revint sur la question de Tana.

— Oui, quand je pars en week-end, répondit-il. La circulation est toujours difficile en fin de semaine.

Elle se mordilla la lèvre inférieure d'une façon qui lui donna envie de la goûter, lui aussi.

— J'espère que Blair et Sable ne seront pas bloquées dans les embouteillages demain, fit-elle remarquer.

Chase ne put s'empêcher de grimacer au souvenir du texto que Tana lui avait envoyé pour lui demander si elle pouvait inviter ses amies. Il savait qu'elle avait accepté de participer à ce week-end uniquement pour lui rendre service. Rien que pour cela, elle aurait dû se dire qu'elle pouvait compter sur lui, qu'il la protégerait quoi qu'il arrive. Apparemment, elle ne lui faisait pas entièrement confiance pour cela. Il se garda toutefois de le lui faire remarquer.

— Je suis content que tu aies du soutien.

— Peut-être Sable et Blair viendront-elles avec leur petit

ami, dit-elle, tout en caressant la bague de fiançailles qu'elle portait au doigt tandis qu'ils amorçaient leur descente. Certaines de mes amies actrices ont aussi exprimé leur désir de venir.

— Vraiment ?

Il était surpris qu'elle ait parlé de cette partie de poker à autant de monde alors qu'il s'était toujours imaginé qu'elle était plutôt solitaire.

— Au fait, ce n'était pas aujourd'hui, ta dernière représentation ? s'enquit-il.

— Si, c'était mon adieu à Blanche DuBois, répondit-elle avec un sourire triste. J'ai décroché une publicité la semaine prochaine, mais cela ne fera qu'un jour ou deux de tournage. Puisque je vais manifestement avoir du temps libre, je pense me remettre à mon propre tournage. Je me vois de plus en plus de l'autre côté de la caméra, à l'avenir.

Plongeant la main dans un sac en cuir usé posé à ses pieds, elle en extirpa une caméra et un objectif et les lui montra.

— Je suis désolé que ta pièce soit terminée, répondit-il, compatissant. Cela me fait plaisir de savoir que tu as d'autres perspectives. Et, bien sûr, toutes tes amies sont les bienvenues à la réception de demain.

Il se tut, une nouvelle fois troublé par l'image que Tana venait de lui offrir d'elle.

En voyant sa caméra d'un autre âge, il n'avait pu s'empêcher de penser qu'elle n'avait visiblement jamais profité des escro queries de son père. Elle avait travaillé dur pour se construire une vie honnête depuis qu'elle s'était libérée de l'emprise de Joe Blackstone. Et en tant qu'actrice débutante, elle ne devait pas gagner beaucoup d'argent.

Il avait appris qu'elle avait été admise dans la résidence de femmes artistes où elle habitait actuellement sur présentation d'un dossier. Elle avait dû impressionner des personnes très importantes pour obtenir ce logement.

Et elle avait des amies, des amies désireuses de la soutenir.

Une fois de plus, il ne put s'empêcher de culpabiliser à l'idée de ce qu'il lui avait demandé de faire ce week-end.

— Merci, murmura-t-elle.

Elle s'apprêtait à dire autre chose, mais à cet instant l'hélicoptère se posa avec un mouvement brusque. Par réflexe, elle se pencha vers lui et s'agrippa à son genou.

La décharge électrique qui le traversa à ce contact lui fit comprendre à quel point Tana lui avait manqué. En réalité, il avait eu envie de la serrer dans ses bras toute la semaine.

Sans prendre le temps de se demander si c'était une bonne idée, il posa la main sur la sienne, emprisonnant sa paume contre sa cuisse.

Tandis que les pales de l'hélicoptère commençaient à ralentir, ils se regardèrent.

Il remarqua que la respiration de Tana s'accélérait et que ses pupilles se dilataient. Lorsqu'elle se lécha la lèvre supérieure, il suivit sa langue du regard, le cœur battant plus fort dans sa poitrine.

— Tu sais pourquoi je voulais que tu viennes ici avec moi ce soir, la veille de la partie de cartes, Tana ?

Il serra doucement sa main entre les siennes.

Elle ne répondit pas tout de suite. Mais il attendrait sa réponse le temps qu'il faudrait car il n'avait aucune envie de la brusquer.

— Je me suis dit que tu voulais peut-être que l'on discute de la disposition de la salle de jeu, répondit-elle. Ou de stratégie.

— Non, pas du tout, dit-il en glissant les doigts entre les siens. Nous en parlerons, bien sûr. Non. Je voulais que tu sois là ce soir pour passer du temps avec toi. Pour être avec toi dans un endroit plus confortable qu'une cabane sans chauffage.

— J'ai beaucoup aimé l'épisode de la cabane, moi, protesta-t-elle doucement.

Il apprécia d'autant plus sa réponse qu'il partageait totalement son avis. En fait, il lui avait paru inévitable de retourner dans cet endroit où ils avaient passé tant de bons moments ensemble, par le passé.

— Je te promets que tu apprécieras encore plus le lit que

j'ai ici, reprit-il. À supposer, bien sûr, que tu acceptes d'y passer la nuit avec moi…

Elle se tortilla sur son siège, croisant les jambes d'une manière qui lui fit penser qu'elle ressentait peut-être le même désir que celui qui l'avait tourmenté toute la semaine.

— Pourquoi ferions-nous cela ? demanda-t-elle. Après cette partie de poker, tu retourneras à ta vie à Cloverfield, et moi, je…

Elle leva les yeux vers le plafond de l'habitacle, comme si elle cherchait des réponses ailleurs que dans son regard.

— Je ne serai plus avec toi, conclut-elle.

Il était conscient, bien sûr, que ce week-end mettrait fin à leur relation.

Tana avait été très conciliante en lui restituant son terrain. Et à présent, elle lui rendait service une fois de plus en acceptant de servir d'appât afin de faire venir Warren Carmichael, et peut-être aussi son propre père.

Toutefois, il ne se faisait aucune illusion et savait qu'ils n'avaient pas d'avenir ensemble. Il était certes très attiré par elle, mais comment lui faire confiance après la façon dont leur première liaison avait pris fin, même si Tara avait changé ? Et elle, comment pourrait-elle lui faire confiance alors qu'il l'avait associée à sa vengeance, l'obligeant à jouer au poker alors qu'elle avait tout fait pour tourner la page de cet épisode malheureux de son existence ?

Le sentiment de culpabilité contre lequel il avait bataillé tout au long de la semaine menaçait de ruiner tous ses plans soigneusement élaborés. Il devait juste se concentrer sur la meilleure façon de les mener à bien.

— N'est-ce pas une raison suffisante, justement ? demanda-t-il. Si ce week-end est tout ce qu'il nous reste, pourquoi ne pas en profiter ensemble ?

À ces mots, il lui prit doucement le visage et l'inclina vers la lumière pour mieux la voir. En faisant glisser son pouce le long de sa pommette, il songea avec bonheur qu'elle serait à lui seul pour le reste de la nuit.

L'espace d'un instant, il crut voir l'ombre d'un doute traverser son regard. Qui disparut presque aussitôt, remplacée par un ardent désir.

— D'accord, murmura-t-elle en lui mordillant la paume. Je préfère mille fois profiter de l'instant présent plutôt que de me ronger les sangs en me demandant ce que demain nous réserve. Alors allons-y, ajouta-t-elle en débouclant fébrilement sa ceinture de sécurité.

- 10 -

Tout au long du trajet entre l'héliport et la maison de Chase, située dans la station balnéaire de Southampton, Tana comprit qu'elle se sentait fiévreuse. Elle s'attarda sur cette sensation, provoquée sans nul doute par le désir qu'elle éprouvait pour Chase mais aussi par l'appréhension que lui inspirait la journée du lendemain.

Être dans les bras de Chase lui permettrait de ne penser à rien d'autre qu'à lui et d'oublier cette fichue partie de poker. Elle en avait besoin. Son cœur battait violemment dans sa poitrine, et chaque pulsation la poussait à se rapprocher de Chase, assis à ses côtés à l'arrière de la luxueuse berline avec chauffeur qu'il avait louée pour le week-end.

Alors qu'ils s'engageaient dans l'allée conduisant à une vaste propriété, une part de son inquiétude se dissipa cependant. L'élégante Mercedes s'arrêta devant une somptueuse demeure flanquée de dépendances dont l'une semblait abriter une piscine, l'autre étant sans doute destinée à héberger des invités. Tana se sentit tout à coup complètement hors de son élément. La disparité entre son style de vie et celui de Chase n'était pas aussi frappante, au ranch Cloverfield. Ici, dans cette maison élégante et luxueusement aménagée, située dans l'un des quartiers les plus sélects du monde, elle réalisait l'ampleur de la fortune que Chase avait amassée au cours des années qu'avait duré leur séparation.

Elle ne s'aperçut que Chase était sorti du véhicule que lorsqu'il lui ouvrit sa portière. Il lui tendit la main pour l'aider à descendre tandis que le chauffeur s'occupait de leurs bagages.

L'espace d'un instant, elle hésita à sortir, plongeant dans le regard argenté de Chase dans l'espoir d'y retrouver un peu de l'homme dont elle était tombée amoureuse huit ans plus tôt. Le rancher qui lui avait appris à monter à cheval. L'amant fougueux à qui elle avait offert sa virginité et qui lui avait fait découvrir le plaisir. C'était de lui qu'elle avait besoin en cet instant, et non d'un milliardaire avide de vengeance.

— Tout va bien ? demanda-t-il, sans doute intrigué par l'incertitude qu'il voyait dans son regard.

Il posa la main sur son genou, et la chaleur de ses doigts traversa l'étoffe de sa robe en coton, ravivant son désir. Ou peut-être était-ce la tendresse qu'elle voyait dans ses yeux, qui suggérait qu'il s'inquiétait pour elle. Elle s'empara de cette pensée et lui prit la main.

Une main qu'elle guida plus haut sur sa cuisse. Sans le quitter des yeux, elle soupira de désir, lui montrant l'effet que produisait sur elle cette caresse.

Il la dévisagea fébrilement.

— Plus que bien, répondit-elle en pivotant sur la banquette pour sortir du véhicule. Je suis simplement impatiente que tu tiennes la promesse que tu m'as faite tout à l'heure dans l'hélicoptère.

Glissant un bras autour de sa taille, Chase la tira vivement hors de la voiture. Lorsqu'elle se retrouva tout contre lui, elle sentit son érection contre son ventre, et son désir pour lui décupla.

— Ne t'inquiète pas, je suis plus que prêt, lui murmura-t-il à l'oreille.

Le ton de sa voix aurait suffi à la faire chavirer de désir. Mais la sensation de son érection contre son ventre ne fit qu'empirer les choses, et elle réprima difficilement un gémissement.

Chase la libéra, le temps de donner quelques instructions au chauffeur, avant de la guider vers le perron menant à une étroite véranda qui faisait tout le tour de la villa. Après avoir tapé un code, il ouvrit la porte, entraînant Tana dans le vestibule. Elle resta bouche bée devant le double escalier qui trônait, majestueux, au centre du vaste espace, tandis que le chauffeur déposait leurs affaires à l'intérieur.

De part et d'autre de l'escalier, elle remarqua une bibliothèque avec de hauts plafonds à caissons et deux cheminées. Il y avait une salle à manger d'apparat à sa droite et un salon à sa gauche. Avec ses murs blancs et ses sols en bois foncé, la maison avait une esthétique minimaliste qui mettait en valeur l'architecture.

Lorsque la porte d'entrée se referma, elle déglutit, s'efforçant de contenir sa nervosité.

Le chauffeur était parti. Ils étaient seuls, à présent. Chase la rejoignit.

— Hé…, murmura-t-il. Tu es toujours avec moi ?

Elle glissa les mains sous sa veste pour lui caresser le torse, écartant les doigts pour sentir ses moindres réactions sous le tissu de la chemise.

— Bien sûr, répondit-elle en fixant les boutons de la chemise avant de commencer à défaire celui du haut.

— Tana…, murmura-t-il, comme une prière ou une malédiction, en étirant les deux syllabes. Tu me rends fou…

Il l'attira contre lui, avant de glisser les mains sous sa robe.

Ses mamelons durcirent à ce contact, et elle sentit la chaleur palpiter dans son ventre.

Elle se lécha les lèvres avant de parler :

— J'espère que tu me désires autant que je te désire. Car je suis tellement excitée que je ne peux plus me contrôler…

— Bien sûr, répondit-il en poursuivant son exploration sous la robe. Viens avec moi.

Brusquement, il l'entraîna vers le majestueux escalier. Elle lui emboîta le pas, sentant ses jambes flageoler légèrement, sans doute parce qu'elle était ivre de désir mais aussi parce qu'elle ne pouvait s'empêcher de penser que cette nuit serait la dernière qu'ils passeraient ensemble.

Un instant plus tard, ils entraient dans une luxueuse chambre avec une terrasse d'un côté et une salle de bains équipée de fenêtres de toit, de l'autre. Le plancher en bois sombre était recouvert d'un épais tapis gris clair. Les murs étaient en ardoises blanches, et de grandes baies vitrées donnaient sur le jardin, protégé des maisons voisines par des rideaux d'arbres.

L'arrachant à sa contemplation, Chase glissa un bras autour de sa taille et l'attira fougueusement contre lui. Avec un soupir vibrant, elle se cambra, se pressant contre son ventre.

— Je t'ai manqué cette semaine ? demanda-t-elle dans un souffle.

— À toi de me le dire. Qu'en penses-tu ? répliqua-t-il en l'étreignant passionnément, nichant son érection entre ses cuisses.

— J'en ai bien l'impression, murmura-t-elle, folle de désir, en se tortillant contre lui.

Il s'empara doucement de ses seins.

— Bien. Alors tu ne m'en voudras pas d'être incapable d'attendre plus longtemps...

Des ondes de plaisir la submergèrent tandis que les caresses de Chase enflammaient son corps comme l'aurait fait un brasier.

— Moi non plus, je ne peux plus attendre, dit-elle, s'écartant un instant pour le regarder. Mais je veux te déshabiller.

Il la relâcha, manifestement prêt à la laisser faire. Avant qu'elle puisse s'attaquer aux boutons de sa chemise, il s'empara toutefois de ses lèvres pour un baiser enivrant.

Si enivrant qu'elle en oublia son intention première, se perdant dans la sensation de sa langue caressante, curieuse, conquérante, qui se mêlait à la sienne. Elle s'accrocha à lui, s'agrippant aux revers de sa veste tandis qu'il s'amusait avec sa bouche.

Lorsque enfin il la laissa reprendre sa respiration, elle battit des cils avant d'ouvrir lentement les yeux pour voir Chase poser la main sur sa braguette.

Elle laissa échapper un gémissement rauque, plongeant dans son regard animé de flammes argentées.

En l'espace d'un instant, elle ôta ses chaussures, goûtant le velouté de l'épais tapis sous ses pieds nus. Tandis que Chase la dévorait des yeux avec une avidité toute masculine, elle attrapa les pans de sa robe, remontant celle-ci avec une lenteur délibérée.

Lorsqu'elle ôta enfin la robe, Chase était nu à quelques centimètres d'elle.

— Tana, tu es si belle…, murmura-t-il contre sa tempe tandis que ses mains glissaient lentement vers ses seins. Laisse-moi te regarder tout entière.

— Mais j'ai envie de toi maintenant, protesta-t-elle doucement, glissant les doigts sur son torse brûlant et musclé. Tu me regarderas lorsque tu seras en moi.

À ces mots, Chase perdit toute retenue et dut se mordre la langue pour s'empêcher de pousser Tana sur le lit et la pénétrer sans plus attendre. Comment cette femme faisait-elle pour l'exciter à ce point ? Comme si elle le connaissait par cœur…

Comme si elle avait toujours été à ses côtés et ne l'avait jamais quitté…

Il écarta cette pensée, préférant se concentrer sur elle.

Peu importait ce qu'il pensait ou ressentait en cet instant. Il lui avait promis de lui faire tout oublier cette nuit hormis leur incroyable alchimie, et il était déterminé à tenir parole.

C'est pourquoi, malgré l'envie qui le taraudait de se glisser en elle, il était prêt à retarder sa propre satisfaction pour la faire jouir autant de fois que possible. Plus que tout, il avait envie de l'entendre gémir entre ses bras et se dire qu'il était le seul homme sur cette Terre à pouvoir lui offrir autant de plaisir.

— Moi aussi, je meurs d'envie d'être en toi, mais je préfère attendre encore un peu, d'accord ? demanda-t-il, passant un bras autour de sa taille pour l'immobiliser avant de glisser les doigts sous l'élastique de la petite culotte en satin noir. Tu me fais confiance ?

Elle se mit à haleter dès que ses doigts effleurèrent le bouton gonflé de désir entre ses jambes mais parvint à acquiescer.

— Dis-moi, on dirait que tu es au bord de l'orgasme, fit-il remarquer.

Tout en lui prodiguant de lentes caresses circulaires, il entendit sa respiration s'accélérer, s'absorbant dans la contemplation de ses seins qui montaient et descendaient de plus en plus vite.

Quel privilège de la voir ainsi.

Quel bonheur de tenir une telle femme entre ses bras ce soir.

Il sourit quand il vit ses joues rosir irrésistiblement.

Soudain, elle s'agrippa à ses épaules, visiblement submergée de sensations. Il accéléra le rythme car il la connaissait bien et savait ce qu'elle aimait.

Il regarda ses lèvres former un cri silencieux, sentant la tension monter en elle tandis qu'elle se cambrait contre lui. Et puis…

— Oui, Chase…, murmura-t-elle, ondulant fébrilement contre sa main pour prendre tout le plaisir qu'il lui offrait.

Lorsqu'elle poussa un cri guttural, il la regarda jouir avec un plaisir indicible, se délectant de la façon dont il sentait son sexe palpiter sous ses doigts. Un plaisir qui se mua bientôt en fierté d'être capable de lui procurer un plaisir d'une telle intensité. Mais au lieu de se frapper la poitrine comme un homme préhistorique, il préféra lui offrir un baiser aussi lent que profond tout en la soulevant de terre pour la porter vers le lit.

— Je ne peux plus attendre, dit-elle tandis qu'il l'étendait au milieu du grand lit. Je t'en supplie, prends-moi.

Il sourit et, après lui avoir ôté sa petite culotte, il prit un préservatif dans le tiroir la table de nuit puis s'allongea sur elle.

— Tu m'en veux tant que ça d'avoir attendu ? demanda-t-il, glissant un genou entre ses jambes pour lui écarter les cuisses avant de dégrafer son soutien-gorge.

— Eh bien, non, en fait, répondit-elle en lui caressant la nuque pour aiguiser son désir. Je ne me plains pas. C'est juste que…

Lorsqu'il enfila le préservatif, il effleura son sexe humide à souhait, et elle se mordilla aussitôt la lèvre à ce léger contact.

— Je vais me faire pardonner, promit-il en lui bloquant les bras au-dessus de la tête.

À cet instant, les diamants qu'elle portait au doigt scintillèrent dans un rayon de lune. Le plaisir qu'il ressentit en contemplant la bague qu'il lui avait offerte fut si intense qu'il surpassa celui qu'il avait éprouvé en la faisant jouir.

Jusqu'au moment où il se souvint qu'elle lui rendrait cette bague dès le lendemain…

Refoulant cette pensée dérangeante, il redoubla d'attention pour elle. Il se glissa doucement en elle, apaisant sa frustration en prenant le temps de goûter la chaleur soyeuse de son sexe autour du sien. Il remarqua que sa peur de la perdre diminuait à mesure qu'il s'abîmait en elle.

Lorsqu'il l'emplit tout entière, il posa le front contre le sien.

Goûtant une félicité totale. Absolue.

S'imprégnant du parfum d'agrumes qui se dégageait de la peau de Tana, il se délecta de cette sensation, conscient qu'il ne pouvait pas être plus proche d'elle. Jamais il n'avait rien ressenti de plus vrai et de plus juste. Lorsqu'il sentit son cœur se serrer dans sa poitrine, il comprit qu'il était temps pour lui de passer à l'acte avant de se laisser submerger par le regret.

Lui lâchant les mains, il se mit alors à aller et venir en elle. De plus en plus profondément. De plus en plus vite. Nouant souplement les chevilles autour de ses hanches, Tana s'offrait docilement à ses assauts.

L'incendie ne tarda pas à devenir incontrôlable. Pour lui comme pour elle. Il aurait voulu l'attiser encore un peu mais il lui avait promis un nouvel orgasme et il n'était pas question qu'il jouisse avant elle.

Alors, prenant appui sur le lit, il se redressa de quelques centimètres, de manière à la pénétrer plus profondément encore. Le contrôle qu'il exerçait sur lui-même était tel qu'il sentit un filet de sueur couler sur son front. Mais il résista.

Soudain, les doigts de Tana se posèrent sur ses épaules, et lorsqu'elle se mit à lui labourer les bras, il eut une envie folle d'enfouir le visage dans la masse sombre de ses cheveux. Il s'en s'abstint toutefois, sentant qu'elle était proche de l'orgasme.

— Désolé de t'avoir fait attendre, dit-il dans un souffle en lui léchant le lobe de l'oreille. Jouis pour moi.

À peine eut-il prononcé ses mots que Tana se tétanisa sous lui. Cela se passa si vite qu'il n'eut même pas le temps de la regarder jouir. Les palpitations de son sexe étaient telles qu'elles brisèrent toute résistance, libérant en lui plusieurs salves de plaisir d'une intensité inouïe.

Il resta en suspens au-dessus de Tana quelques instants, comme foudroyé. Enfin il s'étendit à côté d'elle, le temps de reprendre ses esprits.

Dans le silence qui suivit, elle se blottit contre lui et il sentit ses cheveux soyeux s'étaler sur son torse. Il trouva juste la force de tirer la couette sur leurs corps encore frémissants.

Une fois de plus, son regard se posa sur la bague que Tana avait au doigt, lui rappelant la mascarade qu'il lui avait imposée. Ces fausses fiançailles qu'elle trouvait grotesques mais qu'elle avait acceptées parce qu'elle se sentait coupable des actes de son père.

Tandis que sa respiration s'apaisait et se synchronisait avec la sienne, il réalisa à quel point il avait vécu dans l'erreur. Tana n'avait aucune raison de se sentir coupable d'un acte qu'elle n'avait pas commis. Un crime dont elle ignorait tout à l'époque où son père résidait dans le Nevada.

Il avait fait d'elle un bouc émissaire. Reporté sur elle la faute commise par son père. Il en était douloureusement conscient, à présent. De plus, il était lui-même coupable de ce qui s'était produit. Cet été-là, il ne l'avait pas écoutée lorsqu'elle l'avait mis en garde contre son père. Aveuglé par ses sentiments pour elle, il n'avait pas vu le drame qui se jouait autour de lui, il n'avait prêté aucune attention à la situation dans laquelle se trouvait sa mère.

Par la suite, il avait nourri une telle amertume envers Tana qu'il était tombé à pieds joints dans le piège que lui avait tendu Warren en lui proposant de regagner son ranch au poker.

— Arrête d'y penser, murmura soudain Tana, tout contre son torse.

— Comment sais-tu à quoi je pense ? demanda-t-il en l'étreignant doucement.

— Ça va bien se passer, murmura-t-elle, et elle déposa un baiser sur son torse avant de se nicher à nouveau au creux de ses bras. Tu ne m'as jamais vraiment vue jouer au poker, mais je t'assure que je suis très douée.

À ces mots, la colère qu'il éprouvait contre lui-même refit surface. Se tournant sur le côté, il délogea Tana de sa position confortable pour la regarder droit dans les yeux.

— Et si je te disais que j'ai changé d'avis ? demanda-t-il soudain, le cœur battant.

— Nous savons tous les deux que c'est trop tard, répondit-elle, le regard indéchiffrable dans la pénombre qui gagnait la chambre à mesure que le soleil déclinait à l'horizon. Warren est déjà dans l'avion, et si mon père s'est laissé appâter par les gros enjeux annoncés, nous n'avons de toute façon aucun moyen de le joindre pour le prévenir que c'est annulé.

Il ferma les yeux un instant, se demandant comment il avait pu préférer la vengeance à… À quoi ? À cet instant, un étrange revirement se produisit dans son esprit. Pouvait-il, à présent, faire pleinement confiance à Tana ?

Ce n'était pas parce qu'il avait cessé de lui reprocher le passé qu'il pouvait lui accorder de nouveau sa confiance. S'il lui en avait autant voulu, peut-être n'était-ce pas seulement à cause du crime commis par son père. Peut-être n'avait-il pas supporté les circonstances dans lesquelles ils avaient rompu, lorsqu'il avait appris, alors qu'il avait quitté le ranch familial pour faire ses études dans l'Idaho, que Joe Blackstone avait épousé sa mère afin de la dépouiller de la propriété familiale.

À l'époque, il avait bien entendu pensé qu'il avait été piégé, lui aussi, dans une fausse relation avec Tana. Comment aurait-il pu en être autrement ?

— Tu as raison, il est trop tard, reprit-il. Cela dit, rien ne t'oblige à jouer.

— Pour passer à côté de l'occasion de récupérer le terrain que Warren t'a volé après que mon père a revendu la propriété de ta famille ? Pas question ! Cela fait des années que tu attends ce moment. Ce n'est pas pour renoncer maintenant.

La véhémence de Tana le prit au dépourvu.

— Tu veux vraiment m'aider à le récupérer, n'est-ce pas ? demanda-t-il en plongeant dans son regard.

— Cela peut te paraître difficile à croire, Chase, mais après la vie que j'ai vécue, je ne peux plus supporter l'idée que des gens innocents puissent être victimes de ce genre d'escroquerie.

— Même si j'ai plutôt bien mené ma barque malgré ce qui m'est arrivé ? demanda-t-il en roulant sur le dos. J'ai remarqué ton expression quand tu as découvert cette maison. Tu sais bien que je ne fais pas cela pour l'argent.

Elle s'appuya sur un coude pour le regarder en face.

— Tu as de l'argent, c'est vrai, mais c'est parce que tu t'es démené comme un fou pour te sortir de l'ornière. Personne ne mérite ce qui t'est arrivé.

— Donc, nous n'annulons pas la partie, conclut-il.

Il aurait voulu l'embrasser de nouveau. Lui montrer à quel point il était important pour lui qu'elle soit de son côté, même si cela signifiait qu'elle allait, pour cela, affronter son propre père aux cartes. Même si cela impliquait de révéler aux yeux du monde sa terrible histoire personnelle.

— Mais je veux que tu me promettes une chose, Tana.

Elle posa une main sur son torse, le regard toujours plongé dans le sien.

— Quoi donc ? demanda-t-elle.

— Je sais parfaitement que tu mènes une vie honnête depuis huit ans, et je n'ai aucune envie de t'obliger à faire quoi que ce soit d'illégal. Je veux donc que tu me promettes que même si tu as l'impression que Warren est sur le point d'emporter la mise, tu ne tricheras pas pour moi. Je ne le supporterai pas.

— Pourquoi, tu ne me fais toujours pas confiance ? répliqua-t-elle, incapable de masquer son agacement.

— Il ne s'agit pas de confiance. Je veux simplement que tu comprennes que je sais combien tu t'es battue pour mener une vie honnête. Et que je suis fier de toi.

Le regard qu'elle lui jeta, mélange de colère et de tristesse, lui fit froid dans le dos.

— Tu te trompes, Chase. Cela ne m'a coûté aucun effort de cesser de duper des gens innocents. Au contraire, c'est naturel pour moi d'être honnête.

— Bien sûr, je le sais maintenant. Et je ne veux pas que tu penses que je te demande de faire quoi que ce soit qui aille à l'encontre de la ligne de conduite que tu t'es fixée depuis huit ans, expliqua-t-il, sans comprendre pourquoi elle réagissait ainsi à ses propos. Soit tu remportes la partie, soit tu la perds. Il n'y a aucune autre solution, et il n'est pas question de tricher.

S'enveloppant dans la couette, elle s'assit au bord du lit, plus distante que jamais.

— Bien. Je te promets de ne pas tricher, déclara-t-elle en se dirigeant vers la salle de bains, rejetant ses cheveux en arrière. En attendant, mangeons. Je suis morte de faim après cette partie de jambes en l'air !

Il n'eut pas le temps de répondre car elle avait déjà refermé la porte de la salle de bains.

Il y avait quelque chose de bizarre dans sa réponse. Était-elle vexée qu'il lui ait demandé de ne pas utiliser les vieux trucs que ses escrocs de parents lui avaient enseignés dans son enfance ?

Peut-être cela aurait-il été moins stressant pour elle.

Elle avait certes accepté de jouer à contrecœur, mais peut-être était-elle contrariée, à présent, qu'il lui dicte ses règles.

Se levant du lit à son tour, il décida de penser à autre chose.

Son plan était sur le point de se réaliser. Tana avait refusé d'annuler la partie. Et il lui restait encore toute une nuit avec elle avant d'affronter les hommes qui l'avaient dépouillé.

Ou du moins l'un d'entre eux, si Joe Blackstone ne se montrait pas.

Il était bien déterminé à mettre à profit chaque minute du temps qu'il leur restait pour prouver à Tana qu'il croyait en elle et se faire pardonner tout le mal qu'il lui avait fait. Il espérait simplement que ce serait suffisant pour surmonter l'épreuve qui les attendait le lendemain.

- 11 -

L'après-midi suivant, Tana s'enferma dans la chambre de Chase, bien décidée à s'isoler pour se préparer tranquillement à la soirée.

S'installant devant une élégante coiffeuse, elle sortit un eye-liner de son vanity et traça d'un geste habile un trait noir le long d'une de ses paupières dans l'intention de se faire de superbes yeux de biche. Malgré cette apparente maîtrise, elle devait puiser dans toute son expérience de comédienne pour dominer le trac que lui inspirait la partie de cartes qui débuterait dans quelques heures.

Sachant que le poker se jouait essentiellement dans la tête des joueurs, elle avait décidé de prendre le temps de se concentrer. C'est pourquoi elle s'était isolée dans la chambre, car elle devait absolument être loin de Chase pour juguler les émotions confuses que cette nuit passée entre ses bras avaient déchaînées dans son esprit.

Les souvenirs de leurs étreintes étaient si vifs, si intenses qu'ils menaçaient en effet de balayer toutes les barrières précaires qu'elle avait érigées pour protéger son cœur.

Ce qui s'était passé cette nuit était beaucoup plus qu'une bonne partie de jambes en l'air, elle en était consciente. Il existait entre Chase et elle une alchimie hors du commun qui se traduisait par une anticipation des désirs de l'autre et une infinie tendresse. Comment qualifier autrement les longues heures qu'ils avaient passées blottis dans les bras l'un de l'autre ? À partager les souvenirs heureux de leur passé commun ? Ou à savourer le moment présent le plus longtemps possible ?

Étirant la seconde paupière, elle ébaucha un trait d'eye-liner le long des cils. À cet instant, le bref échange qu'elle avait eu avec Chase au sujet de la partie de poker lui revint à l'esprit. Lorsqu'il lui avait demandé de ne pas tricher, comme s'il supposait qu'elle le ferait. Sa remarque l'avait blessée plus qu'elle n'aurait pu le dire. Surtout après la nuit qu'ils avaient passée ensemble.

Tressaillant à ce souvenir, elle rata son trait d'eye-liner.

— Merde !

Elle chercha son démaquillant dans sa trousse pour effacer le trait qui avait débordé sur la tempe.

Ne s'était-elle pas dit de ne pas penser à Chase ? Ou à son manque de confiance en elle ?

Son estomac se noua. Elle savait que ce serait la dernière soirée qu'ils passeraient ensemble. Lorsqu'il aurait récupéré son argent et son terrain, il reprendrait la bague. Et l'équilibre serait rétabli à Cloverfield. Ils partiraient alors chacun de leur côté, et elle se dirait que c'était finalement mieux ainsi puisqu'il ne lui faisait toujours pas confiance.

Alors qu'elle faisait tout cela pour lui.

À cette pensée, son cœur se serra, comme tiraillé dans deux directions différentes.

Tandis qu'elle frottait un coton imbibé de démaquillant sur la tache noire, quelqu'un frappa à la porte de la chambre.

Les nerfs à vif, elle ne bougea pas, craignant que ses jambes ne se dérobent si elle se levait.

— Chase, je t'ai dit que j'avais besoin de me concentrer !

En fait de concentration, elle avait surtout besoin de s'armer de courage. Car rejouer au poker après tout ce temps ne serait pas facile. Elle se rappela alors les conseils que lui donnait son père dans son enfance.

« Au poker, le courage compte beaucoup plus que les cartes, ma chérie. Rappelle-toi le pouvoir du bluff. »

Ou encore : « Joue l'homme, pas les cartes. »

Elle aurait pu débiter des dizaines de conseils de ce genre, si seulement elle avait pu se concentrer sur la partie de poker au lieu de penser à Chase.

— Ce n'est pas ton cow-boy sexy, chérie. Laisse-nous entrer ! lança une voix féminine à travers la porte.

Profondément soulagée en reconnaissant la voix de Sable, elle se leva pour ouvrir.

Ses deux amies n'étaient pas venues les mains vides. Blair était armée de sa valise de maquillage professionnelle et Sable, chargée de plusieurs housses à vêtements.

Tana jeta un coup d'œil sur le palier, mais celui-ci était vide. Toutefois, la maison bruissait d'activité. Le personnel de service s'affairait dans la cuisine, au rez-de-chaussée. Et sans doute l'équipe de décoration dont Chase avait loué les services était-elle arrivée pour transformer le grand salon en salle de jeu, tandis que les traiteurs préparaient le buffet.

Elle fit entrer ses amies, heureuse de les voir.

Blair déposa sa mallette de maquillage sur la coiffeuse tandis que Sable suspendait les housses à vêtements dans l'immense dressing. Elles étaient vêtues comme d'habitude de jeans et de T-shirts, mais Tana savait que leurs robes de soirée se trouvaient dans ces housses.

Blair, qui portait un blazer rose par-dessus un T-shirt blanc, la serra tendrement dans ses bras.

— Tes renforts sont là, chérie. Si tu veux, je peux terminer ton maquillage.

Tana étreignit son amie à son tour, réconfortée. Elle n'avait pas l'habitude de ce genre d'effusion, mais elle comprit qu'elle en avait désespérément besoin, aujourd'hui.

— Génial ! Je venais justement de rater mon trait d'eye-liner, répondit-elle, avant de lâcher son amie.

— Je peux te faire un smoky, proposa Blair en scrutant son visage d'un œil professionnel. Tu verras, ce sera magnifique.

Tandis que Blair réfléchissait à son maquillage, Sable s'approcha et glissa un bras autour de sa taille.

— Attends de voir la robe que je t'ai apportée ! Tu vas tomber par terre ! annonça-t-elle. Je vous ai trouvé des robes ultra-sexy à toutes les deux. Sans doute pour compenser le fait que je suis pour ma part condamnée aux caftans, avec ma grossesse.

— Allons donc, rétorqua Tana tandis que Blair la faisait asseoir devant la coiffeuse. À peine tu as su que tu étais enceinte que tu achetais déjà des vêtements de grossesse !

— Je l'avoue, répondit Sable, tout sourire, en dézippant une housse à vêtements. J'adore être enceinte et tout ce qui va avec. Cela dit, que pensez-vous de ça ?

La robe en soie rouge qu'elle sortit de la housse était à couper le souffle. Longue, fluide, décolletée, elle devait mettre parfaitement en valeur les formes féminines. Sable retourna le cintre pour leur montrer à quoi ressemblait le dos nu.

Sans voix, Tana les dévisagea tour à tour, touchée par cette incroyable démonstration d'amitié.

Sable lui fit un clin d'œil.

— Je sais à quoi tu penses, dit-elle. Les robes que je t'avais envoyées pour le mariage de la fille de Warren faisaient trop princesse. C'est vrai. C'est pourquoi, cette fois, je me suis dit que tu devais ressembler à une reine. Et plus particulièrement à une reine… de carreau ! Parfait pour une partie de poker, non ? Regarde, poursuivit-elle en ouvrant une boîte à chaussures, même les escarpins sont rouge vif.

Émue par tant de sollicitude, Tana s'autorisa à se détendre un peu pour la première fois de la journée. La soirée s'annonçait peut-être pleine de dangers, mais au moins elle entrerait dans la salle de jeu vêtue de l'armure de l'amitié.

Expirant profondément, elle laissa Blair lui attacher les cheveux à l'aide d'une pince.

— En avant pour l'opération maquillage, murmura son amie en ouvrant son impressionnante mallette équipée de plusieurs plateaux dépliants. Quand nous sommes entrées, tu as dit que tu avais besoin de te concentrer. Tu parlais du jeu ?

Sable ôta ses chaussures avant de connecter son téléphone à une enceinte Bluetooth. Une chanson rock explosa soudain dans la pièce. Tana sourit. Exactement le genre de musique conquérante dont elle avait besoin pour se préparer à cette soirée. Ses deux amies avaient vraiment pensé à tout, songea-t-elle, émue.

Elle comprit alors qu'elle devait profiter de ce moment avec elles car leur colocation à Brooklyn toucherait bientôt à sa fin. Entre son fiancé et son travail, Sable passait déjà de moins en moins de soirées à l'appartement. De plus, elle devait se préparer pour son bébé. Blair, pour sa part, allait épouser son ancien patron, Lucas Deschamps, héritier d'un empire cosmétique.

Ses deux amies parties, elle ne pourrait bientôt plus payer le loyer, aussi modeste soit-il, à moins de décrocher un nouveau rôle. Qui sait combien de ces moments elles passeraient encore ensemble ? Bien sûr, elles resteraient amies, mais elles ne vivraient plus sous le même toit.

— Oui. J'essaie de me souvenir de tout ce que je sais sur le poker pour me préparer, répondit-elle en regardant Blair choisir avec soin une palette d'ombres à paupières et un pinceau.

— Tu préfères y réfléchir seule ou cela t'aiderait de nous parler de ta stratégie ? demanda cette dernière en chargeant le pinceau de poudre gris métallisé.

Tana ferma les yeux pour se laisser maquiller.

— Oui, parlons-en.

Elle se sentait en sécurité ici, en compagnie de ses deux amies qui lui faisaient pleinement confiance. Qui ne la soupçonnaient pas de vouloir tricher, *elles*…

— Pour commencer, j'ai repensé à tous les conseils que mon père me donnait autrefois. Non parce qu'ils sont d'une grande sagesse mais parce qu'ils me ramènent à une époque où je jouais tous les soirs. Et que cela paraissait simple.

— Quel genre de conseils ? demanda Blair en fredonnant les paroles de la chanson qui passait. À quel moment bluffer ? Ou se coucher ?

Tana se mit à rire, de plus en plus détendue.

— À peu près, répondit-elle. Il disait toujours : « Tana, si tu regardes tes cartes, tu ne regardes pas les autres joueurs regarder les leurs. Lis le jeu. Lis les joueurs. »

Tout au long de l'heure qui suivit, elle s'employa à faire remonter les souvenirs qu'elle avait enterrés depuis huit ans. Souvenirs de son père. Souvenirs des parties de poker où il l'avait emmenée, à l'époque où il la présentait comme sa protégée dans les cercles de jeu qu'il fréquentait. Étonnamment, ce n'était pas si déprimant. Il y avait de bons souvenirs parmi les mauvais. Quelques soirées où ils avaient remporté des victoires à la Robin des Bois, battant de riches joueurs qui se montraient infects avec les serveuses. Un de ces soirs-là, Tana et son père avaient donné aux serveuses presque tous leurs gains en quittant la salle, gardant à peine de quoi s'offrir un petit déjeuner !

Elle continua ainsi à raconter son ancienne vie sans se rendre compte du temps qui passait. Jusqu'au moment où elle se retrouva debout devant un miroir. Lorsque Sable l'eut aidée à enfiler la robe la plus sexy qu'elle ait jamais vue, elle contempla son reflet, bouche bée.

La soie rouge semblait caresser sa silhouette sans être trop moulante, suivant les lignes de son corps comme si elle avait été taillée sur mesure. Blair resserra le tour de cou, pour assurer le tombé du dos nu. Évidemment, ce genre de robe ne supportait pas le moindre sous-vêtement.

Pourtant, Tana avait l'impression de porter une armure qui renforçait sa confiance en elle. Pendant des années, elle s'était habillée comme une punkette pour dissuader les gens de l'approcher et de découvrir son passé honteux. Aujourd'hui, elle portait un autre genre de déguisement : une robe qui annonçait au monde entier qu'elle était bien dans sa peau. Entre cette robe de soie rouge et ce maquillage, elle avait effectivement l'apparence d'une reine.

Elle était une nouvelle femme.

Audacieuse. Prête à relever tous les défis.

Non, elle ne tricherait pas ce soir. Toutefois, elle devait absolument gagner. Ce n'était qu'à cette condition qu'elle pourrait quitter Chase la tête haute, sachant qu'elle avait fait tout ce qui était en son pouvoir pour réparer les erreurs de son père.

Bien sûr, elle aurait le cœur brisé, c'était inévitable, mais elle pourrait au moins guérir une vieille blessure et, peut-être, se pardonner.

Peu avant le début de la soirée, Chase passa en revue les préparatifs alors que les invités commençaient déjà à arriver. Il y avait surtout des gens du coin, mais aussi quelques hommes d'affaires avec qui il travaillait. Ces derniers n'étaient pas venus pour le poker mais pour se mêler aux invités ou, dans certains cas, voir la maison qu'il avait rénovée et allait bientôt mettre en vente.

Le buffet avait été installé sur la terrasse car il faisait assez doux ce soir pour profiter d'un apéritif en extérieur, au bord de la piscine. Tout semblait en ordre, et les invités avaient déjà commencé à se mélanger et à discuter, un verre à la main.

Poursuivant son inspection, Chase se dirigea vers le salon qui avait été aménagé en salle de jeu et se dirigea vers le croupier professionnel engagé pour la soirée.

— Vous avez tout ce qu'il vous faut ? demanda-t-il.

— Oui, monsieur. Merci, répondit le quinquagénaire aux cheveux argentés en désignant la boîte de cartes et de jetons posée devant lui.

Il mélangea les cartes d'un geste sûr avant de les déposer sur le tapis noir qui recouvrait la table en acajou.

— Je serai prêt à l'heure du jeu, assura-t-il.

Chase le remercia d'un hochement de tête avant d'inspecter la table. Il y avait dix chaises, soit de quoi accueillir sept joueurs confirmés mais aussi d'éventuels invités qui n'avaient pas répondu officiellement à l'invitation. Joe Blackstone, par exemple.

Cela dit, le père de Tana avait peut-être utilisé un faux nom, comme il avait coutume de le faire, et serait présent dès le début de la partie. Mais c'était improbable. Chase avait vérifié les antécédents des joueurs qui avaient répondu présents et il était sûr que Joe ne faisait pas partie du lot.

Il avait voulu montrer la liste à Tana, mais elle l'avait évité toute la journée. Il n'aurait pas dû lui faire promettre de ne pas tricher. Cela l'avait déstabilisée, et c'était bien normal. Pourquoi avait-il fait cela alors qu'il avait dépassé le stade de la méfiance ? En particulier après la nuit inoubliable qu'ils avaient passée ensemble, dont chaque moment resterait à jamais gravé dans sa mémoire.

Ce matin, elle avait insisté sur le fait qu'elle avait besoin de calme pour se préparer mentalement à la partie, et le ton glacial qu'elle avait employé suggérait clairement qu'elle n'avait pas oublié son indélicatesse. Elle s'était enfermée dans la chambre, ne laissant entrer que ses amies, arrivées dans l'après-midi.

La froideur de Tana l'avait poussé à se demander une fois de plus s'il ne devait pas annuler la partie. Et dire à Tana qu'elle n'avait pas besoin de récupérer le terrain et l'argent qu'il avait perdus huit ans plus tôt. Il ne lui reprochait plus rien, c'était donc absurde de lui demander de se mettre en danger pour lui. D'autant que ce n'était plus qu'une question de principe.

Alors pourquoi maintenait-il la partie de poker ?

Pourquoi prenait-il le risque de ruiner le peu de confiance qui existait à présent entre Tana et lui ? À moins que cette confiance ne soit pas aussi solide qu'il le pensait…

— Merde, marmonna-t-il en tapant du poing sur le bar, faisant trembler un gros bouquet d'iris violets dans son élégant vase blanc.

— Que t'arrive-t-il ? Tu as le trac ? demanda une séduisante voix féminine derrière lui.

Faisant volte-face, il se retrouva face à la femme qui lui avait manqué toute la journée.

Tout de rouge vêtue, Tana aurait rivalisé avec n'importe quelle star d'Hollywood en matière de beauté et d'élégance. Maintenus d'un côté par une ravissante pince ornée de pierreries scintillantes, ses cheveux noirs cascadaient sur l'une de ses épaules. Il la détailla attentivement, appréciant les sourcils légèrement soulignés de paillettes, les lèvres enduites de rouge vif et les boucles d'oreilles en diamant qui se balançaient doucement de part et d'autre de son visage.

Quant à sa robe… elle était tout simplement renversante. Ou plutôt, c'était son corps, dont on devinait les formes sous la fine étoffe rouge, qui l'était… Nul doute que cette robe, avec son dos nu plongeant et son décolleté subtil qui révélait la naissance des seins, allait faire des ravages ce soir. D'autant que les bretelles reliées au col étaient si fines que l'on avait l'impression qu'une simple brise aurait pu les faire tomber.

— Les joueurs vont avoir bien du mal à se concentrer, ce soir, murmura-t-il en l'attirant au creux de ses bras pour se rassurer sur le fait qu'il avait encore le droit de la toucher.

Mais pour combien de temps encore ? ne put-il s'empêcher de se demander.

— Ce serait un avantage indéniable, mais je ne suis pas sûre que cette robe fasse autant d'effet sur les joueurs que sur toi, répondit-elle en reculant d'un pas pour scruter son visage. Est-ce que tout va bien ? Tu as l'air contrarié.

Maintenant qu'il s'était remis, ou presque, de la voir dans cette robe, il remarqua une certaine tension et un soupçon d'anxiété dans ses yeux sombres.

— Ça va, répondit-il en lui prenant la main. Je me demandais juste si tout cela n'était pas une erreur. Je n'ai pas envie de t'obliger à faire quelque chose qui te stresse.

— À ce stade, je compte sur une victoire pour m'en remettre. Pour que nous puissions nous en remettre tous les deux. Et tu verras ainsi que je ne suis pas une tricheuse, ajouta-t-elle avant de reprendre sa main de la sienne et se retourner pour examiner la salle de jeu. De plus, nous sommes sur le point de réaliser la vengeance à laquelle tu aspirais lorsque tu m'as retrouvée à New York. Et je n'abandonnerai pas avant d'avoir conclu l'affaire. Quand on me confie un travail, je vais jusqu'au bout.

Son ton était si froid qu'il eut l'impression qu'elle parlait à un étranger. Et, aussi ravissante soit-elle en cet instant, il regrettait ses habituelles tenues provocatrices. Ses tatouages et ses chaussures à clous. Les mèches roses dans ses cheveux.

C'était lui qui l'avait transformée en cette beauté lointaine et glaciale ce soir, en lui demandant de jouer un rôle qui lui répugnait.

— Tana…

— Voilà Warren, murmura-t-elle soudain, désignant le rancher qui venait de faire son apparition dans la salle de jeu, vêtu d'un costume bleu impeccable et de bottes de cow-boy. Et je crois reconnaître d'autres visages. Je vais saluer nos invités.

Chase hocha la tête avec raideur, comprenant qu'il ne pourrait pas échapper à Warren Carmichael qui se dirigeait déjà vers lui d'un pas déterminé.

— On parlera plus tard, dit-il à Tana avant qu'elle s'éloigne. Tu m'as évité toute la journée, mais après la partie de poker, il faudra que l'on parle.

Il ne savait pas pourquoi il avait dit cela, ni ce que cela impliquait. Mais une chose était certaine : après la nuit qu'ils avaient passée ensemble, il avait envie de poursuivre leur relation. Dans quels termes ? Il n'en avait aucune idée, mais ils pouvaient au moins essayer d'y réfléchir.

— D'accord, répondit-elle avant de rejoindre les invités.

Chase comprit alors qu'elle était entrée dans le rôle qui serait le sien tout au long de la soirée. C'était de bon augure pour le jeu, car s'il ne parvenait pas lui-même à lire dans ses pensées, personne d'autre ne le pourrait.

En revanche, c'était plus inquiétant pour eux deux.

Elle avait peut-être déjà pris ses distances…

Et il lui serait alors impossible de la reconquérir.

Son père ne viendrait pas.

Plus la soirée avançait, plus Tana en était persuadée. Elle avait déjà participé à plusieurs parties dans la position du « bouton ». C'était une position particulièrement avantageuse au poker, car elle permettait au joueur concerné de placer sa mise en dernier. Grâce à cela, elle avait déjà remporté plusieurs parties.

À présent, il n'y avait plus que quatre joueurs, et elle s'était fait une assez bonne idée de ses adversaires. Le jeu de Warren ne l'avait pas impressionnée, mais elle savait qu'elle ne devait pas le sous-estimer. Jusqu'à maintenant, elle avait misé l'argent que Chase lui avait donné, mais elle savait que le moment viendrait où elle devrait mettre sur la table le titre de propriété de l'ancien terrain de Warren.

Ce dernier relançait d'ailleurs fréquemment, parfois imprudemment, sans doute dans le but de la pousser à mettre au pot le titre de propriété en question. Elle ne se laisserait pas faire aussi facilement. Car elle tenait à récupérer l'argent volé à Chase au moins autant que Warren souhaitait récupérer le terrain que lui avait volé son père.

D'ailleurs, où était Chase ?

Elle risqua un rapide coup d'œil dans la pièce, regrettant sa présence rassurante. Il avait passé la première heure à discuter au bar avec Sable et Blair, mais celles-ci avaient rejoint d'autres invités sur la terrasse. Chase avait ensuite observé quelques tours de table, mais le tabouret qu'il occupait était vide, à présent. Curieusement, elle ne sentait même plus sa présence dans la pièce.

Son cœur se mit à battre douloureusement à l'idée que bientôt, leur lien serait rompu pour toujours. Ce qui lui faisait bien plus de peine que la certitude qu'elle ne reverrait pas son père ce soir. Il est vrai que, pendant des années, elle avait chassé ce dernier de son esprit pour se libérer de sa mauvaise influence. Mais un psychologue qu'elle avait consulté lui avait dit que ce n'était pas un crime d'éprouver de l'amour pour quelqu'un qui lui avait fait du mal. Qu'il était possible de ressentir de tels sentiments sans souffrir.

C'était vrai. Car aujourd'hui, elle avait envie de revoir son père. Ou plutôt, elle espérait que ce serait lui qui aurait envie de la revoir. Ce qui, clairement, n'était pas le cas.

À cet instant, elle posa ses cartes perdantes et attendit que le croupier annonce la pause.

Ce fut une sexagénaire prénommée Odina qui remporta la mise et, une fois la partie terminée, Tana se leva pour se dégourdir les jambes. Le vrai défi commencerait en deuxième partie de soirée, lorsque les mises seraient plus élevées.

Tous les joueurs et joueuses avaient à présent dressé le profil psychologique de leurs adversaires. Il y avait Odina, la sexagénaire stoïque qui pratiquait un poker classique et efficace. Warren, le rancher au sang chaud, qui jouait avec plus de retenue que prévu, même s'il prenait parfois des risques qui pouvaient lui coûter cher. Et puis un homme jovial originaire d'Europe de l'Est, Cyrilo, qui roulait les « r » avec tant de conviction que Tana s'était demandé, l'espace d'un instant, si ce n'était pas son père déguisé.

Ses doutes s'étaient bien vite évaporés, l'homme mesurant au moins dix centimètres de plus que son père. Cette constatation l'avait… troublée. Et attristée. Elle tenait encore à son père, malgré la vie qu'il lui avait imposée dans son enfance et son adolescence, alors que lui semblait avoir tiré un trait sur elle…

Chassant ses sombres pensées, elle se hâta de gagner la terrasse où elle espérait retrouver Blair et Sable, mais aussi certaines de ses amies actrices qui faisaient partie de la troupe d'*Un tramway nommé Désir*, Lorraine et Megan. Ce serait un réconfort d'échanger quelques mots avec elles avant le triste épilogue qui l'attendait à la fin de la soirée, lorsque Chase reprendrait la bague.

— Tana ? fit une voix inconnue derrière elle alors qu'elle s'apprêtait à sortir sur la terrasse.

Lorsqu'elle se retourna, elle reconnut Odina, qui se tenait à quelques pas derrière elle. Tête baissée, la sexagénaire fourrageait dans son grand sac à main. Avec son tailleur-pantalon beige et sa coupe de cheveux sans fioritures, Odina était le genre de joueuse qu'il aurait été facile de sous-estimer. Au poker, la tenue vestimentaire était un excellent moyen d'induire ses adversaires en erreur. Celle d'Odina était à cet égard parfaite car absolument ordinaire. C'était en tout cas beaucoup plus efficace que la robe rouge feu qu'elle portait elle-même ce soir, songea Tana, même si elle était ravie de porter la tenue que Sable avait choisie pour elle.

— Vous avez perdu quelque chose ? demanda-t-elle.

— Oui, ma colle à dentier. Oh ! Je suis tellement gênée…, ajouta-t-elle, relevant la tête avant de lui montrer les fausses dents qu'elle tenait à la main.

Quelque chose dans le visage de cette femme lui parut curieusement familier. Mais elle se refusait à fixer son interlocutrice pour ne pas l'embarrasser davantage.

— Euh… Vous l'avez peut-être rangée ailleurs que dans votre sac, suggéra-t-elle, faisant de son mieux pour ne pas dévisager la pauvre femme.

Même ses joues avaient l'air différentes sans son dentier…

— Eh bien, il t'en a fallu du temps pour me reconnaître…, dit soudain Odina d'une voix complètement différente.

Masculine.

Et tout à fait familière, à présent.

Celle de son père.

Elle le dévisagea, bouche bée, comprenant qu'elle ne l'aurait jamais reconnu sous ce déguisement féminin, s'il ne s'était pas dévoilé.

— Oh mon Dieu…, murmura-t-elle en portant la main à la bouche.

L'espace d'un instant, elle se demanda ce qu'elle devait faire.

Crier ? Appeler Chase ?

Ou profiter de l'occasion pour demander à son père où il était passé depuis huit ans ?

— Viens, lui ordonna son père, en l'entraînant fermement dans un couloir. Il faut qu'on parle avant que la partie reprenne.

- 12 -

Chase avait cherché en vain Tana durant la pause. Et puis, avant la reprise du jeu, Warren Carmichael l'avait rejoint, et il s'était retrouvé coincé dans une interminable conversation. Il en fut donc réduit à regarder les joueurs et joueuses se rasseoir autour de la table. Outre le croupier, ils n'étaient plus que quatre, à présent.

Une heure après le début de la deuxième manche, quelqu'un glissa un verre devant lui.

— On dirait que vous en avez bien besoin, murmura son interlocuteur, Roman Zayn.

À côté de lui se tenait Lucas Deschamps.

Chase avait rencontré brièvement les deux hommes à leur arrivée, quelques heures plus tôt. C'était les fiancés des amies de Tana, Sable et Blair. Chase les connaissait de réputation car il portait un œil attentif au monde des affaires en raison de ses propres investissements. La mode et la cosmétique n'étaient pas des domaines particulièrement familiers pour le rancher qu'il était, mais les produits de luxe représentaient un immense marché, et il connaissait bien sûr leurs entreprises et leurs marques.

— C'est si évident ? demanda-t-il à voix basse, par respect pour le jeu en cours.

Il accepta le verre, détectant les arômes de noix de pécan et de caramel d'un bourbon haut de gamme. Il en prit une gorgée avec plaisir.

La boisson lui procura une agréable sensation sans pour autant parvenir à apaiser sa nervosité. Si le bar était suffisamment éloigné de la table de jeu pour permettre la discussion, le public était plus silencieux à proximité de la table à mesure que montaient les enjeux. Seuls se faisaient distinctement entendre les résumés de la partie en cours que donnait régulièrement le croupier. À l'extérieur, en revanche, la fête battait son plein et, depuis le bar, la musique et les rires se mêlaient joyeusement aux tintements des verres et des bouteilles manipulées par le barman.

Propriétaire d'une marque de mode et bientôt père du bébé de Sable Cordero, Roman avait des cheveux et des yeux sombres et était bâti comme un joueur de football.

— Plus qu'évident, répondit-il en se hissant sur un tabouret voisin. Vous avez l'air au bout du rouleau.

Lucas Deschamps s'installa à son tour. Aussi mince que Roman était musclé, il semblait très à l'aise, comme s'il avait l'habitude de fréquenter les réceptions chics des Hamptons. Ce qui était probablement le cas. Avec sa veste bleu marine et son air sage, il ressemblait à un jeune héritier issu d'une famille riche de la côte est.

— Je n'ai jamais vraiment compris ce jeu, dit-il. Que se passe-t-il à la table, à votre avis ? Tana a l'air de tenir le coup, non ?

À la mention du nom de Tana, Chase se tourna vers son interlocuteur.

— Comme ça, vous la connaissez ? Je veux dire, en dehors du fait qu'elle habite avec Blair, demanda-t-il en prenant une autre gorgée de bourbon.

Voyant que Tana n'enchérissait pas et que l'autre joueuse, une femme d'un certain âge du nom d'Odina, semblait sur le point de remporter le pot bien garni, il s'autorisa à détourner le regard de la table de jeu pour poursuivre la conversation.

— Un peu, oui, répondit Lucas en riant. Elle était la garde du corps personnelle de Blair lorsque je la courtisais ! Pour finir, j'ai réussi à déjouer sa surveillance, ce qui m'a permis de me réconcilier avec Blair après l'avoir stupidement renvoyée.

Chase dévisagea Lucas, intéressé, tandis qu'à la table, le joueur originaire d'Europe de l'Est réfléchissait à sa mise.

— Vous avez renvoyé votre petite amie ? s'enquit-il, surpris par cet aveu.

— En fait, non. Mais c'est comme ça que Tana voyait les choses, répondit Lucas. Et elle ne me l'a pas pardonné. À cause d'elle, j'ai dû sortir le grand jeu pour reconquérir Blair.

— C'est vrai qu'il vaut mieux ne pas s'en faire une ennemie, renchérit Chase, fier de connaître une telle femme.

— Tana a convaincu Sable qu'elles pouvaient élever notre enfant à trois dans leur appartement, intervint Roman. C'est-à-dire... sans moi ! Elle lui a aussi conseillé de prendre son temps avant de décider si j'étais l'homme qu'il lui fallait.

Alors que Chase s'apprêtait à répondre que cela lui paraissait un conseil avisé à donner à toute future maman, il se ravisa en voyant à quel point Lucas semblait ébranlé à l'idée qu'il aurait pu être séparé de son enfant.

— Je me réjouis que tout se soit arrangé entre vous, dit-il simplement. Félicitations à vous et à Sable.

— Merci, répondit Roman en trinquant délicatement avec Chase avant de se tourner vers la table de poker. Hé, Tana vient d'ajouter quelque chose au pot... Qu'est-ce que c'est ?

Reportant son attention sur le jeu, Chase vit un document posé sur la pile de jetons.

Son cœur fit un bond dans sa poitrine. Tana venait de mettre en jeu l'acte de propriété du terrain que Warren voulait récupérer...

Jetant un œil vers Warren, il vit une lueur de cupidité passer dans son regard tandis que le croupier hochait la tête, acceptant de la mise de Tana.

— La joueuse numéro 3 relance avec une propriété d'une valeur en espèces de cinquante mille dollars, annonça-t-il.

Le terrain en question valait bien davantage car il longeait une rivière. Depuis qu'il en était privé, Warren devait trouver d'autres moyens d'abreuver son bétail.

Ce qui ne voulait pas dire qu'il allait mordre à l'hameçon. Tana avait-elle choisi le bon moment pour mettre en jeu le terrain ?

En attendant, le cœur battant, la réaction de son vieil ennemi, Chase observa celle des autres joueurs. Cyrilo, le flambeur d'Europe de l'Est, se coucha. En revanche, l'autre joueuse, Odina, misa la totalité de ses jetons. Elle avait fait tapis.

Au moment où le regard de Chase se posait sur le visage de la sexagénaire, il remarqua qu'elle adressait un regard furtif à Tana. Ou était-ce un clin d'œil ?

Il tressaillit, tous les sens en alerte, comprenant qu'il se passait peut-être quelque chose d'imprévu. Il jeta un coup d'œil dans la pièce, persuadé que quelqu'un d'autre avait dû remarquer cet échange muet entre les deux femmes.

Mais qui d'autre que lui connaissait le passé trouble de Tana en matière de poker ?

Son regard se porta une fois de plus sur Warren. Qu'allait-il faire ? Il avait deux options : soit se coucher et perdre tout ce qu'il avait déjà misé, soit égaler la mise de Tana pour rester dans le jeu.

Alors qu'il attendait ce moment depuis des années, que sa vengeance était sur le point de se réaliser, Chase comprit tout à coup que tout cela n'avait en fait aucune importance. Car il préférait mille fois perdre l'argent et le terrain que de mettre Tana dans une situation où elle pouvait être tentée de…

Non.

Son cœur se mit à battre plus fort. Elle lui avait promis de ne pas tricher, et il lui avait fait confiance. Elle n'était plus la femme qu'il avait connue huit ans plus tôt, et il avait vu de ses propres yeux à quel point elle avait travaillé dur pour changer de vie. De plus, elle ne connaissait pas la joueuse qui lui avait fait un clin d'œil.

Quoi que…

Chase comprit que quelque chose devait lui échapper. Et lorsque, à son tour, Warren fit tapis et que le croupier décréta Tana vainqueur sous les applaudissements fournis des invités, il fut submergé par le doute.

— Waouh ! C'est incroyable ! s'exclama Lucas. Elle avait une quinte flush royale depuis le début.

— Bien joué ! renchérit Roman, avec un sifflement admiratif. Félicitations, Chase. Ta petite amie est une championne de poker !

Essayant de chasser son sentiment de malaise, Chase se concentra de nouveau sur Tana.

Tandis qu'elle recevait les félicitations de Cyrilo, Warren quitta la table, visiblement dégoûté. Lorsque le croupier décréta une seconde pause, Tana se tourna vers Chase, cherchant son regard.

Pourquoi n'avait-elle pas l'air plus heureuse que cela ? songea-t-il. Elle venait quand même de rafler la plus grosse mise de la soirée. Avec une telle somme, près d'un million de dollars, elle avait atteint l'objectif et allait pouvoir rembourser à Chase l'argent dont Warren l'avait dépouillé naguère.

Pourtant, l'inquiétude paraissait gravée sur ses jolis traits.

— Excusez-moi, murmura-t-il à l'adresse de ses compagnons, et il s'élança vers elle pour voir ce qui n'allait pas.

N'aurait-elle pas dû être ravie ? Peut-être n'avait-elle tout simplement pas envie que cette soirée se termine, sachant que ce serait la dernière qu'ils passeraient ensemble… Et qu'ils partiraient ensuite chacun de leur côté.

Bien sûr, il pouvait modifier ce dénouement. Il lui suffisait pour cela de lui ouvrir son cœur, de lui révéler ce qu'il ressentait vraiment pour elle.

— Félicitations, Tana, murmura-t-il en l'embrassant doucement sur la joue.

Au moment où il glissait avec soulagement un bras autour de sa taille, il s'aperçut qu'elle tremblait comme une feuille.

— Chase…, dit-elle d'un ton inquiet. Sortons. Nous devons parler avec Odina.

Bien qu'incrédule, il hocha la tête, espérant obtenir des réponses à ses questions.

— Odina ? Pourquoi ? s'enquit-il, de plus en plus perplexe.

La sexagénaire avait-elle triché, comme il le soupçonnait ?

— C'est mon père, avoua alors Tana dans un chuchotement à peine audible, ruinant d'un seul coup tous ses espoirs.

Ainsi, c'était vrai…

Le clin d'œil échangé entre Tana et son père ne pouvait signifier qu'une seule chose : Tana avait triché pour remporter la partie.

Tana sentit Chase se raidir, mais il lui emboîta le pas.

Lors de la pause précédente, son père lui avait annoncé qu'il était atteint d'un cancer du pancréas et n'en avait plus pour très longtemps. Dans son état, il avait pris d'énormes risques pour participer à cette partie de poker, mais il lui avait juré qu'il était venu simplement pour avoir la chance de la voir jouer une dernière fois.

Qu'aurait-elle pu répondre à cela ?

Tout en sachant que Chase serait furieux, elle espérait toutefois qu'il comprendrait, lorsque son père se livrerait à la police, comme il l'avait promis, une fois que les autres invités auraient quitté la soirée. Il ne voulait pas gâcher la réception ou la victoire. Lors de leur échange, il lui avait confié qu'il était sûr qu'elle gagnerait et avait une confiance totale en sa capacité à rétablir l'équité.

— Où va-t-on ? demanda Chase, qui s'immobilisa en voyant qu'elle l'entraînait vers l'allée menant à la plage sur laquelle donnait la propriété.

— Mon père est sur la plage, il attend que la fête se termine.

Elle avait tant de choses à expliquer à Chase… Elle s'était tellement concentrée sur le jeu afin de récupérer la somme que Warren Carmichael lui avait autrefois volée qu'elle n'avait toujours pas vraiment compris que son père était de retour et gravement malade.

— Il va se rendre aux autorités, Chase.

— Et tu le crois ? répliqua-t-il d'un ton acerbe, effaçant en moins d'une seconde le souvenir de leurs tendres étreintes de la nuit précédente.

— Oui, je le crois. Il n'avait aucune raison de venir ici ce soir, sinon pour me revoir une dernière fois.

Chase éclata d'un rire cynique qui lui déchira le cœur.

— Tana, enfin, sois réaliste. Cela fait huit ans qu'il se cache, huit ans qu'il ne t'a pas contactée, et soudain il décide de te voir à l'occasion d'une grosse partie de poker qu'il pense avoir une chance de gagner ? Excuse-moi si je suis sceptique…

Elle fit de son mieux pour résister à cette attaque. L'incrédulité de Chase la blessait, mais elle comprenait.

Elle se ressaisit, espérant que Chase puisse encore faire la part des choses entre ce qu'il éprouvait pour son père et ce qu'il éprouvait pour elle. Après tout, les moments qu'ils avaient passés ensemble ces dix derniers jours devaient bien signifier quelque chose pour lui.

Il ne l'aimait peut-être pas comme elle l'aimait. Comme elle n'avait jamais cessé de l'aimer, réalisait-elle à présent. Mais il devait quand même tenir à elle. Au moins un peu.

— Je sais que tu n'as aucune raison de lui faire confiance, mais j'espère au moins que tu ne doutes pas de moi, dit-elle.

Elle s'apprêtait à lui expliquer pourquoi son père lui avait légué le fameux terrain. Ce qu'il y avait caché. Elle avait appris beaucoup de choses, au cours de cette conversation durant la pause précédente. Mais d'abord, elle avait besoin de s'assurer que Chase était sur la même longueur d'onde qu'elle.

En cet instant, il serrait les dents, réfléchissant visiblement à ce qu'elle venait de dire. Soudain, elle eut l'impression que son cœur s'ouvrait en deux, car il ne répondait pas tout de suite.

— J'aimerais n'avoir aucune raison de douter de toi, répondit-il enfin, posant sur elle un regard sombre.

— Que… que veux-tu dire ? bafouilla-t-elle.

Aucune tenue provocante, aucun tatouage n'aurait pu atténuer la claque morale qu'il venait de lui asséner.

— Je veux dire que j'ai vu le regard, ou devrais-je dire le clin d'œil, que tu as échangé avec ton père pendant la partie, juste avant la dernière mise. Je n'en ai tiré aucune conclusion tant que je croyais qu'Odina était une femme. Mais maintenant que je sais que c'était ton père…

Il secoua la tête, la dévisageant comme s'il n'avait jamais vu qui que ce soit de plus pitoyable, avant de poursuivre :

— J'ai vraiment cru que tu ne retomberais pas dans tes travers. Il est clair à présent que tu t'es entendue avec ton père durant la pause, et c'est ce que l'on appelle « tricher ».

Elle eut soudain l'impression que le sol s'ouvrait sous ses pieds et qu'elle dégringolait dans un gouffre sans fond. À cet instant, elle regretta même que ce ne soit qu'une impression. Disparaître dans les tréfonds de la Terre lui aurait au moins permis de ne pas montrer à Chase Serrano à quel point il l'avait détruite.

Parvenant à se ressaisir dans un effort surhumain, elle garda la tête haute et ôta la bague qu'elle portait au doigt.

— Comment oses-tu ? articula-t-elle le plus distinctement possible pour masquer son désarroi, en enfonçant la bague dans le poing serré de Chase. Reprends ça. Reprends ton terrain. Reprends ton argent. Je ne veux plus jamais te revoir !

— Tana, attends…

Chase tendit peut-être la main vers elle. Peut-être même sentit-elle ses doigts effleurer son épaule.

Mais elle s'éloigna, comme poussée par une force irrésistible. Son seul objectif était à présent de retrouver son père afin de lui faire ses adieux. Elle dirait à Chase le fin mot de l'histoire, mais par lettre, lettre qu'elle lui enverrait en recommandé pour être sûre qu'il la lise.

Parce qu'une chose était certaine : jamais plus elle n'adresserait la parole à cet homme. Cet homme qui n'avait pas hésité un seul instant à fouler aux pieds l'amour qu'elle lui portait.

- 13 -

Combien de temps s'écoula-t-il entre le départ de Tana et le moment où il ouvrit le poing renfermant la bague de fiançailles ? Il n'en avait aucune idée. Il n'avait pas bougé depuis que Tana l'avait planté là, et les mots cruels qu'elle avait prononcés résonnaient toujours dans son esprit comme un interminable reproche.

Lui répétant à quel point il l'avait mal jugée.

Bon sang, qu'avait-il fait ?

Une volée de sable poussée par le vent lui gifla le visage. Lorsqu'il avait prononcé le mot « tricher », Tana était devenue pâle comme un linge et l'avait dévisagé, sous le choc.

Immédiatement, il avait compris qu'il avait tout gâché. Qu'il s'était laissé dominer par la peur. Au lieu de l'écouter, il l'avait agressée, laminée, de crainte d'être trahi de nouveau.

Tana avait affronté ses propres peurs pour lui, accepté de s'asseoir à cette table de poker, alors même qu'elle s'était juré de ne jamais plus toucher une carte. C'était lui qui l'avait mise dans cette situation. Il était tellement déterminé à se venger qu'il s'était persuadé que cela n'avait aucune importance.

Au moment où il aurait fallu qu'il domine ses propres peurs, qu'avait-il fait ? Il s'était défoulé sur elle comme un lâche, préférant croire le pire.

Un sentiment de perte irrémédiable s'empara de lui.

Les bruits de la fête, la musique et les rires, lui rappelèrent qu'il devait retourner auprès de ses invités. Seulement, il s'en sentait incapable. Au lieu de cela, son regard se tourna vers la plage. À la lumière de la lune, il distingua la silhouette de Tana. Et à côté d'elle, celle de quelqu'un d'autre.

Son père, sans doute.

Tana s'éloigna de son interlocuteur, le laissant seul sur la plage. Elle ne retourna pas à la réception et se dirigea vers le parking. Chase eut envie de se précipiter vers elle, incapable de supporter l'idée qu'elle se promène seule dans les rues après minuit.

Mais elle lui avait dit qu'elle ne voulait plus jamais le revoir, et il savait qu'elle était sérieuse. Il ne pourrait pas la faire changer d'avis sur ce point maintenant. Peut-être aurait-il la chance de la revoir au moins une fois, plus tard ?

Ou peut-être ne la reverrait-il jamais…

Refoulant cette angoisse, il se dirigea vers la personne restée sur la plage.

Il sentit du sable glisser dans ses chaussures mais ignora ce désagrément pour se concentrer sur la silhouette habillée en femme. Était-ce vraiment Joe Blackstone ? Certes, ce dernier n'avait jamais été particulièrement costaud, mais il semblait à présent avoir perdu une vingtaine de kilos. En s'approchant, Chase vit que celle qui s'était présentée sous le nom d'Odina avait ôté sa perruque, révélant un crâne dégarni et de fines mèches grises. L'homme avait enlevé ses chaussures et, le pantalon retroussé jusqu'aux genoux, tenait un téléphone à la main.

— Joe ?

L'écran du téléphone s'éteignit brusquement et le père de Tana pivota vers lui.

— Chase… Je viens d'indiquer ma position aux policiers. Je leur ai dit que j'étais recherché dans le Nevada. Ils viennent me chercher.

Chase remarqua que Joe avait enlevé une bonne partie de son maquillage. Ses pommettes semblaient avoir repris leur place normale, comme s'il les avait rehaussées artificiellement le temps de la partie de poker. Même ses dents semblaient différentes. Il l'observa un instant, n'en revenant pas de parler à l'homme qui avait ruiné sa mère après lui avoir brisé le cœur.

— Vous allez vraiment vous rendre ? demanda-t-il. Vous l'avez dit à Tana, je suppose ?

— Oui, j'en ai assez de mentir. À ma fille comme à tout le monde. Au bout de cinq ans de thérapie auprès de SOS Joueurs, je l'ai enfin compris.

— Pourtant, vous avez joué, ce soir.

— Je m'en suis expliqué auprès de Tana. Je savais que tu avais monté cette partie de poker pour me faire sortir de ma cachette, et j'ai compris qu'il était grand temps que je paie pour ce que je vous avais fait, à ta mère et à toi. J'étais prêt à purger ma peine, de toute façon, mais je n'ai pas pu résister à l'envie de voir ma fille jouer au poker une dernière fois. Et je ne le regrette pas, car elle était au sommet de son art ce soir, conclut Joe avec un pâle sourire.

Elle n'aurait pas dû jouer du tout, songea Chase. Comment avait-il pu lui demander une chose pareille ? Pourquoi ne s'était-il pas contenté de profiter de la chance qui lui était donnée d'être à ses côtés ?

Les bras croisés sur sa poitrine, Joe leva le menton comme pour mieux profiter de l'air marin.

— Oui, elle était magnifique, reprit-il. Je sais que je ne devrais pas être aussi fier de lui avoir légué des compétences que certains considèrent comme un vice, mais elle aurait pu être professionnelle, avec un tel talent. Faire fortune dans les tournois, si elle l'avait voulu.

L'expression qui se peignit alors sur le visage de Joe rappela soudain à Chase celle qu'il avait vue lorsqu'il était à la table de poker. Il comprit alors que Joe n'avait pas triché avec sa fille mais qu'il la regardait simplement avec fierté.

Il sentit la honte le submerger.

— Je suis surpris qu'elle vous ait laissé ici tout seul, fit-il remarquer, se tournant pour regarder dans la direction où il l'avait vue disparaître.

— Je ne voulais pas qu'elle reste, expliqua Joe en fourrant les mains dans les poches de sa veste de tailleur. Elle avait compris qu'elle ne voulait pas marcher sur mes traces avant même d'avoir dix-huit ans. Et une fois que cette fille a décidé quelque chose, elle ne revient jamais dessus, crois-moi.

Chase eut l'impression que Joe venait de réduire à néant ses derniers espoirs de reconquérir Tana. Il eut soudain envie de s'élancer derrière elle, ne serait-ce que pour s'assurer qu'elle rentrait chez elle en toute sécurité.

— Quelqu'un est-il venu la chercher ? demanda-t-il.

— Deux de ses amies actrices devaient la rejoindre, répondit Joe avant de se figer au son caractéristique des sirènes de police. Écoute, il me reste très peu de temps, alors je vais te dire ce que j'ai dit à Tana. Je n'ai plus qu'un an à vivre, tout au plus, et je sais que la peine de prison que je risque n'est pas suffisante pour payer ma dette envers ta famille ou la société.

— Comment ça, un an à vivre ?

Tana ne lui avait pas menti. Son père avait bien un cancer.

Joe secoua la tête, comme s'il préférait ne pas répondre.

— Écoute, Chase. J'ai envoyé à Tana plusieurs cartes postales avec les coordonnées de ce terrain que je lui ai laissé, mais elle n'a pas compris mes messages. J'y ai enterré une partie de mes gains. La moitié est pour elle car j'ai gagné cet argent honnêtement contre des gens comme Carmichael. L'autre moitié est ce que je dois à des gens que j'ai escroqués. Tout est écrit.

À ces mots, Chase aurait voulu le bombarder de questions. Mais le bruit des sirènes devenait plus fort et il alla à l'essentiel.

— Vous êtes en train de dire que vous n'avez jamais utilisé l'argent de vos gains ? Que vous avez tout enterré ?

L'aveu de Joe était si étonnant qu'il se demanda si l'homme avait même un jour vraiment quitté le pays, comme tout le monde le croyait. Peut-être était-il resté ici et vivait-il incognito depuis huit ans.

— J'en ai utilisé une partie, répondit Joe. L'argent n'a jamais eu aucune importance pour moi. J'ai toujours fait ça pour le jeu et pour le frisson. Mais ce jeu a blessé trop de monde.

— Comme ma mère, lui rappela Chase avec amertume. J'ai récupéré les terres, mais elle ne s'est jamais remise du mal que vous lui avez fait.

— Je ne me pardonnerai jamais d'avoir fait souffrir Margot.

C'est même à cause de ça que j'ai entamé cette thérapie, expliqua Joe, le visage soudain éclairé par les gyrophares des voitures de police qui venaient de s'immobiliser sur le parking. Je voulais vraiment quitter le pays avec elle. La mère de Tana m'avait déjà mis à la porte. J'ai préféré que Margot ne s'attache pas à moi.

Dans le tourbillon de lumières bleu et rouge, Joe leva les mains au-dessus de sa tête, l'air hagard.

À cet instant, Chase sentit le regret l'envahir, douloureusement conscient d'avoir tout gâché, ce soir. Il ressentait même un minuscule soupçon d'empathie pour Joe Blackstone. C'était un sentiment terrible de savoir que l'on avait commis une erreur, peut-être irréparable, et blessé quelqu'un à qui l'on tenait.

Joe tenait à sa fille. Il le lui avait démontré ce soir en se rendant. Par la fierté évidente qu'il avait manifestée en la regardant jouer. Par la façon dont il avait essayé de réparer certains de ses torts.

— Pour ce que ça vaut, ma mère vous a pardonné il y a longtemps, dit soudain Chase.

Lui, il n'aurait jamais la même grandeur d'âme que sa mère, il en était conscient, mais il était heureux d'offrir à l'escroc repenti ce petit cadeau.

En voyant deux officiers de police s'approcher, Chase leva les mains en attendant de pouvoir décliner son identité.

Joe Blackstone croisa son regard dans le clair de lune.

— Merci de me l'avoir dit, Chase. J'espère que tu pourras récupérer ma fille. Elle est blessée et vraiment furieuse. Mais elle t'aimait il y a huit ans. Si elle t'aime encore, tu as peut-être une chance.

Chase pria silencieusement le Ciel pour que Joe ait raison.

En rentrant chez elle le vendredi suivant, Tana se félicita d'avoir mis ses tennis cloutés. Ils étaient en effet bien plus confortables que les escarpins qu'elle portait lors de sa précédente audition.

Finalement, elle n'avait pas obtenu le petit rôle pour lequel elle avait auditionné la semaine précédente, mais le directeur de casting avait apprécié son essai et l'avait convoquée pour un autre rôle dans la série. Celui d'une femme dure, élevée dans la rue parmi les SDF, qui triomphait de son passé pour ouvrir un bar à Port Henry, où se déroulait la série. Apparemment, la chance avait été de son côté aujourd'hui, car elle avait décroché le rôle.

Pourtant, bien que consciente qu'elle aurait dû être sur un petit nuage après cette réussite, elle ne se remettait toujours pas des accusations de Chase. Une semaine de séparation n'avait pas apaisé cette blessure.

Bien sûr, elle n'aurait pas dû être surprise qu'il ne lui fasse pas confiance. La façon dont il l'avait mise en garde avant la partie de poker, lui demandant de ne pas tricher, lui avait montré à quel point le passé était encore présent dans son esprit. À quel point il la voyait encore comme la digne fille de son père. Comme si les huit années qu'elle avait passées à changer radicalement de vie ne signifiaient rien !

Alors qu'elle approchait du parc de Fort Green, elle comprit qu'elle n'avait pas envie de rentrer chez elle. Ses colocataires voudraient sans doute fêter son nouveau rôle, d'autant plus que Sable déménageait le lendemain. Pour rien au monde, elle n'aurait manqué cette dernière soirée avec son amie.

Alors pourquoi avait-elle irrésistiblement envie d'entrer dans le parc pour y pleurer sur un banc ? Le masque d'impassibilité qu'elle avait affiché tout au long de la partie de poker s'était désagrégé dès qu'elle avait quitté les Hamptons, le week-end précédent.

Finalement, elle redressa la tête et poursuivit son chemin. Mais lorsqu'elle arriva devant son immeuble, son cœur se mit à battre follement lorsqu'elle aperçut Chase, assis sur le perron.

Alors que son cœur lui conseillait de tourner les talons et vite, elle se ressaisit.

Une femme élevée dans la rue prenait-elle la fuite au premier problème ? Non, décida-t-elle, en se glissant dans la peau de son nouveau personnage et en essayant de penser comme elle.

— Je crois que tu t'es trompé d'adresse ! lança-t-elle d'un ton glacial avant de s'immobiliser devant Chase, les mains sur les hanches. Je croyais t'avoir dit que je ne voulais plus jamais te revoir.

Sur ces derniers mots, elle sentit sa gorge se nouer, et elle lutta de toutes ses forces pour regarder Chase en face.

Dans ce genre de situation, la meilleure défense était toujours l'attaque. Sauf que Chase ne réagit pas. Comme elle, il semblait ne pas avoir dormi depuis des jours, et les cernes violets qui se dessinaient sous ses yeux ressemblaient à s'y méprendre à ceux qu'elle avait vus toute la semaine sur son propre visage.

— Tana, je suis vraiment désolé…, murmura-t-il.

Surprise par cette humilité, elle l'observa plus attentivement. Elle remarqua qu'il tenait quelque chose au creux de sa main. En y regardant de plus près, elle distingua un scintillement entre ses doigts. Son cœur manqua un battement. C'était la bague de fiançailles qu'elle lui avait rendue après la réception.

Elle songea à son personnage, se demandant ce que l'héroïne aurait fait dans cette situation. Même la fougueuse Liberty Montgomery aurait été intriguée.

Elle dévisagea Chase calmement, soulagée qu'il soit assis.

— Désolé de quoi, exactement ? demanda-t-elle.

Un pâle sourire se dessina sur le visage de Chase.

— Tu es pressée ?

Autour d'eux, la rue était calme. Deux adolescentes marchaient sur le trottoir d'en face, se partageant une paire d'écouteurs reliée à un téléphone portable.

— Je t'écoute, répondit-elle.

— Désolé de ne pas avoir mieux mis à profit le temps que nous avons passé ensemble. Désolé de t'avoir utilisée pour mettre en œuvre une vengeance qui finalement m'importait peu. Désolé de t'avoir demandé de rejouer à ce satané jeu de cartes.

Il fixa quelques instants les marches en béton avant de la regarder de nouveau dans les yeux.

— Mais surtout, je regrette d'avoir laissé parler mes peurs, ce soir-là sur la plage, au lieu de me fier à tout ce que je savais de toi, conclut-il.

La tristesse gravée dans ses yeux était plus éloquente encore que ses paroles. Le voir dans cet état donna à Tana l'envie d'en savoir plus. Oubliant son personnage de Liberty, elle se rapprocha de Chase et s'appuya à la balustrade de pierre.

— Tu veux dire, quand tu m'as accusée d'avoir triché ? demanda-t-elle. Est-ce que tu te rends compte qu'être associée à la malhonnêteté est précisément ce qui m'a poussée à couper les ponts avec mon père ? Il n'était pas question de laisser mon passé souiller la personne que je voulais devenir. Pourtant, tu ne cessais de me voir de cette façon.

— Non. Je ne te vois plus de cette façon, répondit-il en jouant nerveusement avec la bague qu'il tenait toujours à la main. Si j'avais fait preuve de logique, j'aurais tout de suite vu la vérité. Car tu n'as cessé de me prouver que tu n'étais absolument pas la même personne qu'il y a huit ans. Mais j'avais tellement peur de découvrir que tu m'avais dupé de nouveau que j'ai laissé libre cours à mes peurs au lieu de t'écouter.

Cela faisait si longtemps qu'elle se protégeait, se refusait à se livrer aux autres, qu'elle avait failli passer à côté de la chance de se faire des amies. Amies qui, en cet instant, étaient collées à la fenêtre, remarqua Tana du coin de l'œil. Curieuses de savoir ce qui se tramait.

Pourquoi ne tenterait-elle pas sa chance avec Chase, comme elle l'avait fait avec ses amies ? Cela avait été facile car Blair et Sable avaient beaucoup d'amour à offrir. Et si cela marchait avec Chase, la récompense serait sans doute encore plus grande. Prenant le risque, elle décida alors de s'ouvrir à lui.

— Quelles que soient tes raisons, Chase, ça m'a fait terriblement mal de me rendre compte que nous en étions revenus au point de départ. Comme si les moments que nous avions passés ensemble ne signifiaient rien pour toi.

— Je suis prêt à tout pour effacer cette blessure. Oui, à tout. Mais puisque je ne peux pas revenir en arrière et changer ce que j'ai dit ce soir-là, je suis prêt à mettre le monde à tes pieds en espérant que tu puisses un jour me pardonner.

Un espoir fou la submergea… qu'elle réfréna aussitôt. Ce n'était que des mots. Mettre le monde à ses pieds ? Elle se fichait bien des choses matérielles ! Seulement Chase avait piqué sa curiosité. Aucune femme n'aurait pu rester insensible face à une telle déclaration.

— Que veux-tu dire ? s'enquit-elle.

— Je te demande de passer du temps avec moi et de me donner une chance de te montrer à quel point je tiens à toi. À quel point je t'aime, répondit-il, jouant toujours avec la bague. Tu m'as manqué pendant huit ans. J'ai vraiment réalisé à quel point lorsque je t'ai retrouvée. Lorsque nous nous sommes retrouvés ensemble à Cloverfield. C'est là que j'ai compris que tu étais la seule femme de ma vie.

Tana sentit son cœur se gonfler de joie. En inspirant profondément, elle eut l'impression que cela faisait une semaine qu'elle n'avait pas respiré ! Et elle se sentit soudain libérée. Follement heureuse. Pleine d'espoir.

— Chase…, murmura-t-elle.

À court de mots, elle posa la main sur la sienne et plongea dans son regard argenté, se laissant submerger par l'amour qu'elle éprouvait pour lui depuis si longtemps.

— Moi aussi, j'ai adoré ces quelques jours avec toi à Cloverfield, reprit-elle. Et je t'ai aimé dès la première nuit que nous avons passée ensemble, il y a huit ans. Ne te fie pas aux apparences. Je suis peut-être plus romantique que mes deux colocataires réunies.

Sans plus attendre, elle se glissa sur les genoux de Chase et posa la tête contre son torse tandis qu'il lui caressait le dos, couvrant ses cheveux de baisers.

— Tana, je t'aime de toutes mes forces. Je te promets que tu ne regretteras jamais d'être avec moi, déclara-t-il avant de lui relever le menton pour la regarder dans les yeux. Tu veux que je t'avoue la vraie raison pour laquelle je voulais que nous fassions semblant d'être fiancés ?

Du coin de l'œil, Tana vit le rideau de la fenêtre s'agiter frénétiquement. Mais elle resta concentrée sur les diamants qui ornaient la bague de fiançailles que Chase tenait une nouvelle fois devant elle.

— Je n'arrêtais pas de te poser la question, répondit-elle, en se mordillant la lèvre pour contrer la bouffée d'espoir qui menaçait de la submerger. Je n'ai jamais compris pourquoi on devait faire semblant.

— Si je ne parvenais pas à te répondre, c'est parce qu'au fond je savais que je n'avais jamais voulu que ce soit faux. Je sais que tu n'es peut-être pas encore prête pour un tel engagement, mais on pourrait voir cette bague comme une promesse ?

— Une promesse de mariage, tu veux dire ?

Elle essaya de s'imaginer ce que pourrait être la vie avec Chase Serrano au quotidien… et un frisson la parcourut à l'idée d'être dans ses bras chaque jour. Dans son lit. Mais aussi de monter à cheval en sa compagnie. De partager ses rêves avec lui. De filmer leurs petits bonheurs quotidiens.

— Absolument, répondit-il, sûr de lui. C'est pourquoi je tiens à t'offrir de nouveau cette bague, que tu la mettes à ton doigt aujourd'hui ou non.

Le cœur de Tana bondit de joie. Elle avait déjà la réponse.

Elle s'empara des lèvres de Chase sous les vivats étouffés de ses amies, toujours collées à la fenêtre de leur appartement. Lorsqu'elle releva la tête en riant, le visage de Chase exprimait le même bonheur que le sien.

— Je suis ravi que tes amies apprécient la fin du spectacle, fit-il remarquer, mais sache que pour ma part je n'ai jamais eu aussi peur de ma vie, car tu avais toutes les raisons de refuser.

Se prêtant au jeu, il brandit la bague bien haut pour que leurs spectatrices puissent la voir puis l'approcha de la main de Tana.

— Veux-tu la porter maintenant ? demanda-t-il.

— À une condition. Que tu me fasses *vraiment* cette promesse.

À cette requête, il plongea son regard dans le sien.

— Tana Blackstone, je te promets de te donner tout mon amour et toute ma confiance, déclara-t-il en lui caressant le dos comme pour mieux imprimer ses paroles en elle. Et je te promets aussi que lorsque le moment sera venu, que nous nous serons inventé une vie qui te rendra heureuse, je te demanderai d'être ma femme.

Elle sentit les larmes lui monter aux yeux, mais elle ne prit même pas la peine de les essuyer, résolue à partager avec Chase toutes ses émotions.

— Tout ce que tu voudras, Chase Serrano. Je t'aime. Je te pardonne. Et je suis impatiente de te dire… oui !

Lorsqu'il lui glissa la bague au doigt, elle eut l'impression que sa vie avait retrouvé tout son sens. Qu'elle avait un travail et un avenir auprès d'un homme qu'elle aimait.

Ce soir, elle célébrerait avec ses amies sa chance d'avoir trouvé l'amour pour toujours.

Épilogue

Un mois plus tard

Le doigt de Tana s'arrêta un instant au-dessus de la touche qui commanderait le transfert de ce qui restait sur son compte en banque. Assise devant la coiffeuse dans sa chambre, elle s'apprêtait à effectuer un dernier virement avec l'argent de son père.

Quelques semaines plutôt, elle s'était rendue avec Chase à Cloverfield pour déterrer l'argent et le carnet de comptes cachés par son père. Le carnet détaillait deux années de gains ainsi que les noms de ceux et celles qu'il avait dépouillés. Depuis, elle s'était fait une joie de leur restituer les sommes qu'ils croyaient définitivement perdues.

Bien sûr, quelques-uns de ces joueurs malheureux en voulaient toujours à son père. Et une bonne partie d'entre eux avaient été réconfortés d'apprendre qu'il était désormais derrière les barreaux. Une femme avait pleuré au téléphone en apprenant la nouvelle et juré de lui écrire.

Mais elle avait souhaité faire autre chose.

— Tu en es sûre ? demanda Chase de sa voix grave, avant de déposer un baiser sur le sommet de son crâne.

Lorsqu'il lui étreignit doucement les épaules, les nuances boisées et réconfortantes de son eau de toilette lui donnèrent envie de se blottir contre lui.

— C'est une grosse somme d'argent, ajouta-t-il.

Elle vérifia une fois de plus le montant indiqué sur le formulaire informatique. Certes, cette somme provenait des fonds gagnés honnêtement par son père, mais cela ne voulait pas dire qu'elle avait envie de la garder. Son plus cher désir n'était-il pas de se couper de tout ce qui la reliait encore à ce mode de vie toxique ? De plus, elle gagnait bien sa vie, à présent qu'elle avait un rôle stable dans la série, et les finances n'étaient plus une préoccupation constante pour elle.

— Absolument, répondit-elle en appuyant sur la touche avant de voir un numéro de confirmation s'afficher sur l'écran.

Un sentiment de soulagement l'envahit en songeant que cet argent était destiné à une bonne cause.

— Quand j'ai dit à mon père que je comptais faire un don à une association, il était ravi, précisa-t-elle, posant son téléphone pour glisser les bras autour du cou de Chase.

Grâce à cet argent, Blair pourrait mener à bien son projet consistant à aménager un van pour aller à la rencontre de patients atteints du cancer et leur proposer toute une gamme de soins esthétiques et de bien-être.

C'est en voyant le temps fou que Blair passait à dispenser des soins esthétiques gratuits aux patients qui, comme sa mère, étaient sous chimiothérapie, que Tana avait eu cette idée.

De plus, l'état de santé de son père, atteint d'un cancer du pancréas, n'avait fait que la conforter dans son intention de distribuer ses gains de cette façon.

— Au fait, je t'ai déjà dit que j'étais super fier de toi ? demanda Chase en prenant son visage entre ses mains et en plongeant ses yeux ardoise dans les siens.

Le bonheur déferla en elle, comme c'était toujours le cas lorsque Chase était à ses côtés.

Au cours des quatre dernières semaines, ils s'étaient organisés de façon à passer le plus de temps possible ensemble. Il avait pris une suite dans un hôtel proche de chez elle pour qu'ils puissent se voir tous les jours. Ils avaient également passé deux week-ends dans sa maison de Southampton, à faire du cheval, et ils projetaient à présent de passer l'été à Cloverfield pour pouvoir monter tous les jours. À cet égard, c'était un avantage indéniable que de jouer dans cette série, songea-t-elle, puisque les tournages s'arrêtaient pendant l'été pour reprendre à l'automne.

Ces vacances lui donneraient peut-être l'occasion de développer quelques idées de film. À présent que sa vie s'était calmée, elle se tournait de plus en plus vers sa passion.

Du moins, lorsqu'elle n'était pas dans les bras de Chase…

— Peut-être bien, répondit-elle, hypnotisée par son regard rayonnant d'amour et d'admiration. Mais je ne me lasserai sûrement jamais de l'entendre !

Après ces longues années passées à se défaire de l'éducation toxique qu'elle avait reçue de ses parents, elle touchait enfin au but. Grâce à la confiance de Chase, elle s'ouvrait au monde de plus en plus. Elle avait donné toutes ses anciennes tenues provocantes qui l'aidaient autrefois à se protéger des autres.

Ce qui ne l'empêchait pas de continuer les tatouages au henné. Deux jours auparavant, elle s'était dessiné un dragon ailé sur le poignet et caressait depuis l'idée d'en faire un personnage de dessin animé ou de créer un spectacle pour enfants dont il serait la vedette.

— Tu es une femme vraiment étonnante, Tana Blackstone, poursuivit Chase, le nez enfoui dans ses cheveux. En te voyant, j'ai envie moi aussi de devenir une meilleure version de moi-même. Je n'en reviens pas d'avoir la chance de vivre auprès d'une femme comme toi.

Elle soupira d'aise à ces mots et, se serrant plus fort contre ses muscles d'acier, elle l'embrassa fougueusement.

Alors qu'elle s'apprêtait à le pousser vers le lit, un cri retentit, en provenance du rez-de-chaussée.

— Tana, on y va ! cria Blair.

Celle-ci n'avait toujours pas déménagé car Lucas et elle prenaient leur temps pour trouver l'endroit parfait. Tana avait été ravie de ces semaines de bonus avec son amie.

— Sable va nous étrangler si nous sommes en retard à son mariage civil ! dit-elle.

Chase la lâcha en riant.

— On ferait mieux d'y aller, alors.

— Et vite ! Ne dit-on pas qu'il ne faut jamais faire attendre une femme enceinte ?

Tana était ravie d'avoir été invitée à cette petite cérémonie qui ne serait qu'une première étape avant le grand mariage prévu après l'accouchement de Sable.

— Je suis plus qu'impatient que ce soit notre tour…, murmura Chase en portant à ses lèvres la main de Tana, ornée de la bague de fiançailles.

Elle sentit son pouls s'accélérer, comme chaque fois qu'il la touchait. Mais aussi chaque fois qu'il disait ce genre de choses.

— Je parie que cela arrivera bien plus tôt que tu ne le crois, répondit-elle. Si tu joues bien tes cartes…

En lui adressant un clin d'œil, elle descendit l'escalier, plus que prête à célébrer le premier de ces moments heureux qui jalonneraient désormais leur chemin.

PASSIONS

HARLEQUIN

Ne manquez pas dès le mois prochain

dans votre collection

PASSIONS

le premier tome de la nouvelle série

Liaisons à Seattle

Dans le cabinet Maddox Hill,

les règles sont faites pour être

brisées…

Un roman inédit chaque mois de

juillet à septembre 2022

Retrouvez prochainement,
dans votre collection

PASSIONS

Le secret du rancher, de Janice Maynard - N°1001

Jamais India ne pensait revenir dans le Wyoming, dont le paysage implacable et dangereux est à l'image de Farris, son ex-mari, qu'elle vient de retrouver. Si elle est ici, c'est uniquement pour soutenir la mère malade de celui-ci. Or, cinq ans après leur douloureux divorce, la tension entre eux reste palpable – ainsi que le désir. Se pourrait-il que Farris détienne un pouvoir éternel sur son cœur ?

Pari sur l'amour, de Christy Jeffries

Vivienne est désespérée : sa patronne menace de la renvoyer si elle ne signe pas très vite un contrat pour sa société d'organisation de mariages. Tandis qu'elle cherche de nouveaux clients, le mystérieux Cole Dalton vient à sa rescousse en se faisant passer pour un futur marié. Une chance pour elle, ou presque : alors que le beau rancher ne croit pas en l'amour, Vivienne sent peu à peu naître des sentiments pour lui...

Éprise de son rival, de Joss Wood - N°1002

Tout oppose Hayley à Jackson Michaels : leurs caractères comme le projet de construction que veut mener le magnat de l'immobilier aux abords de Stone Lake, l'endroit préféré de Hayley à Royal. Mais les opposés s'attirent invariablement et, tandis que le désir monte entre eux, Hayley se répète qu'il n'y a pas de place pour un homme dans sa vie déjà bien remplie... aussi charmant soit-il.

Une seconde chance aux Fidji, de Nicki Night

Depuis que Carter l'a quittée cinq ans plus tôt, la dernière chose dont Phoenix avait envie était de le revoir... Quel choc pour elle de lui faire face au mariage de sa sœur sur les îles Fidji ! Alors qu'elle voudrait pouvoir l'ignorer, le cadre tropical réveille en elle un trouble et des sentiments depuis longtemps enfouis... Au point que Phoenix se prend à rêver d'avoir avec Carter une seconde chance...

Dans le lit de son ennemi, de Maureen Child - N°1003

SÉRIE : INTRIGUES À ORANGE COUNTY 1/4

Quand Henry Porter met la main sur le manoir qu'elle convoitait, Amanda Carey déclare la guerre à son ancien amant et actuel rival en affaires. Afin de percer ses secrets pour mieux l'attaquer, elle se fait embaucher chez lui en tant qu'employée de maison, tout en espérant ne jamais le croiser. Mais Henry ne tarde pas à la reconnaître... et l'invite dans son lit ! Prise au piège de ce jeu dangereux, Amanda se demande comment elle peut ressentir une telle attirance pour celui qui l'a trahie...

Une si douce emprise, de Maureen Child

SÉRIE : INTRIGUES À ORANGE COUNTY 2/4

Alors que Serena Carey organise un gala de charité, Jack Colton fait irruption dans sa vie en lui proposant une aide qu'elle ne peut refuser. Or celui qu'elle a aimé sept ans plus tôt la trouble toujours autant... Si elle travaille avec lui, elle devra à tout prix asseoir son autorité ! Pas question en effet de laisser Jack lui tourner la tête et exercer comme autrefois son emprise sur elle...

Pour un baiser brûlant, de Shannon McKenna - N°1004

SÉRIE : LIAISONS À SEATTLE 1/3

La vie sentimentale de Jenna est un vrai champ de ruines. Aussi, quand son amie Ava lui demande de jouer le rôle de la fiancée de son frère afin de laver la réputation de ce dernier, entachée par un scandale, elle hésite puis finit par accepter. Dès lors comment pourrait-elle résister à Drew Maddox, le plus célèbre play-boy de l'architecture contemporaine ? En aucun cas Jenna ne doit oublier qu'il s'agit là d'une mascarade, malgré le baiser brûlant que Drew lui a offert...

L'amant disparu, de Kathy Douglass

Dix ans plus tôt le grand amour de Raven a disparu sans laisser de traces. Aujourd'hui elle est sous le choc de découvrir Donovan sur le pas de sa porte ! Si elle a rêvé de ce moment, la colère vient s'ajouter au désir qu'elle ressent pour celui qui l'a abandonnée. Or, Raven le sait, elle ne pourra repousser éternellement Donovan, car elle a un tendre secret à lui révéler : un fils dont il ignore l'existence...

Des jumeaux irrésistibles, de Catherine Mann - N°1005

Elle est enceinte… de jumeaux ? La princesse Erika sent une panique indicible l'envahir. Et pour cause ! Le père n'est autre qu'un inconnu – certes très séduisant – avec lequel elle a vécu une seule nuit d'amour. Mais, Erika le sait, il n'est pas envisageable que ses futurs enfants grandissent en l'absence d'un père. Il lui faudra donc retrouver son amant d'un soir pour lui annoncer l'incroyable nouvelle…

La tentation d'Abby, de Victoria Pade

Abby a du mal à y croire : le richissime Dylan Camden est venu lui demander en personne de s'occuper de la coiffure de sa sœur à l'occasion du mariage de cette dernière ! Très vite, le doute l'envahit. Pourquoi Dylan a-t-il fait appel à ses services ? Est-ce pour ses talents de coiffeuse ? Ou – ce qui ne serait pas pour lui déplaire – pour une raison beaucoup plus intime ?

Ce scandale à éviter, de Joanne Rock - N°1006

« César », répète Jean-Pierre en regardant le pied minuscule qui s'agite devant lui. Ainsi, il est le père d'un bébé de cinq semaines ? Il en a le souffle coupé. Désormais, il n'a plus qu'un désir : épouser Tatiana, la femme qu'il aime et qui est maintenant la mère de son enfant. Mais les choses ne sont pas aussi simples ! Car leurs familles sont rivales depuis toujours. Et, sous le feu des médias, aucun faux pas ne leur sera pardonné…

L'idylle d'une héritière, de Jules Bennett

Tessa Barrington est furieuse. Avec l'arrivée de Grant, c'est la paix qui régnait sur son ranch qui s'est envolée. Car ce producteur, non content de tourner un film sur la puissante famille Barrington, n'a de cesse de chercher à la séduire. Jamais elle ne cédera aux avances de ce play-boy prétentieux ! Même si les regards brûlants que Grant pose sur elle ne la laissent pas aussi indifférente qu'elle le voudrait…